Bernd-Lutz Lange
Café Continental

aufbau

Bernd-Lutz Lange

# CAFÉ CONTINENTAL

Geschichten und Plaudereien
an Marmortischen

aufbau

Das Gedicht von Erich Kästner, »Maskenball im Hochgebirge«
stammt aus: »Ein Mann gibt Auskunft«


MIX
Papier | Fördert gute Waldnutzung
FSC® C083411

ISBN 978-3-351-04215-8

Aufbau ist eine Marke der Aufbau Verlage GmbH & Co. KG

1. Auflage 2024

www.aufbau-verlage.de
10969 Berlin, Prinzenstraße 85

Einbandgestaltung zero-media.net, München
Autorenfoto Umschlag © Gaby Waldek
Satz LVD GmbH, Berlin
Druck und Binden CPI books GmbH, Leck, Germany

Printed in Germany

Für Stefanie

Die Zeit steht still.
Wir sind es, die vergehen.

Mascha Kaléko

# Zur Einstimmung

In meinem Kabarettleben habe ich so manche Rolle gespielt. Ich war ein Stadtführer, der dem Publikum als Reisegruppe im DDR-Leipzig die Macken der Messestadt als positive Errungenschaften verkaufte, ein Lehrer, der dem phantasiebegabten Schüler Paschke die Phantasie austreiben wollte, der Dirigent eines Europa-Orchesters, der mit den Misstönen der Vertreter verschiedener Länder zu kämpfen hatte. Ich war der Kumpel am Tresen, der schon Anfang der neunziger Jahre leicht besäuselt versuchte, seinem Partner die Gefährlichkeit von Viren zu schildern und und und ...

Mit dem Kabarett habe ich im Jahr meines 70. Geburtstags aufgehört. Die Zeit seitdem nutze ich zum Bücherschreiben, und in meinen Lesungen sitzen viele Menschen, die mich von der Brettlbühne kennen.

Nun bin ich in einem Alter, in dem das große Aufräumen angesagt ist. Also habe ich mich auch über meine Mappen hergemacht. Kleine und große Zettel gelesen, Notizen aus Gesprächen mit interessanten Leuten, da ein schöner Satz, dort eine Idee für eine Geschichte, ein Stück erfundener Dialog, eine Anekdote, Beobachtungen verschiedenster Art ...

Was macht man damit?

Wenn ich nach dreimaligem Lesen keine Idee hatte, fütterte ich damit den Papierkorb (der Pegel darin stieg ...).

Und was geschieht mit den anderen Notizen?

Ich musste einen Spielort erfinden und brauchte nicht lange zu überlegen ... Als Liebhaber alter Kaffeehäuser (die man in Deutschland schon mit der Lupe suchen muss) verlegte ich die Geschichten und Plaudereien an Marmortische.

Im Café trifft man sich mit Leuten, lernt welche kennen und hört nebenher, was am Nachbartisch gesprochen wird.

Um welche Zeit geht es?

Ab den sechziger Jahren in der DDR über den Herbst 1989 bis ins heutige Deutschland.

Was ist erlebt, was erfunden?

Das wird nicht offengelegt. Nur so viel: Oft verbirgt sich hinter dem Unwahrscheinlichen gerade die Realität. Erlebtes triumphiert gern über das Erfundene.

In welcher Stadt spielt das?

Irgendeine Großstadt im Osten.

Das Café Continental gibt es nicht, die Akteure auch nicht, aber sie sind mitunter vom realen Leben inspiriert. Die einzigen authentischen Namen im Buch sind die jener Künstler aus den zwanziger Jahren, von denen erzählt wird.

Nun brauche ich noch jemand, der permanent Gast in diesem Kaffeehaus ist. Also eine Figur wie im Kabarett, die jene Rolle spielt. Das ist ein zunächst junger Mann, etwa ein Meter achtzig, von schlanker Gestalt (keine Kunst in dem Alter), dunkles Haar. Ein Haarschnitt, der an französische Filmschauspieler in den sechziger Jahren erinnert, auch die Art, sich zu kleiden. Er trägt nicht nur im Winter einen Schal, sondern besitzt auch ein schmales Exemplar für die anderen Jahreszeiten. Den Pullover hängt er mitunter lässig über die Schulter. Dann baumeln die Ärmel über dem Hemd, oder er hat sie über der Brust zusammengeknotet. Kurzum: Es würde mich nicht wundern, wenn er Alain, Jacques oder Jean heißen würde.

Und Sie werden beim Lesen Zeuge, wie dieser junge Mann allmählich älter wird und wie sich parallel dazu seine Stadt und das Land, in dem er lebt, auf nicht vorstellbare Weise verändert.

Und damit verabschiede ich mich und übergebe an den Erzähler, der sich Ihnen selbst vorstellen wird.

# Zur Einstimmung 2

Es war gewünscht, dass ich mich Ihnen kurz vorstelle.

In der provinziellen und biederen DDR hatte mein Name doch einen gewissen exotischen und weltmännischen Klang: Ich heiße Richard Dumont.

Klingt nicht schlecht, was?

Dies habe ich väterlicherseits meinen hugenottischen Vorfahren zu verdanken.

Mitunter passierte es mir irgendwo, dass jemand meinen Familiennamen genau so aussprach, wie er geschrieben stand. Meist in einem etwas unsicher fragenden und zögernden Gestus?

»Du … mont?«

Ich leistete mir dann gern den Scherz: »Nein, Du, ich nicht mont, ich »Dümong«!

Dies brachte mir stets eine verunsicherte Reaktion desjenigen ein.

Meine Lehrer zeigten natürlich, dass sie wussten, wie man meinen Namen ausspricht, und so gab es in unserer Klasse neben Böhm, Lorenz, Körner, Harzer oder Härtel, eben auch den Jugendfreund »Dümong«.

»Freundschaft!«

Nur dem Staatsbürgerkundelehrer klang mein Name vermutlich einfach zu kapitalistisch, denn er rief mich nur mit »Richard« auf.

Nach einigen Französisch-Stunden sagten meine Freunde allerdings nicht mehr Richard, sondern nannten mich »Rieschahr«. Wenn ich mich irgendwo verspätete, dann hieß es nur: »Wo ist denn unser Franzose?«

Passte mir etwas in der Schule oder sonst wo nicht, meinte ich mitunter: »Na, wenn es wieder mal andersrum kommt, dann zieh ich mich in mein Weingut in der Provence zurück.«

Nach dem Abitur klappte es bei mir zunächst nicht mit dem Studium. Mein Traum war, Malerei und Grafik an einer Kunsthochschule zu studieren. Die Mappe für die Bewerbung, die ich abgab, war wohl etwas zu dünn, und das Gremium empfahl mir, es in zwei, drei Jahren noch einmal zu versuchen. So lernte ich zunächst Dekorateur. Kurze Zeit darauf benannte man den Beruf in Gebrauchswerber um.

Und was machte ich?

Ich *dekorierte* Schaufenster.

Ich lernte in meiner Lehre schon einiges, was mir – so meine Hoffnung – später einmal zugutekommen würde. Vor allem aber lernte ich in dem Warenhaus hübsche Kolleginnen kennen. Ich war der einzige männliche Gebrauchswerber und fühlte mich unter den Mädchen in ihren kurzen weißen Kitteln ausgesprochen wohl. Wir verstanden uns prächtig, und ich bin gern zur Arbeit gegangen.

Nachdem ich nach der Lehre noch ein Jahr gearbeitet hatte, gab ich eine dicke Mappe ab, und siehe da – ich wurde an der Kunsthochschule angenommen! Welch Freude!

Als ich in den sechziger Jahren in diese Stadt kam, begann logischerweise ein völlig neues Kapitel in meinem Leben. Schon bei meinem ersten Bummel durch den Ort geriet ich von einer Gasse auf jenen etwas versteckten Platz mit dem Brunnen, sah die vier Platanen, die ihn flankierten, und dahinter drei Häuser, ein architektonisches Trio Harmonie.

Mir schien, als würde ich nach langer Zeit an meinen Lieblingsort zurückkehren.

Alles, was mich besonders interessierte, das fand ich in diesen Gebäuden.

In dem kleineren Jugendstilhaus zur Linken las ich an der Fassade im Erdgeschoss über den beiden Schaufenstern zu meiner großen Freude in geschwungener Schrift »Buch- und Kunstantiquariat Walter Weidenfeld«.

Diese Schrift, das sah der Liebhaber gleich, hatte der Architekt seinerzeit um 1900 noch abgesegnet. Die stimmte und fügte sich ins Konzert der Fassadenornamente ein. Und im Gegensatz zur renovierungsbedürftigen Front des Hauses sah man den Buchstaben an, dass sie schon in den vergangenen Jahren eine Erneuerungskur hinter sich hatten. Vielleicht auch ein trotziges Zeichen des Inhabers in sozialistischen Zeiten: Uns gibt's noch!

Und warum war meine Freude bei dieser Entdeckung so groß?

Ganz einfach: Weil das Stöbern in Antiquariaten zu meiner Lieblingsbeschäftigung zählt.

Jedes Antiquariat ist für mich eine romantische Insel, in der ich als Bücher-Robinson aufregende Entdeckungen machen kann.

Auf der rechten Seite der drei Gebäude hatte sich in den zwanziger Jahren ein Haus im Stil des Neuen Bauens etabliert. Die gerundeten Glasscheiben in der Eingangszone, die oberhalb der Fenster von einem Milchglas-Band gekrönt wurden, das abends sogar auf beiden Seiten beleuchtet war, zogen die Interessenten magisch ins Universum-Kino. Ein Filmkunst-Theater!

Von vormittags bis in den späten Abend liefen alte und neue Filme aus Deutschland und der Welt. Fünf an jedem Tag. Hier hatte der Weltfilm eine Heimstatt: Von »Amarcord« bis »La notte«, von »Asche und Diamant« bis »Kalina Krasnaja«, von »Wilde Erdbeeren« bis »Das Messer im Wasser«, von »Der Untertan« bis »Scharf beobachtete Züge« und und und ...

Manche Filme hörten wir sogar in der Originalsprache. Bald erlebte ich, wie ein Mann im Kino in einer Art Portierloge mit Kopfhörern saß und von dort mit dem Blick auf die Leinwand das Geschehen übersetzte.

Dieser eine Mann war für alle Rollen zuständig. Bei dem Liebesgeflüster eines Paares sprach er also Mann und Frau. Wir saßen im Parkett und amüsierten uns besonders über solche Dialoge in seiner etwas knarzigen Stimme.

Und schließlich besah ich mir ausgiebig den Gründerzeit-Bau in der Mitte, an den sich beide Nachbargebäude anschmiegten, die Dominante dieses baulichen Dreiklangs und das Herz des Platzes – das Café Continental.

Und sofort fiel mir ein, dass ich ein schwarzes Schreibmaschinenungetüm besaß, auf dem ebenfalls in Goldschrift »Continental« zu lesen war. Der Name bedeutet bekanntlich, dass etwas auf einen Kontinent bezogen ist, hier also auf Europa. In jenen Tagen war leider nicht nur unser Land geteilt, sondern auch dieser Kontinent.

Und das politische Kontinentalklima litt unter dieser Teilung.

Ich hatte schon gehört, dass es in dieser Stadt ein originales Art-déco-Kaffeehaus gibt. Der Besitzer hatte es in den zwanziger Jahren in diesem Gründerzeit-Bau eröffnet.

Ich betrat das Café und fühlte mich sofort zu Hause. In einer gläsernen Vitrine, die als Raumteiler zwischen Tischen genutzt wurde, befand sich eine Sammlung von Kaffeehausgeschirr aus verschiedenen Epochen. Nahezu alle Plätze waren besetzt. Hier im Erdgeschoss plauderten vor allem die Älteren an den Marmortischen. Eine Gemeinschaft der Tortenesser.

Ich ging die Treppe nach oben und stieß auf ein Zwischengeschoss. Mezzanin nennt man so einen Raum in Prag oder Wien. An den Zweiertischen saßen zumeist Liebespaare. Das war unschwer an den Blicken zu erkennen oder an einer Hand, die sich über die andere gelegt hatte oder über das Haar und die Wange streichelte. Was man eben so macht auf der Insel der Seligen, die hier das Mezzanin des Glücks war.

Ein farbiges Bleiglasfenster ließ gerade durch die Sonnenstrahlen intensiv die verschiedenen Farben aufleuchten. In diesem Zwischengeschoss waren schon die Stimmen aus dem ersten Stock deutlicher zu hören. Ein Lachen drang an mein Ohr.

Am Anfang der Treppe nach oben stand auf einem Treppenpfeiler eine kleine geschnitzte Säule. Noch ein paar Stufen, das Gemurmel nahm immer mehr zu, und ich war im Allerheiligsten.

Mein Blick ging zunächst zur Stuckdecke, die florale Elemente jenes Stils zeigte. An den Wänden, als obere Begrenzung eines sechstürigen Büfetts und Umrahmung einer Nische mit diversen Spiegeln, sah ich hölzerne, dunkelbraune, geschnitzte Zierfriese. Die zweiarmigen Leuchten, die die Spiegel flankierten, und die metallenen Kronleuchter warfen ein mildes gedämpftes Licht durch die pergamentenen gefalteten Lampenschirme.

Und nun die Gäste: Die Sprachwolke dieser Gemeinschaft hüllte mich sofort ein. Ich hatte sogar schon das Gefühl, einige mich freundlich anblickende Besucher zu kennen. Dem war natürlich nicht so, aber wie oft habe ich mich in den Jahren danach dort mit Freunden oder Bekannten getroffen und wie oft habe ich neue interessante Menschen kennengelernt.

In diesem Café wurden Freundschaften geschlossen und auch so manche Liebe gestiftet.

Schon nach wenigen Wochen waren mir die Kellnerinnen vertraut. Ich scherzte und plauderte mit Christa, Renate, Traudel, Hertha und »Marlene«, die eigentlich anders hieß, aber wir nannten sie nach der Dietrich wegen ihrer schönen Beine so.

Ich gestehe, dass ich während des Studiums fast jeden Tag einige Zeit im »Conti« verbrachte. Bei 84 Pfennig für einen Kaffee konnte man sich das als Student leisten. Selbst ein Glas Wermut war erschwinglich.

So ein altes Kaffeehaus ist ein besonderer Ort. Hier hat sich die Geschichte des Landes von der Weimarer Republik bis in die Gegenwart in unzähligen Gesprächen widergespiegelt. Die Patina verweist auf die Gäste der Jahrzehnte davor. Die abgegriffene Stuhllehne. Der kleine Sprung im Marmor. Der Rauch von unzähligen Zigaretten, der sich in der grün-goldenen Stoffbespannung an der Wand festgesetzt hat.

An diesem Ort wird man unterhalten, informiert, getröstet und angeregt.

Man schätzt die Gemeinschaft, kann aber auch in der Menge das Alleinsein genießen.

Ich erlebte das Kaffeehausleben in zwei Gesellschaftsordnungen: Im Sozialismus, der nie einer war, und im Kapitalismus, der sofort einer war.

Dieses Café Continental symbolisierte letztlich einen besonderen Kontinent, dessen zeitweilige Bewohner oft das Große im Kleinen abgebildet haben.

Ich biete Ihnen die Möglichkeit, jene Menschen, die ich hier getroffen habe, nun ebenfalls kennenzulernen.

Und Sie sind natürlich mein Gast.

# Der Malerstammtisch

Neben Studenten verkehrten im Conti, wie es von den Stammgästen abgekürzt wurde, vor allem viele Künstler: Vom Musiker über den Schauspieler bis zum Maler. Und natürlich auch verkrachte Typen, die auf Künstler machten. Sich also mit einem Bart, einer Pfeife und einem schwarzen Rollkragenpullover ausstatteten. Auch Lederjacken waren sehr angesagt.

Für den Maler, von dem ich Ihnen erzählen will, traf das auch zu. Wenn er die Treppe in den ersten Stock des Kaffeehauses hochkam, ließ er beim Betreten des Raumes zunächst kurz seinen Blick durch den Raum schweifen. Das hatte seinen Grund.

Er tat dies nicht aus Eitelkeit, um zu überprüfen, ob ihn vielleicht jemand erkannt hat. Und auch nicht, um zu eruieren, wo wohl seine Kollegen sitzen würden. Das wusste er seit Jahren. Auf dem rechteckigen Marmortisch in einer Ecke mit dem Polstersofa stand immer ein Reserviert-Schild.

Nein, unser Mann war nahezu täglich auf der Suche nach Modellen.

Lanzendorff, so sein Name, nutzte sein Talent, das ihm der Himmel geschenkt hatte, vor allem, um mit Frauen in Kontakt zu kommen.

Und so registrierte er beim Rundblick auf die Schnelle im Kopf: »Aha, Tisch 8 und 12 sind ja sehr interessant.« Von einer Kellnerin hatte er die Nummerierung der Tische erfahren und schnell auswendig gelernt.

Beim Vorbeigehen versuchte er schon mal einen Blick

der jeweiligen Schönen zu erhaschen. Gelang der Augenkontakt, dann zeigte Lanzendorff ein charmantes Lächeln, das, so hoffte er, in der Wirkung zwischen Gary Cooper und Gérard Philipe angesiedelt war.

Letztlich ähnelte er jedoch eher einem Vorstadtcasanova.

Der Maler war nicht sehr groß, aber von ausgesprochen männlicher Statur, hatte kräftige Arme und zupackende Hände. Beides hatte er auch bei gelegentlichen Ausflügen in die Bildhauerei trainiert.

Nachdem er seine Kollegen begrüßt hatte, wurden erste Floskeln und Scherze ausgetauscht.

»Na? Habt ihr heute schon das ND gelesen? Wir müssen uns keine Sorgen machen. Es sieht auf den Feldern sehr gut aus. Unsere Erntekapitäne siegen an allen Fronten!«

Die Runde am Tisch grinste.

Dann setzte er sich mit Blick in das Café, holte die Raucherutensilien aus einem abgegriffenen Ledertäschchen und stopfte sich eine Pfeife.

Die Maler trafen sich jeden Tag. Eine Handvoll Künstler bildeten den Kern.

In der Hauptsache nahmen an diesem Stammtisch Männer Platz, aber die Philosophin Susanne Pippig, eine temperamentvolle und lebenslustige Frau mit dunklem halblangem Haar, gehörte mit zum festen Stamm. Zu den sporadischen Gästen zählte die Kunstwissenschaftlerin Sieglinde Hahn. Sie kannte alle Maler der Stadt und sprach zur Eröffnung mancher Bilderausstellung. Mitunter saß auch Maria Petroff aus Bulgarien am Tisch, die lebenspralle, farbintensive Bilder malte, unverwüstliche Karo rauchte und einem Schoppen Wein nie abgeneigt war. Und schließlich gehörte zur Runde hin und wieder die ungarische Tänzerin Zsuzsa Stern. Wenn sie durch den Raum schritt oder nahezu schwebte, dann richtete sich nicht nur so manches männliche Augenpaar auf die Grazie ihres

Körpers. Lanzendorff hatte Zsuzsa bei seinem Rundumblick irgendwann im Kaffeehaus entdeckt, angesprochen und sie als Modell gewonnen.

Als ein schwedischer Arzt, der zu einem Kongress in der Stadt weilte, das Bild der schönen Tänzerin in einer Verkaufsausstellung von Lanzendorff gesehen hatte, war es auf Anhieb um ihn geschehen. Er ließ sofort den roten Punkt neben das Bild kleben und bezahlte es auf der Stelle. Dann fahndete Axel Bergström nach Lanzendorff, um herauszubekommen, wie die Schöne hieß und wo sie wohnte. Bergström erreichte ihn schließlich über die Galerie am dritten Tag. Schon am Abend saß er in der Oper, um Zsuzsa auf der Bühne zu erleben, hinterließ für sie beim Pförtner eine Nachricht und bat um ein Gespräch nach der Aufführung.

Beim Treff an der Portierloge, so erzählte Lanzendorff, habe es im Raum vernehmlich geknistert. Und dieses Knistern hatte nicht mit der Folie zu tun gehabt, aus der gerade der Pförtner seinen abendlichen Imbiss wickelte.

Bergström stellte sich als Besitzer ihres Porträts vor, und Zsuzsa nahm die Einladung auf ein Glas Wein ohne lange Ziererei an. Dann lobte er die Aufführung und sie im Besonderen, hatte er sich doch extra ein Fernglas besorgt, um sie auf der Bühne im Corps de Ballet auszumachen, was ihm schließlich nach einiger Mühe auch gelang.

Der Abend bei einer Flasche Erlauer Stierblut weckte nicht nur bei der Tänzerin wegen des Weins aus ihrer Heimat besondere Gefühle, sondern zwischen der Ungarin und dem Schweden stieg der Sympathiepegel im halbstündlichen Rhythmus.

Schon ein knappes Jahr später kam Bergström wieder, und die beiden saßen in der hintersten Ecke des Conti. Die augenscheinliche Liebe zwischen ihnen konnten nur verstockte und hartherzige Menschen übersehen. Von Zsuzsa wussten wir, dass sie sich in der Folge mehrmals in Prag oder Budapest mit ihrem Axel getroffen habe. Sie übernachtete in Hotels, die sie ohne den devisenträchtigen Schweden nie kennengelernt hätte.

Inzwischen peilten sie tatsächlich ihre Hochzeit an, und es war nur eine Frage der Zeit, dass Zsuzsa im Stockholmer Corps de Ballet über die Bühne schweben würde. Und die Stammtisch-Truppe würde, das hatte sie ihnen schon versprochen, ab und an eine Hochglanz-Postkarte aus Schweden (und nicht nur von dort) herumreichen können.

So schaffte es immer wieder mal ein Paar, durch seine Liebe die sichtbaren und unsichtbaren Mauern zu überwinden. Wenn das nicht ein Beleg für die Kraft von Gefühlen war!

Der Stammtisch-Treff war für die Maler außerordentlich wichtig. Tag für Tag saß oder stand man mutterseelenallein vor der Staffelei und blickte auf das entstehende Bild. Man führte permanent nur tonlose Selbstgespräche.

Und der Mensch sehnt sich doch nach dem Austausch mit anderen.

Gestritten wurde natürlich auch, aber öfter klang dröhnendes Lachen aus dieser Ecke, vor allem dann, wenn man sich über die provinzielle Kulturpolitik des Landes oder über dogmatische Kulturfunktionäre amüsierte. Oder über die stinklangweilige Presse sowie bestimmte Sendungen des DDR-Fernsehens.

Es wurde natürlich auch mal über ein Bild eines Kollegen gelästert. Lanzendorff war allerdings immer fair. Wenn derjenige nicht am Tisch saß, verzichtete er auf Kritik. Man konnte generell mit ihm gut auskommen. Er war überhaupt nicht streitsüchtig.

Zwei der temperamentvollsten Maler am Tisch, Grambach und Mager, sollen sich als Studenten bei einem gewissen Alkoholpegel seinerzeit in die Haare geraten sein, besser in die Barthaare. Man erzählte, dass Mager

Grambach plötzlich im Zorn ein brennendes Feuerzeug unter seinen stattlichen Bart gehalten habe. Der fing sofort zu brutzeln an, und ein Schwapp Bier verhinderte Schlimmeres. Die beiden hätten daraufhin eine Klopperei begonnen und wurden schließlich durch Kommilitonen getrennt.

Und nun saßen sie nach Jahren einträchtig am Tisch im Conti, und die Sache war längst vergessen.

Lanzendorff hatte inzwischen seine Pfeife in Gang gebracht, warf ab und an einen Satz in die Runde und versuchte sich größer zu machen, als er war, um Tisch 8 und 12 ins Blickfeld zu bekommen. Es machte den jungen Frauen schon Eindruck, wenn sie von ihm angesprochen wurden.

»Entschuldigen Sie, mein Name ist Lanzendorff, ich bin Professor für Malerei an der hiesigen Hochschule. Ich würde Sie sehr gern malen. Wären Sie bereit, mir Modell zu stehen?«

Welche junge Frau fühlte sich da nicht geschmeichelt?

Ein echter Professor will mich malen!

Er erzählte am Stammtisch (und alles, was dort erzählt wurde, machte die Runde), dass eine der Schönen ihm nach seiner Frage wie aus der Pistole geschossen geantwortet habe: »Gärne, aber nich naggsch!«

Von Lanzendorff weiß man, dass er sehr gern Akte malt und nichts dagegen hat, wenn seine Entdeckung auch einem anderen Akt gegenüber nicht abgeneigt ist …

Ateliers sind schließlich schon seit Jahrhunderten Brutstätten der Lust. Auf Fotos sieht man oft ein Chaiselongue oder eine andere Liege, da der Künstler angeblich mal ausruhen muss. Die verkrampfte Haltung! Der Rücken!

Mit einer Geschichte hat der Maler am Stammtisch seinerzeit den Vogel abgeschossen. Genussvoll erzählte Lanzendorff eines Tages: »Stellt euch vor, sie saß tatsächlich am Tisch 6! Ein Omen! Sex. Es war am Abend. Ich war allein hier, um noch einen Schoppen zu trinken. Eine unglaubliche Frau!«

Mit glänzenden Augen beschrieb er ihr Gesicht, ihr Haar und vor allem – die Figur. »Sie blätterte in einer ›Sybille‹. Ich sprach sie an und meinte, in diese Zeitschrift gehöre sie bei ihrem Aussehen. Sie lächelte. Ich lud sie auf ein Glas Wein ein. Es wurde eine Flasche. Für jeden! Wir redeten und scherzten. Schließlich hatten wir das Gefühl, uns schon seit Jahren zu kennen. Irgendwann kam es zu ersten Berührungen. Es war warm, aber uns wurde heiß. Außerdem hatten wir natürlich längst einen in der Krone.«

Die Maler saßen mit Gesichtern, die zeigten, dass ihre Phantasie parallel zur Geschichte lief. Und Maler haben viel Phantasie! Fast alle beugten sich leicht nach vorn.

»Längst hatten sich unter dem Tisch unsere Beine berührt, drückten sich aneinander.«

Grambach atmete hörbar aus. Mager trank sein Bier in einem Zug und hing anschließend sofort wieder an den Lippen von Lanzendorff.

»Die Atmosphäre, die Gefühle zwischen uns waren aufgeheizt. So etwas habe ich in meinem ganzen Leben noch nicht erlebt!«

»Und?«, fragten zwei aus der Runde.

»Die körperliche Anziehung war mit Händen zu fassen!«

Schneidereit warf ein: »Aber du konntest sie ja nicht vor allen Leuten anfassen.«

Lanzendorff nickte seinem Kollegen zu. »Dabei merkte ich, dass sie auch wollte, dass wir uns näherkommen.«

»Also, seid ihr in dein Atelier?«, schlussfolgerte Kampfer.

»Wir hatten doch noch Wein in der Flasche.«

»Scheiß auf den Wein!«, ließ sich Grambach vernehmen.

»Die Sehnsucht nach Berührung wuchs ständig.«

»Aber wo solltet ihr …?«, fragte Grambach.

»Leute«, unterbrach Lanzendorff die Frage, »das muss aber wirklich unter uns bleiben.«

»Ehrenwort. Klar. Du kennst uns doch!«

»Eben deshalb.«

»Wir halten dicht. Großes Pionierehrenwort!«

»Nun erzähl schon.«

In dem Moment trat Traudel, die Kellnerin, an den Tisch und fragte: »Na, Männer, habt ihr noch einen Wunsch?«

»Jetzt nicht!«, rief laut Grambach und winkte mit der Hand ab.

»Na, ihr seid aber heute komisch.« Kopfschüttelnd drehte sie ab.

»Also?«, fragte Mager.

»Na ja …«, sagte Lanzendorff und machte eine Kopfbewegung zur Treppe hin, »die Telefonzelle …«

Ein Orkan brach am Tisch los. »Was?! Das gibt es nicht! Das ist doch unglaublich!

Wenn das jemand gesehen hätte! Professor der Kunsthochschule knutscht in der Telefonzelle vom Conti!«

Auf halber Treppe gab es, wie schon eingangs erwähnt, ein Zwischengeschoss. Dort stand eine holzvertäfelte Telefonzelle. Über der Tür hing ein schwarzes gläsernes Schild, auf dem man in Goldbuchstaben »Fernsprecher« lesen konnte.

Grambach haute sich auf die Schenkel. »Mensch, du traust dich was!«

Lanzendorff machte eine abwehrende Bewegung: »Es war doch kurz vor Schluss, und die Kellnerinnen hatten mit der Abrechnung zu tun.«

Mager sagte: »Ich gebe einen aus« und rief nach Traudel. Sie trat an den Tisch und meinte: »Auf einmal wollt ihr wohl wieder was?«

»Eine Runde Weißen. Auch für dich einen.«

»Ihr habt wohl was zu feiern?«

»Traudel, du kannst dir nicht vorstellen, was hier los ist!«

Lanzendorff drohte Mager, aber der machte schon eine beschwichtigende Bewegung mit beiden Händen. »Ich kann es dir nicht erzählen. Habe jemand am Tisch mein großes Pionierehrenwort gegeben.«

»Ihr seid mir schon eine Truppe.« Kopfschüttelnd lief sie Richtung Büfett.

Man muss wissen, dass in dieser Telefonzelle aus alten Zeiten das Licht anging, sobald man sie betrat. Im Boden gab es einen Kontakt.

»Mensch, wenn du dort reingehst«, fiel Kampfer ein, »geht doch das Licht an!«

Lanzendorff grinste: »Die Birne hab ich schnell noch locker gedreht.«

»Das gibt's doch nicht!«, meinte Schneidereit und strich sich über den stattlichen Bart, »der Mann denkt an alles!«

In diesem Moment warf Grambach in die Runde, dass das darin befindliche Emailleschild »Fasse dich kurz« in dem Zusammenhang durch Lanzendorff eine völlig neue Bedeutung bekommen hat. Die Bemerkung erheiterte die Runde.

Traudel brachte die Schnäpse. Man stieß an. Die Kellnerin übte entsprechende Arbeitsdisziplin, hob nur symbolisch das Glas, stellte es wieder auf ihr Tablett, weil sich das nicht für eine Arbeitskraft schickte, im Café zu trinken.

Das tat sie dann hinter der Pendeltür in der Küche.

Mager kam noch mal auf die Flasche Wein zurück. »Aber, als ihr endlich ausgetrunken habt, bist du mit ihr in dein Atelier.«

Lanzendorff nickte.

Schneidereit resümierte. »Zum Akt *malen* bist du vermutlich nicht mehr gekommen.«

Der Maler lächelte versonnen. »Aber Leute, das bleibt unter uns.«

»Natürlich! Was denkst du denn?!«

Am nächsten Tag kannte das halbe Kaffeehaus die amouröse Geschichte.

Damit wäre die Sache eigentlich am Ende. Ist sie aber nicht.

Eines Tages kam Lanzendorff total geknickt an den Stammtisch. Er machte einen absolut erschöpften Eindruck. Nichts da von jenem sonst federnden Gang. Er schlich wie ein schwerkranker Mann durch das Café, ohne nach links und rechts zu gucken.

Die Maler machten sich gegenseitig auf den Herankommenden aufmerksam, und man sah tatsächlich sorgenvolle Mienen. Umständlich nahm er Platz und packte auch nicht seine Pfeife aus. Schließlich hörten die Stammtischbrüder, wie er mit nahezu tonloser Stimme sagte: »Leute, das glaubt ihr nicht, was ich euch jetzt sage ...«

Allen Gesichtern war die Spannung anzusehen. Dann machte er eine Pause, schlug mit der flachen Hand auf den Tisch und verkündete mit strahlendem Gesicht so laut, dass es auch die angrenzenden Gäste hören konnten: »Ich werde Vater!!!«

Das Tohuwabohu, das nun am Tisch ausbrach, war garantiert bis zum Mezzanin zu hören.

Traudel eilte herbei, ob nun einige der Maler total durchgeknallt wären, aber sie wurde mit einer Bestellung von Hochprozentigem wieder zum Büfett geschickt.

»Aber, was ihr alle nicht für möglich halten würdet: Verena ...«, nun erfuhren die Kumpels, wie sein Schwarm eigentlich hieß, »... und ich benehmen uns sogar sehr altmodisch und – heiraten!«

Da gab es großen Beifall, und alle ließen Verena und Lanzendorff hochleben.

Wenn es Sie interessiert, und es ist wirklich interessant,

welchen Namen Lanzendorff schließlich für seine Tochter fand, dann erzähle ich Ihnen auch noch diese Geschichte.

Woher ich das alles weiß?

Schließlich saß ich ja nicht mit am Tisch. Erst nach Abschluss des Studiums durfte man dort Platz nehmen. Die Gründe sind verständlich, denn Grambach und Mager lehren an der Hochschule, und die Interna sind nicht für Ohren von Studenten bestimmt. Mit Kampfer, einem der Stammgäste, hatte ich einmal auf einer Messe gearbeitet, und von ihm kenne ich so manche Episode aus den Stammtischgesprächen.

Nun zum Namen seiner Tochter: Lanzendorff hatte eines Tags eine Eingebung und fragte seine Frau, ob sie etwas dagegen hätte, wenn sie ihre Tochter Conti nennen würden.

Sie lachte und hatte überhaupt nichts dagegen.

Der Maler wollte seiner Tochter diesen Namen zur ewigen Erinnerung an den Ort ihres Kennenlernens geben. Da rannte Lanzendorff aber in der DDR gegen eine Mauer im dafür zuständigen Amt. Die Frau blätterte in einem Verzeichnis und sagte: »Conti gibt's nicht.«

Der Maler erzählte der etwas missmutig dreinblickenden Mittfünfzigerin im ärmellosen grauen Sackkleid vom klassischen Italien und dass dort ein berühmter Künstler eine Tochter namens Conti hätte. Dann gebe es noch eine landesweit bekannte Schlagersängerin, die ebenfalls ...

»Ja, das steht aber nicht in unserem Verzeichnis. Wir sind hier im Stadtbezirk Süd und nicht in Italien. Und was nicht in unserem Verzeichnis steht, das gibt's nicht.«

»Könnten Sie da nicht vielleicht eine Ausnahme ...«

»Da könnte doch jeder kommen.«

Lanzendorff versuchte nun vorsichtig eine andere Tour. »Vielleicht kann ich Ihnen irgendwie behilflich sein ...?«

Die Beamtin stutzte und sah über ihre Brille. »Wie wollen Sie mir denn behilflich sein?«

»Was haben Sie denn für ein Hobby?«

Nun schaute die Frau den Maler sehr verwundert an. »Hobby? Was hat denn mein Hobby damit zu tun?«

Lanzendorff ließ nicht locker. »Na, wofür interessieren Sie sich denn besonders?«

Und nun passierte etwas mit der Amtsperson. Das Gesicht der Frau entspannte sich, sie lächelte etwas versonnen und merkte gar nicht, dass sie ihre amtliche Sprache vergaß und in ihren Dialekt verfiel. »Mir indressiern uns besonders für Daggl.«

»Dackel?«

»Daggl.«

»Aha, da sind Sie also eine echte Hundeliebhaberin.«

Nun huschte ein Schatten über ihr Gesicht. »Genau, awwer unser Lumbie, der machds nich mehr lang. Der is grangk, der arme Hund.«

Nun sah man im Gesicht von Lanzendorff eine Idee aufleuchten.

»Na ... und wenn ich ... Ihnen nun noch ein Bild von Ihrem Lumpi malen würde?«

Die Frau sah ihn nahezu fassungslos an. »Was?! So was gönn Sie?«

»Ich lehre als Professor an der hiesigen Hochschule.«

Die Frau am Schreibtisch war sichtlich beeindruckt. Und nun hatte sie auch ihre amtliche Sprache wiedergefunden.

»Ach hier an der ... Tja, wenn das so ist ...«, und nach einer kurzen Pause ließ sie vernehmen, »... also mir ist es jetzt auch so, als hätte ich den Namen Conti schon mal gehört.«

Und so kam seine Tochter doch zu ihrem besonderen Namen.

Was bei der Mutter zu erhoffen war: Conti wuchs zu einem bildhübschen Mädchen heran. Die Gene der Mutter dominierten, aber sie wollte auch Lanzendorff dominieren. Das ging nicht gut. Die Ehe der beiden hielt nur einige Jahre.

»Weißt du«, sagte er mir mal später nach meinem Studium, »ich brauche als Maler Bewegungsfreiheit. Und die Modelle halten mich jung. Und dann will ich dir noch eins sagen: Ich habe im Krieg so viel Schreckliches gesehen. Zerfetzte Körper. Tod und Verderben. Die Hölle. Ich habe mir damals geschworen, im Frieden nur noch schöne Sachen zu genießen. Und kannst du dir etwas Schöneres vorstellen als einen jungen Frauenkörper?«

Er zog an seiner Pfeife, blies eine dicke blaugraue Wolke in den Raum und murmelte vor sich hin: »Tisch 7 ist sehr verheißungsvoll ...«

# Prag

Wenn die Geschichte von Lanzendorff auch die Teilnehmer des Stammtisches wegen ihrer erotischen Brisanz für eine Zeit erregte, so bestimmten 1968 natürlich ganz andere, viel wichtigere Ereignisse dort die Diskussion. In diesem turbulenten Jahr war in Europa allerhand los – durch aufmüpfige Studenten in Frankreich, in der Bundesrepublik, in Polen und vor allem in der Tschechoslowakei.

1968 spielte der »Prager Frühling«, die Reformen, die aus der Kommunistischen Partei selbst kamen, als Gesprächs- und Diskussionsstoff an den Tischen im Conti die größte Rolle. Nach den Jahren des unmenschlichen Stalinismus im Ostblock sprach man in der ČSSR nunmehr von einem Sozialismus mit menschlichem Antlitz.

Unglaublich!

Der Hradschin forderte den Kreml heraus.

Carola Kleinschmidt, eine Studentin der Fotografie, die ich durch die Kunsthochschule kannte und mit der ich mich angefreundet hatte, plante, mit ihrer Freundin Vera in der zweiten Augusthälfte nach Prag zu fahren. Mein Kommilitone Benno und ich waren Anfang August aus der Goldenen Stadt an der Moldau zurückgekehrt. Die beiden waren sehr interessiert, von unseren Eindrücken zu hören.

Im Sommer waren eher mal Plätze im Conti frei, weil die Menschen gern die Stühle im Freien nutzten. Wir konnten deshalb oben in einer ruhigen Ecke Platz nehmen. Carola und Vera sahen uns erwartungsvoll an.

Ich holte tief Luft: »Ich kann euch nur sagen, es ist nicht zu fassen, was sich dort abspielt. Ich habe ja Prag vor fünf Jahren zum ersten Mal gesehen. Eine großartige Stadt! Diese Bauten. Alle Stile vom Mittelalter bis zum Bauhaus. Ich habe damals unentwegt Motive in meinen Zeichenblock skizziert. Benno war jetzt zum ersten Mal dort.«

»Und ich kann nur sagen«, unterbrach mich Benno, »es war Liebe auf den ersten Blick.«

»Aber die Menschen, die Ereignisse, die Atmosphäre in diesem Jahr«, nahm ich meinen Bericht wieder auf, »das ist eine völlig andere Stadt als vor fünf Jahren. Die Tage in Prag waren von so viel Optimismus auf ein neues Leben erfüllt, dass wir zwei glaubten, an einem Scheidepunkt der Weltgeschichte zu stehen.«

Und Benno fügte an: »Ich habe noch nie so viele offene und heitere Gesichter gesehen. Um es mal etwas poetisch zu sagen ... Als im Prager Frühling die Knospen platzten, wuchs parallel zum Erwachen der Natur die Hoffnung der Menschen auf ein neues Leben.«

»Wirklicher, nicht vorgegaukelter Optimismus erfüllt sie. So viel Kreativität in allen Bereichen der Gesellschaft. So viele Ideen! Benno und ich sind überzeugt, die Zukunft, wie wir sie uns mit einem reformierten Sozialismus erträumen, die wird nun Realität.«

Benno berichtete: »Wir haben da zwei tolle Typen kennengelernt ... Karel und Hanna ... mit denen müsst ihr euch treffen. Wir haben eine Telefonnummer.«

Ich unterbrach Benno. »Unser zweiter Tipp. Studentenklub ›Vltava‹, also Moldau. Dort müsst ihr unbedingt hin: Da sind wir auch Karel und Hanna begegnet. Das ist der Treffpunkt. Tolle Musik. Viele Studenten aus der ČSSR, aus Westdeutschland, Ungarn, Holland, Polen, Hippies aus den USA und Skandinavien ... und natürlich auch reichlich Leute von uns.«

»Und immer wieder sahen wir an Hemden und Jacken den Anstecker Make love, not war.«

Benno begann zu schwärmen: »Nie werde ich einen Sonnenuntergang vergessen, den ich mit Richard und solchen Typen auf der Karlsbrücke erlebte. Am Ende der Brücke, kurz vor der Kleinseite, spielte eine kleine Band Beatles-Songs und Welthits von Simon und Garfunkel, Bob Dylan und Joan Baez. Und viele sangen mit.«

»Und es wurde getanzt. Habt ihr schon mal in der DDR auf einer Brücke getanzt?«, fragte ich die beiden. Vera meinte: »Da käme doch sofort ein Vopo und würde fragen: ›Na Bürger, was machen wir denn hier auf der Brücke?!‹«

Wir lachten. Und ich konnte berichten: »Aber in Prag gab es weit und breit keinen Polizisten, der uns zur Ordnung rief.«

Carola fragte: »Gibt es denn dort so was wie unser Café Continental?«

»Na klar! Ein Besuch ist geradezu Pflicht: das Café Slavia. Da sitzen die gleichen Typen wie hier. Bloß, dass sie eben Tschechisch sprechen.«

»Und dass sie in einem Land mit viel Hoffnung leben. Ich habe ein Foto von der Demonstration am 1. Mai gesehen. Da stand nicht wie bei uns die Parteiführung auf einer Tribüne, um sich bejubeln zu lassen, sondern sie marschierte in der ersten Reihe und hatte symbolisch das Volk im wahrsten Sinne des Wortes hinter sich.«

Das Beispiel imponierte der Fotografin Carola. Nun wollte Vera wissen: »Stimmt es, dass man dort Westzeitungen kaufen kann?«

Benno und ich nickten. »Wir saßen tatsächlich im Slavia mit dem ›Spiegel‹ in der Hand.«

»Da würden sie dich hier gleich einkassieren!«, sagte Vera.

»Den Laden dafür findet ihr in einer Straße im Zentrum, die Jungmannova heißt.«

Vera schrieb sich das gleich auf.

»Und ihr müsst ins Kino!«

»Welchen Film?«

»Na ›Help‹ mit den Beatles!«

Die beiden Studentinnen gaben einen Ton des Entzückens von sich. »Den zeigen die dort?!«

»Na klar. Und die Stimmung und der Beifall im Kino, als Dubček auf der Leinwand in einer Wochenschau erschienen ist. Immer wieder Sprechchöre: ›Viva Dubček!‹«

Vera fragte nachdenklich: »Und was glaubt ihr, wie das weitergeht?«

»Ich hoffe«, meinte ich, »das macht Schule.« Und mein Freund Benno war überzeugt: »Polen, Ungarn und die DDR werden die Nächsten sein.«

Carola neigte allerdings zu Wermutstropfen. »Ich glaube nicht, dass sich das die Betonköpfe in der SU und bei uns einfach so gefallen lassen.«

»Was sollen sie denn machen?«

»Die werden sich schon was einfallen lassen.«

»Mein Schlagbaum der Hoffnung«, warf ich in die Runde, »steht jedenfalls steil nach oben. Fahrt erst mal hin und seht euch diesen Aufbruch an. Ihr müsst auch am Graben ...«

»... wo ist denn der Graben, und was ist das?«, wollte Carola wissen.

»Die Straße, die vom Wenzelsplatz zum Pulverturm führt. Tschechisch: Na přikopě.«

»Sauschwer«, fand Vera, »und was ist dort am Graben?«

»Eine Art Hyde-Park. Jeder kann reden. In den warmen Sommernächten bildeten sich viele kleine Gruppen. Wir standen dort mit Leuten aus aller Welt, und die jungen Tschechen wollten wissen: Was sagt ihr zu unserem neuen Gesellschaftsmodell? Könnt ihr euch das in der DDR auch vorstellen? Und sie freuten sich über unsere Zustimmung.

Als wir unser Bett im Studentenhotel ansteuerten, dämmerte bereits der Morgen.«

»Sagenhaft«, resümierte Carola.

»Die Menschen in der Tschechoslowakei sind tatsächlich auf dem Weg in ein selbstbestimmtes Leben«, fasste Benno zusammen.

»Mitten im Sozialismus!«

Als wir auseinandergingen, verabredeten wir, dass sich die beiden nach ihrer Rückkehr bald melden, um uns ihre Erlebnisse zu erzählen.

Und dann paar Tage später dieser Schock!

Die Nachricht vom Einmarsch der Truppen des Warschauer Paktes am 21. August traf uns wie ein Keulenschlag.

Panzer in Prag!

Die helle Leichtigkeit des Seins stürzte ins Dunkel. Panzerkettengerassel statt Gitarrenklänge. Schüsse statt Küsse. Befehle statt Lachen. Ein friedliches Volk wurde in den Kriegszustand katapultiert. Aber nach dem Schock kam bei Tschechen und Slowaken ein unbändiger Wille zum Widerstand.

Ich sagte zu Benno: »Stell dir vor, Carola erlebt das alles mit Vera vor Ort. Hoffentlich passiert den beiden nichts, denn ich kann mir denken, dass sich Carola mit ihrem Fotoapparat weit vorwagt.«

Nachdem die beiden Prag verlassen konnten, erfuhren wir von ihnen, wie die Stunden nach der Besetzung im Einzelnen verlaufen waren. Wir trafen uns aber für ihren Bericht nicht in unserem Kaffeehaus. Bei Partei und Stasi war die Stimmung höchst gereizt. In der DDR tauchten vereinzelt Parolen an Häusern und Flugblätter gegen den Einmarsch auf. Und im Conti hielten die Spitzel Augen und Ohren offen. Deshalb verabredeten wir uns bei Carola, um vor allem ihre Fotos zu sehen. Wie viele Studenten in dieser Stadt hatte sie eine Wirtin. Eine Reihe alleinstehender Frauen, oft waren es Kriegswitwen, vermieteten ein Zimmer.

Carola legte einen Packen Bilder auf den Tisch. Sie hatte die Fotos alle selbst in der Hochschule entwickelt und abgezogen.

Es waren unglaubliche Aufnahmen von jenem 21. August 1968, also vom ersten Tag des Überfalls, und wir sahen sie in einer Mischung aus Wut, Resignation und Traurigkeit. Jedes Foto war ein einmaliges schwarz-weißes Zeitdokument. Und Carola meinte: »Ich habe schnell noch in Prag alle Filme aufgekauft, die ich bekommen konnte, und so manches Mal mit Angst, Gänsehaut und Tränen fotografiert.«

Auf einem Foto saßen zwölf sowjetische Soldaten mit Stahlhelm auf einem Panzer, in den Händen Maschinenpistolen. Die Prager betrachteten sie zornig. Und Carola steuerte aus der Erinnerung ihre Beobachtung bei: »Die jungen Russen blickten manchmal regelrecht verwirrt, verunsichert, verlegen. Manche aber auch trotzig. Sie machten nicht den Eindruck von stolzen Sowjetsoldaten. Vermutlich hatten sie erwartet, dass sie mit Blumen begrüßt würden, weil man ihnen erzählt hatte, dass man sie gerufen hatte, um zu helfen, die Konterrevolution zu besiegen. Und nun sagten ihnen Menschen mit dem Abzeichen der Kommunistischen Partei am Revers, dass sie niemand gerufen habe. Und das sagten sie ihnen in Russisch. Die verstanden die Welt nicht mehr!«

Vera erzählte uns: »Die Panzer waren nicht nur mit aufheulenden Motoren durch die Stadt gebraust, sie hatten auch geschossen. An der Fassade des Nationalmuseums sah man die Spuren.«

Ein Foto zeigte junge Männer, die Steine auf die metallenen Ungetüme warfen. Eine an sich hilflose Geste. Ich hatte sofort ein Bild aus dem Jahr 1953 vor Augen. Da warfen Ostberliner Pflastersteine auf sowjetische Panzer. Man kann sich vorstellen, dass die Steine lediglich auf dem Metall einen dumpfen Ton verursachten, aber die Insassen werden sich bei diesem Klang zumindest unwohl gefühlt haben, denn sie merkten: Wir sind hier alles andere als willkommen.

Auf einem Foto sahen wir hunderte Menschen, die sich am Denkmal des heiligen Wenzel sammelten. Auf dem Sockel des Reiterstandbildes stand in Großbuchstaben

DUBČEK HURÁ
SSSR TAHNÉTE DOMŮ

So viel konnten wir uns zusammenreimen, dass man mit dieser Losung Dubček hochleben ließ und die Russen in die UdSSR zurücksollten. »Domoi«, sagen die Russen, wenn sie nach Hause gehen. Also konnten sie das auf Tschechisch auch schnell kapieren.

So viel Bitterkeit, so viel Fassungslosigkeit, so viel Trauer in den Blicken der Menschen. Das ganze Gegenteil von jenen Gesichtern, die Benno und ich vor unserer Abreise gesehen hatten.

Wie zum Beispiel auf der Prager Burg, als Tito zu einem Solidaritätsbesuch nach Prag gekommen war und die Massen beide Politiker feierten. Die unentwegten Rufe nach Dubček führten schließlich dazu, dass sich ein Fenster auf der Burg öffnete und er den Menschen zuwinkte. Jubel über Jubel. Mir schien, die Rufe wären bis zum Wenzelsplatz zu hören gewesen.

Carola legte ein Foto nach dem anderen auf den Tisch. Vor einem großen Plakat »Filmove novinky« an einer Hauswand stieg aus einem Haufen brennender Teile eine schwarze Wolke in den Himmel. »In der Innenstadt lagen überall auf den Straßen ausgebrannte Ruinen von Omnibussen oder zerquetschten Autos, die den Panzern im Wege standen. Und es brannten auch Gebäude.« Sie zeigte uns als Beleg ein Foto, auf dem die Feuerwehrleiter bis ins vierte Stockwerk reichte.

»Kreide war der Stoff jener Tage, um den Protest schnell an die Hauswände zu schreiben. Kreide und weiße Farbe.« Und Vera fügte hinzu: »Mit Kreide haben mutige Leute auch Hakenkreuze auf Panzer gemalt. Sie stellten die Okkupanten mit den Nazis auf eine Stufe. Einer hatte ein Hakenkreuz in einen Sowjetstern gezeichnet.«

»Das war ja für das Volk auch nicht begreifbar, dass sie 1945 von den Sowjets befreit und 1968 von ihnen besetzt werden«, ergänzte ich.

Und immer wieder Menschen, die mit ernsten Gesichtern auf der Straße miteinander redeten. Ein Mann mit dunklem gewelltem Haar und großen Augen hatte völlig deprimiert seine Hände unter der Nase aneinandergelegt. Fast wie im Gebet. Carola hatte ihn als Halbfigur fotografiert. Er schaute verzweifelt: Was soll nun werden?

Dann ein Bild von einer Demonstration. Unübersehbar viele Menschen. In der ersten Reihe fünf junge Männer, die eine blutgetränkte Nationalflagge trugen. »Ihr könnt euch nicht vorstellen, was da auf dem Platz plötzlich für eine Stille herrschte. Friedhofsruhe auf dem sonst quirligen Wenzelsplatz. Das ging unter die Haut. Es hatte die ersten Toten und Verletzten gegeben.«

»Ich glaube«, meinte ich, »wir brauchen jetzt erst einmal zur Dämpfung einen Schluck. Das ist ja ohne Alkohol gar nicht zu ertragen. Ich besorg uns was.«

Als ich mich gerade aufmachen wollte, sagte Carola: »Warte.« Sie verschwand in der Küche und kam blitzschnell mit einer Flasche Karlsbader Becherbitter wieder. »Die stammt noch aus dem besetzten Prag.«

Wir stießen auf den Mut der Prager an.

»Ihr müsst euch vorstellen«, begann Carola, »am

21. August, Punkt 12 Uhr, zeigte sich der Protest hörbar in der ganzen Stadt: Es heulten alle Fabriksirenen, hupten alle Autos und Omnibusse, klingelten auf sämtlichen Strecken die Straßenbahnen und läuteten alle Kirchenglocken. Wir hatten beide Tränen in den Augen ... Das waren Signale des Widerstands. Die Russen blickten verunsichert in der Gegend umher, der drehbare Geschützturm mancher Panzer rotierte, weil sie fürchteten, dass dies vielleicht das Zeichen zum Aufstand und zum Angriff wäre.«

Vera ergänzte Carola, die sichtlich von dem Gesehenen noch emotional beeindruckt war. »Wir sollen euch natürlich herzlich von Karel und Hanna grüßen. Wir waren auch nach dem 21. August mit ihnen im Zentrum unterwegs. Ich ließ mir übersetzen, was die Menschen den Russen auf ihren Panzern zuriefen. Es waren die beiden wichtigsten Fragen: ›Was wollt ihr hier?!‹ und ›Warum seid ihr gekommen?!‹«

Carola erinnerte sich: »Und immer wieder die Sätze: ›Hier gibt es keine Konterrevolution!‹ Und der hundertfache Ruf junger Menschen: ›Wir wollen frei sein!‹

Damit sprachen sie jenen Satz aus, vor dem sich Breschnew und Konsorten am meisten fürchteten. Genau das sollte verhindert werden.«

»Wart ihr noch im Studentenclub Vltava?«, wollte ich wissen.

»Wir waren vor dem Einmarsch mit Karel und Hanna drin. Er wurde dann sofort geschlossen. Karel erzählte uns eine schöne Episode. Er war in einer Kneipe, als zwei Russen hereinkamen und ein Bier wollten. Da meinte der Kellner lakonisch zu ihnen: ›Trinkt euer Bier in Moskau!‹ Pause. Sie bekamen nichts. Die beiden verließen tatsächlich bedeppert das Lokal.«

Carola sprach mich direkt an: »Ich musste an dich denken, als ich an den Häusern, in den Schaufenstern am

Wenzelsplatz die Karikaturen und Plakate sah. Das hätte dich und Benno besonders interessiert.« Und sie nahm aus einer Fotoschachtel entsprechende Motive, die die Okkupanten zeichnerisch verspotteten. Auf einem Bild sah man die Beine eines Mannes, der Stiefel mit dem Sowjetstern trug. Er stand auf Rollschuhen in der Form sowjetischer Panzer, und die Übersetzung lautete auf die Rollschuhe bezogen, dass »sie für Ausflüge nach Mitteleuropa geeignet wären ...«.

Der feige Anschlag auf das tschechoslowakische Volk provozierte nun besondere Prager Anschläge durch die Bevölkerung. Mit Witz, Zorn und Trauer.

Und Vera legte weitere Bilder aus. Eine Zeichnung zeigte einen Panzer und darüber das Gesicht des weinenden Lenin ... Carola schwärmte von der künstlerischen Kreativität des Widerstands: »Mein Eindruck war, wer in Prag zeichnen konnte, der zeichnete. Vom Schüler bis zum Professor.«

Und Vera ergänzte: »Alles, was dort im Zusammenhang mit der Besetzung satirisch aufgespießt wurde ...«

»... das wurde am Abend tatsächlich aufgespießt«, vollendete Carola den Satz. Die beiden lächelten über unsere verwunderten Gesichter und klärten uns auf: »Abends nach 22 Uhr, wenn die Prager vom Wenzelsplatz verschwunden sein mussten, kamen die sowjetischen Soldaten und richteten ihre Bajonette gegen diese papiernen Zeugen, rissen alles in Fetzen.«

»Und am nächsten Tag ...?«, wollten wir wissen.

»Klebten nach der Ausgangssperre noch mehr Zeichnungen, Losungen und Aufrufe!«, lachte Vera. »Darauf noch einen Becherbitter!« Sie goss ein und animierte uns zum tschechischen Trinkspruch »Na zdravi!«

Mir fiel ein: »So eine Ausgangssperre habe ich noch aus meiner Kindheit 1953 in Erinnerung. Da rollten die sowjetischen Panzer in der DDR durch einige Städte.«

»Und 1956 in Budapest«, erinnerte Benno. »Bei Strafe ihres Unterganges schaffen sie es eben nicht, ohne Panzer den sozialistischen Block bei der Stange zu halten.«

»Der Widerstand ist so originell, so kreativ«, nahm Carola wieder die Beschreibung der Situation auf, »auf Richtungsanzeigern zu Städten las man plötzlich in russischen Buchstaben MOSKAU oder ALMA ATA. Straßenschilder wurden abmontiert. Die Russen fanden sich in Prag nicht mehr zurecht.«

Vera beschrieb Namensschilder, die sie an einem Hochhaus entdeckt hatte. »Da wohnten nur noch Familien, die Dubček, Swoboda und Smrkowský hießen ...«

»Ja, und wie geht das nun weiter?«, ließ sich still und nachdenklich Benno vernehmen.

»Jetzt sind alle noch im Schock. Es ist unfassbar. Und es hilft ihnen ja auch niemand. Die UNO gleich gar nicht. Klar, es gibt ein paar Protestnoten. Aber letztlich akzeptiert der Westen, dass zum Gleichgewicht des Schreckens gehört, dass die UdSSR kein Land aus dem Warschauer Pakt entlässt.«

»Aber die Hoffnung auf Freiheit ist natürlich nicht totzukriegen«, ließ sich Vera hören.

»Das wird jetzt ein paar Jahre dauern«, war meine Meinung, »aber das gärt weiter, und der Protest wird sich wieder formieren. Vielleicht kommt ja auch in einem dieser Länder irgendwann wieder ein Dubček an die Macht.«

Benno hatte die kühnste Idee: »Am besten direkt in Moskau!«

Alle lachten. Und ich kommentierte: »Na, da kannst du lange warten!«

# Das Original

Es zählte bald zu meinen besonders geschätzten Gewohnheiten, dass ich vor oder nach einem Kaffeehausbesuch dem benachbarten Antiquariat einen Besuch abstattete. Einmal suchte ich ein bestimmtes Buch über Kabarett in den zwanziger Jahren. Meine Frage hatte ein älterer Herr mitbekommen, während er in einem dicken Notenband blätterte. Er schaute kurz auf und sagte in meine Richtung: »Die zwanziger Jahre ... das war meine große Zeit!«

Man hörte an der Artikulation, dass er zwar Sachse war, aber umgangssprachlich den Dialekt zurücknahm.

Ich äußerte die Vermutung: »Sie haben diese Jahre noch selbst erlebt?«

Er nickte mir zu: »Oh ja! Oh ja! Ich war damals oft in Berlin. Mein Bruder lebte dort. Wir waren beide große Liebhaber der Unterhaltungskunst. Und Berlin! Was war das damals für eine Stadt! Mein lieber Kokoschinsky!

Das können Sie sich nicht vorstellen, junger Mann. Damals lebten dort fast vier Millionen Menschen. Es war nach London und New York die drittgrößte Stadt der Erde! In Berlin gab es 50 Theater ... 75 kleine Bühnen ... Und wenn ich an diese Revuen denke! Das größte Berliner Varieté-Theater stand in der Lutherstraße und hatte 3000 Plätze!«

Ich war verblüfft. »3000! Und wie hieß das?«

»Das war die Scala.«

»Und diese urgemütlichen kleinen Brettlbühnen. Auf einer erlebte ich zum Beispiel Valeska Gert. Haben Sie von dieser Dame jemals gehört?«

»Sicher. Sie erfand die Tanzpantomime, wurde auch

Grotesktänzerin genannt, war Kabarettistin und Schauspielerin.«

Der Mann war sichtlich beeindruckt. »Für Ihr Alter wissen Sie ja allerhand! Tucholsky nannte Valeska Gert eine ›dolle Nummer‹. Und das war sie auch!

Gezá von Cziffra, Filmregisseur und einer *der* Experten für die Unterhaltungsbranche jener Tage, schreibt in einem Buch, dass sie reihenweise bekannte Schauspieler vernaschte.«

»Obwohl sie ja alles andere als schön war.«

Mein Gegenüber stimmte mir zu. »Das ist wohl wahr. Manche hielten ihre Tänze über Wahnsinn, Qual, Tod und Liebe für schrecklich extrem und auch mitunter sehr vulgär. Ich sah sie in langen schwarzen Strümpfen, die sie bis über das Knie gerollt hatte. Darüber war die weiße Haut ihrer Schenkel zu sehen. Damals noch sehr ungewohnt. Eine Provokation!

Im Publikum wurde gepfiffen und gebrüllt.

Es verließen auch Leute den Raum. Das störte sie alles nicht. Sie provozierte gern. Und was ihr Äußeres betrifft, da tröstete sich die Gert mit Brechts sarkastischer Bemerkung: Sie sind gar nicht hässlich, wie die anderen sagen. Im Gegenteil, in Tibet gälten Sie als Schönheit. Sie leben im falschen Land.«

Ich musste lachen: »Typisch Brecht. Sehr schlitzohrig formuliert!«

»Aber soviel ich weiß, hat sie es nicht in Tibet darauf ankommen lassen, ob sie dort tatsächlich als anerkannte Schönheit akzeptiert wurde.«

»... und lieber in Deutschland weiter Schauspieler vernascht.«

»Mein lieber Kokoschinsky!«

Diese Redewendung schien bei dem alten Herrn ein Ausdruck höchster Wertschätzung oder Verblüffung zu sein.

»Schließlich gewann sie sogar noch einen Liebhaber von Weltrang: Den großen Regisseur Eisenstein, dessen ›Panzerkreuzer Potemkin‹ bekanntlich ein Meilenstein der Filmgeschichte wurde.«

»Wie ist sie denn an den geraten?«

»Sie lernte ihn bei einem Gastspiel in Moskau kennen. Er tauchte dann plötzlich öfters in Berlin auf, hielt Vorträge, aber in Wirklichkeit ging es ihm nur um die Tänzerin Valeska Gert.«

»Und als die Nazis an die Macht kamen …«

»… da ging sie ins Exil«, vollendete der Alte meinen Satz, »Paris, London und schließlich Los Angeles. Sie war aber eine der ersten Emigranten, die ins zerstörte Deutschland zurückkam …«

»… und eine von den wenigen jüdischen, die überhaupt zurückkehrten.«

»Da haben Sie recht. Valeska Gert hat das deutsche Publikum stets sehr genau beobachtet und kam zu folgendem Urteil … Moment … es muss sich bloß noch oben in meinem Gehirnkasten zusammenrütteln … warten Sie … jetzt hab ich's: ›Der Durchschnittsdeutsche hat wenig Selbstvertrauen. Er hält für groß, was er nicht versteht. Sich bei einem Kunstwerk zu amüsieren erscheint ihm minderwertig. Langweilen muss man sich, dann hat man etwas für seine Bildung getan.‹«

Der ältere Herr war ein wenig stolz, dass er dieses ironische Urteil der Gert noch original zitieren konnte, und sah mich etwas triumphierend an.

»Na ja, wenn ich mir das so überlege«, entgegnete ich, »an dieser Aussage ist heute auch noch was dran!«

Das bestätigte er mir mit einem Kopfnicken.

Ich hatte das starke Gefühl, dass ich mit ihm auf eine Goldader gestoßen war. Das war für mich *die* Gelegenheit, einen Augenzeugen befragen zu können. Ich nahm all meinen Mut zusammen und sagte: »Ich interessiere mich sehr für diese Jahre auf den Kleinkunst-Bühnen, vor allem für Kabarett. Hätten Sie etwas Zeit? Dürfte ich Sie auf einen Kaffee ins Continental einladen?«

Er überlegte nur kurz. »Warum nicht – die Noten kann ich dann auch noch kaufen. Wenn Sie sich dafür interessieren – da sind Sie tatsächlich an den richtigen Mann geraten. Was machen Sie denn beruflich?«

»Ich bin Student ...«

Er reagierte verblüfft: »... und da wollen *Sie* mir einen Kaffee ausgeben?! Das machen wir lieber andersrum.«

»Ich habe gerade auf einer Messe gearbeitet und gut verdient und bitte Sie, meine Einladung anzunehmen.«

Er machte ein überraschtes Gesicht. »Das ist mir noch nicht passiert, dass mir ein Student einen ausgibt! Was studieren Sie denn?«

»Ich bin an der Kunsthochschule. Malerei und Grafik. Mein Name ist übrigens Richard Dumont ...«

»... wenn das kein toller Name für einen Maler ist! Passt aber auch für einen Chansonnier!«

»Da hätte ich auch nichts dagegen! Den Namen Dumont gibt es aber in Frankreich oft.«

Mein Gesprächspartner stimmte zu. »Ich weiß, ich weiß, er heißt ja so viel wie am oder vom Berg.«

»Genau.«

»Und Ihre Vorfahren waren vermutlich Hugenotten?«

»Väterlicherseits. Man sagt, dass es in Deutschland etwa eine Million Menschen gibt, die Nachfahren der Hugenotten sind!«

»So viele!« Der ältere Mann atmete tief durch. »Was weiß heutzutage schon ein junger DDR-Bürger von den Hugenotten – nichts! Reineweg gar nichts.«

»Bei den Alten wird es auch nicht viel besser sein ...« Er winkte ab. »Etwas schon, etwas schon ... Hugenotten, französisch Huguenots, ist ja eigentlich ein Spottname, eine Verstümmelung des französischen Wortes für Eidgenossen – eignots. Sie waren Protestanten, schlugen sich tapfer in Glaubenskriegen.« Er zeigte mit seinem Arm in die Höhe und wackelte mit der rechten Hand: »Ich nenne nur die legendäre Bartholomäusnacht …«

»Genau. In dieser Nacht wurden tausende Hugenotten in Paris und in der Provinz getötet.«

»Mein lieber Kokoschinsky! …« Er schüttelte den Kopf. »Schrecklich! Schrecklich! Immer wieder gibt es in der Geschichte dieses sinnlose Töten und nur, weil jemand einen anderen Glauben hat … Nicht zu fassen! … Die Hugenotten erhielten ja erst Glaubensfreiheit durch Heinrich IV. im Edikt von Nantes, aber Ludwig XIV. hob das Edikt wieder auf. Und das Ende vom Lied: Verfolgung und Flucht der französischen Protestanten. Viele kamen nach Deutschland, erhielten Asyl. Der Französische Dom in Berlin auf dem Gendarmenmarkt kündet ja letztlich symbolisch von der Einwanderung. Ich habe mal gelesen, dass um 1700 jeder fünfte Berliner ein Hugenotte war!«

Ich staunte. Da war sie noch – diese im besten Sinne gutbürgerliche Bildung. Und lächelnd resümierte er: »Ja, Geschichte hat mich auch immer interessiert.« Und er fügte etwas spitzbübisch hinzu: »Aber die wird bei uns mitunter etwas einseitig oder lückenhaft gelehrt. Oder was meinen Sie?«

Da merkte ich schon, welches Kaliber ich vor mir hatte, und stimmte ihm lebhaft zu. Und während er seine abgegriffene Ledertasche vom Boden nahm, reichte er mir die Hand und sagte: »Ferdinand Barnowsky.«

»Das könnte ja auch der Name eines Komponisten sein. Aber vermutlich sind Sie Musiklehrer?«

»Pianist und Gesangspädagoge. Ich lebe für die Klassik, aber liebe die Kleinkunst. Und die zwanziger Jahre sind ein Füllhorn auf höchstem Niveau. Diese intelligente Leichtigkeit. Das wurde nie wieder erreicht!«

Er trug jene Kopfbedeckung, die ich in meiner Kindheit

und Jugend bei Vertretern von drei Berufen immer wieder gesehen hatte: bei Pfarrern, Lehrern und Künstlern – eine schwarze Baskenmütze. Wir stellten das Gespräch erst einmal ein, weil wir hintereinander die eiserne Wendeltreppe vom Antiquariatskeller ins Erdgeschoss hochstapften.

Nach dem Verlassen des Antiquariats steckte er sich sofort eine Zigarette an und bemerkte mit einer Kopfbewegung zu mir: »Ich rauche seit meinem 13. Lebensjahr.«

»Donnerwetter.«

»Bis jetzt hat es mir nicht geschadet, aber das wird schon noch kommen. Awwer nu is sowieso alles zu schbähd!«

Es war vermutlich eine Art Masche von ihm, dass er ab und an ganz bewusst einen Satz im klassischen sächsischen Dialekt artikulierte.

Mit der Hand wies er auf das benachbarte Kino. »Einen Moment, solange ich noch rauche, will ich gleich mal einen Blick auf das Filmprogramm werfen. Gute Filme sind ebenfalls meine Leidenschaft.«

In einem Schaukasten hing ein Plakat mit allen Vorstellungen des Tages, und an den Säulen wiederum sah man gerahmte Originalplakate oder Fotos von alten oder zumindest älteren Filmen. Er zeigte begeistert auf Bilder: »Sehen Sie mal hier ›Lohn der Angst‹. Das war ein großartiger Film! Schaffen sie es, mit ihren LKWs das Nitroglycerin zu transportieren? Diese Spannung und diese Schauspieler! Der große Yves Montand, Charles Vanel und Peter van Eyck. Es waren noch die Jahre, wo das Erlebnis Film über das Fernsehen triumphierte. Haben Sie ›Lohn der Angst‹ gesehen?«

»Ja, so als Zwölf-, Dreizehnjähriger saß ich gebannt im Kino. Ich erinnere mich, dass in dem Film irgendwo in … Südamerika eine Erdölquelle brennt …«

»… genau. Sie brauchen unbedingt das Nitroglycerin, um den Brand durch eine gezielte Explosion zu löschen. Einige Teams machen sich jeweils mit einem LKW auf den

Weg. Tolle Typen. Abenteurer. Die Fahrt geht durch ein Gebirge, über extrem schlechte Straßen …«

»… schlimmer als in der DDR.«

Barnowsky lachte über meinen Einwurf. Und ich ergänzte: »Es gibt eben noch Steigerungen.«

Dann fasste er zusammen: »Nach meiner Erinnerung scheitern alle – bis auf einen. Der schafft es mit letzter Kraft, aber wie geht der Film aus? Überlebt er, oder geht er auch noch drauf?«

»Ich habe keine Ahnung mehr.«

»Ich auch nicht.«

Der Mann mit der Baskenmütze zeigte in Richtung Conti. »Aber ich habe jetzt überfallartig einen ganz starken Kaffeedurst! Kommen Sie!«

Obwohl Ferdinand Barnowsky so ein langjähriger Raucher war, schaffte er die Treppe in den ersten Stock zwar langsam, aber ohne eine Pause. Wir setzten uns an eins der geöffneten Fenster. Sie stammten noch aus jenen legendären zwanziger Jahren, über die wir reden wollten. Die untere Hälfte ließ sich nach oben schieben. Die Straßengeräusche drangen bis zu uns, aber auch die Vögel in den Bäumen am Brunnen waren zu hören. Poesie der Großstadt.

Wir nahmen Platz, und schon legte Barnowsky los: »Zum Kabarett an sich möchte ich …«, da stand aber »Marlene«, die Kellnerin mit den schönen Beinen, schon am Tisch und scherzte, wie immer auf meine französische Herkunft anspielend: »Was darf ich Ihnen bringen, Monsieur Dumont?«

Ich bestellte deshalb ausdrücklich einen Café au lait und mein Gast einen Kaffee schwarz.

Und Ferdinand Barnowsky kommentierte das noch entsprechend seiner Herkunft: »Awwr sieße mussor sinn!«

»Kann es vielleicht auch ein Stück Kuchen sein?«, fragte ich meinen Gast.

»Da sage ich nicht nein.«

»Marlene« wollte uns zum Büfett schicken, aber wir sparten uns den Weg, und der Pianist und Musikpädagoge bestellte nach sächsischer Art »ä Schdigg nassn Guhchn.« Also irgendeinen Obstkuchen. Die Auswahl überließen wir vertrauensvoll der blonden Kellnerin, die sich mit dem Satz »Aber nicht beschweren, wenn es dann nicht nach eurem Geschmack ist!« auf den Weg machte.

Nun fingerte Ferdinand Barnowsky erst einmal an seiner Duett-Schachtel herum und zündete sich ein Exemplar an. »Es erscheint mir logisch, dass Sie als Gesangspädagoge diese Marke bevorzugen.« Er quittierte meinen Einwurf mit einem Lächeln, um dann sofort zur Sache zu kommen. »Wenn Sie sich für Kabarett interessieren, würde ich Ihnen gern erst einmal etwas über die Anfänge erzählen.«

»Sehr schön.« Ich nickte ihm lebhaft zu.

»Auf der Welt gab es natürlich immer irgendwelchen Tingeltangel, humoristische Einlagen und lustige Lieder, aber Kabarett ... Kabarett gibt es erst seit 1881. Da gründete ... na, wie hieß er denn gleich ...«

Unwillig nahm er die Lücke in seinen grauen Zellen zur Kenntnis, schüttelte erst den Kopf, tippte dann mit dem Zeigefinger an seine Schläfe und resümierte mit einem Blick zu mir: »Ohm dor Gobb isses!« Plötzlich ging die kleine Klappe an einer bestimmten Stelle des Hirns auf ... »Rodolphe Salis!« Er strahlte wie ein Kind. »Der gründete in Paris ein ›cabaret‹ und gab ihm den Namen ›chat noir‹. Sie als halber Franzose können sich das natürlich übersetzen?«

»Na klar ... Schwarze Katze.«

»Dort trat der berühmte Aristide Bruant auf und sang seine Lieder ...«

Ich konnte ergänzen: »Mit einem schwarzen Hut, schwarzen Mantel und einem leuchtend roten Schal ...«

Barnowsky strahlte mich an. »... genau so hat ihn Toulouse-Lautrec für die Ewigkeit festgehalten. Das Plakat kennt fast jeder. Das Neue im chat noir war, dass die Besucher an Tischen saßen, sie tranken Wein und wurden von einem Conférencier über die nächste Nummer informiert.«

»Wissen Sie, wovon sich der französische Begriff cabaret ableitet? Ich muss da passen.«

»Das kann ich Ihnen erklären. Auf Deutsch müsste man dazu eigentlich ›Kaffeebrett‹ sagen.«

Das erstaunte mich nun doch sehr. »Kaffeebrett?«

»Ja, dahinter verbirgt sich in Frankreich ein in Fächer geteiltes Servierbrett mit einem kleinen Imbiss, der zum Kaffee gereicht wurde.«

Ich musste gestehen, dass ich das zum ersten Mal hörte. »Na ja, hinter dem Begriff Cabaret verbirgt sich ja in Deutschland mehr Tanz und Show, während politisch-satirische Texte hier im Kabarett aufgeführt werden.«

Barnowsky stimmte mir zu. »Genau. In Leipzig gab es in den zwanziger Jahren einen unglaublich guten Solo-Kabarettisten. Der Mann hieß Woldemar Sacks. Er spielte nicht nur hervorragend Klavier, sondern er war ein Klaviervirtuose, ein geistvoller Satiriker und eine besondere Art von Philosoph. Seinen Leitsatz habe ich noch drauf ... Moment ... also: ›Wenn man das Leben wirklich ernst nimmt, fängt man an zu lachen ... nimmt man es humoristisch, dann wird einem ernst zu Mute ... Am besten, man lächelt unter Tränen und drückt ein Auge zu ... so lange ... bis einem beide Augen zugedrückt werden.‹«

»Heiterkeit mit Melancholie gepaart.«

»So ist es. Was heute niemand mehr weiß: Sacks war in Berlin gern gesehener Gast in literarischen Salons, sogar bei intimen Veranstaltungen im Königshaus und begründete die ›Musikerklause‹. Das wird Sie als Kabarettfreund interessieren, denn d i e gilt als *die* eigentliche Geburtsstätte des deutschen Kabaretts ...«

Ich war erstaunt. »... dafür wird doch immer Wolzogens ›Überbrettl‹ angesehen!«

Barnowsky sah mich an wie ein Lehrer. »Zunächst mal Ihre kurze Erklärung für ›Brettl‹ ...«

»Na ja ... eben eine kleine Bühne«, antwortete ich.

»Das ist schon richtig, aber ursprünglich war das in Süddeutschland ein Amüsierlokal mit Gesangs- und Tanzdarbietung. Daraus wurde dann der Spielort des deutschen Kabaretts.

Wolzogen hatte Sacks zum musikalischen Beirat vom Überbrettl ausgewählt, aber sein Versuch liegt noch *davor*. Es begann in einem Nebenraum vom Café Kasino am Nollendorfplatz. Dort begründete er seine sogenannte Musikerklause. Ein kleiner Raum mit einem Podium, ein Klavier, Tische und Stühle. Die Wände dieses Raumes bedeckten sich mit der Zeit mit Karikaturen – man stelle sich vor! – von Edmund Edel, einem bedeutenden Jugendstilzeichner, und von dem später weltbekannten Lyonel Feininger.

Dorthin kam Ernst von Wolzogen, der schon länger von einem Kabarett träumte.«

»Und haben Sie eine Ahnung, warum er sein Unternehmen ausgerechnet Überbrettl nannte?«

Es war meinem Gesprächspartner die Freude anzusehen, dass er zu den wenigen Menschen zählte, die mir auf diese Frage eine Antwort geben konnten.

»Na klar, Sacks erinnert sich, dass in jenen Tagen alle möglichen Leute mit Nietzsche-Zitaten um sich schmissen, wenn sie Eindruck schinden wollten. Es ›nietzschelte‹ allerorten. Das gehörte zum guten intellektuellen Ton. Und weil es der Philosoph mit dem ›Übermenschen‹ hielt, gründete Wolzogen eben das ›Überbrettl‹«.

»Das ist ja hochinteressant ...« Und nach einer kleinen Pause fiel mir ein: »Ich wüsste gar nicht, mit welchen Zitaten man heutzutage Eindruck schinden könnte.«

Ferdinand Barnowsky sagte nach einem kurzen Stutzen: »Also da würde mir auf Anhieb auch nichts einfallen.« Und spitzbübisch lächelnd ergänzte er: »Bis auf die Zitate von Marx, Engels und Lenin, die Sie bei entsprechenden Prüfungen in Ihrem Studium zur rechten Zeit parat haben sollten.«

Ich atmete tief ein. »Dass man sich als künftiger Künstler damit herumquälen muss – das ist schon sehr strapaziös!«

»Schaffen Sie, schaffen Sie. Um noch einmal auf den heute völlig unbekannten Woldemar Sacks zurückzukommen ... er erzählt in seinem Buch ›Kabarett des Lebens‹ eine königliche Anekdote. Die geht etwa so: Sacks ist in Weimar bei einer reichen englischen Familie zu Gast. Neben ihm sitzt eine Dame, die aus ihrer Tasche eine Tüte holt und darin etwas Konfekt, Nüsse und Trauben verstaut, um danach ihre Nachbarin zu informieren, ›... dass sie immer etwas ihrem Brüderlein mitbringt.‹

Sacks will sich nun an dem Gespräch beteiligen und sagt: ›Na, da wird er sich freuen, die Racker naschen doch alle gern.‹

Darauf erntet er einen verächtlichen Blick der Dame, den er sich gar nicht erklären kann, weil ihm nicht klar war, wer da neben ihm saß. Seine Nachbarin war Frau Förster-Nietzsche, die Schwester des weltbekannten Philosophen!«

»Ach, von *diesem* kleinen Racker war die Rede!«

Wir lachten über den Fehlgriff des Kabarettisten.

Barnowsky fuhr fort: »Zurück zum Überbrettl. Die Uraufführung des Kabaretts fand am 17. Januar 1901 in Berlin statt. Sacks war die erste Programm-Nummer und trat als Wladimir Patschnikoff, internationaler Klaviervirtuose, auf. Die Begeisterung war riesig, und es fanden um 2 und um 4 Uhr morgens Wiederholungen statt!«

Ich staunte. »Das Publikum bestand vermutlich eher aus Gästen, die nicht so früh rausmussten ...«

»Davon können Sie ausgehen. Irgendwann zog Sacks dann nach Leipzig. Da ich dort eine Tante hatte, bei der ich in der Nürnberger Straße übernachten konnte, fuhr ich hin und wieder in die Messestadt. In vorgerückter Stimmung sprach ich junger Spund Sacks mal nach einer Vorstellung im Kabarett ›Retorte‹ an, und er ließ sich tatsächlich darauf ein, dass wir eine Weile vierhändig das Publikum unterhielten.

Mein lieber Kokoschinsky!

Und ich kann in aller Bescheidenheit vermelden, dass er von meinem Klavierspiel recht angetan war. An jenem Abend sagte er mir, dass ich ihn doch einmal besuchen solle. Das habe ich auch irgendwann gemacht. Der kleine Ort am Rande der Messestadt heißt Naunhof. Der Sacks war wirklich ein verrückter Typ. Der hatte tatsächlich zu meiner großen Verblüffung seine Möbel an die Wand gemalt!«

»Ach was! Aber ein Klavier wird er doch gehabt haben?«

»Das allerdings, das allerdings.«

»Und wen haben Sie von den Großen der Kleinkunst in den zwanziger Jahren noch erlebt?«

»Mein Bruder war sogar einige Zeit Kellner im legendären ›Romanischen Café‹ ...«

Ich schwärmte gleich los: »... dem bedeutendsten Künstlercafé im damaligen Deutschland!«

»Sie sagen es. Sie sagen es. Der kannte die ganze Mischpoke, und ich erhielt durch ihn ab und an ein kostenloses Billett. Also, Sie wollen Namen hören: Joachim Ringelnatz, Paul Morgan, Fritz Grünbaum ... Kurt Robitschek, Trude Hesterberg, Marga Lion. Werner Finck habe ich in seinem Kabarett ›Katakombe‹ bewundert ...«

»... ein ganz Großer! Und so mutig!«

»... über ihn können wir ja das nächste Mal reden.«

Ich stimmte lebhaft zu. »Sehr gern!«

»Die Männer verschlingende Valeska Gert erwähnte ich schon am Anfang unseres Gespräches. Sie hatte sogar nach der Vorstellung beim Umtrunk in der Kneipe ein Auge auf mich geworfen. Aber dem konnte ich mich entziehen. Sie war nun gar nicht mein Typ.«

Nun schien sich Barnowsky aber noch an eine andere Szene des Abends zu erinnern. Und etwas versonnen lächelnd sagte er: »An der Bar lernte ich eine Dame kennen, mit der ich sogar noch tanzte ...«

»... haben Sie eigentlich auch Charleston getanzt?«

»Aber sicher. Nach dem Motto von Friedrich Hollaender: ›Wenn du'n kannst, dann kannst'n, und wenn du'n kannst, dann tanzt'n.‹

Wir waren jung und tobten uns aus – wie Sie mit Rock'n'Roll! Die Leute flippten damals regelrecht aus. Der Krieg war vorbei. Die Lust am Leben und vor allem am Leben geblieben zu sein, schlug hohe Wellen. Preußische Disziplin und Steifheit waren vorbei. Walzer schön und gut, aber nun wurden die Beine bis kurz vorm Kniegelenkschaden geschlenkert. Ich kenne auch noch ein Charleston-Gedicht, warten Sie ...«

»Was? Das interessiert mich!«

»Ja, ja, das ging so ... ein Moment ...

Wir tanzen
in Fransen
die Welt unsrer Väter:
Was dann kommt,
und drankommt,
das findet sich später!
Wir lästern,
was gestern
uns heilig und teuer.
Nur Geld gilt
im Weltbild

der trunkenen Schreier –
Verrenke
Gelenke
im Jazzband-Gegröle:
die Beene
alleene
ersetzen die Seele.«

Ich war sehr angetan. »Das hat Pfiff und spiegelt auf besondere Weise die Zeit.«

Barnowsky lächelte mich milde an. »Freut mich sehr, wenn meine Erinnerungen Sie interessieren.«

»Und von wem ist das?«

»Keine Ahnung. Es gibt jedenfalls noch reichlich Geschichten für Sie aus jenen Jahren, aber das Antiquariat macht gleich zu, und ich will noch meine Noten abholen.«

Er zog einen Zettel aus seinem Portemonnaie. »Ich schreibe Ihnen meine Telefonnummer auf und danke für die Einladung. Das nächste Mal bin ich dran.«

Dann zog er seinen Trenchcoat an, ich half ihm in den linken Ärmel, den er nicht gleich fand. Er stülpte sich die Baskenmütze auf sein noch relativ dichtes, aber graues und etwas wirres Haar, schnappte sich die Kollegmappe und winkte mir fröhlich zu. Ich war tatsächlich etwas euphorisiert von dieser Begegnung und vor allem von dem Gehörten. Immerhin war mir mit diesem Ferdinand Barnowsky das erste Mal in meinem Leben ein Augenzeuge aus den goldenen zwanziger Jahren über den Weg gelaufen.

Der Mann war in jeder Beziehung ein Original. Und was er noch alles wusste!

Mein lieber Kokoschinsky!

# Vom Nachbartisch

Auch einige Kabarettisten der Stadt verkehrten im Conti. In so manchem Gespräch konnten sie Stoff für ihre Arbeit sammeln, Augen- und Ohrenzeuge von unfreiwillig heiteren Dialogen am Nachbartisch werden. Ich habe so etwas immer genossen.

Zwei Männer um die fünfzig.

Einer trug einen stattlichen Schnurrbart, leicht gezwirbelt. Ansonsten unrasiert. Der etwas übergewichtige Bartmann saß in einem kurzärmeligen karierten Hemd am Tisch, oben zwei Knöpfe offen, die einigen lockigen Brusthaaren die Chance gaben, sich dem Gegenüber zu zeigen. Seine schon etwas bejahrte Manchesterhose war den hohen Temperaturen des Tages nicht angemessen.

Der Bartmann rauchte ein Zigarillo und trank einen schwarzen Kaffee. Wenn er den Henkel der Tasse fasste, spreizte er den kleinen Finger der rechten Hand ab, wie wir es von feinen Damen aus UFA-Filmen kennen.

Der Andere, ein schlanker Typ mit fast etwas zu dünnen Armen, hatte dichtes dunkles Haar mit ein paar grauen Strähnen, trank einen Kaffee mit reichlich Milch und verspachtelte einen Eisbecher mit Sahne. Auffällig waren seine Hände, die eher zu einem Geiger passten. Unter sein langärmeliges graues Leinenhemd hatte er ein schwarzes T-Shirt gezogen. Von der gleichen Farbe waren seine Jeans. Der Bartmann sagte zu ihm: »Was ich dir noch erzählen wollte, du kennst doch den Barthel.«

»Barthel?«

»Der hat ’ne Hundezucht und einen ähnlichen Bart wie ich.«

»Barthel, Barthel, ... nee du, den kenn ich nicht.«

»Klar kennst du den!«

»Barthel? Nee, sagt mir nischt!«

Der Bartmann rollte schon mit den Augen und beugte sich leicht nach hinten.

»Seine Frau arbeitet bei der SVK. Er ist Möbeltischler und fährt einen Lada.«

»Lada?«

»Ja, einen roten. Er hat zwei Dalmatiner.«

»Sagt mir gar nichts.«

»Klar kennst du Dalmatiner!«

»Ja, Dalmatiner kenne ich schon.«

»Siehste. Und den Barthel kennst du ooch. Der wohnt bei dir um die Ecke!«

»Wo?«

»In der Parkstraße! Er hat zwei Kinder. Der Junge ist fußballverrückt, und die Tochter lernt Akkordeon.«

»Wenn ich dir sage, ich kenne den nicht!«

Der Bartmann ereiferte sich immer mehr: »Und ich sage dir, den kennst du! Der hat ’ne Datsche am Waldsee und geht gern in die Pilze.«

»Das kann ja alles sein, aber mir ist der Mann völlig unbekannt.«

Nun konnte sich der Bartmann kaum noch im Zaume halten und echauffierte sich regelrecht: »Also das gibt’s doch nicht! Bist du denn heute blöde oder was! Wir saßen schon zusammen in der Kneipe. So ein mittlerer kräftiger Typ mit ’ner Halbglatze. Er hat ziemlich große Ohren und ’ne Knubbelnase.«

»Nun beruhige dich doch ... Ist ja gut ... der hat große Ohren und ’ne Knubbelnase?«

»Ja!«

»Und hat ’ne Datsche am Waldsee ...?«

»Genau!«

»Und fährt einen Lada?«

»Wie ich sagte!«

»Also … mir fällt da jetzt einer ein, wo das alles passen würde, aber …«

»Aber?«

»Aber *der* heißt Baumgärtel …«

Der Bartmann sah seinen Freund mit erstauntem Gesicht an, geradezu fassungslos, dann fing er unbändig an zu lachen und haute ihm mit der Hand auf die Schulter: »Mensch, den mein' ich doch!«

# Das Spiel

Als ich eines Tages mit meinem Kommilitonen Bruno ins Conti kam, war es besonders überfüllt. An der Wand rechts hinten sahen wir noch einen Tisch mit zwei freien Stühlen. Daran saß ein Mann, der vielleicht Anfang fünfzig war. Vor ihm standen ein Bier und das leere Glas von einem Klaren. Als wir zögernd diesen Tisch anpeilten, merkte er das und winkte uns zu: »Kommt ran. Hier ist frei!«

Er wirkte friedlich und heiter, und wir nahmen Platz.

Seine Jacke hatte auch schon bessere Zeiten gesehen. Sie war, vermutlich auch vom Regen draußen, etwas zerknittert, und er schien nach seiner Arbeit hier Station zu machen. Eigentlich wirkte er in diesem Milieu etwas fremd. Arbeiter tauchten hier oben seltener auf.

Und schon stand Christa lächelnd neben uns und nahm unsere Bestellung auf.

Unser Redefluss stockte etwas, weil wir gehofft hatten, einen Zweiertisch zu ergattern. Wir würden nun nicht vor einem Fremden den eben gehörten Vortrag des Marxismus-Leninismus-Dozenten auswerten, der uns gehörig genervt hatte. Zum Glück gab es an unserer Kunsthochschule auch ein paar Professoren, die nicht so engstirnig daherkamen und uns an einer langen Leine arbeiten ließen. Und deren Toleranzpegel uns im Studium eher motivierte.

Während wir uns im Kaffeehaus nach Bekannten umsahen, sprach uns der Mann im zerknitterten Jackett schon an: »Ihr seid doch bestimmt Studenten?«

Wir bejahten seine Frage.

»Ich habe was für euch. Ihr habt doch Grips! Ich würde euch gern ein Spiel zeigen, das hier in der Stadt nur fünf Leute kennen. Genau fünf! Soll ich euch das mal zeigen, ja? Habt ihr Lust?«

Na ja, was sollten wir schon machen? Also nickten wir nicht gerade enthusiastisch.

»Klar ... machen Sie mal.«

Nun wurde er ganz eifrig. »Für das Spiel brauchen wir Streichhölzer. Ganze und halbe. Also, ich wette, dass ihr nicht herauskriegt, wie das funktioniert. Obwohl ihr Studenten seid! Ich bin ja nur ein einfacher Arbeiter, aber ihr habt Grips! Glaubt mir, nicht mal euer Professor kriegt das raus. Und der hat ja noch mehr Grips als ihr. Nicht mal der schafft das. Mein Wort gilt! Das Spiel kennen hier im Ort nur sieben Mann. Ich hab das im Ausland gelernt, versteht ihr? Im Krieg. In diesem Scheißkrieg! Ich hab viel gesehen. Auch schöne Sachen: Paris, das Mittelmeer, Marseille, Hafenkneipen ...«

»Und auch schöne Frauen?«, fragte Bruno.

Der Mann lachte. »Na klar, mein Junge, Frauen auch. Reichlich. Und was für welche ...«

Danach hielt er kurz inne. Vielleicht tauchte aus seiner Erinnerung eine bestimmte junge Frau auf. Er bekam etwas leicht Verträumtes in seinen Augen, um dann fortzufahren: »Ich war Deckältester.« Und nun wurde sein Gesicht wieder härter. »Aber ich habe auch viele schreckliche Dinge erlebt. Ich bin zwei Mal abgesoffen. Das letzte Mal ... das letzte Mal blieben 48 Mann unten. 48 Mann! Könnt ihr euch das vorstellen?«

Wir schüttelten wie abgesprochen wortlos den Kopf.

»Ich hab die Schnauze voll vom Krieg. Das kann ich euch sagen.«

Mit beiden Händen machte er eine abwehrende Bewegung.

Dann überzog wieder ein leichtes Lächeln sein Gesicht. »Aber jetzt zeige ich euch das Spiel. Das kennen hier in der Stadt nur sieben Mann. Mein Wort gilt!«

Er nahm eine Reihe Streichhölzer aus der Schachtel, ordnete sie zunächst in einer bestimmten Reihe und stellte dann diverse Rechnungen an. Es war eine mathematische Knobelei, und wir verstanden nur Bahnhof. Mathematik war und ist das Letzte, was mich interessiert. Bruno versuchte, hinter den Trick zu steigen, aber auch er musste passen.

Der Mann freute sich unbändig und stieß ihn mit dem Ellenbogen an.

»Habe ich euch nicht gesagt, dass ihr das nicht herausbekommt? Hab ich's nicht gesagt? Das bekommt nicht mal euer Professor raus. Mein Wort gilt! Das hat mir in einer Hafenkneipe in Marseille ein chinesischer Kellner beigebracht. Der sprach französisch, englisch und deutsch ...«

»... und vermutlich noch chinesisch«, scherzte Bruno. »Eher weniger«, meinte unser Mitspieler, »er war schon Jahrzehnte in Frankreich. Aber der hatte was drauf! Er war schon in vielen Ländern. Und das Spiel hat Weltniveau! Das ist es doch, was Walter Ulbricht bei unseren Exportartikeln immer vorschwebt, nicht wahr: Weltniveau!«

Die Ironie war nicht zu überhören. Er parodierte anschließend auch Ulbricht mit der letzten Silbe des Wortes in einer Art Hall: »Wo, wo, wo ...?«

Das war ein damals gebräuchlicher Witz, der in den Bergen spielte – drum der Hall.

»Also, passt auf, ich zeige euch jetzt die Lösung, ich zeige gern der Jugend was, und damit seid ihr in der Stadt die Nummer neun und zehn, die jetzt das Spiel kennen. Passt auf, so funktioniert das. Und zwar müsst ihr erst die ganzen Streichhölzer und dann die halben folgendermaßen legen …«

Er rotierte mit den Hölzern von da nach da, rechnete, legte Häufchen, addierte, subtrahierte und kam dann zu dem geplanten überraschenden Ergebnis. Um der Sache ein Ende zu machen, taten wir sehr erstaunt.

»Unglaublich.«

»Sagenhaft. Da wäre ich nie draufgekommen.«

Ich sah dem Gesicht von Bruno an, dass er ebenfalls nicht das Geringste kapiert hatte.

»Ihr könnt es ja mal eurem Professor zeigen, aber ich sage euch: Der kriegt es auch nicht raus. Und dann sagt ihr ihm, dass euch das ein Arbeiter gelehrt hat. Ein Schlosser! Ein Schlosser im Drei-Schicht-System! Da staunt der Bauklötzer! Kennt ihr den Ausdruck? Bauklötzer staunen?«

Wir versicherten ihm, dass uns der Ausdruck aus unserer Kindheit bekannt ist.

»Wollen wir nicht auf das besondere Spiel einen trinken? Ich gebe euch einen aus. Los! Trinkt ihr einen Weißen mit mir? Ihr wisst: ein Weißer ist immer gut, den sieht die Leber nicht!«

Wir ließen uns nicht lange bitten und winkten Christa ran.

Nachdem er die Bestellung aufgegeben hatte, meinte er zu uns: »Ich trinke nicht oft. Und, ganz ehrlich, das ist auch eine Geldfrage, aber heute muss ich mal trinken. Ich muss mal mein Leid runterspülen. Und ich hab genug Leid …«

Er machte eine Pause, und wir sahen, dass seine Augen sogar etwas feucht wurden.

»Ihr könnt euch nicht vorstellen, wo ich heute war …« Nun sahen wir ihn doch mit gespannten Gesichtern an. »Ich war heute im Zuchthaus.«

»Im Zuchthaus?«, wiederholten wir beide wie aus einem Mund.

Und nun schien die Traurigkeit in jeder Falte seines Gesichts zu nisten. »Ja, da staunt ihr. Meine Frau ist da drin. Ich hab ihr Obst gebracht. Sie sieht ganz blass aus. Ich bin richtig erschrocken. Kein Wunder. Der Knast ist ja schließlich kein FDGB-Heim! Aber nicht, dass ihr denkt, sie ist kriminell! Nein, sie sitzt als Politische. Ja, das sage ich jedem. Ob er es hören will oder nicht. Politisch! Offiziell gibt es natürlich in der DDR keine politischen Gefangenen. Die gelten ja alle als Kriminelle, aber sie hat nichts geklaut, kein Geld unterschlagen oder jemanden betrogen. Nein, sie sitzt, weil sie einer Freundin die Treue gehalten hat!«

Bruno konnte seine Verwunderung nicht verbergen. »Und deshalb kann man ins Gefängnis kommen?«

»Na klar, das überrascht euch. Sie sitzt, weil sie einer Freundin ihr Wort gegeben hat. Könnt ihr euch das vorstellen?«

Das konnten wir tatsächlich nicht und gaben ihm das auch zu verstehen.

»Christine, ihre beste Freundin, hatte ihr erzählt, dass sie abhauen wollte. Über Bulgarien nach Griechenland. Ihr Freund aus dem Westen hatte alles organisiert. Meine Frau hat an den Freund ein Päckchen geschickt und in einem Buch für sie wichtige Dokumente versteckt. Das Päckchen ist kontrolliert worden, und dann sind sie auf Arbeit bei ihr aufgetaucht. Verhaftung wegen Mitwisserschaft und Unterstützung der Republikflucht.

Und nun sitzt sie blass und kränklich da drin im Knast, und ich hab ihr Obst gebracht. Es ist meine zweite Frau. Die erste ist vor ein paar Jahren gestorben. Unterleibskrebs. Sie hatte viele Bestrahlungen bekommen. Ihr Leib sah ganz blau aus, weil die Strahlen auch die gesunden Zellen kaputt machen, versteht ihr? Ihr müsst euch vorstellen, dass …«

Zum Glück brachte Christa in dem Moment die

Schnäpse, so dass uns weitere Einzelheiten über den körperlichen Zustand der bedauernswerten Frau erspart blieben.

»Erst mal Prost, Jungs! Jedenfalls lag sie eines Tages tot im Zimmer. Ratzbatz, einfach tot. Schrecklich. Versteht ihr nun, dass man bei so einem Leben ab und zu mal einen Schnaps braucht?«

Wir pflichteten ihm bei, dass wir das absolut verstehen würden.

»Aber lassen wir das. Ihr habt das Leben noch vor euch, und ihr gefallt mir!«

Er lachte. »Aber ihr habt nicht rausgekriegt, wie das Spiel mit den Streichhölzern funktioniert! Ich zeige gern mal was der Jugend. Und das Spiel kennen hier in der Stadt nur elf Mann. Mein Wort gilt!«

# Das Original 2

Als ich zwei Wochen später meine Antiquariatsbekanntschaft Ferdinand Barnowsky angerufen habe, war er sofort im Bilde ... »Ah, Monsieur Dumont!« und wir verabredeten uns zu einer nachmittäglichen Kaffeestunde im Conti. Er habe auch schon etwas in seiner Kleinkunst-Bibliothek gekramt, sagte er am Telefon, um mir Verschiedenes über Werner Finck zu erzählen. Leider gebe es ja in der DDR bisher kein Buch von oder über ihn. Dabei sei Finck aus seiner Sicht der mutigste Kabarettist in der Nazizeit gewesen. Zitate aus Texten von ihm hätten im Volk die Runde gemacht, und mancher erinnere sich sogar heute noch daran.

Ich war extra etwas eher ins Kaffeehaus gekommen, damit ich unbedingt einen Zweiertisch ergattern konnte und wir für uns waren. Als der Pianist und Gesangspädagoge vor mir stand, sah ich, dass er schon wieder dem benachbarten Antiquariat einen Besuch abgestattet hatte, denn er trug einige Noten und Hefte unterm Arm. Nach der Begrüßung organisierte ich ihm noch einen Stuhl, damit er seine Einkäufe ablegen konnte. »Da bin ich wieder allerhand Moneten losgeworden. Mein lieber Kokoschinsky! Die Sammelleidenschaft hört eben auch im Alter nicht auf.«

Ferdinand Barnowsky fragte mich nach meinen Wünschen und bestellte für uns Kaffee und Schwarzwälder Kirschtorte. Dann fragte er nach meinem Studium, um schließlich überzuleiten, »... dass wir uns ja heute einem ganz besonderen Vogel widmen wollen – dem Finck! Er ist ein spezieller Spaßvogel. Bei unseren Oberen hat er leider als Bürger und kritischer Kabarettist der BRD keinen Stein im Brett …«

Ich brachte meine Verwunderung zum Ausdruck. »Aber warum eigentlich? Theoretisch müsste die DDR ja stolz auf ihn sein – schließlich ist er in Görlitz geboren und hat sich gegenüber den Nazis ausgesprochen mutig gezeigt …«

»Theoretisch, Sie sagen es, lieber Richard, theoretisch, aber Finck ist allergisch gegen jede Art von Diktatur, auch gegen eine Diktatur des Proletariats. Und darüber hat er sich in Programmen aus Sicht unserer Funktionäre eben despektierlich geäußert …«

Mit Barnowsky hatte ich nach einem kurzen Abtasten und einigen Bemerkungen schon bei unserem ersten Gespräch gemerkt, dass wir beide miteinander Fraktur reden konnten. Er war kein Parteigänger, und ich zählte ihn zu jenen Resten des Bürgertums, die trotz aller Widrigkeiten in der DDR geblieben waren. Diese Menschen hingen eben an Sachsen, Thüringen oder Mecklenburg. Die Verbundenheit mit der Geschichte, mit der jeweiligen Mentalität war geblieben. Sie wollten ihre Heimat und ihre Freunde nicht verlieren.

Ich nahm den Faden des Gesprächs wieder auf und sagte zu Barnowsky: »Nun ist mir klar, warum ich Werner Finck noch nie im DDR-Fernsehen erlebt habe.«

Er nickte mir zu. »Werden Sie auch zukünftig nicht. Im Westfernsehen sagte er in einem Interview: ›Bei der Satire gilt das Prinzip: Wer sich getroffen fühlt, ist gemeint.‹«

»Offenbar fühlen sich da bei uns einige getroffen. Ich kenne einen Aphorismus von ihm: ›Die schwierigste Turnübung ist immer noch, sich selbst auf den Arm zu nehmen.‹«

»Ja, das ist nicht allen gegeben. Ich habe noch ein Finck-Zitat: ›An dem Punkt, wo der Spaß aufhört, beginnt der Humor.‹«

»So man noch welchen hat.«

»Sicher, sicher, und den dürfen Sie nie verlieren. Der ist überlebenswichtig! Erst recht in Ihrem Alter, Richard ... Bei einem Besuch meines Bruders in Westberlin erstand ich die Biografie von Werner Finck ›Alter Narr – was nun?‹. Ein wunderbares Buch über sein Leben. Finck kam 1929 mit 27 Jahren nach Berlin und gründete im gleichen Jahr mit den beiden Schauspielern Hans Deppe und Rudolf Platte sein Kabarett ›Katakombe‹. Die Truppe um Finck bot einen völlig anderen Stil. Das ist mir damals bei meinem Besuch sofort aufgefallen. Sie sind nicht mehr mit dem üblichen Frack oder Smoking aufgetreten, sondern die Akteure kamen im Straßenanzug auf die Bühne. Das war absolut neu. Ein junges Kollektiv von unbekannten Künstlern, die aber fast alle sehr rasch bekannt wurden.«

»Haben Sie ein paar Namen für mich?«

»Aber sicher: Dolly Haas, später in den dreißiger Jahren als Emigrantin in Hollywood sehr erfolgreich. Dann Ernst Busch, der legendäre ›Barrikaden-Tauber‹ ... sagt Ihnen dieser Begriff etwas?«

Ich musste nur kurz überlegen. »Also Tauber ... war, glaube ich, ein Lieder- und Opernsänger ...«

»Genau, Richard Tauber. Und Ernst Busch?«

»War ein engagierter Linker mit einer großartigen Stimme – deshalb nannte man ihn Barrikaden-Tauber. Und er sang besonders eindrucksvoll ›Spaniens Himmel breitet seine Sterne ...‹«

»›... über unsre Schützengräben aus ...‹« Barnowsky hatte sofort mit eingestimmt.

Die zwei mittelalterlichen Damen am Nachbartisch sahen von ihrer Sahnetorte auf und schauten sehr verwundert zu uns herüber. Ein Kampflied im Art-decó-Café wirkte für sie mehr als deplatziert. Wir nickten ihnen lächelnd zu und vermittelten den Eindruck, als wäre es völlig normal, dass wir ab und an hier aus diesem Liedgut schöpften.

»Dann stand in der Katakombe noch Theo Lingen auf der Bühne ...«

»Ach was! Den habe ich in meiner Kindheit in so manchem Film gesehen und oft über ihn gelacht.«

»Er war ja auch ein Typ! Valeska Gert gehörte zur Truppe – von ihr habe ich schon erzählt ... Und dann nenne ich Ihnen noch einen Mann, den Sie in diesem Kabarett nie vermuten würden! – Hanns Eisler.«

Das verblüffte mich tatsächlich. »Das gibt's nicht! Der Komponist unserer Nationalhymne, die wir wegen der Zeile ›Deutschland einig Vaterland‹ nicht mehr singen dürfen.«

Und Barnowsky ergänzte ironisch: »Na ja, aber die Zeile ›Auferstanden aus Ruinen‹ ist ja in Anbetracht des Zustandes vieler Häuser im Land auch nahezu nicht mehr singbar ...«

Er schüttelte leicht den Kopf und schien die ruinösen Gebäude vor sich zu sehen.

Und ich resümierte in dem Zusammenhang: »Wir dürften jedenfalls das einzige Volk auf der Welt sein, das auf Regierungsbeschluss seine Hymne nicht mehr singen darf.«

»Ja, wir haben schon besondere Rekorde zu bieten. Wenn das der Dichter Johannes R. Becher wüsste ... Aber jetzt sind wir schon wieder von Werner Finck abgekommen ... Also: Je näher die Nazizeit rückte, desto politischer wurde er. Und das mit einem völlig eigenen Stil, den zwei Charakteristika auszeichneten: zum einen der doppelte Boden in seinen Texten und zum anderen die nicht zu Ende gesprochenen mitunter stotternden Sätze, die der Zuschauer selbst zu Ende denken musste, um auf die Pointe zu kommen. Da stand Finck auf der Bühne und lächelte, als wenn er sich an den Schluss des Satzes erst erinnern müsste, und genoss schon das Lachen und den Beifall des Publikums.«

»In der Nazi-Zeit war Finck ein Meister der Wortspiele. Zum Beispiel erzählte er dem Publikum von einer Hitler-Eiche, die er angeblich gepflanzt habe und die über ein unglaubliches Wachstum verfüge: ›Vor ein paar Monaten war sie noch ganz klein, ging gerade bis zu meinen Knöcheln. Dann reichte sie mir bis an die Knie, und jetzt steht sie mir schon bis zum Hals.‹

Nach solch einer provokanten Pointe rief ein Nazi aus dem Parkett: ›Judenlümmel!‹

Finck lächelte, ging zum Bühnenrand und sagte: ›Sie irren, mein Herr, ich sehe nur so intelligent aus.‹«

Ich war begeistert. »Was für eine grandiose Reaktion.«

»Das Publikum hat gelacht und damit gleichzeitig den Nazi ausgelacht. Finck reagierte oft ausgesprochen couragiert: ›Gestern waren wir zu, heute sind wir offen. Wenn wir morgen zu offen sind, dann sind wir übermorgen wieder zu.‹«

»Ich habe einen Freund, der Kabarett spielt. In der DDR wurde zwar noch nie eine Spielstätte geschlossen, aber abgesetzte Programme gab es natürlich …«

Barnowsky nahm körperlich eine kämpferische Haltung ein: »Wir dürfen dem Klassenfeind keine Angriffsfläche bieten.« Er winkte ab. »Ärger kann man natürlich heutzutage auch kriegen, aber zu Fincks Zeiten konnte das eben richtig gefährlich werden. Ich erinnere mich, dass in Berlin und darüber hinaus Mitte der dreißiger Jahre ein Zitat aus seinem Programm kursierte. In einer Zeit, wo die Leute mit ihren Worten immer vorsichtiger in der Öffentlichkeit umgegangen sind, spielte eine Szene beim Zahnarzt. Der fordert Werner Finck auf, doch einmal den Mund aufzumachen.

Darauf sagt Finck: ›Wieso? Ich kenne Sie doch gar nicht.‹«

»Großartig.«

»Er trieb teilweise mit Entsetzen Scherz. Als er einen offensichtlichen Gestapomann beobachtete, der sich ab und an Notizen machte, unterbrach er sein Solo, trat an die Bühnenrampe und fragte: ›Mein Herr, spreche ich zu schnell? Kommen Sie mit? Oder muss ich mitkommen?‹«

Ich schüttelte den Kopf. »Das konnte nicht gutgehen.«

»Es ging auch nicht gut. Vor allem nicht mit dem folgenden Gedicht, das er kurze Zeit nach der Machtübernahme durch die Nazis im Programm hatte. Warten Sie …«

Ferdinand Barnowsky nahm ein Buch aus seiner Kollegmappe, zog einen Streifen Papier aus den Seiten und las vor:

Es weht ein frischer Wind, zwei, drei,
Wir wollen wieder lachen,
Gebt dem Humor die Straßen frei,
Jetzt muss auch der erwachen.

Barnowsky unterbrach seine Rezitation und informierte mich: »Sie wissen bestimmt, dass im Vorfeld der Machtübernahme die Nazis auf den Straßen unentwegt ›Deutschland erwache‹ geschrien haben. Weiter geht es dann so:

Der Löwe ist das Tier der Zeit,
Der Mars regiert die Stunde;
Doch die geliebte Heiterkeit
Geht langsam vor die Hunde.

Das aber soll dem Teufel nicht
Und keiner Macht gelingen,
Uns um das inn're Gleichgewicht
Und um den Spaß zu bringen.

Drum lasst des Zwerchfells Grundgewalt
Am Trommelfell erklingen.
Wem das nicht passt, der soll uns halt
Am Götz von Berlichingen.«

»Das blieb doch bestimmt nicht ohne Folgen ...«

Barnowsky nickte. »Goebbels schäumte. Er hatte Finck sowieso auf dem Kieker. Aber der konnte tatsächlich den völlig Naiven spielen. Als Finck schon mal wegen Passagen in seinen Texten in Schwierigkeiten geraten war, traf er kurze Zeit danach zufällig Goebbels auf einem Filmball, und was machte er?«

»Na ja, ich vermute, dass er ihm aus dem Wege gegangen ist.«

»Aber nicht Werner Finck ... Er berührte ihn kurz am Arm und fragte lachend: ›Na, Ministerchen, wollen wir uns wieder vertragen?‹

Können Sie sich das vorstellen?«

»Nein. Unvorstellbar. Ob er anfangs wirklich gedacht hat, dass man selbst diesen martialischen Typen etwas humoristisch begegnen kann?«

»Er wollte eben zumindest versuchen, ihre menschliche Seite anzusprechen. Aber das war eine Illusion. Eher naiv. Das war ja nicht mehr die Weimarer Republik. Das war die Nazi-Diktatur! Zu Goebbels ›Ministerchen‹ sagen – das hat sich niemand getraut.

Mein lieber Kokoschinsky!«

»Und was passierte?«

»Finck und einige seiner Mitstreiter wurden irgendwann verhaftet und kamen ins KZ Esterwegen. Das war berüchtigt wegen seines Moorgebiets, und Sie werden auch das Lied von Wolfgang Langhoff kennen, das er dort aus eigener Erfahrung geschrieben hat: ›Wir sind die Moorsoldaten‹ ...«

»... das haben wir in der Schule behandelt, und Wolfgang

Langhoff ist mir natürlich als Theaterregisseur und Schauspieler ein Begriff.«

»Richtig, richtig. Jedenfalls können Sie sich vorstellen, dass es Finck und seinen Kollegen im KZ sehr schlecht ging. Aber Hilfe kam völlig unerwartet aus einer Richtung, auf die man nie gekommen wäre.«

Barnowsky machte eine kleine Pause, und ich sah ihn gespannt an.

»Die im Land überaus geschätzte Schauspielerin Käthe Dorsch hatte sich für die Kabarettisten eingesetzt. Und nun hören Sie bei wem: Göring!«

Das erstaunte mich tatsächlich sehr. »Göring ...?«

»Sie kannten sich aus alten Zeiten, als er noch ein schlanker Flieger-Leutnant und – ihr Geliebter war.«

»Was Sie aber auch alles wissen! Sagenhaft.«

»Und was Sie natürlich nicht wissen können: Göring und Goebbels haben sich überhaupt nicht so gut verstanden, wie das offiziell aussah. Finck meinte nach dem Krieg, dass Göring eindeutig dem Goebbels eins auswischen wollte. Die Akteure der Brettlbühne bekamen nach der Entlassung aber erst einmal ein Jahr Arbeitsverbot. Dass Finck dann wieder spielen durfte, hängt mit den Olympischen Spielen 1936 zusammen. Deutschland präsentierte sich als angeblich weltoffenes Land. Als er nach längerer Pause wieder die Bühne betrat, da sagte er als Erstes: ›Ich bin der Finck, leicht gedrosselt.‹«

»Da hat er ja quasi wieder so angefangen, wie er aufgehört hatte ...«

»Und hat den doppelten Boden seiner Sätze noch intelligenter geharkt. Zum Beispiel so: ›Meine Damen und Herren, Sie erwarten jetzt sicherlich von mir, dass ich Witze erzähle. Ich werd mich hüten. Witze müssen Pointen haben, und ich weiß aus Erfahrung, Pointen müssen sitzen.‹«

»Grandios. Nach einem KZ-Aufenthalt noch diesen Mut zu haben ...«

»Die Sätze mussten so geschickt formuliert sein, dass er sich unangreifbar machte. Ein Beispiel für eine banale Aussage, die aber die hohe Kunst kabarettistischer Strategie und Taktik zeigte, habe ich selbst noch in Erinnerung. Finck ließ einen niedrigen Türrahmen auf die Bühne stellen und musste sich beim Durchgehen bücken. Dabei sagte er lakonisch: ›Jetzt habe ich mich schon so geduckt und wäre doch beinahe oben wieder angestoßen.‹ Mein lieber Kokoschinsky! Da war das Publikum vielleicht aus dem Häuschen. Wissen Sie überhaupt, warum die Truppe um Finck den Kabarettkeller ›Katakombe‹ nannte?«

»Keine Ahnung.«

»Der Name wurde analog der Zufluchtsstätte für die ersten Christen im alten Rom gewählt und nun – für die *letzten* Christen ...

Finck ließ trotz der schwierigen Verhältnisse nicht nach. Die Spitzel in den Programmen saßen zwar auf Stühlen, lagen aber immer auf der Lauer ... auf der Lauer nach politischen Pointen. Wenn besonders laut gelacht wurde, dann schien es sich ja um so eine versteckte politische Frechheit zu handeln. Die Menschen verstanden die kleinste Anspielung. Eben Kabarett in der Diktatur.«

»Und wie lange ging das noch gut?«

»Sie kommen nie darauf, auf welche Weise sich Finck zurückgezogen hat, als es immer brenzliger wurde, denn Goebbels hatte ihn natürlich nicht vergessen. Und Finck merkte, dass er unter Beobachtung stand. Der Kabarettist benutzte für sein Versteck eine Uniform.«

»Eine Uniform ...?«

»Ja, er meldete sich als Freiwilliger zur Wehrmacht! Er sagte sich, dort bist du sicher. An die Front kommt die Gestapo garantiert nicht. Das ist denen zu gefährlich. Und bei der Wehrmacht gab es ein paar vernünftige Offiziere, die ihn ab und an machen ließen. Allein oder sogar mit seiner Spielgruppe ›Werner Finck‹.«

»So was gab es tatsächlich?«

»Sicher. Im Fernsehen erzählte er mal, wie ihn anfangs ein Hauptfeldwebel zu sich gerufen und gefragt habe: ›Sie sind doch Schauspieler?‹ Finck hatte schon in einigen Filmen mitgespielt. Er bejahte und wurde von dem Mann informiert, dass er hier bald den Weihnachtsmann spielen könne. Daraufhin informierte ihn Finck, dass er aus der Reichskulturkammer ausgeschlossen wurde und nicht mehr auftreten dürfe.

Da sagte der Uniformierte zu ihm: ›Warn Se schon auf der Kleiderkammer?‹ ›Ja.‹

›Also‹, resümierte der Spieß, ›det is de eenzije Kammer, die wo hier for Sie zuständig is!‹«

»Und so hat er tatsächlich in der Wehrmachtsuniform die Nazi-Zeit überstanden?«

»Natürlich nicht ohne Blessuren. Er wurde auch an der Front verwundet. Und Goebbels versuchte seine Entlassung zu erreichen, um ihn der Gestapo zu übergeben. Aber das verhinderten regimekritische Offiziere.

Bertolt Brecht schrieb 1947 ein Gedicht über Finck und nannte es ›Eulenspiegel überlebt den Krieg‹. Er war tatsächlich ein wahrer Eulenspiegel mit einem Schuss Genialität und viel Mut. Solche Menschen werden zu allen Zeiten gebraucht – sind aber sehr rar ...«

Und ich sagte zu Barnowsky: »Ich denke, Finck war ein Menschen liebender Philosoph, der einen Narren spielte. Wer Ohren hat, zu hören, der höre.«

Barnowsky gab mir recht. »Gut gesagt. So ist es.«

»Und wie ging es Finck nach dem Krieg?«

»Na ja, er eckte auch schnell im Adenauer-Deutschland wieder an und gründete 1950 mit Gleichgesinnten eine nicht ganz ernst gemeinte Gegenbewegung. Sozusagen eine Parodie auf die Parteienlandschaft. Sie hieß die ›Radikale Mitte‹. Und Finck definierte den Verein als eine ›Vertretung der Nichtorganisierten und Parteimüden‹. Losungen waren zum Beispiel ›Gegen Kompromisslosigkeit‹ und ›Für Aufrüstung der Toleranz‹ …«

»Die Losungen passen auch heute noch.«

»Sie sagen es.« Barnowsky nickte mir zu. »Ein Parteiabzeichen gab es auch …«

Ich verzog leicht mein Gesicht. »Musste das sein?«

»Warten Sie ab, wie es aussah: Es war – eine Sicherheitsnadel, die unter dem Rockaufschlag getragen wurde …«

Dieses Parteiabzeichen fand ich natürlich sehr pfiffig. »Haben Sie von dieser originellen Partei in der DDR je etwas erfahren?«

Ferdinand Barnowsky lächelte. Dann klappte er mit einem Ruck das Revers seines Jacketts um. Dort glänzte eine kleine Sicherheitsnadel. Ich bog mich vor Lachen auf meinem Stuhl.

»Das ist ja der Hammer! Die einzige West-Partei, die im Osten geheime Mitglieder hatte.«

»Mein Bruder hatte mir in einem Brief aus Westberlin einen langen Zeitungsausschnitt geschickt, und wir haben im Freundeskreis den Spaß für eine Weile mitgemacht.

Staatlicherseits hätte man dies vermutlich nicht als Spaß eingeschätzt. Denn in unserem Land symbolisiert, wie Sie wissen, die Sicherheitsnadel ganz andere Herren und in den oberen Etagen besitzt die Humorlosigkeit eine feste Wohnstatt.«

»Aber ich kann mir vorstellen, dass es auch im Westen Politiker gab, die einer solchen Aktion mit einem gewissen Misstrauen begegnet sind …«

»… zumal Finck und Freunde ganz schön provozierten. Es ging ja bei dieser Quasi-Partei auch gegen die Politik der Adenauer-Ära sowie gegen linke und rechte Extreme. Er meinte mal, dass er immer alle Leute beneide, die fließend sprechen, also so flüssig wie unsere Politiker, meistens sogar *über*flüssig …

Finck war überzeugt, dass Lauheit und Fanatismus zur Ordnung gerufen werden müssten. Und nun lese ich Ihnen ein Zitat von ihm vor: ›Diese Ordnung muss die Radikale Mitte unseres Denkens und Handelns werden. Dann wird Europa vielleicht noch einmal die Mitte der Welt, Deutschland wieder die Mitte Europas, Berlin wieder die Mitte Deutschlands und Berlin-Mitte wieder die Mitte Berlins!‹« Und nach einer kleinen Pause hängte er noch ein »Mein lieber Kokoschinsky!« dran.

»Was sagen Sie nun?«

»Ein Mann, der noch Visionen hatte.«

»Und stellen Sie sich vor, das sagte er alles 1950.«

»Aber ganz ehrlich: mir fehlt derzeit die Phantasie, mir vorzustellen, dass Deutschland wieder die Mitte Europas werden kann. Die dafür nötige Wiedervereinigung ist doch in den nächsten Jahrzehnten undenkbar.«

Nun sah mich Barnowsky von unten mit einem altersweisen Lächeln an. »Monsieur Dumont, nichts ist für ewig. Denken Sie an diese Zeilen von Brecht:

Das Große bleibt groß nicht
Und klein nicht das Kleine …
Die Nacht hat zwölf Stunden,
dann kommt schon der Tag …«

»Na klar, kenne ich: ›Das Lied von der Moldau‹. Da hätte ich noch ein Zitat parat:

Es wechseln die Zeiten. Die riesigen Pläne
Der Mächtigen kommen am Ende zum Halt.«

Ich nahm eine ernste Haltung ein und ahmte Ferdinand Barnowsky von vorhin nach: »Ich lege Wert auf die Feststellung, dass ich von der Bundesrepublik und ihren Verbündeten rede!«

Barnowsky tat erschrocken: »Aber selbstverständlich.«

Und nach einer kleinen verträumten Pause meinte er: »Sie sind jung, Sie können es erleben. Was wissen wir denn, wie es in Deutschland im Jahre 2000 aussieht?! Warum soll nicht Werner Finck mit der Verspätung von 50 Jahren noch recht bekommen?«

»Träumen darf man ja ... der Finck war ein kluger Mann und der Brecht natürlich von besonderem Format.«

»Wenn ich nur an die Dreigroschenoper in Berlin denke ...«

»Im Berliner Ensemble.«

»An jenem Ort schon, aber damals hieß das Theater am Schiffbauerdamm.«

»Damals? Haben Sie etwa die Dreigroschenoper dort in den zwanziger Jahren gesehen?«

Barnowsky lehnte sich zurück und genoss sichtlich, was er mir nun verkündete: »Ich war in der Premiere.«

»Sie waren in der ... Das gibt's doch nicht!«

»Die Karte verdanke ich meinem Bruder. Er hatte sie von irgendjemand, der mit der Inszenierung zu tun hatte und Gast im Romanischen Café war. Die Dreigroschenoper war ja schon vor der Premiere in den entsprechenden Kreisen Stadtgespräch. Man munkelte auch von einigen Theaterkrächen bei den Proben.«

»Unglaublich. Davon müssen Sie mir unbedingt erzählen.«

»Das nächste Mal, das nächste Mal.«

Er sah auf seine Uhr und meinte: »Lieber Richard, jetzt muss ich aber los ...« Und da gerade die Kellnerin in der Nähe war, hob er die Hand und richtete den Zeigefinger nach oben, wie wir das früher in der Schule machten. »Ich möchte gern zahlen.«

Und Hertha, die Kellnerin, scherzte zu Barnowsky: »Das ist ja was ganz Neues. *Gern* hat hier noch niemand bezahlt.«

Ich bedankte mich herzlich bei ihm. »Es war wieder eine Sternstunde.«

Er setzte seine Baskenmütze auf und warf einen Kontrollblick in den Spiegel an der Wand. Dann schnappte er sich seinen Packen Noten und Hefte. »Machen Sie's gut!«

»Auf Wiedersehen, ich rufe Sie an.«

Dann ging er schnellen Schrittes los, blieb aber kurz darauf stehen, kehrte um und sagte: »Mir ist gerade noch was eingefallen ... Der Finck hatte eine schöne Idee für eine Grabinschrift. Die würde mir auf meinem Stein gefallen. Passen Sie auf:

Du stehst noch hier.
Und ich bin hin.
Bald bist du dort,
Wo ich schon bin.

Ist das nicht schön gesagt?«

Und heiter winkend verließ er mich.

# Willy

Werner Finck, der politische Kabarettist und Lebenskünstler, schaffte es sogar, über den Tod noch heitere Zeilen zu reimen. Tod und Sterben – das war für mich damals noch hundert Jahre weit weg. Wir, die wir in den vierziger Jahren geboren waren, hörten seltener im Zusammenhang mit Krankheiten davon, sondern vor allem in Verbindung mit dem Krieg.

Vom Elend und Leid jener Jahre ist auch in der folgenden Geschichte die Rede.

Als ich mich an einem Sommertag dem Café Continental näherte, entdeckte ich Willy auf der Terrasse vorm Haus. Bei schönem Wetter war es fast aussichtslos, dort einen Platz zu bekommen. Willy saß allein an einem der wenigen Zweiertische, sah mich und winkte mich gleich heran.

In den Semesterferien arbeitete ich mal in einer Buchhandlung. Er war dort als Aus- und Einpacker tätig. Mir fiel auf, dass seine Augen immer rot umrändert waren. Das kam aber nicht etwa vom Alkohol, sondern von einer chronischen Bindehautentzündung.

Willy war ein freundlicher Mensch, ausgeglichen und ruhig. Über einen guten Scherz lachte er gern. Ich erinnere mich, dass er in jenem Sommer gern ein weißes oder hellblaues Campinghemd über der Hose trug. Die wirkten jedes Mal wie gerade frisch gebügelt. Er schien mehrere davon zu besitzen. Vom Alter her schätzte ich ihn auf Ende fünfzig. Wenn man seinen muskulösen Körper betrachtete, vor allem seine kräftigen Arme, dann traute man ihm den Beruf eines Fleischers oder Schmieds zu, aber auch als Einpacker war natürlich viel Kraft vonnöten. Bücherpakete sind schwer.

Ich nahm also bei ihm Platz, und als Willy später zur Toilette ging, erinnerte ich mich wieder daran, dass er stark hinkte. Ich ahnte, dass dieses Hinken wohl ein lebenslanges Andenken an den Krieg war. Als ich ihn darauf ansprach, erzählte er mir: »Ein Granatsplitter. Fünf Monate vor Kriegsende. Der Unterschenkel musste bis zum Knie abgenommen werden. Neben mir im Lazarett lag ein junger Unteroffizier. Ohne Beine.

Seine Frau kam zu Besuch, trat an sein Bett und warf ihm den Ehering auf die Decke.

Den Blick dieses Mannes werde ich nicht vergessen.

Als die Frau gegangen war, versuchte ich ein Gespräch, aber er winkte ab. Als ich am nächsten Morgen zu ihm sah, lag er ganz entspannt. Ich wunderte mich, dass er überhaupt geschlafen hatte. Dann merkte ich, dass er zu entspannt im Bette lag. Er war tot.

Die Untersuchung ergab, dass er eine Giftkapsel genommen hatte ...«

»Wie wird wohl seine Frau auf diese Nachricht reagiert haben?«

»Das habe ich mich damals auch gefragt und gedacht, eine Frau, die so herzlos handelt, wird dies wohl ohne große Betroffenheit zur Kenntnis genommen haben.«

Dann wechselte ich das Thema: »Aber was ich Sie schon damals in der Buchhandlung fragen wollte: Vor dem Krieg – waren Sie da eigentlich Fleischer oder Schmied?«

Willy amüsierte sich über meine Frage.

»Weder noch. Nein, ich war Artist.«

»Was? Das ist ja großartig.«

»Ja, ich arbeitete auf dem Drahtseil.«

Aus seiner Brieftasche holte er ein abgegriffenes Foto. Darauf sah man Willy mit seiner Partnerin in einem hautengen Dress hoch oben auf dem Seil. Kräftig, aber rank und schlank.

»Das sieht ja toll aus. Bestimmt sind Ihnen die Frauen zugeflogen?«

»Ich kann nicht klagen«, lächelte er mich an. »Meine Laufbahn endete erst einmal damit, dass meine Partnerin bei einer Solo-Sensationsvorstellung ohne Netz abstürzte. Sie wollte unbedingt viel Geld verdienen, um später eine finanzielle Absicherung zu haben. Eben für jene Zeit, da Artisten ihren Beruf nicht mehr ausüben können. Und diese Zeit kommt ja viel eher als in einem normalen Beruf. Tatjana fiel auf einen Stuhl und brach sich das Genick ...«

»Tragisch. Und haben Sie sich dann irgendwann eine neue Partnerin gesucht?«

»Bevor ich ein neues Engagement annehmen konnte, engagierte mich der Krieg.

Meine Gage war ein kaputtes Bein. Aber es kam noch schlimmer: der Krieg nahm mir meine Eltern und meinen jüngeren Bruder. Sie waren auf der legendären ›Gustloff‹, die gegen Kriegsende versenkt wurde.«

Ich schüttelte betroffen den Kopf über so viel Unglück.

Und dann fiel ihm noch mit einem melancholischen Lächeln ein, und er kniff dabei die rotumränderten Augen zusammen: »Ach ja, das hätte ich fast vergessen ... meine Heimatstadt Danzig verlor ich auch ... aber eben wenigstens nicht – mein Leben.«

# Madeleine

Madeleine gehörte zur Unterhaltungskunst-Szene des Landes. Nicht wie Willy, der einst als Artist bewundernde Blicke auf sich gezogen hatte, sondern als Sängerin.

Wir kannten uns schon ein paar Jahre. Bei einem Besuch im Conti entdeckte ich sie nach längerer Zeit in einer Nische. Sie saß dort mit Bekannten. Auf dem Tisch standen einige Rotweingläser, und über der Marmorplatte schwebte eine Rauchwolke von den vielen Karo, F6 und Club. Nach und nach verabschiedeten sich die Leute aus ihrer Gesellschaft. Sie blieb allein zurück und wollte nach meinem Gefühl ihr Glas noch in Ruhe austrinken. Als ich mich dem Tisch näherte, merkte ich an ihren Bewegungen, dass sie schon vehement dem Wein zugesprochen hatte. Als sie mich entdeckte, rief sie gleich: »Setz Dich zu mir, Rieschahr!«

Sie sprach meinen Namen prinzipiell französisch aus, seitdem wir uns einmal über Chansons und Filme aus jenem Land unterhalten hatten.

Die großartigen Filme von Chabrol, Truffaut, Lelouch ... die Schauspieler wie Yves Montand, Simone Signoret, Alain Delon, Marlene Jobert ... und so viele noch und »unsere« Romy Schneider.

An jenem Abend träumten wir gemeinsam jenen Traum, den so viele im Osten Deutschlands träumten. Einmal durch Paris flanieren: Montmartre, Café Deux magots, Notre Dame, auf einer Brücke in die Seine schauen, die Bouqinisten, im Louvre wortlos vor den Bildern der Impressionisten stehen ... schlafen würde man nicht, denn schlafen könnte man dann wieder in der DDR. Das Land machte einen sowieso müde, und man würde nichts verpassen, wenn man dort ein paar Tage verschlief. Und die siebziger Jahre waren besonders bleiern.

»Bon soir, Rieschahr!«

»Bon soir, Madeleine!«

Ich hatte ihr einmal gesagt, dass sie sich doch als Sängerin einen attraktiveren Vornamen auswählen sollte. Monika Mahlmann klang ziemlich bieder. Mit Madeleine Mahlmann würden sich die Reihen bestimmt viel besser füllen. Sie griff diese Anregung auf und nannte sich so ab ihrem nächsten Programm.

Madeleine zog mit drei Musikern und einem Lieder- und Lyrikprogramm durch das Land. Sie sang vor allem Texte von Kästner, Tucholsky und ein paar anderen Autoren aus den zwanziger Jahren. Überraschte die Zuschauer mit Gedichten der weithin unbekannten Schriftstellerin Mascha Kaléko. Madeleine hatte im Antiquariat nebenan ihr erstes Buch gefunden, das 1933 erschienen war: »Das lyrische Stenogrammheft. Verse vom Alltag«. Damit wurde sie nicht nur, aber vor allem in Berlin über Nacht bekannt. Tucholsky und Kästner lobten ihre Gedichte und Chansons. Die Nazis verboten der Jüdin, die aus Galizien stammte, das Schreiben. Sie floh mit ihrem Mann in die USA.

Schließlich widmete sich Madeleine in der zweiten Hälfte ihres Programms einigen Dichtern und Liedermachern aus der DDR. Ein paar Texte waren gerade so durch die Zensur gerutscht. Mitunter konnte der Zensor zum Glück nicht den doppelten Boden des entsprechenden Bildes entschlüsseln. Das Publikum schon. Das reagierte bereits auf Andeutungen.

Beinahe hätte Madeleine mal ein Gastspiel in Stuttgart gehabt, aber leider wurde die Reisegenehmigung von den Kulturbehörden unter fadenscheinigen Gründen zurückgezogen. Vielleicht hatte sie im Rotweinrausch am Tisch ihren Plan ausgeplaudert, die Chance zu nutzen, um mit der finanziellen Hilfe von Freunden von dort in die Stadt ihrer Träume zu reisen – nach PARIS.

Madeleine an der Seine ...

DDR-Bürger ließen sich für solch eine Reise drüben gar einen bundesdeutschen Pass ausstellen. Der Alptraum unserer Behörden! Aber die Verführung war groß. Wer wollte schon Paris erst als frisch gebackener Rentner erobern, in einer Lebensphase, in der einem vielleicht der Arzt längst das Rotwein-Trinken verboten hätte. Und man würde bei einem stillen Wasser unter der Marquise sitzen.

Madeleine war ein besonderer Typ. Schön und interessant gleichermaßen. Langes dunkles Haar. Sie konnte sich den schwarzen kurzen Rock leisten. Und auch ihr Dekolleté. Der erotische Gestus bei bestimmten Liedern wirkte natürlich, nie ausgestellt. So war sie einfach und strich sich mit einer lasziven Bewegung das Haar hinters Ohr.

Sie beugte sich in meine Richtung. »Trink noch ein Glas mit mir!«

Ich scherzte über das mehr als mickrige DDR-Weinangebot: »Was kannst du empfehlen?

Einen Roten aus der Provence?«

»Die sind leider gerade aus, aber es gibt hier einen ganz edlen Tropfen. Der heißt ›Erlauer Stierblut‹.« Ihre Artikulation war nicht mehr ganz bühnenreif.

Der »Stierblut« war der Lieblingswein der DDR-Boheme. Er kam aus Ungarn. Den trank man zwischen Rostock und Suhl. Wenn es ihn denn gab!

»Ich glaube, Madeleine, es ist besser, wenn ich dich jetzt nach Hause bringe.«

Sie protestierte nicht, nickte nur. Als wir das Kaffeehaus verlassen hatten, hakte sie sich auch sicherheitshalber gleich bei mir unter. Madeleine wohnte unweit vom Zentrum in einer düsteren Seitenstraße. Der Hausflur war in desolatem Zustand. Wie so viele in diesem Land. Abgeblätterte Wände überall. Sie schloss die Türe auf und schwankte dabei. »Es war wohl etwas zu viel Rotwein«, nuschelte sie und scherzte, »aber mit Weißwein wär's auch nicht besser.« Wir lachten.

Ich sah, dass sie viel für ihre Sicherheit machte. »Ich riegele mich dreimal ab! Ich bin etwas ängstlich.«

Vermutlich die typische Angst einer alleinstehenden Frau in einer Erdgeschosswohnung.

Auf dem Boden des schmalen Korridors lagen überall Papierbahnen. Zumeist das Neue Deutschland. Fotos von Honecker mit sowjetischen Genossen, Mähdrescher im Einsatz, Neubauviertel mit Kränen, das volle sozialistische Leben. Madeleine war trotz allem in der Partei.

»Bei mir sieht es unmöglich aus. Seit sechs Wochen renoviere ich meine Wohnung.«

»Und das machst du alles allein?«

Sie nickte.

»Und deine Freunde?«

Sie winkte ab. Im Arbeits- und Wohnzimmer wieder Papierbahnen und mit Plastikfolien abgedeckte Möbel, Bücher und viele Schallplatten. »Ich habe gar nichts mehr zu trinken da.«

Die Küche war schon renoviert, aber nicht aufgeräumt. Ein Teller mit Resten von Essen. Es sah nach einem hastigen Aufbruch aus. Auf einem Brett fiel mir ein auffälliges Assortiment unterschiedlichster Gewürze auf. Madeleine schien gern zu kochen. Sie räumte schnell das Geschirr weg, und ich nahm auf einer Eckbank Platz.

Zum zweiten Mal sagte sie: »Ich habe gar nichts mehr zu trinken da.« Und zum zweiten Mal zeigte ich auf die Flasche Cabernet, die sie im Arm hielt. Sie lächelte etwas gequält und winkte ab. Dann öffnete sie die Tür eines Glasschrankes und holte zwei Gläser heraus. Ich sah, dass an der Tür eine Ansichtskarte aus Paris klemmte und darüber ein Scheck, den sie hinter die Karte schob. Ich hatte den Namen aber schon erkannt. Der Scheck stammte vom landauf, landab bekannten Filmschauspieler, mit dem sie ein Verhältnis hatte und der sie scheinbar ab und an unterstützte.

Sie zog den Korken aus der Flasche und schenkte uns ein.

»Du hast heute bei mir einen besonders miesen Tag erwischt. Es kommt alles zusammen.

Mein Sohn sollte morgen kommen, er ist krank und bleibt bei seinem Vater, mit der Renovierung komme ich nicht voran, mein Geliebter kam nur kurz vorbei, und dann habe ich heute noch einen Freund verloren. Er wollte auch mal was verändern, als wir zusammen im Singeklub waren. Das Land verbessern, unsere Ideale verwirklichen. Dann bekam er eine hohe Funktion in der FDJ und wurde ein sagenhafter Karrierist. Sieht nur noch sich und nicht mehr unsere Sache. Ja, ich steh dazu, und er wollte auch mal die bekämpfen, die uns schaden, diese Orthodoxen, diese Stalinisten.

Meine Eltern waren alte Kommunisten, haben für ihre Überzeugung gelitten. Haben mich in ihrem Sinn erzogen, und ich stehe auch heute noch dazu, aber dieses Anmaßen, diese Selbstgefälligkeit, dieses Anordnen, was angeblich gut und was schlecht ist! Zum Kotzen!

*Der* Satz aus dem Lied muss raus und *die* Szene im Theaterstück. Diese Dogmatiker schaden uns, und ich weiß nicht, wie das weitergehen soll! Dafür saß mein Vater nicht in der Nazizeit im Zuchthaus. Dafür nicht! Wenn er noch leben würde ... gut, dass er das alles nicht mehr mitkriegt.«

Sie wirkte ziemlich verzweifelt und verschüttete beim Trinken etwas Rotwein. Der tropfte auf das »Neue Deutschland«, das noch ungelesen auf dem Tisch lag. Sie wischte instinktiv drüber. Und schlug dann mit der Hand auf die Zeitung.

»Und diese Zeitung! Parolen, Losungen, Parteichinesisch!«

»Immerhin hilft dir das Format den Boden der Wohnung beim Malern einigermaßen zu schützen.«

Sie zog eine Grimasse.

»Du kamst mir heute gerade recht, Rieschahr. Da hatte ich wenigstens jemanden, bei dem ich alles abladen konnte. Es gibt eben Tage ... da ist diese Flasche mein einziger Halt.«

»Ein sehr wackliger Halt«, warf ich ein.

»Na klar, wenn aber kein Schwein da ist, halte ich eben Flaschen-Monologe.«

»Vielleicht wäre das der Titel für ein besonderes Programm von Dir: ›Flaschen-Monologe‹.«

Sie lachte. »Gar nicht so schlecht.«

Madeleine wurde zunehmend müde. Die Augen fielen ihr kurz zu. Sie merkte es.

»Mensch, ich bin ja unmöglich. Da habe ich Besuch und hänge so durch.« Sie riss sich zusammen, straffte sich und schlug die Beine übereinander. Sie hatte wirklich sehr schöne Beine und bemerkte meinen Blick.

»Rieschahr! Ich heule dir die Ohren voll, und dabei sollten wir doch lieber das Leben genießen!«

Sie beugte sich in meine Richtung, streichelte meinen Arm und rutschte mit einem Ellenbogen an der Tischkante ab. »Wollen wir nicht vielleicht lieber ...«

Mir ging durch den Kopf, dass mir das wie »Ausnutzung einer Notlage« vorkommen würde.

»Madeleine, ich glaube, dass du lieber jetzt ins Bett gehen solltest. Schlaf dich aus.«

Ihre Augen klappten immer wieder mal kurz zu. Ich half ihr beim Aufstehen, fasste sie um die Schulter, und wir schwankten zusammen ins Schlafzimmer.

Im Schlafraum stand ein großes Bett für zwei, in dem sie wohl aber die meiste Zeit allein lag. An einer Wand hingen Fotos von ihrem Sohn. Schnappschüsse an der See, im Zoo und als Gast in einem Konzert von ihr. Dann klebten dort noch ein Plakat von Gilbert Bécaud und eins von Juliette Gréco. Sie zeigte auf das Foto ihres Sohnes.

»Meinen Jungen haben sie meinem geschiedenen Mann zugesprochen.«

»Warum?«

»Wegen meines unsteten Berufes.«

Sie blickte bitter und traurig zugleich und hielt sich kurz am Kleiderschrank fest.

Dann setzte sie sich auf ihr Bett, die Schuhe polterten auf den Boden. Und plötzlich kippte sie einfach hintenüber. Ich dachte, als ich sie so in ihrer Kleidung auf dem Bett liegen sah, dass man notfalls auch mal in Klamotten schlafen kann.

Sie sagte mit geschlossenen Augen »Du bist ein guter Mensch« und fügte leise hinzu: »... ein ... Gute-Nacht-Lied.«

Ich dachte erst, ich hätte mich verhört, aber da sie jetzt von mir ins Bett gebracht worden war, stiegen vielleicht wieder die Rituale aus ihrer Kindheit auf.

Ich wollte mich schon still und heimlich aus dem Schlafzimmer verdrücken, da hörte ich sie nochmals leise »Gute-Nacht-Lied« sagen.

Ich durchforstete meinen Kopf, was ich in dieser Sparte zu bieten hätte. Da wäre »Guten Abend, gute Nacht ...« Da kommt aber drin vor: »Morgen früh, wenn Gott will ...« und Madeleine war ja überzeugte Atheistin. Das passte nicht.

Dann fiel mir ein: »Abendstihille ühüberall, nur am Bahach die Nahachtigall, singt ihre weiße Klage ganz leise durch das Tal.«

Nach meinem Eindruck war sie vermutlich bei »Nahachtigall« eingeschlafen.

Mein anschließendes »Bonne nuit, Madeleine« hat sie schon nicht mehr gehört.

Ich löschte das Licht, trank im Vorbeigehen mein Glas aus und konnte es mir doch nicht verkneifen, einen Blick auf den Scheck des landauf landab bekannten Filmschauspielers zu werfen.

Die Summe behalte ich aber für mich.

Ich bin doch nicht indiskret.

# Der Malerstammtisch 2

Am Malerstammtisch geht es selten diskret zu, aber die Indiskretionen sind nicht böse gemeint. Man verblüfft den Gesprächspartner mit seinem Wissen, um sich interessant zu machen. Und dann geht es auch vor allem um Informationen, die nicht in der Zeitung stehen, nicht im Fernsehen oder im Radio auftauchen und am Marmortisch offeriert werden. In einer Diktatur wird die Wahrheit zumeist mündlich von Mensch zu Mensch weitergegeben.

Schneidereit und Kampfer saßen allein am Stammtisch. Eine ungewohnt kleine Besetzung. Kampfer fragte seinen Kollegen: »Hast du gehört, dass man dem Cartoonisten Striegel beim Abnahme-Rundgang seiner Ausstellung eine Zeichnung abgehängt hat?«

»Und warum?«

»Da war zu viel Mauer drauf. Dadurch hatte er in den Augen der Genossen die falsche Perspektive!«

Am Stammtisch hätte man nie sagen können, welche Maler in der Partei sind und welche nicht. Sie waren eigentlich alle zumeist kritisch gegenüber der Kulturpolitik der Partei eingestellt und machten sich oft über sie lustig.

Von weitem winkte uns nun Lanzendorff zu. Er neigte fast immer zu guter Laune.

»Na, da kommt ja wenigstens noch einer«, meinte Schneidereit zu ihm und scherzte: »Wir dachten schon, den Rest von unserem Stammtisch haben sie abgeholt!«

»Aber nicht doch«, entgegnete Lanzendorff, »doch nicht solche aufrechten Sozialisten wie uns!« Und dann ließ er mit einer gewissen Genugtuung vermelden: »Aber ich kann mit exakten Informationen dienen, warum heute zwei Stühle frei bleiben.«

Sofort stellten beide ihre Ohren auf und blickten mit großer Spannung zu Lanzendorff.

Er setzte erst noch etwas umständlich seine Pfeife in Brand, um dann endlich mit seinem Wissen herauszurücken. »Nachdem wir gestern Abend in einem illustren Kreis im geschätzten Weinhaus Steinmann gefeiert haben ...«

»... wer ist wir?«, wollte Kampfer wissen.

»Vom Stammtisch saßen Grambach und Mager mit am Tisch. Dann war jener Arzt dabei, der in größeren Abständen mal von uns ein Bild kauft, und zwei Frauen, eine Krankenschwester und eine MTA. Beide fröhlich und hübsch. Sabine und Dorothea, Doro genannt.«

Kampfer rutschte etwas auf seinem Stuhl hin und her. »Und was sind nun deine ›exakten Informationen‹?«

»Grambach und Mager werden heute nicht auftauchen. Wir sind, nachdem im Weinhaus wie üblich um Mitternacht Feierabend war, noch alle zu Grambach. Er hatte sturmfreie Bude. Wir waren durch den Alkohol in aufgeräumter Stimmung. Es wurden Platten aufgelegt. Wir tanzten und scherzten. Mager hatte sich mit Sabine ins Nachbarzimmer zurückgezogen, um die prächtigen Kunstbände aus dem Westen zu betrachten, die Grambach sein Eigen nennt. Die beiden lachten und turtelten, und irgendwann entdeckte Mager, der bekanntlich unter Alkohol ein gewisses Temperament entwickelt, die Miniflaschen-Sammlung von Grambach ...«

»Mir schwant Schlimmes ...«, murmelte Kampfer.

»Nach dem Feuerzangenbowle-Motto ›Nur einen wenzigen Schlock‹ schnappte sich Mager das erste Fläschlein und meinte: ›Der Tag geht, Johnny Walker kommt.‹ Und dann ließen sich die beiden noch Cointreau, Bols Apricot und Courvoisier schmecken.«

»Oh, oh, oh, da versteht Grambach keinen Spaß. Das ist immerhin für einen DDR-Bürger ein gewisser Schatz«, resümierte Schneidereit. »Mühsam aus dem Westen besorgt oder getauscht.«

»Als der stark angeheiterte Grambach ins Zimmer kam«, fuhr Lanzendorff fort, »war jegliche Heiterkeit dahin, als er die Bescherung sah. Er wurde zur Sau und verpasste Mager einen Schlag. Das gab ein Veilchen. Den Farbton musst du erst mal hinkriegen!«

»Unglaublich«, echauffierte sich Kampfer, »da haut ein preisgekrönter Maler einen ebenfalls ausgezeichneten wegen dieser Scheiß-Miniflaschen eins aufs Auge!«

»Weil dieses ganze West-Zeug eben so eine exotische Bedeutung gekriegt hat«, sagte fast zornig Schneidereit. »Dabei würde mich mehr interessieren, was er gerade malt. Hast du gesehen, was er auf der Staffelei hat?«

»Irgendwas mit Hesiods Theogonie ... ich musste auch erst nachschlagen ... da geht es darum, dass der Dichter berufener Künder der von den Musen empfangenen Wahrheit ist ... die erzählen undogmatisch von höheren Wesen, also den Göttern ...«

»Na, undogmatisch können wir gleich gar nicht von unseren Göttern erzählen ...«

Lanzendorff resümierte: »Wenn man die nackte Wahrheit nicht liebt, muss man eben in die griechische Mythologie ausweichen.«

Nun geriet das Gespräch in eine völlig neue Richtung, und Schneidereit konnte auch noch mit einer passenden Weisheit dienen: »Meinungsfreiheit ist eine Farce, wenn die Information über die Tatsachen nicht garantiert ist.«

»Aber das hast du nicht bei uns gelesen!«, ließ sich Kampfer vernehmen.

»Nein, das stand in einem Buch von Hannah Arendt.«

»Wenn jetzt die Stunde der Aphorismen angebrochen ist«, meinte Lanzendorff, »habe ich auch noch eine treffende Weisheit zu bieten: Diktaturen sind Einbahnstraßen, in Demokratien herrscht Gegenverkehr.«

»Was ist das für schräge Diskussion?«, ließ sich nun die sonore Stimme von Milan Marković vernehmen. Er war ein geschätzter Diskutant am Stammtisch, stammte aus Jugoslawien und sprach auch nach zwanzig Jahren noch mit einem kräftigen serbischen Akzent. Seine Aussprache brachte eine besondere internationale Farbe in die Runde. Marković zeichnete sich vor allem durch seine balkanische unübertroffene Gastfreundschaft aus, trug einen Oberlippenbart, wie ihn die Intellektuellen Belgrads schon vor dem Krieg liebten, war ein Charmeur und lehrte an der hiesigen Universität Weltwirtschaft.

Er hatte als Partisan für sein Land gekämpft und Tito persönlich gekannt. Nach dem Krieg kam es allerdings mit ihm zu Auseinandersetzungen, weil Marković in unkritischer Weise zu Stalin stand. Das war, wie er nun im Nachhinein einschätzte, einfach seiner Jugend geschuldet. Marković ging aber nicht, wie manche vermutet hatten, in die Sowjetunion, sondern zum Studium nach Paris. Nach seinem Abschluss an der Sorbonne kam er kurioserweise in die DDR. Von Frankreich in die DDR ... da musste man schon über ein gerüttelt Maß an fehlgeleiteter Überzeugung verfügen.

Inzwischen hatte er sich längst wieder mit Tito versöhnt. Er war zwar in der SED, pflegte aber ein kritisches Verhältnis zur Arbeiter- und Bauernmacht. »Es ist äbbn«, so immer seine Aussprache für eben, »weniger Diktatur des Proletariats als Diktatur der Funktionäre.«

Dass er mit diesem völlig falschen Schrittmaß im Denken noch an der Universität geduldet wurde, war seiner klugen Strategie und Taktik sowie seiner internationalen Reputation zu verdanken.

Lanzendorff klärte ihn komprimiert über den gestrigen Abend bei Grambach auf. Marković machte mit den Schultern und den Händen eine hilflose Geste. »No, werd ich äbbn Frieden stiften.«

Und wie sah der Frieden aus?

Milan Marković ging noch am gleichen Tag in den Intershop, kaufte die verloren gegangenen Miniflaschen und brachte sie Grambach. Der war leicht gerührt und Mager hocherfreut, als er davon erfuhr, denn im Gegensatz zu Marković besaß er kein Westgeld.

Und so zeigte sich, dass man als Jugoslawe mitten in der DDR Frieden stiften konnte ... wenn man über D-Mark verfügte!

# Vom Nachbartisch 2

Die Frau am Nachbartisch war vielleicht um die fünfzig Jahre alt. Der Mann schien etwa zehn Jahre älter zu sein. Mit halbem Ohr hörte ich, dass die beiden irgendwann mal zusammengearbeitet hatten.

Der Mann fragte die Frau: »Sag mal, was macht denn eigentlich der … der … Dings?«

»Wer?«

»Na, warte mal … der Dings … mit dem du dann bei der … das gibt's ja nicht …«

Er wackelte mit seiner rechten Hand vor lauter Nervosität. »Mit dem du bei der … Dings gearbeitet hast.«

»Meinst du bei der Post?«

Der Mann schüttelte den Kopf. »Nein, den mein ich nicht. Ich weiß, wen du meinst, den Großen, bissl hager, der spielte Handball. Der hieß … also mit den Namen … das ist ja … furchtbar ist das ja. Das wird ja immer schlimmer. Kennst du das auch?«

Nahezu entschuldigend und zögernd sagte die Frau: »Also, bis jetzt noch nicht …« Und sie fügte beruhigend ein solidarisches »Aber das wird schon noch kommen« hinterher.

»Na, da wirst du noch dein blaues Wunder erleben. Nee, den, den ich meine, das war ein Name … nach meiner Erinnerung … vorne mit ›Sch‹ …«

»Mit ›Sch‹?«

»Ja, das war so ein Schwarzhaariger, der wurde dann schnell grau. Ich war mal mit, als ihr mit der Brigade zum Bowling wart.«

»Ich entsinne mich. Mir wollten zwei Mannschaften machen, und da war einer krank geworden.«

»Genau, und damit das aufging, hast du mich angesprochen. Da haben wir schwer einen verlötet.«

»Und da hast du den kennengelernt?«

»Na klar. Wir haben sogar noch zusammen gesungen ...«

»Gesungen?«

»Na klar.«

»Warte mal ... jetzt kommt da bei mir eine Erinnerung ... Reinhard Mey!«

»Genau! Und er sang die erste Zeile: ›Über den Wolken muss die Freiheit wohl grenzenlos sein ...‹ Und da guckte euer Parteisekretär finster, weil wir ›Freiheit‹ und ›grenzenlos‹ immer so laut betonten! Wir sollten uns doch etwas mäßigen.«

»Ja, und da habe ich ihm gesagt, dass wir feiern, und da wird sich nicht gemäßigt! Mäßigen tun wir uns auf Arbeit!«

»Und die anderen haben alle mitgehalten, und da zog sich der Parteisekretär mit seiner Tussi ins Restaurant zurück.«

»Da konnte er sagen, er hat nichts gehört.«

»Na, und wie hieß der denn nun?«

»Der Parteisekretär?«

»Nee, der, mit dem ich gesungen habe.«

»Na warte nur mal ...«

»Nach meiner Erinnerung hieß der so wie ein Ortsteil von Berlin.«

»Mit ›Sch‹?«

»Genau.«

»Vielleicht Schpandau?«

»Du Scherzkeks!«

»Schönefeld?«

»Nee, so hieß der nicht.«

»Oder Schöneberg?«

»Nee, aber so ähnlich hieß der.«

»Und der spielte Handball?«

»Nee, das war der andere. Der, den ich meine, der hielt sich Hasen im Garten und fuhr einen ... Dings ... Mensch, jetzt geht das schon wieder los ...«

»Trabbi.«

»Nee, der fuhr ein Auto wie der Große, der Handball spielte ... ein Russenauto. Auch mit ›Sch‹.«

»Moskwitsch.«

»Nee, mit Sch!«

»Na, da ist doch ein ›Sch‹ drin.«

»Ja, hinten! Ich meine doch aber vorn!«

»Schaporosh.«

»Du und deine Scherze!«

»Shiguli.«

»Ja, na endlich! Jetzt haben wir's!«

»Und was willst du über den wissen?«

»Was er jetzt macht!«

»Also, wenn du den meinst, den ich meine ...«

»Ja?«

»Dann habe ich keine Ahnung.«

»Jetzt fällt mir's ein, wie der hieß ... der hieß Naundorf. Genau! Naundorf.«

Die Frau schaute den Mann mehr als verwundert an. »Aber da ist doch gar kein »Sch« drin!«

»Jetzt mosere nich rum. Sei froh, dass mir der Name eingefallen ist. Du hattest doch überhaupt keine Ahnung, wie der hieß!«

»Wer?«

»Nu ... der Dings ... Mensch! Eben hab ich's doch noch gewusst!«

# Der Sozialismus siegt

1972 griff Erich Honecker direkt ins Café Continental ein.

Was ist da passiert?

Der erste Mann des Staates war ein Jahr vorher an die Macht gekommen. Hatte mit Unterstützung des Kreml gegen Ulbricht geputscht. Dessen neue ökonomische Politik erregte dort Aufsehen. Sie entdeckten zarte kapitalistische Tendenzen. Da passte den sowjetischen Genossen einiges nicht. Außerdem gab es in der DDR noch über 11 000 private und halbstaatliche, meist familiengeführte Betriebe. Damit sollte endlich Schluss sein. Ulbricht schätzte den Anteil dieser Firmen an der Volkswirtschaft. Er ließ gewisse Freiräume. Jetzt wurde Tabula rasa gemacht.

Eine Verstaatlichungskampagne rollte durch das Land.

Mitte Juli 1972 konnte Honecker nach Moskau Vollzug melden.

Er bildete sich tatsächlich ein, wenn in diesem Land jede Firma staatlich wäre, wenn also die kleinen privaten Firmen vom Boden der DDR verschwunden sind, dann würde es mit dem Sozialismus noch besser klappen.

Ein folgenschwerer Irrtum, denn das war ein riesengroßer Sargnagel für die DDR. Von den tausend kleinen Dingen für den Alltag fehlten deshalb künftig neunhundert. Auch die Besitzer vom Conti, Walter und Erna Fiedler, wurden enteignet. Enteignung klingt natürlich gar nicht freundlich. Deshalb nannte die Partei die Aktion »Verstaatlichung« oder »wurde in Volkseigentum überführt«.

Das klang so, als hätten wir alle was davon.

Aber dem war leider überhaupt nicht so.

Das einzig Erstaunliche war die Tatsache, dass man die Aktion in kaum einem halben Jahr durchzog. Sich fremdes Eigentum anzueignen, das über lange Zeiträume unter fleißiger und ideenreicher Arbeit gewachsen war, das konnten die Kommunisten sehr schnell. Welche Firma mehr als zehn Mitarbeiter hatte, war dran.

Walter Fiedler durfte in der Art einer gewissen Gnade als Betriebsdirektor sein Unternehmen als staatlichen Laden weiterführen. Er war nun in seinem ehemaligen Besitz angestellt.

Sein Schreibtisch, an dem er saß, gehörte ihm nicht mehr.

Obwohl es noch derselbe Schreibtisch war!

Und das Kaffeehaus hieß nun HO Café Continental.

Die Stammgäste lächelten über die zwei Großbuchstaben vor dem Namen und winkten ab.

Die Fiedlers hatten sich Jahre vorher im Sinne einer gewissen Absicherung (oder war es eher eine satirische Aktion gewesen?) für das Aufhängen eines Bildes von Walter Ulbricht entschieden. Das Stammpublikum informierte scherzhaft neue Gäste: »Das ist der Gründer vom Café Continental.«

1971 wurde das schwarzweiße Foto durch einen Farbdruck von Honecker ersetzt.

Erich Honecker blickte wohlgefällig aus dem Rahmen. Aus demselben fiel er natürlich, wie schon vorher Walter Ulbricht, total in diesem Art-déco-Milieu.

Dass ausgerechnet Kommunisten die Tradition fortführten, dass dem ersten Mann des Landes mit dem Aufhängen seines Konterfeis in Betrieben, Amtsstuben und Gaststätten gehuldigt wurde, war schon ein Treppenwitz der Geschichte: Kaiser, Reichspräsident, Führer, Generalsekretär.

PS: Noch eine Bemerkung zur Überschrift. Die Führung des Landes schien meiner Meinung nach sehr unsicher zu sein, ob das mit dem Sozialismus wirklich gut ausging. Deshalb musste sie sich immer mal wieder motivieren, vergewissern und uns ermuntern, im Glauben nicht nachzulassen. Auf Transparenten an Hauswänden oder auf diversen Aufstellern in Grünflächen lasen wir im ganzen Land ständig die Botschaft: »Der Sozialismus siegt!«

Es gab allen Grund für die permanente Erinnerung, denn in der Realität sah das über all die Jahrzehnte gar nicht danach aus ...

# Prag 2

Eines Tages lernte ich Anna-Luise kennen.

Gesehen hatte ich sie schon zweimal von weitem im Conti. Da wusste ich natürlich noch nicht, wie sie hieß. Sie hatte eine Kurzhaarfrisur. Blond. Echtes Blond, wie ich später erfuhr. So stellte ich mir eine Schwedin vor.

Aber wie immer ich in der folgenden Zeit mein Adlerauge kreisen ließ, ich entdeckte sie nicht wieder. Bis zu jenem Tag, als ich an einem HO Warenhaus vorbeikam.

Sie lachte mich hinter der Glasscheibe eines Schaufensters an.

Anna-Luise trug den typischen weißen Mantel, den ich seinerzeit auch getragen hatte, und war damit beschäftigt, hinter Glas weihnachtliche Stimmung zu erzeugen. Und die mit dem nicht gerade üppigen Konfektionsangebot des Landes zu kombinieren.

Wir lachten und flirteten eine Weile miteinander. Ich deutete pantomimisch eine Tasse Kaffee an, spreizte vornehm die Finger ab und zeigte fragend auf meine Armbanduhr. Sie zierte sich nicht lange und tippte auf ihrem Zifferblatt auf die vier. Und ich zeigte auf den Boden: Hier? Sie nickte. Ich klopfte zur Bestätigung zweimal ans Fenster, sie klopfte zurück.

Und beim Kaffee erfuhr ich, dass sie Anna-Luise hieß und noch nie in Prag war. Und da wir uns auf Anhieb sehr gut verstanden und viel lachten an jenem Nachmittag, beschlossen wir, dass ich ihr im Frühjahr »mein Prag« zeigen werde.

Mir war klar, dass es wieder eine andere Stadt geworden

war. Ich erzählte ihr von meinen Erlebnissen im Dubček-Prag, und das interessierte sie alles sehr.

So kam es, dass wir im Mai verliebt durch die Stadt an der Moldau liefen. Der Prager Frühling hob unsere Stimmung, wenn es auch nicht mehr der »Frühling« war, den ich dort im Sommer 1968 erlebt hatte.

Anna-Luise war vom Café Slavia begeistert und genoss den Blick durchs Fenster auf die Moldau und den Hradschin. Ich zeigte ihr den uralten jüdischen Friedhof, und wir steckten einen papiernen Wunsch in eine Spalte vom Grab des Rabbi Löw. Vielleicht half er ab und an auch mal Nichtjuden.

Am Abend saßen wir im Reduta-Jazzklub, und da herrschte fast die alte Stimmung von früher, bestimmt trafen sich dort viele Prager 68er. Auf der Kleinseite gingen wir durch ein äußerlich unscheinbares Haus auf den Hof und stiegen die Treppen zu einem Barockgarten hoch, den nur wenige kannten. Von oben sahen wir auf das alte Kleinseitner Viertel.

Nach unserer Rückkehr verabredeten wir uns mit Carola, Vera und Benno. Sie wollten wissen, wie Prag unter den neuen Verhältnissen auf uns gewirkt hatte. Wir fünf fanden zum Glück eine ruhige Ecke im Café Continental, um von der Atmosphäre in der Stadt zu berichten.

Ich sagte ihnen anfangs: »Die Stadt ist noch dieselbe, die sie war. Gott sei Dank. Stellt euch vor, Dubček hätte nicht verfügt, dass alle Truppen und Panzer nach der Besetzung durch die sogenannten Bruderländer in den Kasernen bleiben ... wie sähe heute Prag aus? Wie viele Tote und Verletzte hätte es gegeben ... Wir hätten einen zerschossenen und ruinösen Ort besichtigen können.«

Alle sahen mich ernst an, und Carola sagte: »Daran habe ich überhaupt noch nicht gedacht.«

Und Benno zählte auf: »Der Veitsdom, die Karlsbrücke, der Altstädter Ring, der Wenzelsplatz ... alles kaputt ...«

»Hör auf«, sagte Vera, »da kriegt man ja Gänsehaut.«

»Alles, was den Zweiten Weltkrieg zum Glück überstanden hat«, fasste Anna-Luise zusammen, »wäre nachträglich in Trümmer verwandelt worden.«

Als Maler erinnerte ich noch an eine andere Gefährdung: »Wenn die Geschosse die Nationalgalerie getroffen hätten, wäre der Verlust unersetzlicher Bilder zu beklagen gewesen. Von Lucas Cranach bis Gauguin, von Klimt bis Picasso, von van Gogh bis Kokoschka …«

»… zum Beispiel sein wunderbares Prag-Bild mit der Karlsbrücke …«, ergänzte gleich Anna-Luise und fuhr fort: »Es kann eben unter Umständen auch ein Segen sein, sich nicht zu wehren und zu hoffen, dass sich eines Tages alles wieder zum Guten wenden wird.«

Benno kam auf meinen Eingangssatz zurück: »Du hast gesagt, die Stadt ist dieselbe, aber die Menschen sind es vermutlich nicht …«

»Genau. In einem Antiquariat, das ich bei meinen Prag-Besuchen immer durchstöbere, stieß ich im hinteren Raum auf einen bärtigen Mann, der seine Arme und den Kopf auf den Tisch gelegt hatte und schlief. Als ich mich ihm auf den knarrenden Dielen näherte, schreckte er hoch und murmelte etwas verschlafen ›Dobrý den‹.

Mir ging durch den Kopf, dass er vielleicht einer der degradierten Künstler, Lehrer, Professoren oder Ingenieure war, die sich nun auf andere Weise ihren Lebensunterhalt verdienen mussten.«

Und Anna-Luise fügte an: »Und da hätte er sogar noch Glück gehabt, weil mitunter die Abtrünnigen, also die Reformkommunisten und ihre Anhänger als Straßenkehrer oder Fensterputzer eingesetzt werden.«

Vera meinte: »Es sind ja auch Tausende aus dem Land geflohen.«

»Und einer«, sagte ich, »ist sogar aus dem Leben geflohen.«

Carola fragte gleich: »Du meinst Jan Palach?«

»Ja. Das muss man sich vorstellen: ein zwanzigjähriger Philosophiestudent schüttet Benzin über sich und zündet sich an. Steht dort als lebende Fackel.«

»Mehr Verzweiflung gibt es nicht.«

»Wann war das eigentlich?«, fragte Vera.

»Am 16. Januar 1969 auf dem Wenzelsplatz.«

»Wir haben ja auch Karel getroffen. Er sagte: Das war nicht nur ein Zeichen von Hoffnungslosigkeit, sondern auch ein Aufrütteln gegen die Resignation im Land, eine Mahnung, nicht aufzugeben.«

Vera meinte nachdenklich: »Das ging also letztlich auch gegen den von dir beschriebenen Mitarbeiter im Antiquariat.«

Carola wollte wissen: »War Jan Palach eigentlich sofort tot?«

»Nein. Er starb drei Tage danach, war sogar ansprechbar und wurde von der Staatssicherheit noch verhört. Am Nachmittag seines Todes strömten Zehntausende an jene Stelle auf dem Wenzelsplatz, legten Blumen und Kränze nieder. Seine Kommilitonen und viele andere Studenten der Karls-Universität liefen anschließend zur Philosophischen Fakultät und nannten den dortigen Platz der Roten Armee in Jan-Palach-Platz um. Auch das hat uns Karel erzählt. Aber die Verantwortlichen der Partei haben die Benennung sofort wieder rückgängig gemacht.«

»Wir waren auch am Grab von Palach. Der Olšany-Friedhof ist ein riesiges Gelände. Unmittelbar daneben befindet sich übrigens der Neue Jüdische Friedhof … Dort liegt Franz Kafka.«

»Wart ihr auch an seinem Grab?«

»Ja. Und mir ging dort plötzlich durch den Kopf, dass der Prager Franz Kafka in seinen Büchern Situationen beschrieben hat, die denen im Land glichen.«

»Absurde Situationen.«

»Genau. Er schrieb über die bedrückende Macht, der Menschen ausgeliefert sind ... über Bürokratien ... über die Grausamkeit des Systems. All das erlebten Menschen vor und nach dem Prager Frühling.«

»Nach dem Krieg galt Kafka in der Tschechoslowakei wie bei uns als dekadent. Seine Bücher waren verboten. Dann initiierte der Literaturwissenschaftler Eduard Goldstücker 1963 eine internationale Konferenz im Schloss Liblice. Dort wurde Kafka von den Fachleuten rehabilitiert. Man konnte ihn bald auch lesen. Und nach 1968 wurden seine Bücher wieder verboten.«

»Kafkaesk«, ließ sich Carola vernehmen.

Ich stimmte ihr zu. »Genau, dieses Wort passt gut zu den Verhältnissen.«

Vera forderte uns nun auf: »Erzählt aber noch vom Palach-Grab.«

»Wir sind quasi nur nach nebenan, hatten aber keine Ahnung, wo er liegt. Ich fand einen Friedhofsmitarbeiter, der etwas deutsch sprach. Er wies uns den Weg und sagte in seinem schönen Dialekt: ›Und dann Sie sähen viele Blumen!‹

Karel wusste, dass die Geheimpolizei bald die Tafel mit seinem Namen entfernt hatte.«

»Warum?«, wollte Vera wissen.

»Das Jan-Palach-Grab wurde zur Wallfahrtsstätte. Das war diesen Leuten unheimlich. Wahrscheinlich hätten sie am liebsten auch noch die Blumen weggeräumt.«

»Palach wurde eine Art Nationalheiliger. Hus wurde verbrannt, Palach hat sich verbrannt.«

Es gab eine kleine Pause. Jeder hing seinen Gedanken nach. Dann wollte Benno von mir wissen: »Wart ihr auch auf der Burg? Du weißt schon, an jener Stelle, wo Dubček am Fenster stand und den Massen zuwinkte?«

»Genau an jenem Fenster war ein schwarzes Rollo herabgezogen. Das fand ich symbolisch für die ganze Situation ...«

Anna-Luise forderte mich auf: »Erzähl doch mal von dem ›Spiegel‹-Interview mit Eduard Goldstücker.«

»Ein westdeutscher Freund hat für uns einen ›Spiegel‹ geschmuggelt.«

Benno unterbrach mich: »... den wir 1968 in Prag in der Jungmannova in einem Laden mit tschechischen Kronen kaufen konnten ...«

Ich ergänzte ironisch: »Das war vermutlich schon einer der Gründe, warum Panzer in die ČSSR rollen mussten. Also: Goldstücker emigrierte nach der Besetzung nach Großbritannien. Da lebte er schon mal, als er vor den Nazis fliehen musste. Er hat in dem Interview eine Prophezeiung gewagt: ›Als die Moskauer Führung und ihre Verbündeten das tschechoslowakische Experiment mit Panzern zerquetschten, haben sie ihre eigene Zukunft zerquetscht.‹«

»Glaubst du das?«, fragte mich Benno.

Ich meinte lächelnd: »Goldstücker ist Jude. Es gibt eine lange Reihe von jüdischen Propheten. Wir sind noch jung ... wir werden ja sehen, ob zu unseren Lebzeiten seine Weissagung eintreffen wird.«

# Poldi, der Schnorrer

Poldi trug in sehr bescheidener Weise zum Sieg des Sozialismus bei. Eigentlich ging es bei ihm diesbezüglich eher gegen null.

Poldi war sein Spitzname, eine Abkürzung von Leopold. Er gehörte zum Inventar des Café Continental. Selbst die ältesten Stammgäste konnten sich nicht an eine Zeit erinnern, in der es ihn nicht gegeben hätte. Und Poldi sah über Jahre nahezu gleich aus. Etwas dünnes längeres Haar, das ihm immer seitlich in die Stirn fiel und das er seit Jahren ohne Erfolg immer wieder zur Seite strich. Er trug einen kurz gehaltenen gepflegten Bart und eine randlose Brille. Sein schwarzes Manchesterjackett kombinierte Poldi zumeist mit Bluejeans. Als er allerdings im Kleiderschrank seines Großvaters auf einen noch gut erhaltenen Gehrock in bester Qualität aus der Kaiserzeit stieß, fand er, dass der auch bestens zu den beliebten Röhrenhosen passte. Den rückseitigen Gehschlitz zierten oben zwei taftbezogene Knöpfe.

Besonders auffällig und originell an ihm war sein schmaler dunkelroter Schal mit bunter Stickerei. Es handelte sich dabei um den Tastenschoner von einem Klavier der Jahrhundertwende, der ebenfalls aus dem Besitz seines Großvaters stammte.

Poldi hatte mal irgendetwas studiert, aber sein Studium wegen einer längeren Krankheit abgebrochen. Manche behaupteten, es wäre sogar Philosophie gewesen. Das war nicht unmöglich, denn er hatte eine sagenhafte Allgemeinbildung, und man konnte mit ihm tatsächlich über

Gott (andere Religionen mit ihrer Gottesvorstellung eingeschlossen) und die Welt sprechen. Es wurde nur schwierig, wenn er ein Glas zu viel getrunken hatte, denn dann ließ seine Artikulation zu wünschen übrig und aus »dialektischer Materialismus« wurde »dilektischer Matrilismus«.

Wobei solch sprachliche Ungenauigkeiten Erich Honecker in Reden sogar ohne Alkohol zustande brachte.

Poldi behauptete, dass seine Vorfahren aus Österreich stammten. Ursprünglich adlig, hätten sie aber 1919 nach dem Zerfall von Österreich-Ungarn mit der gesetzlichen Aufhebung des Adels alle Titel verloren. Verarmter Adel seien sie allerdings schon vorher gewesen, und das ziehe sich nun auch durch sein Leben, was er ja täglich beweise.

Ich fand tatsächlich in Österreich einen Ort seines Namens, aber ob ich eigentlich mit einem Leopold von Friedberg am Marmortisch saß, konnte ich nicht herausfinden.

Poldi pflegte jedenfalls, ohne jemals die Chance gehabt zu haben, aus der DDR in das Land seiner angeblichen Herkunft zu reisen, eine gewisse österreichische Attitüde und verlangte im Conti einen »Einspänner«, also einen Mokka mit Schlagobers oder einen »Großen Braunen«. Das war schwarzer Kaffee mit Sahne. Manchmal trank er auch eine »Melange«, also einen Milchkaffee.

Die Kellnerinnen, die er immer wieder aufgeklärt hatte, bis sie seine Wünsche verstanden, spielten das Spiel mit. Beim Bestellen pflegte er auch ein wenig Wiener Dialekt mit einfließen zu lassen, so dass ins Café durch ihn etwas Weltläufigkeit einzog. Eine Aushilfe war mit seinen Wünschen allerdings hoffnungslos überfordert.

Wenn er sich etwas zu essen leistete, dann bestellte er am liebsten eine Karlsbader Schnitte. Die erinnerte schließlich den Herrn von Friedberg an sein untergegangenes Reich.

In der DDR musste bekanntlich jeder Mensch eine Arbeitsstelle nachweisen, um nicht als asoziales Element mit dem Gesetz in Konflikt zu kommen.

Poldi war offiziell in einer privaten Buchhandlung angestellt. Der Besitzer hatte ein Herz für den Lebenskünstler Leopold Friedberg und setzte ihn auch für Botengänge ein. So fand sich immer mal eine Stunde für ihn, um im Conti vorbeizuschauen. Außerdem besorgte er ab und an einigen Stammgästen ein entsprechend gefragtes Buch, das nicht zu bekommen war, und zog es zur Freude des Empfängers aus seiner abgeschabten schwarzen Umhängetasche. Dadurch verdiente sich Poldi ein Trinkgeld, das seinen spärlichen Finanzhaushalt etwas aufbesserte. Das Gehalt einer Hilfskraft, die er nun mal war, reichte natürlich selbst bei den geringen Lebenshaltungskosten in der DDR nur für das Nötigste. Einige Conti-Stammgäste übernahmen deshalb hin und wieder die zumeist kleinen Zechen von ihm.

Wenn Poldi knapp bei Kasse war, leitete er die Konsequenz für den Gegenpart zumeist mit dem Satz »Könntest du bitte heute mal …« ein. Dann wusste man Bescheid. Oder er sagte: »Bei mir ist zur Zeit Ebbe im Portemonnaie.« Bzw.: »Bin im Moment nicht flüssig.«

Mit Poldi ließ sich aber nicht nur gut philosophieren, sondern auch erklecklich blödeln. So kippte ein normaler Dialog plötzlich überraschend in gepflegten Blödsinn.

Er kannte jene Kaffeehausgäste, mit denen diese Art der Improvisation möglich war. Ich zählte nach einiger Zeit mit zu den Auserwählten, denen er solche zumeist sich entwickelnden kurzen Dialoge zutraute.

Einmal meinte Poldi zu mir: »Hast du dir schon mal überlegt, dass es relativ wenige Vornamen gibt, in denen ein x vorkommt.«

Nach kurzem Nachdenken musste ich ihm recht geben.

Poldi bot mir an: »Max, Maxim, Maximilian.«

»Und Maxie als weibliche Form.«

»Richtig. Und dann gibt es noch Axel.«

Ich steuerte noch »Xenia, Xerxes und Xanthippe« bei.

»Und Xaver.«

»Genau.«

»Tiernamen mit x finden sich auch nur ein paar.«

»Tiernamen?«

»Ja.«

Nach kurzem Nachdenken bot ich an: »Da fällt mir nur Axolotl ein.«

»Gut, aber es gibt schon noch einige: Zum Beispiel Dax, Lux und Fux.«

Ich blieb ganz ernst und stimmte ihm zu. »Und Wolf.«

Er sah mich verunsichert an. »Wolf? Aber da ist doch gar kein x drin!«

»Das nicht, aber er hat auch ein Fell.«

# Vom Nachbartisch 3

Poldi, von dem Sie eben gelesen haben, setzte das Blödeln bewusst als ein Stück Lebensfreude ein. Aber so manches Gespräch von einem benachbarten Tisch zeichnete sich mitunter unfreiwillig durch eine gewisse Kuriosität aus.

Eine ältere Frau und ein noch älterer Mann kamen nebenan in Kontakt. Ich hörte die Frau fragen:

»... aus Zwickau sind Sie?«

Der Mann nickte zustimmend. »Ja, ja, aus Zwickau.«

»Da wohnten meine Großeltern. In Marienthal.«

»Ach was, in Marienthal.«

Die Frau berichtete ein wenig stolz: »Da war ich mal mit denen im Lindenhof.«

»Nu klar, unser Lindenhof ist doch berühmt. Das is doch ein Großvarieté. Da sinnse doch alle. Die ganzen großen Unterhaltungskünstler und Artisten. Alle warnse schon dort.«

»Ich habe im Lindenhof Kalanag erlebt.«

»Kalanag – der Zauberkünstler. Weltbekannt! Der ließ doch mal auf der Bühne einen Elefanten verschwinden.« Der Mann zeichnete mit beiden Händen ungefähr die Umrisse eines solchen Rüsseltiers.

Die Frau sah ihn verblüfft an. »Einen Elefanten? Wie soll denn das funktionieren? Das glaub ich nicht! Einen Hasen, das weiß man ja. Oder ne Taube. Das geht, aber doch nicht so ein Riesending von Elefanten!«

Der Mann entgegnete ihr im Brustton der Überzeugung: »Doch, das hat der gemacht, der Kalanag.«

Die Frau schüttelte den Kopf. »Aber überlegen Sie doch mal, wie groß so ein Tier ist!«

Der Alte wiegte den Kopf etwas hin und her. »Na ja, wahrscheinlich mit Hypnose ...«

Die Frau sah ihn etwas verunsichert an. »Mit ... Hypnose ... hat der ... den verschwinden lassen?«

Der Mann winkte ab. »Nein, der Kalanag hat die Leute hypnotisiert, dass die den Elefanten nicht mehr gesehen haben.«

Die Frau konstatierte: »Also der Elefant war noch da ...«

»Klar war der noch da, aber die Besucher haben ihn nicht mehr gesehen, weil der alle hypnotisiert hat, der Kalanag.«

Die Frau sah nun den Mann sehr verunsichert an. »Aber das geht doch gar nicht!«

»Warum denn nicht? Es gibt doch auch Massenhypnose.«

Man sah förmlich, wie die Frau nachdachte. »So ... Massenhypnose ...«

»Ja, ja ...«

Nun kam ihr eine Idee. »... also ... wenn man das Geschehen auf der Bühne gefilmt hätte ...«

Der Mann nickte kurz und fuhr fort: »... dann hätte man gesehen, dass der Kalanag nur auf der Bühne steht und ins Publikum guckt.«

Die Frau schüttelte nach kurzem Zögern den Kopf. »Ich halte das für ein Märchen. Als ich jedenfalls Kalanag gesehen habe, im Lindenhof, da gab's keinen Elefanten.«

Nun fing der Mann plötzlich eine völlig andere Geschichte an.

»Aber meine Großmutter hatte in Zwickau auch mal einen großen Auftritt.«

»Im Lindenhof?«

»Nee, auf dem Bahnhof.«

»Auf dem Bahnhof?«

»Ja, da kam der König zu Besuch.«

»Der König? Ach, das ist schon eine Weile her.«

»Ja, ja, 1906. Und da war meine Großmutter eine von den Ehrenjungfrauen.«

Der Frau machte ein beeindrucktes Gesicht. »Allerhand.«

»Und da hatte der König einen Säbel umhängen.«

Die Frau vermutete: »Wahrscheinlich so einen Schleppsäbel.«

»Genau. Weil er den schleppen musste.«

»Sie sind ein Witzbold.« Die Frau winkte ab.

Der Mann beugte sich etwas vor, weil nun vermutlich der interessanteste Teil der Geschichte kam. »Und da hat sich Majestät beim Laufen mit seinem langen Mantel und dem Schleppsäbel verheddert, ist gestolpert und königlich hingeflogen ...«

Die Frau lachte kurz auf. »Na, das war ja für den König peinlich!«

»Na klar, aber es sah natürlich sehr kurios aus, die Ehrenjungfrauen haben gelacht. Und da gab's Ärger. Wenn der König auf die Gusche fliegt, darf man nicht lachen.«

»Na, das ist ja klar.«

Damit war aber die Geschichte des Mannes nicht zu Ende.

»Und dann passierte dem König noch ein Malheur.«

»Was denn noch für ein Malheur?«

»Der König musste mal.«

»Wo?«

»Auf der Bahnhofstraße.«

»Ausgerechnet auf der Bahnhofstraße?«

»Ja. Und da haben sich die Offiziere im Kreis aufgestellt ...«

Die Frau machte mit den Händen eine abwehrende Geste zu dem Kaffeehausgast. »Also, hören Sie auf, Sie erzählen ja vielleicht Räuberpistolen!«

Der Mann erklärte nun sehr bestimmt: »Das ist wirklich wahr! Die Offiziere standen natürlich mit dem Rücken zum König …«

»Das glaube ich nie im Leben! In der Bahnhofstraße gab's doch bestimmt Kneipen oder Hotels, wo er mal gekonnt hätte, wenn er musste.«

»Aber wenn er es nicht mehr halten konnte – da gibt's eben kein Halten!«

»Das halt ich für erfunden. Das macht ein König einfach nicht.«

Der Mann zuckte die Achseln. »Tja, wenn Sie mir das nicht glauben, dann habe ich vermutlich auch mit der folgenden Geschichte bei Ihnen kein Glück.«

Die Frau meinte gönnerhaft: »Erzählen Sie nur.«

»Mein Großvater in Zwickau hat mir erzählt, dass er im Schwanenteich mit seinen Freunden einen Aal gefangen hat.«

»Im Schwanenteich?«

»Ja, ja, der liegt dort inmitten einer Grünanlage.«

»Und da gibt's auch Schwäne?«

»Nu klar gibt's da Schwäne. Die sind doch sogar im Zwickauer Stadtwappen.«

»Und in dem Schwanenteich hat Ihr Opa einen Aal gefangen?«

»Genau. Als Schüler. Mit seinem Freund. Da haben die den Ranzen ausgeräumt. Blätter reingestopft …«

Die Frau sah den Mann sehr verwundert an. »Warum denn Blätter, ein Aal frisst doch keine Blätter!?«

»Na ja, damit der Aal bissl weich liegt, wenn er schon kein Wasser mehr hat. Der hatte eine Kraft, der Aal, kann ich Ihnen sagen, eine Kraft! Der hat sogar vom Ranzen die Nähte rausgedrückt. So eine Kraft hatte der. Der war 35 Jahre alt.«

Die Frau stutzte total. »Na, woher will denn das Ihr Opa gewusst haben?«

»Das hat dem der Fleischer gesagt.«

»Fleischer haben ja nun eher mit Aalen nie zu tun. Außerdem hat doch ein Aal keine Jahresringe.«

»Der Vater von seinem Schulfreund hatte eine Fleischerei. Der war auch Angler und hatte Ahnung von Aalen. Und bei dem haben sie den Fisch räuchern lassen. Als der Fleischer den Aal ausgenommen hatte, da hat der immer noch gezuckt. Der hat sogar noch gezuckt, als alle Innereien raus waren. So ein kräftiges Tier war das.«

Die Frau machte ein total ungläubiges Gesicht. »Also, das halte ich für absolutes Anglerlatein. Dass der König auf die Gusche geflogen ist, das will ich ja noch glauben, aber die Pinkelei und die Sache mit dem Aal – das ist erfunden! Das ist beim Aal wie beim Menschen – wenn die Innereien raus sind, zuckt nischt mehr!«

# Das Original 3

»Monsieur Dumont!«, hörte ich hinter mir, als ich mich dem Café Continental näherte. Als ich mich umdrehte, kam mir forschen Schrittes Ferdinand Barnowsky entgegen. Er war sichtlich guter Laune, und ich freute mich schon auf unser Gespräch. Als wir das Erdgeschoss durchquerten, nahm ich wahr, dass heute besonders viele tortenfreudige ältere Damen mit den Kuchengabeln hantierten und die Sätze nur so durch den Raum schwirrten.

Oben erlebten wir einen Glücksfall. Die gemütliche Nische mit den Art-déco-Schnitzereien war frei – ein äußerst seltener Fall. Ferdinand Barnowsky nahm Platz, stellte seine Ledertasche auf die Oberschenkel, öffnete den Schnappverschluss und zog eine ebenfalls lederne Mappe heraus, die er auf den Tisch legte.

»Sie wollten, dass ich Ihnen von der Dreigroschenoper erzähle, einem Werk, mit dem ich mich von Anbeginn in besonderer Weise verbunden fühle und mit dem ich mich intensiv beschäftigt habe. Wenn ich an die Premiere denke …«

»… das ist für mich einfach unvorstellbar, dass Sie die tatsächlich miterlebt haben!«

»Ja, mir erscheint das nach den vielen Jahren auch unwirklich, dass ich am 31. August 1928 tatsächlich im Theater am Schiffbauerdamm im Parkett saß! Natürlich habe ich nach diesen Jahrzehnten zumeist nur noch verschwommene Bilder vor Augen, aber einiges ist mir doch sehr erinnerlich.«

»Sie waren damals Augen- und Ohrenzeuge bei einem Welttheaterereignis.«

»So ist es, so ist es. Wir wussten das natürlich nicht, aber mein Gefühl sagte mir zumindest gleich, dass ich ein außergewöhnliches Stück erlebt habe.«

»Wie kam es eigentlich zu dieser Premiere im Theater am Schiffbauerdamm?«

»Das kann ich Ihnen sagen. Der Spiritus Rector der ganzen Sache war Ernst Josef Aufricht.«

»Aufricht ... Den Namen habe ich noch nie gehört!«

»Glaube ich, glaube ich. Es ist ihm wie so manchem inspirierenden Geist in den Zeiten ergangen – vom Glanz, der auch auf ihn mit fallen müsste, da ist nichts geblieben ... Aufricht war Schauspieler in Berlin. Er stammte aus begüterten Verhältnissen und träumte davon, ein eigenes Theater auf die Beine zu stellen. Mit Hilfe seines wohlhabenden Vaters mietete er das Theater am Schiffbauerdamm. In seinen Memoiren ›Erzähle, damit du dein Recht erweist‹ beschreibt er die ganze Geschichte ...«

»Das Buch würde ich gern mal lesen.«

»Tja, lieber Richard, das ist leider nicht in der DDR erschienen, aber ich kann es Ihnen gern borgen.«

»Das wäre schön!«

»Sein Vater stellte also das Geld für die Kaution bereit, damit der Pachtvertrag möglich wurde. Deshalb hatte er einen Termin beim Bankier Herzfeld. Aber nun passen Sie auf: Der Bankier bat Aufricht, ihm zu folgen. Der trabte ihm hinterher, und zu seiner Verwunderung führte er ihn zur Toilette. Dort sagte der Bankier zu ihm: ›Wenn ich Ihnen das Geld bar auszahle, und Sie werfen es hier hinein und ziehen, dann ist es weg, und Sie haben keinen Ärger gehabt. Wenn Sie damit ein Theater eröffnen, ist es auch verloren, und Sie werden viel Ärger haben.‹«

»Eine sehr unkonventionelle Art, jemandem Ärger zu ersparen.«

»Sie sagen es.«

»Und was machte Aufricht?«

»Der bedankte sich für die sogenannte Weisheit des Bankiers und transferierte das Geld auf eine andere Bank. Dieser Rat war überhaupt nicht in seinem Sinn. Er wollte ja etwas wagen! Dann sprach er mit dem seiner Meinung nach besten Regisseur der zwanziger Jahre, und das war Erich Engel.«

»Er hatte also ein Theater, einen Regisseur, und nun brauchte er gute Schauspieler ...«

»... die gab es mehr als genug! Aber vor allem brauchte er ein zugkräftiges Stück! Er klapperte mit einem Dramaturgen namens Fischer diverse Verlage ab. Und Autoren wie Kaiser, Toller, Feuchtwanger ...«

»... alles große Namen.«

Barnowsky stimmte mir zu. »Aber keiner hatte ein fertiges, sofort spielbares Stück zu bieten. Aufricht bekam langsam die Hummeln, er sah schon tatsächlich das Geld in der Toilette verschwinden, ohne dass es überhaupt eine Aufführung gegeben hatte.«

»Sozusagen viel Miete für nichts.«

»Genau, genau.«

»Es ist aber auch unglaublich fahrlässig, sich schon ein Theater zu mieten, wenn man noch gar kein Stück hat!«

»Ja, aber das war vielleicht das Geheimnis der zwanziger Jahre, dass es sagenhaft risikobereite, kreative Menschen gab, die unbedingt etwas Neues wagen wollten – manchmal ohne genau zu wissen, in welche Richtung das ganze Projekt dann geht.«

»In unserem Land ist alles bis ins Letzte geplant.«

»Und funktioniert oft trotzdem nicht.« Barnowsky lachte etwas ironisch. »Aber was glauben Sie denn als Liebhaber jener Jahre, wo Aufricht in Berlin nach Autoren gesucht haben könnte?«

»Na ja ... vielleicht im Romanischen Café?«

»Wäre eine Möglichkeit gewesen, aber die beiden fassten zwei andere bedeutende Künstlerlokale jener Jahre ins

Auge: Schwannecke in der Rankestraße und Schlichter in der Lutherstraße …«

»Gibt es …«

Barnowsky wehrte gleich ab: »… nein, die gibt es beide nicht mehr.«

»Zuerst gingen sie zu Schlichter. Und wer saß dort in einem Raum?«

»Brecht?«

»Genau!«

»Was würden Sie sagen, was war das damals so für ein Typ? Wenn man ihn zum ersten Mal sah.«

»Da gibt es eine schöne Beschreibung von Willy Haas. Sagt Ihnen der Name was?«

»Leider nicht.«

»Wie sollte er auch. Seine Bekanntheit ist von den Zeiten verweht. Haas stammt aus Prag. Er zählt zu den deutschsprachigen Juden dieser Stadt, die es seinerzeit dort zu Tausenden gab. Haas war Journalist, Theaterkritiker, Schriftsteller. Er gründete mit Ernst Rowohlt in Berlin die Wochenzeitung ›Die literarische Welt‹ und …«

»Sie wollten mir seine Beschreibung von Brecht zitieren …«

»Ja, ich verplaudere mich bei diesen Themen ziemlich schnell. Also, Haas fand ihn etwas unheimlich … vielleicht hat das aber manche Frauen gerade angezogen … Sie wissen – Brecht und die Frauen, das ist ein ganz besonderes Kapitel … Haas schrieb jedenfalls über Brecht: ›Er hatte das Profil eines Jesuiten, die Drahtbrille eines Oberlehrers, das kurzgeschorene Haar eines Sträflings und die zerschlissene Lederjacke eines alten Parteibolschewiken.‹«

»Da kommt ja allerhand zusammen. Eine ziemlich originelle Kombination.«

»Mein lieber Kokoschinsky! Sie setzten sich also zu ihm und fragten geradezu, ob er ein Stück für sie habe. Brecht erzählte die Fabel des Stückes, an dem er gerade arbeitete, aber ihr Interesse hielt sich sehr in Grenzen. Brecht merkte das, denn sie verlangten die Rechnung. Doch plötzlich sprach er noch von einem anderen Stück und sagte: ›Dann habe ich noch ein Nebenwerk. Davon können Sie morgen sechs von sieben Bildern lesen.‹«

»Und das war die Dreigroschenoper?«

»Noch nicht unter diesem Titel. Brecht nannte das Stück ›Gesindel‹ und sagte den beiden, dass es eine Bearbeitung von John Gay's ›Beggar's Opera‹ sei, die schon 1728 in einem Londoner Vorort in einer Scheune uraufgeführt wurde. Den Titel Dreigroschenoper hat übrigens erst später Lion Feuchtwanger nach dem Besuch einer Probe vorgeschlagen.«

»Das weiß ja auch kein Mensch!«

Barnowsky lächelte mich an. »Jetzt zählen Sie zu dem erlauchten Kreis der Wissenden! Aber weiter im Text: Brecht erzählte den beiden, dass es in dem Stück um einen üblen Gangster geht, der mit dem Polizeipräsidenten befreundet ist und mit ihm diverse Geschäfte macht. Dieser Gangster ist der Boss der Bettler, stattet und bildet sie aus. Und dann kommt natürlich auch noch Liebe ins Spiel, denn ohne Liebe ist doch alles nischt!

Kurzum: Die beiden waren elektrisiert, und Aufricht spürte, dass diese Geschichte nach Theater roch. Am nächsten Tag holte Fischer bei Brecht die Schreibmaschinenseiten, die zwei lasen sofort los und waren begeistert. Das war vom Stil her etwas echt Neues, frech und witzig. Aufricht war sich sicher, dass er mit ›Gesindel‹ sein Theater eröffnen wird. Sie riefen Brecht an, und der sagte ihnen, dass noch ein Musiker mit im Boot wäre – Kurt Weill. Die Musik fand Aufricht zunächst für das Stück zu atonal, aber mit der Zeit änderte er seine Meinung.

Erich Engel, der geplante Regisseur, war von Brechts Werk ebenfalls sehr angetan, und nun ging es um die Besetzung. Sie konnten aus einem großen Fundus toller

Schauspielerinnen und Schauspieler schöpfen. Die Namen sagen natürlich heute nur noch echten Theaterinteressenten etwas ...«

»... dem Mimen flicht die Nachwelt keine Kränze.«

»Ist ja allerhand, dass Sie als junger Mann immerhin ein Schiller-Zitat parat haben. Und woraus ist es?«

»Keine Ahnung. Ich wusste nicht mal, dass es von Schiller ist!«

»Das hat Schiller bei der Wiedereröffnung der Schaubühne in Weimar in einem Prolog zu ›Wallensteins Lager‹ gedichtet. Da gibt es noch mehr Zitierwürdiges:

›Im engen Kreis verengert sich der Sinn,
Es wächst der Mensch mit seinen größern Zwecken.‹«

»Passt auch heute noch. Bei uns im Land ist der Kreis ja mitunter ziemlich eng. Könnte durchaus etwas geweitet werden ... Na ja, und die ›größern Zwecke‹ liegen oft als Nebel in der Zukunft.«

»Die Klassik hat immer aktuelle Stellen. Schiller resümiert schließlich: ›Ernst ist das Leben, heiter die Kunst.‹ Und dabei ist es geblieben.«

Damit kramte er in seiner Mappe herum, die er anfangs auf den Marmortisch gelegt hatte, und zog eine Klarsichthülle heraus, in der sich ein Blatt bedrucktes Papier befand. »Heute habe ich extra für Sie eine Perle aus meinem persönlichen Archiv mitgebracht. Hierum würde mich manche musikgeschichtliche Sammlung beneiden.« Dann reichte er mir die Hülle über den Tisch und sagte nicht ohne Stolz: »Der Programmzettel von der Dreigroschenoper aus dem Jahr 1928 – Theater am Schiffbauerdamm.«

Ich brachte mein Erstaunen zum Ausdruck: »Donnerwetter! Das ist ja wirklich ein ganz seltenes Zeitdokument!«

»Mein lieber Kokoschinsky! Nun wollen wir uns paar wichtige Darstellernamen aus dem sensationellen Stück ansehen. Lesen Sie mal vor!«

»Jonathan Peachum …«

»… das ist der Chef der Bettlerbande …«

»Den gab Erich Ponto. Ein großartiger Schauspieler!«

»Sagen Sie mal … Erich Ponto … spielte der nicht in der ›Feuerzangenbowle‹ mit?«

»Genau. Den Prof. Crey, von den Schülern Schnauz genannt. Die herrliche Szene mit der alkoholischen Gärung …«

»Jeder nur einen wenzigen Schlock!«

»Wer kommt dann auf dem Programmzettel?«

»Frau Peachum – die spielte Rosa Valetti.«

»Eine großartige Schauspielerin, Chansonnière und vor allem Kabarettistin. Sie gründete 1920 in Berlin das Kabarett ›Größenwahn‹ und später das ›Larifari‹, arbeitete mit Kurt Tucholsky …« Barnowsky unterbrach sich selbst und fragte: »Wer kommt dann?«

»Polly, die Tochter der beiden, gespielt von Roma Bahn.«

»Die hatte Schauspielunterricht an der Schule von Max Reinhardt am Deutschen Theater und kam nur durch den Umstand in das Stück, weil die dafür vorgesehene Carola Neher verhindert war. Sie kümmerte sich um ihren todkranken Mann, den berühmten Dichter Klabund. Die Rolle in der Dreigroschenoper machte die Bahn mit einem Schlag bekannt.«

»Dann folgt hier im Programm Macheath …«

»… das ist der Chef der Straßenbanditen. Den spielte Harald Paulsen. Ein Theaterschauspieler.«

»Dann ›Tiger Brown‹, der Polizeichef von London, verkörpert von Kurt Gerron.«

»Ein äußerst vielseitiger Mann. Vom Stumm- zum Tonfilm. Kabarett mit Brecht, Ringelnatz und Mehring. Begeisterte die Premierenbesucher der Dreigroschenoper mit der legendären ›Moritat von Mackie Messer‹ … Das ist eines der Bilder, die ich noch im Kopf habe – der dicke Gerron hinter der Drehorgel.« Nun fiel Barnowsky schon wieder ein anderes Bild ein. »Gerron hat sich ja auch in einem der unvergesslichsten Filme ein künstlerisches Denkmal gesetzt.«

»Ich weiß, was Sie meinen. Er spielte im ›Blauen Engel‹ einen Zauberkünstler.«

Barnowsky nickte mir zu. Es trat eine kleine Pause ein, weil wir beide den Bildern des weltberühmten Films nachhingen, die vor unseren Augen aufgetaucht waren. Dann nahm er den Gesprächsfaden wieder auf. »Bei den Proben zur Dreigroschenoper gab es unheimlich viel Zoff und Ärger. Die Musik stand sogar mal auf der Kippe! Man wollte sie streichen. Stellen Sie sich das vor! Die Dreigroschenoper ohne Musik?!«

»Das ist ja gerade das ganz Besondere.«

»Natürlich. Meine persönliche Meinung ist, dass dem Stück dann nie dieser Erfolg beschieden gewesen wäre! Mich begeistert diese Mischung von Jazz, Tango, Blues, von diversen Balladen und einer Art Jahrmarktsmusik. Und alle Lieder wurden von singenden Schauspielern interpretiert.«

»Das war vermutlich völlig neu.«

»Völlig neu, völlig neu! Theo Mackeben hat einen großen Beitrag mit seiner musikalischen Einstudierung geleistet. Und die Lewis-Ruth-Band spielte hervorragend! Aber ich bin noch nicht bei der Premiere! Noch nicht! Und nun hören Sie: Die Generalprobe der Dreigroschenoper dauerte bis sechs Uhr früh!«

»Die armen Darsteller. Und abends dann den Stress der Premiere ...«

»Mein lieber Kokoschinsky! Und was stellte sich heraus: Das Stück war eine Dreiviertelstunde zu lang. Es wurde gekürzt.«

»Da werden vermutlich manche Akteure sehr sauer gewesen sein!«

»Davon können Sie ausgehen. Erich Ponto stand mit

zwei Handkoffern vor Aufricht und wollte mit dem Mittagszug nach Dresden fahren, weil man ihm die starke Kürzung seines Textes mitgeteilt hatte. Auf intensives Bitten ließ er sich umstimmen.«

»Gott sei Dank – ein Problem gelöst!«

Es gab aber auch noch technische Probleme, und es wurde bis kurz vor der Premiere gestritten. Brecht und Weill verließen gegen 18 Uhr wütend den Raum und sagten, dass sie dieses Theater zum letzten Mal betreten haben.«

Ich schüttelte den Kopf. »Nicht zu fassen. Zwei hochintelligente Menschen, aber unter dem Druck der Verhältnisse gingen ihnen wohl die Nerven durch. Aber sie waren natürlich ...«

»... pünktlich halb acht wieder da. Und nun ging also der Vorhang hoch!

Am Anfang der Premiere gab es gleich eine Panne. Der Leierkasten gab keinen Ton von sich. Die Geschichte vom Haifisch und seinen Zähnen sang Gerron in der ersten Strophe a capella. Dann setzte das Orchester ein. Die Atmosphäre im Raum war zunächst mehr als zurückhaltend. Daran kann ich mich nicht mehr erinnern, weil mich die ganze Inszenierung, die Akteure und das Bühnenbild in Bann hielten. Aber wegen der kühlen Atmosphäre sollen schon einige der Darsteller ins Schwitzen gekommen sein. Sie hatten Angst, dass die ganze Sache schiefgeht. Und dann ... dann sangen die Männer den Kanonensong ...«

Ich stimmte gleich das Lied an. »Soldaten wohnen auf den Kanonen ...«

»Genau, genau. Und dieses Lied war der Durchbruch. Mein lieber Kokoschinsky! Von null auf hundert. Das Publikum tobte, trampelte und verlangte da capo. An diese Stimmung habe ich noch Erinnerungen. Von da an lief der Abend. Aufricht ging in der Pause mit sehr guten Gefühlen hinter die Bühne, und dort gab es überraschenderweise wieder Streit. Kurt Weill tobte: ›Dieser Saustall! Meine Frau spielt nicht mehr weiter! Ich erlaube es nicht!‹«

»Was war passiert?«

»Weill hielt Aufricht jenes Programmheft vor Augen, das hier auf dem Tisch liegt. Man hatte vergessen, Lotte Lenya aufzuführen!«

»Ausgerechnet die Seeräuber-Jenny … ›Meine Herren, heute sehen Sie mich Gläser abwaschen …‹«

Barnowsky fiel sofort mit ein: »›… und ich mache das Bett für jeden.‹«

»Und wie ging die Sache aus?«

»Zum Glück konnte Lotte Lenya ihren Mann beruhigen, sie spielte natürlich weiter, und noch am Abend wurden alle Redaktionen angerufen, um den Fehler zu berichtigen. Lotte Lenya fand ich grandios. Ihr Gesangsstil brachte die Songs von Brecht/Weill erst richtig zur Geltung. Das hat ihr Brecht auch gesagt: ›Du hast es so gesungen, wie ich es geschrieben habe.‹ Wenn Sie mich fragen: Sie ist bis heute unerreicht.«

»Und wie reagierte nun generell die Presse?«

»Absolut begeistert! Der erste Kritiker prophezeite am nächsten Vormittag in der Zeitung eine Serie von 500 Aufführungen. Im Theater telefonierte man an zwei Apparaten und war schon auf drei Wochen hinaus ausverkauft. Ein Jahr nach der Uraufführung spielten in Deutschland fünfzig Theater die Dreigroschenoper. Bis 1933 wurde das Stück in achtzehn Sprachen übersetzt und in Europa über 10 000 Mal aufgeführt. Der Beginn eines Welterfolgs. Mein lieber Kokoschinsky!«

»Ich kann mir vorstellen, dass die Tantiemen für Brecht seinen Text der ›Ballade vom angenehmen Leben‹ Wahrheit werden ließen: ›… nur wer im Wohlstand lebt, lebt angenehm.‹«

»Da haben Sie zweifellos recht. Was Brecht damals nicht

ahnen konnte, ist die Tatsache, dass die Dreigroschenoper das meistgespielte Stück des 20. Jahrhunderts wurde!«

»Wie haben denn im weiteren Verlauf der Zeit die Nazis auf den großen Erfolg der Dreigroschenoper reagiert?«

»Etwa zwei Jahre nach der Premiere tauchten im Theater immer wieder mal Nazis auf, die versuchten, die Aufführung zu stören. 1933 wurde das Stück von ihnen verboten.«

»Für jene Mitwirkenden, die Juden oder Kommunisten waren ... oder sogar beides ... ergaben sich in der Folge harte Konsequenzen für ihren Lebenslauf. Keiner dieser Künstler ahnte ja 1928, dass viele in fünf Jahren ihre Heimat verlassen müssten.«

»Mich haben die Schicksale der wichtigsten Akteure jener Premiere sehr interessiert, und ich habe das recherchiert. Schauen wir uns das anhand der erwähnten Namen an: Für Ernst Josef Aufricht, den Direktor des Theaters am Schiffbauerdamm, begann in Zürich die Zeit des Exils schon ab März 1933. Als Jude hatte er gleich gar keine Illusionen, was da auf ihn zukam.«

»Brecht zählte ja zu den verbrannten Dichtern und musste ebenfalls so schnell wie möglich ins Exil ...«

»... und ging schließlich in die USA. Interessant ist die Tatsache, dass er als Marxist nicht in die Sowjetunion geflohen ist. Da hat ihn sein Instinkt eventuell vor einem schweren Schicksal bewahrt, als dort in den dreißiger Jahren auch so mancher deutsche Kommunist, der sich vor den Nazis retten konnte, durch den Stalin-Terror in einem Lager zu Tode kam.«

»Worüber hier bei uns im Land eher nicht geredet wird.«

Barnowsky nickte mir vielsagend zu. »Leider, leider. Unangenehme Wahrheiten werden gern verdrängt. »

»Und wie erging es dem Komponisten Kurt Weill?«

»Landete nach seiner Flucht ebenfalls in den USA.«

»Und nun zu den Akteuren. Was wurde aus Erich Ponto?«

»Er blieb, drehte Filme, spielte Theater. Nach dem Krieg wurde er übrigens Intendant am Dresdner Schauspielhaus, aber ihm sagte die politische Art und Weise im Osten nicht zu ...«

»... da soll es ja heute noch Leute geben, denen das so geht ...«

»Sie sagen es, Sie sagen es. Er verließ die damalige SBZ und ging in den Westen.«

»Dann wäre hier auf dem Zettel Rosa Valetti.«

»Die großartige Rosa Valetti! Sie spielte übrigens auch im ›Blauen Engel‹ mit – die Ehefrau des Direktors und Zauberkünstlers, der von Kurt Gerron dargestellt wurde. Die Valetti war auch Jüdin, sie packte gleich 1933 ihren Koffer, hatte Auftritte in Wien, Prag und starb 1937 in Wien. Im folgenden Jahr wäre sie höchst gefährdet gewesen, denn sie stand durch ihre politische Kabarett-Tätigkeit garantiert auf einer schwarzen Liste. Und im März 1938 marschierten unter dem Jubel von Zehntausenden die Nazis in Wien ein.«

»Und was wurde aus Roma Bahn?«

»Ein Paradebeispiel für so unterschiedliche Lebenswege. Sie blieb in Deutschland. Das wäre ja nicht das Problem. Es blieben viele Künstler aus den unterschiedlichsten Gründen im Land. Die Bahn spielte aber in diversen Propagandafilmen mit – wie wären sich Rosa Valetti und sie nach dem Krieg begegnet? Hätten sie sich überhaupt etwas zu sagen gehabt?«

»Und was wissen Sie über den Mackie-Messer-Darsteller, also über Harald Paulsen?«

»Noch schlimmer! Paulsen wurde in Rekordzeit vom Brecht- zum Hitler-Verehrer und spielte in entsprechenden Hetzfilmen mit. ›Ich klage an‹ habe ich selbst gesehen. Ekelhaft! Da ging es um den Komplex Euthanasie, also den Massenmord an kranken Menschen. Von den Nazis wurde das als ›Vernichtung lebensunwerten Lebens‹ gesehen.«

»Alles für mich unvorstellbar ... Jetzt kommt hier auf dem Zettel Kurt Gerron ...«

»Eine besonders tragische Geschichte! Was für ein Schicksal! Als Jude hatte er keinerlei Illusionen und floh mit seiner Frau und seinen Eltern aus Deutschland. Vorher hatten seine Freunde Peter Lorre ... sagt Ihnen der Name etwas ...?«

»Auf alle Fälle. Der beeindruckende Hauptdarsteller des Films ›M‹ von Fritz Lang ...«

»Genau!«

»... also Lorre und Marlene Dietrich wollten ihn nach Hollywood holen. Er lehnte aber ab. Seine Sprache wäre Deutsch, und er sah deshalb dort für sich keine Zukunft. Nun begann ein schmerzlicher Passionsweg. Die Stationen: Paris, Österreich, Italien und schließlich nach Amsterdam. Das war leider viel zu nahe an Deutschland. Als die Wehrmacht Holland überfiel, saßen die Exilanten in der Falle. Wenigen gelang es noch, aus dem Land zu fliehen oder in den Untergrund zu gehen. Da musste man entsprechende Helfer haben. Gerron und seine Familie kamen wie alle anderen ins KZ Westerbork. Dort spielte er sogar noch in einem Kabarettprogramm mit, ehe der Transport zur nächsten Station erfolgte: Anfang 1944 ins Lager Theresienstadt. In der Propaganda der Nazis das sogenannte Musterstädtchen. Alles Lüge. Der Lagerchef freute sich über den berühmten neuen Insassen. Gerron durfte tatsächlich ein Ghetto-Kabarett gründen – das ›Karussell‹. Dort sang er sogar Songs aus der Dreigroschenoper. Können Sie sich das vorstellen?

Wenn man in der Hölle ›Und der Haifisch, der hat Zähne‹ singt?

Wenn deutsche Juden eine Revue mit dem Namen ›Lach dich gesund!‹ aufführen?

Vom Tod überschattete ›Bunte Abende‹.

Und dann kam vom Lagerkommandanten der Befehl,

einen Dokumentarfilm zu drehen. Reine Demagogie. Die perfide Idee hatte der Reichsführer der SS Heinrich Himmler. Einen Titel hatte man sich schon ausgedacht: ›Der Führer schenkt den Juden eine Stadt‹.

Das Lager sollte als eine Art Kurort dargestellt werden. Absoluter Hohn. Als erfahrener Mann vom Film, der auch schon Regie geführt hatte, bekam Gerron den Befehl, diese Fälschung zu realisieren. Ein Ort scheinbarer Normalität wurde inszeniert: Von einer Bibliothek bis zu einem Kaffeehaus. Von der Badeanstalt bis zur Bankfiliale. Gerron stürzte dadurch in einen Gewissenskonflikt. Sollte er das wirklich machen? Rettete er damit sein Leben? Er hoffte es. Für sich und auch für andere …«

»Und? Hat er …«

»Nein, er rettete es nicht. Mitte September waren die Aufnahmen abgeschlossen. Ende Oktober 1944 stand Kurt Gerron mit vielen seiner Darsteller, tragischerweise vor allem auch mit Kindern aus diesem Film, am Bahnsteig. Die Fahrt von Theresienstadt nach Auschwitz dauerte gar nicht so lange. Nach der Ankunft gab es keinen Aufschub. Die Rote Armee rückte unaufhaltsam vorwärts. Man beeilte sich mit dem Töten …

Tja, lieber Richard, das war heute ein trauriges Kapitel, aber so ist das eben, wenn man sich mit Künstlern aus den zwanziger Jahren beschäftigt. Da gehen viele Biografien wegen der Nazimörder nicht gut aus – das betrifft auch die Schicksale der von Ihnen geschätzten Kabarettisten jener Zeit. Ich denke da besonders an Morgan, Robitschek oder Grünbaum, die ich alle noch im Berliner Kabarett der Komiker erlebte.«

»Wollen wir uns das für das nächste Mal vornehmen?«

»Von mir aus gern, diese Leute, diese Könner der Unterhaltung dürfen nicht vergessen werden. Ehre ihrem Angedenken!«

# Im Bus

Vom Conti kommend fuhr ich an einem frühen Sommerabend mit dem Bus in mein frisch erworbenes Atelier. Hinter solch einem Ort künstlerischer Kreativität verbarg sich in meinem Fall ein Raum in einem desolaten Hofgebäude, aber für mich war es ein Freiraum, um in Ruhe und vor allem mit ausreichend Platz arbeiten zu können. Und er strahlte dieses Milieu aus, das über Jahrzehnte ein Atelier charakterisierte.

Der Raum gehörte früher zu einer privaten Druckerei. Es gab große Fenster, viel Licht. Und es stand auch noch der legendäre Kanonenofen im Raum, den ich im Winter entsprechend füttern musste, damit die Temperatur meine Finger beweglich hielt.

Die Menschen im ziemlich vollen Bus machten alle einen etwas erschöpften Eindruck. Das mag an den hochsommerlichen Temperaturen gelegen haben. Vielleicht steckte aber den Leuten schon ein kommendes Gewitter in den Gliedern, denn es wurde immer dunkler, und der Wind fegte durch die Straßen.

Ich hatte nach dem Einsteigen in der Mitte des Wagens eine gutaussehende junge Frau wahrgenommen, vor allem, weil sie mich anlächelte, als sich unsere Blicke begegneten. Und dieses Lächeln erwiderte ich gern.

Die einsteigenden Fahrgäste an den Haltestellen führten dazu, dass wir uns jedes Mal aufeinander zubewegten, weil wir gezwungen wurden, ins Innere des Wagens aufzurücken. Bald führte die Schieberei der Eingestiegenen dazu, dass wir tatsächlich nebeneinanderstanden und sich nach kurzer Zeit an der Haltestange in einer Kurve unabsichtlich unsere Hände berührten.

Meine Nachbarin sah geradeaus, als wäre nichts gewesen. Mein Eindruck war, dass sie es zwar gemerkt hatte, aber inzwischen etwas angespannt nach draußen sah. Vom Himmel grummelte es unüberhörbar. Es war schon leichter Donner zu vernehmen. Plötzlich krachte es infernalisch über uns, als hätte der Blitz in den Bus eingeschlagen. Von nebenan kam ein ängstlicher Ton, und ihre rechte Hand ergriff reflexartig meine linke. Sie umfasste sie fest, und ich spürte, dass sie leicht zitterte. Als ich sie beruhigen wollte und leise sagte: »Keine Angst. Es ist nur ein Gewitter«, da sah ich, dass sie wirklich große Angst hatte. Ich strich ihr kurz über den Oberarm. Sie sah mich etwas verlegen an und fragte: »Steigen Sie jetzt auch aus?«

Ich nickte, obwohl es nicht meine Haltestelle war. Bis dahin war es ein trockenes Gewitter. Nun öffnete der Himmel seine legendären Schleusen. Ich rief ihr zu: »Drei Häuser weiter gibt es eine Weinstube«, nahm ihre Hand, und wir rannten den Bürgersteig entlang. Da ich sie nicht loslassen wollte, planschte ich in eine Pfütze. Wir lachten. Die Luft war tropisch. Rechts von uns trommelten kaputte Dachrinnen ein besonderes Tropfkonzert.

Dann waren wir da, stürzten fast die drei Treppen nach unten ins Souterrain, standen etwas atemlos im Trockenen in dem mit dunklem Holz getäfelten Raum. Als wir uns umblickten, sahen wir, dass wir die einzigen Gäste waren. »Die goldene Weintraube« hatte gerade geöffnet, und erst in einer Stunde würde hier kein Platz mehr zu bekommen sein. Wir setzten uns in eine Nische an einen Zweiertisch auf eine Bank, die wie für Pärchen gemacht war.

Einige Lampen im Raum hatten die originelle Form von gläsernen Weintrauben. Die farbigen Bleiglasfenster zierten Porträts bedeutender Deutscher, die ernst und majestätisch in das Lokal blickten. Hier war die Zeit stehengeblieben. Wir befanden uns vom Interieur her etwa im Jahr 1900. Der Raum verbreitete eine wohlige Stimmung.

Nachdem wir vom Kellner mit dem in solchen Situationen vermutlich üblichen Satz begrüßt wurden »Na, Sie haben ja ein Wetter mitgebracht!«, einigten wir uns schnell auf einen Schoppen Grauer Mönch. Und ich bestellte noch bei dem heiter wirkenden Mann ein Handtuch für unsere nassen Haare. Zu unserem Erstaunen servierte er es uns kurze Zeit danach auf einem Tablett. »Wenn das kein Service ist!«, lobte ich ihn, und wir rubbelten unser Haar trocken.

Ich erfuhr nach ein paar Sätzen, dass die schlanke junge Dame im weißen Minikleid neben mir auf den schönen Namen Sophie Charlotte hörte. Sie zeigte sich bald sehr entspannt und fröhlich. Ein Schatten fiel nur über ihr Gesicht, als ich sie fragte, warum sie im Bus nach dem großen Donner so ängstlich geworden war.

»Das hat triftige Gründe. Ich war mal mit einer Freundin zelten. Da brach ein fürchterliches Gewitter über unseren Campingplatz herein. Nicht weit von uns schlug der Blitz in ein Zelt und tötete ein junges Pärchen.«

»Tragisch. Da hast du ein Trauma davongetragen.«

Es schien mir selbstverständlich so schnell zum Du überzugehen. Das gab die Gefühlslage zwischen uns einfach her. Sie sah mich aufmerksam an. »Danke, dass du mich getröstet hast, ohne zu verstehen, warum ich mich so seltsam benommen habe.«

Ich machte eine Geste der Selbstverständlichkeit. »Schade, dass ich dich nicht mehr trösten kann.«

Sie lächelte mich an: »Du kannst ruhig weitermachen.«

»Das wäre dann die nächste Stufe.« Ich küsste sie auf die Wange. Sie revanchierte sich sofort.

Wir stießen mit den Weingläsern an, redeten bald über

Gott und die Welt, scherzten und lachten. Schon nach kurzer Zeit stellten wir fest, dass wir viele gemeinsame Vorlieben hatten. Sophie Charlotte las auch alles von Christa Wolf bis Jurek Becker, von Camus bis zur Sagan. Kein Wunder: »Ich bin Buchhändlerin.«

Sie kannte allerdings, wie ich, viele Autoren aus westlichen Ländern nur durch Taschenbücher von Freunden. Oft waren es zerlesene Exemplare von Rowohlt, Fischer oder dtv. Sie liebte ebenfalls Chansons, Musik überhaupt. »Kennst du das Lied von Aznavour?« Sie sang ein Stück.

»Na klar. Und das hier von Jacques Brel?«

Und sie nickte wiederum.

Da fiel mir ein: »Ich habe dir noch gar nicht meinen Namen gesagt.« Ich machte es etwas spannend.

»Und? Nun sag schon.«

»Richard Dumont. Manche sagen auch Rieschahr Dumont.«

Sie boxte mich sanft in die Seite. »Das gibt's doch nicht! Du hast einen französischen Namen?«

»Mein Vater stammt von den Hugenotten ab.«

»Das ist ja ... formidable!«

»Kannst du Französisch?«

»Ein wenig. Und wenn du schon diesen Vornamen hast, kennst du Richard Anthony?«

»Richard ...«

»Anthony. Ein Franzose.«

»Nein.«

»Den kennst du nicht? Der hat ein wunderschönes Lied geschrieben. ›J'entend siffler le train‹.«

»Ich kann leider nur sehr wenig Französisch.«

Sophie Charlotte schüttelte leicht den Kopf. »Und das als Hugenotte! Das ist ja ein Ding!«

»Auf alle Fälle scheint es in dem Lied um einen Zug zu gehen.«

»Genau. Es spielt auf einen Bahnsteig. Es geht um Liebe

und einen Abschied. Und er sagt: ›Ich dachte, es wäre besser, ohne Abschied zu gehen.‹«

»Traurig.«

»Sehr traurig.«

Dann küssten wir uns. Als ich meine Augen wieder öffnete, sah ich, wie der Kellner diskret kurz vor unserem Tisch mit seinem Tablett wieder abdrehte, eine Runde durch das Lokal lief und dann den zweiten Schoppen auf den Tisch stellte. Sophie Charlotte sah mich tatsächlich kurz mit einem Blick an, den ich nur unter der Rubrik ›verliebt‹ ablegen würde. Und ich werde sie auf meine Art nicht anders angesehen haben.

Wir stießen an, tranken und fühlten uns in dieser Nische so wohl wie in einer kleinen Wohnung. Ich erzählte ihr, dass ich seit kurzem Besitzer eines bescheidenen Ateliers in einer Bruchbude sei. »Ach ja«, fiel mir ein, »ich habe dir noch gar nicht gesagt, dass ich Maler und Grafiker bin.«

»Ich liebe Bilder. Vor allem die Impressionisten.«

»Die mag ich auch sehr.« Mir ging durch den Kopf, ob ich ihr wohl noch heute mein Atelier und ein paar Arbeiten zeigen sollte oder ob das am ersten Abend etwas zu ungestüm wirken würde. Zu aufdringlich.

»Wie bist du denn zu diesem Atelier gekommen?«

»Du kennst bestimmt das Café Continental.«

»Ja. Komme ich aber eher selten hin.«

»Sonst hätte ich dich schon längst dort entdeckt. Ich kenne da einen Typen, der hat diverse Beziehungen. Ich sagte ihm, dass ich die abgeschabteste Bude nehmen würde. Aber ich brauchte eben zum Arbeiten mehr Platz.

Es vergingen keine zwei Monate, da raunte er mir am Tisch zu: ›Bin an einer Bude dran. Mach dich aber darauf gefasst, dass es sich um ein sehr bescheidenes Exemplar handelt.‹

Ich sagte ihm, dass mir das völlig egal sei. Zwei Wochen danach überreichte er mir lässig zwei Schlüssel.«

»Ist doch toll!«

»Eine abgewrackte Bude in einer ehemaligen Druckerei. Und dann überraschte er mich noch mit der Information: ›Es gibt in dem Raum sogar eine Sitzbadewanne.‹«

»Wozu das denn?«, amüsierte sich Sophie Charlotte.

»Der Typ klärte mich auf: Wir befänden uns in der DDR in einem desolaten Gebäude. Die Wanne stehe in einer Ecke und fängt bei Regen das Tropfwasser auf.«

Sie schlug sich auf die Schenkel und lachte. »Typisch hier. Und was zahlst du für das Atelier?«

»Nichts. Ist in dem Zustand nicht vermietbar.«

»Und wie hast du dir das eingerichtet?«

»Ich graste mit einem Freund die Containerstellplätze ab. Ein altes Ehepaar brachte gerade auf einem Tafelwagen eine Couch an. Sie brauchten sie nicht mehr, weil sie ins Altersheim ziehen würden. Mit meinen Freunden aus der Hochschule feierte ich ein Einzugsfest. Ich bat um Mobiliar-Spenden. Jeder Gast sollte mir eine Sitzgelegenheit mitbringen. Da kam allerhand zusammen. Von einem alten Gartenklappstuhl über einen hölzernen Bierkasten bis zu einem original Thonetstuhl aus einem aufgelösten Café. Ein mit dunkelrotem Plüsch bezogener Klavierhocker ließ sich quietschend drehen. Da es länger nicht geregnet hatte, packte ich ein paar Kissen in die trockene Badewanne und konnte sie tatsächlich als Sitzgelegenheit nutzen. Ein Freund brachte mir eine Schreibtischlampe mit einem grünen Glasschirm und behauptete, dass sie aus dem Arbeitszimmer von Lenin stammen würde. Oder wie der Russe angeblich dazu sagen würde: Aus seinem ›Rabotakomnata‹.«

Wir lachten, dann sahen wir uns nachdenklich an, und Sophie Charlotte meinte: »Um sich so nah zu sein, brauchen manche Monate. Wir schaffen das in einer Stunde. Da merkt man, wie verrückt das Leben spielen kann. Wenn ich dich so sehe und erlebe, dann ...« Und nun ließ sich nicht mehr verstecken, dass die aschblonde langhaarige

Sophie Charlotte bei dieser tropischen Hitze und dem Wein, den wir doch recht schnell getrunken hatten, sich einen kleinen Schwips eingefangen hatte. »… also, dann … dann wäre es doch überhaupt nicht ausgeschlossen, dass ich mich nächste Woche mit dir verloben würde!«

»Schon nächste Woche?«, lachte ich und machte die Spielerei mit. »Na, warum nicht?!«

»Geht ja nicht.«

»Warum?«

»Weil ich mich da schon verlobe.«

Ich sah sie erstaunt an. »Meinst du das ernst?«

Sie nickte. »Du feierst nächste Woche Verlobung?«

Sophie Charlotte sah konzentriert in ihr Weinglas, als würde sie dort drin das Bild ihres Verlobten sehen. Ich hoffte, dass sie jetzt nicht mit der Bemerkung »Das ist er …« ein Foto von ihm aus der Brieftasche ziehen würde. Sie schwieg und sah mich mit ihren blaugrauen Augen etwas melancholisch an.

»Verrückt.« Ich war kein großer Raucher, aber ab und an steckte ich mir eine an. Eine Schachtel hatte ich meist einstecken. Sie streckte ihre Hand aus: »Gib mir bitte auch eine.«

»Rauchst du?«

»Nur an Feiertagen. Und heute ist einer.«

Als ich später von der Toilette kam und der Platz in der Nische leer war, schwante mir gleich, was passiert war. Ich sah auch sofort den Zettel unter meinem Weinglas.

> Lieber Richard,
> es ist besser, wenn ich jetzt schnell abhaue.
> Es tut mir unendlich leid. Es war schön mit Dir.
> Deine Sophie Charlotte

In mir stieg ein Gefühl auf, das ich ein paar Jahre vorher auf Hiddensee erlebt hatte. Ich war in ein Mädchen verliebt, das dort mit seiner Familie Urlaub machte. Wir hatten schöne Tage verlebt. Zwei, drei Tage vor meiner Abreise wurde mir und auch ihr tagsüber manchmal ganz komisch. Ihre Mutter merkte unsere Veränderung und meinte: »Das ist das Inselweh. Das kommt bei manchen, wenn die Abreise näher rückt.«

Es war kein Zufall, dass Sophie Charlotte ausgerechnet diese Liedzeile von Richard Anthony zitiert hatte: »Ich dachte, es wäre besser, ohne Abschied zu gehen.«

Der Bahnsteig im Lied war für mich nun das Weinlokal. Abschiede gibt es überall. »Die goldene Weintraube« war inzwischen rammelvoll. Das merkte ich erst jetzt.

Ich zahlte und fuhr ins Atelier.

Ich habe mich noch nie in einem Bus so allein gefühlt.

# Der Malerstammtisch 3

Als ich an einem kalten Januartag ins Conti kam, sah ich, dass am Malerstammtisch nur noch Mager saß, der in einem Kunstband blätterte. Das Café war an jenem Tag nicht gut geheizt, und Mager hatte einen Grog vor sich stehen. Ich begrüßte ihn und fragte nach den anderen. »Grambach und Schneidereit waren da. Sie hatten aber Termine und hielten sich nicht lange auf. Susanne und Milan mussten wegen einer Vorlesung zur Universität.«

Mager machte auf mich an diesem kalten Wintertag einen sehr nachdenklichen, nahezu traurigen Eindruck. Und das sagte ich ihm auch.

Er atmete tief durch. »Dein Eindruck täuscht nicht, Richard. An diesen Tagen im Januar überfallen mich jedes Jahr die Bilder aus der Vergangenheit. Das ist nun viele Jahre her, dass ich mit meiner Mutter, meinem Bruder und meiner noch ganz kleinen Schwester aus unserer Heimat fliehen musste. Die Front rückte immer näher. Wenn sich die Erwachsenen unterhielten, bekam ich natürlich öfters etwas mit. Die Frauen haben im Zusammenhang mit den russischen Soldaten, die schon auf deutschem Gebiet waren, immer wieder den Begriff Vergewaltigung erwähnt. Natürlich konnte ich mir als 10jähriger Bub darunter nichts Konkretes vorstellen. Unsere sexuelle Aufklärung ging in jenen Zeiten sowieso gegen null. Aber dass die Soldaten etwas mit den Frauen machten, das mit Gewalt zu tun hatte, war mir schon klar. Wir flohen also vor dem Krieg, vor Tod, Verletzung und die Frauen besonders vor dieser Vergewaltigung. Und deshalb mussten wir alles aufgeben:

unsere Heimat, unsere Wohnung mit allem, was darin stand, und mit allem, was ich als Zehnjähriger besaß. Meine Burg mit den Bleisoldaten, meine Dampfmaschine, mein Kasperletheater, mein erstes Karl-May-Buch ›Der Schatz im Silbersee‹. Alles blieb zurück. Alles ging verloren.«

Mager machte eine kleine Pause. Ich sagte und fragte nichts, weil ich ihn erzählen lassen wollte. Er war ja einer der Stillsten in der Maler-Truppe. Wenn der Tisch voll besetzt gewesen wäre, dann hätte er sich vermutlich wieder zurückgehalten. Ich glaube kaum, dass alle seine Kollegen sein Schicksal kannten. Ich hatte ihn wohl gerade in einer Stimmung angetroffen, in der er bereit war, ausführlicher über das Erlittene zu sprechen.

»Meine Mutter hatte von meinem Vater einen Brief bekommen, und seitdem sprach sie immer wieder davon, dass wir unsere Heimat wegen der heranrollenden Front verlassen müssten. Mein Vater war Offizier der Wehrmacht und wusste natürlich genau, wie die Lage war. Ich habe mal im Nachbarzimmer aufgeschnappt, wie er zu meiner Mutter sagte: ›Wenn der Iwan nach Deutschland kommt, wird das ganz schlimm für uns alle, dann möchte ich nicht mehr leben. Er wird sich dafür rächen, was wir dort gemacht haben.‹

Was meiner Mutter alles durch den Kopf ging, das kann ich im Nachhinein nur vermuten. Stell dir in den chaotischen Zeiten eine Frau vor, die mit drei kleinen Kindern im Alter von zwei, fünf und zehn Jahren die Flucht antreten muss. Mit dem nötigsten Gepäck, mit Wegzehrung für vier Personen …

Als ich meinen Rucksack packte, war mir auch als Zehnjährigem schon klar, dass dies eine ganz andere Reise werden würde als die gewohnten Fahrten in die Ferien. Wenn ich auch nicht auf den Gedanken kam, dass dies eine Reise ohne Wiederkehr sein würde. Es war eben Krieg. Die Front rollte auf uns zu. Wir fuhren zu meinen Großeltern nach Berlin. Und wenn dann Frieden ist, also wenn wir gewonnen haben, geht es wieder zurück.

So etwa habe ich gedacht.

Ich hatte als Kind damals ja nicht die geringste Ahnung, dass wir diesen Krieg längst verloren hatten. Mich beschäftigte vielmehr die Wahl, welches Spielzeug ich mitnehmen würde, denn nur eins wurde mir zugebilligt.«

Mager nahm einen Schluck aus dem Grogglas, blickte in den Raum und hatte bestimmt die Bilder seiner Familie und der Wohnung vor Augen.

»Das sind Entscheidungen für einen Zehnjährigen! Ich entschied mich für mein Kuscheltier, einen Bernhardiner, und stopfte ihn in meinen Rucksack, ließ aber seinen Kopf herausschauen, damit er sich das ganze Elend mit ansehen könnte. Die Reise von meinem Heimatort in der Nähe von Kolberg über Stettin war in jenen Tagen strapaziös. Ein überfüllter Zug. Ein einziges Durcheinander. Es war Januar, bitterkalt. Auch im Abteil. Mal stand der Zug lange, mal fuhr er. Als der Tee aus der Thermosflasche alle war, tauten wir Schnee auf, um etwas zum Trinken zu haben.

Irgendwann kamen wir in Berlin im Stettiner Bahnhof an. Der Krieg hatte am Gebäude schon seine Spuren hinterlassen. Meine Großeltern, es waren die Eltern meines Vaters, wohnten außerhalb in einem Haus mit Garten. Ich freute mich schon auf das Kompott, das es bei ihnen immer reichlich gab, denn Großmutter kochte für ihr Leben gern ein. Alle Beeren dieser Welt wuchsen hinterm Haus. Und auch Äpfel, Birnen und Kirschen gab es reichlich auf ihrem Grundstück. Die Großeltern freuten sich natürlich, ihre Schwiegertochter und ihre Enkel ins Haus zu bekommen, aber sorgten sich gleichermaßen, ob für die Familie alles gut ausgehen würde.

Einmal bin ich mit meiner Mutter noch ins Zentrum von Berlin gefahren. Dort sah ich mit Schrecken die Verwüstungen durch die Bombenangriffe. Diese Bilder machten mir Angst. Meine Mutter, das war mein Eindruck, deprimierten die Ruinen und Schuttberge zutiefst. Sie ist nie wieder in die Innenstadt gefahren. Ich habe mir aus jenen Tagen zwei Losungen gemerkt, die ich auf Transparenten las: ›Berlin isst heute sein Eintopfgericht‹ und ›Unsere Mauern brechen, unsere Herzen nicht‹.

Dabei hatte ich das Gefühl, dass der Anblick der Stadt tatsächlich das Herz meiner Mutter brach. Und überall sah ich an den Häuserwänden die dicken weißen Buchstaben LSR, der Hinweis auf die Luftschutzräume.

Ich ging dort auch wieder in die Schule. Bald bekam ich mit, dass Jugendliche ab 15 Jahren eingezogen und sofort an der Panzerfaust ausgebildet wurden.

Die Front kam unaufhaltsam näher. Es begann allmählich jene Zeit, von der ich später das tragikomische Bonmot über die Verhältnisse in der Stadt gehört hatte: ›Das Schöne in Berlin ist, dass man jetzt mit der S-Bahn von der West- zur Ostfront fahren kann‹.«

Ab Mitte April waren die Schulen geschlossen. Dann saßen wir nur noch im Keller. Neben den Regalen mit dem Eingekochten und der Kartoffelhorde. Draußen tobte der Kampf.

Am 21. April zuckten wir zusammen, als plötzlich im offenen Kellerfenster das Gesicht eines russischen Soldaten erschien. Er fragte: ›Deutsche Soldat?!‹ Wir verneinten. ›Uri?, Zigarri?‹

Meine Mutter zitterte. Sie hatte ein Kopftuch auf, das sie älter erscheinen ließ. Sie reichte dem Soldaten ihre Uhr durch das Fenster. Der Kopf verschwand.

Dann hörten wir über uns Stimmen. Die Russen waren zu den Großeltern gekommen, die nach oben in die Küche gegangen waren, um für uns alle eine Suppe zu kochen.

Mutter hatte eine Thermosflasche mit Tee auf einem

Hocker stehen. Sie sagte: ›Jetzt trinken wir erst einmal einen Schluck Tee auf den Schreck.‹ Alle tranken.

Ich erinnere mich, dass ich den Tee wegen des komischen Geschmacks ausspuckte. Dann muss ich umgefallen sein. Später erfuhr ich, dass die Großeltern in den Keller gekommen waren, als die russischen Soldaten das Haus verlassen hatten.

Großmutter schrie auf. Sie war entsetzt und schockiert, welches Bild sich ihr bot, und wusste sofort, was passiert war. Die Großeltern sahen, dass ich mich noch bewegte, packten mich und hielten mich kopfüber nach unten.

Das Nächste, woran ich mich erinnere, war die Stimme meiner Großmutter: ›Er ist wieder da!‹

Das Ausspucken des Tees hat mir das Leben gerettet. Ich habe als Erstes nach meiner Mutter gefragt.

Meine Mutter, meine Schwester und mein Bruder waren tot.

Ich schmeckte noch den Bittermandelgeschmack und wusste natürlich nicht, dass es Zyankali gewesen war, was meine Mutter in den Tee geträufelt hatte. Das Gift stammte von meinem Vater. Die Offiziere trugen meist so etwas für alle Fälle bei sich. Zumal, wenn sie, wie mein Vater, eine höhere Position bei der Wehrmacht hatten.

Die Großeltern fanden in einer Tasche, die neben dem Hocker stand, einen Brief. ›Ich kann dieses Leben nicht mehr ertragen.‹

Mutter glaubte, dass wir nach dem verlorenen Krieg ein Teil der Sowjetunion würden und künftig nur noch russisch sprechen dürften. Die Gespräche mit meinem Vater hatten offensichtlich diese Panik verstärkt. Sie wollte nicht mit ihren Kindern in solch einer Sowjetrepublik mitten in Deutschland leben. Und fürchtete die Rache der Roten Armee. In einer Zeitung hatte sie Fotos von einem Ort in Ostpreußen gesehen, den die Wehrmacht zurückerobert hatte. Darauf waren geschändete und getötete

Frauen zu sehen, und die Nazi-Propaganda schlachtete das selbstverständlich aus. Von ihren Verbrechen zeigten die Nazis in den Zeitungen natürlich keine Fotos.

Ich erinnerte mich daran, dass meine Mutter gesagt hatte: ›Wenn mal was ist, hier in meiner Tasche sind unsere Papiere.‹ Wir fanden darin ihren Ausweis, unsere Geburtsscheine und ein Buch: ›Die letzten Tage von Pompeji‹.

Pompeji war quasi vor der Haustür. So etwas schaffen Menschen auch ohne Vulkanausbruch. Draußen war der Krieg noch in vollem Gange. Wir hörten das Pfeifen der Granaten, Gewehrschüsse.

Man legte die Toten in Betttücher. Dann mussten die Großeltern meine Mutter und meine Geschwister im Garten begraben. Die Nachbarn halfen mit, ein Grab zu schaufeln. Die Totenstarre hatte eingesetzt. Bei meiner Mutter dergestalt, dass sie mit nahezu ausgebreiteten Armen wie der Gekreuzigte aussah. Man legte ihr ...«

Hier brach Mager ab, und ich sah die Tränen in seinen Augen. Ich war emotional außerordentlich berührt, mir hatte es die Sprache verschlagen, aber was sollte man sagen bei so einer Geschichte. Jedes Wort konnte nur banal wirken in Anbetracht der Dramatik der Ereignisse. Ich legte meine Hand auf seinen Arm und blieb stumm. Er fasste sich und sagte leise zu mir: »Man legte die beiden Kinder links und rechts in ihre Arme, und dann schippte Großvater mit dem Nachbarn das Gartengrab für seine Schwiegertochter und seine beiden Enkel zu. Kannst du dir so etwas vorstellen?«

Ich schüttelte nur den Kopf.

»Ich konnte nicht zusehen und bin abgehauen, habe mich irgendwo für eine Zeit versteckt und verstand die Welt nicht mehr. War hilflos und voller Trauer.

Meine Großeltern haben ihrem Sohn nie verziehen, dass er seiner Frau das Gift gegeben hat. Nach langer Zeit kam eine Karte aus einem Kriegsgefangenenlager. *Er* hatte also das Zyankali nicht genommen. Die Großeltern haben nicht zurückgeschrieben. Ich habe meinen Vater nie wiedergesehen.«

# Das Geheimnis

Auch in dem folgenden Text spielt der Zweite Weltkrieg eine große Rolle. Menschen gerieten in jenen Jahren in unvorstellbare Situationen.

Ende der achtziger Jahre sprach mich im Conti ein Mann an, der nach meiner Vermutung etwa Mitte vierzig war. Er stellte sich als Karl-Heinz Schönfelder vor und hatte in einer Zeitschrift meine fünf Porträts gesehen, die ich von Überlebenden der hiesigen Jüdischen Gemeinde im Eigenauftrag gemalt hatte. In der DDR gab es über Jahrzehnte keine regionale Aufarbeitung der Schicksale von Juden. Es wurde höchste Zeit.

In dem Beitrag stand, dass ich plante, mich auch in einem Buchprojekt mit diesem Thema zu beschäftigen. Deshalb meinte Karl-Heinz Schönfelder, dass er für mich eine besondere Geschichte habe. Jetzt, da fünf Jahre nach dem Tod seines Vaters auch seine Mutter gestorben sei, könne er sie mir erzählen.

Ich hatte natürlich großes Interesse und fragte ihn, ob ich mir Notizen machen dürfe. Dem stimmte er sofort zu. Wir setzten uns in eine ruhige Ecke, und da es schon abends war, lud ich ihn zu einem Glas Rotwein ein.

Karl-Heinz Schönfelder war etwa Mitte vierzig und von Beruf Ingenieur. Er wirkte sportlich. Mit seinen blauen Augen und seinem charmanten Lächeln punktete er bestimmt auf Anhieb beim anderen Geschlecht. Die Gesten seiner Hände unterstrichen sein Temperament.

Dann erzählte er mir seine Geschichte: »Nach dem Tod meines Vaters erbte ich von ihm einen Sekretär aus der

Biedermeierzeit. Ein schönes Stück, helles Holz, Birke. Ich gehöre wohl zur dritten oder vierten Generation, die diesen Schreibschrank nunmehr besitzt. Als Kind hatte ich irgendwann gehört, dass es in solchen Sekretären immer ein Geheimfach gebe. Als ich meinen Vater darauf ansprach, meinte er, dass dies in unserem Fall leider nicht zutreffen würde. Da ich damals ein Junge war, der alles Geheimnisvolle, alle Verstecke unheimlich interessant fand, bedauerte ich das zutiefst.«

An der Stelle unterbrach ich seine Erzählung und warf ein: »Man sagt ja, dass es angeblich keinen Sekretär ohne Geheimfach gibt.«

Mein Gesprächspartner nickte. »Die Sache ließ mir keine Ruhe. Nachdem der Sekretär meiner Vorfahren bei mir im Zimmer stand, untersuchte ich ihn gründlich. Nach langer Suche entdeckte ich, dass sich die seitliche Führung der obersten Schublade herausnehmen ließ. Dort stieß ich auf das Geheimfach.«

»Na bitte!« Nun konnte ich meine Neugier nicht länger zügeln: »Und war etwas drin?«

»Ja, ich entnahm dem Fach einen gläsernen Briefbeschwerer mit einem Bodenbild und ein Kuvert. Das Foto hinter Glas zeigte den Ringplatz von Stanislau. Im Hintergrund stand eine zweitürmige Kirche. Vater hatte mal erzählt, dass er als Soldat eine Zeit in jener Stadt kaserniert gewesen war.«

»Wenn ich mich richtig erinnere, muss Stanislau einmal polnisch gewesen sein.«

»Stimmt. Die Stadt war ursprünglich eine polnische Gründung, wurde dann österreichisch und kam nach dem Ersten Weltkrieg wieder zu Polen. Bis zum Zweiten Weltkrieg. 1939 teilten sich im geheimen Zusatzprotokoll des sogenannten Nichtangriffspaktes die Sowjetunion und Hitler-Deutschland Polen, und so besetzte die Rote Armee 1939 den Ort. 1941 wurde der Nichtangriffspakt gebrochen.

Die Wehrmacht überfiel die Sowjetunion. Stanislau lag in Galizien, einem Gebiet mit starker jüdischer Bevölkerung. Hier haben die Einsatzgruppen der SS besonders schlimm gewütet. Mein Vater überschritt mit seiner Kompanie die bis dahin existierende Demarkationslinie und landete in diesem Stanislau. Er tat zum Glück als Gefreiter nur Dienst in der Schreibstube, aber bestimmt hatte er vom Mord an der jüdischen Bevölkerung gehört oder sogar etwas gesehen. Aber ich fragte mich, warum er diesen Briefbeschwerer nicht einfach auf seinen Sekretär gelegt hatte?«

»Und nun hofften Sie, dass die Erklärung im Kuvert steckte ...«

»So war es. Im Kuvert fand ich das Foto einer hübschen jungen Frau. Wenn mein Vater das Foto einer Frau im Geheimfach des Sekretärs versteckte, dann lässt sich schnell zwei und zwei zusammenzählen ... Ich drehte das Bild um und fand die Bestätigung. Dort stand mit schwarzer Tinte: Zur Erinnerung an Krysztyna aus Stanislau. Sie hatte sich vermutlich in den deutschen Soldaten Willy Schönfelder verguckt. Ich überlegte, ob den Wehrmachtssoldaten überhaupt Kontakte mit den Einheimischen erlaubt waren. Die Nazis stuften ja in ihrem Wahnsinn die Polen als rassisch minderwertig ein. Es gab bei der Wehrmacht gegenüber den Einheimischen sogar ein Umgangsverbot. Das wurde aber in der Wirklichkeit von den Soldaten reichlich umgangen. Die höheren Stellen sahen letztlich darüber hinweg.

Irgendwo in Stanislau muss mein Vater auf die schöne Polin Krysztyna gestoßen sein. Hat er sie beim Tanz kennengelernt? Als Sohn fehlt einem die Phantasie, sich seinen Vater in jungen Jahren vorzustellen. Weit weg von zu Hause lernte er in der fremden Stadt ein Mädchen kennen. Das ist in diesem Krieg millionenfach passiert. Plötzlich fiel mir ein, dass mein Vater ab und an von einem Kriegskameraden erzählt hatte. Die beiden blieben über Jahre in Kontakt und trafen sich auch in größeren Abständen. Meine Mutter wusste den Namen: Fritz Beyerlein.

Die beiden waren beim Kommiss unzertrennlich. Ich sagte meiner Mutter, dass ich gern von Vater etwas aus seinen Kriegstagen wüsste. Leider hätte ich ihn nie entsprechend ausgefragt, und er wiederum hätte von selbst kaum etwas erzählt.

Das sei kein Problem, meinte meine Mutter, die Nummer von Fritz Beyerlein stehe in unserem Telefonbuch. Ich könne mich ja mal mit ihm treffen. Und sie gab mir den Rat, dass ich angesichts seines Lebensalters nicht zu lange mit diesem Vorhaben warten solle.

Etwa einen Monat später saß ich mit ihm in einem Restaurant in Erfurt. Fritz Beyerlein hatte aschblondes schütteres Haar. Ein freundlicher Typ. Das Erste, was er nach unserer Begrüßung erstaunt sagte: ›Mein Gott, sehen Sie dem Willy ähnlich!‹

Ich hatte bei Fritz Beyerlein überhaupt nicht das Gefühl, dass wir uns zum ersten Mal begegneten. Ich brauchte gar nicht viel zu fragen. Er sprudelte wie ein Brunnquell über die gemeinsamen Erlebnisse mit meinem Vater in Polen.«

»Und haben Sie ihn auch auf die furchtbare Situation der Juden in diesem Gebiet angesprochen?«

Schönfelder nickte mir lebhaft zu. »Nach ihrer Ankunft in Stanislau hörten sie von einem Massaker. Das musste kurz vorher passiert sein. Der Befehl dazu kam vom SS-Hauptsturmführer Hans Krüger, und Trupps der Sicherheitspolizei waren daran beteiligt. Man sprach vom Blutsonntag. Das Ghetto konnte wohl nicht alle Juden aufnehmen, und deshalb wurden Tausende auf dem jüdischen Friedhof des Ortes erschossen.«

Nach dieser ungeheuerlichen Information machte er eine kleine Pause und fuhr fort: »Fritz Beyerlein sagte mir, dass das für ihn bis heute alles unfassbar wäre. Mein Vater und er seien sowieso keine kriegsbegeisterten Typen gewesen, aber was dort geschah, entsetzte sie. Vater habe gesagt, dass sich das für Deutschland rächen würde. Für diese Untaten würde uns die Welt verachten und bestrafen. Diese Gedanken konnte ich sehr gut nachvollziehen, aber andererseits brannte mir *die* eine Frage auf der Seele, und so platzte ich plötzlich heraus: Sagen Sie, Herr Beyerlein, kannten Sie eigentlich Krystyna?«

Ich sah Karl-Heinz Schönfelder gespannt an: »Und? Kannte er sie?«

»Er schaute mich verblüfft an und fragte, wie ich denn auf Krystyna gestoßen wäre. Ich erzählte ihm also die Geschichte mit dem Geheimfach des Sekretärs und dass ich darin ein Foto von ihr gefunden habe. Beyerlein sagte mir, dass zwischen den beiden tatsächlich große Gefühle im Spiel gewesen wären. Das sei eindeutig die sogenannte Liebe auf den ersten Blick gewesen.«

»Hatten Sie das Foto mit?«

»Na klar. Er strahlte, als er es anschaute, und ich erfuhr, dass sie in einem Kaffeehaus gearbeitet habe. Mein Vater und sie hätten auf Anhieb Feuer gefangen. Das sei im Raum zu spüren gewesen.«

»Sie wird eben nicht den deutschen Besatzer, sondern einfach den Menschen gesehen haben.«

»Garantiert.«

»Und wie ging es mit Krystyna und Willy weiter?«

»Beyerlein war überzeugt, dass mein Vater meiner Mutter gegenüber anfangs schlechtes Gewissen hatte. Er war kein Draufgänger, der jede Blume pflückte, die am Wegesrand stand. Aber Krystyna und er … das sei eben schon eine besondere Sache gewesen. Irgendwann hat er sich mit ihr verabredet. Eine Polin, die mit einem deutschen Soldaten durch die Stadt ging, musste sich auch auf böse Bemerkungen ihrer Landsleute gefasst machen. Sie waren aber einfach schrecklich ineinander verliebt und wussten, dass ihnen nur eine bestimmte Zeit geschenkt war. Mein Vater hätte ihr natürlich gesagt, wie er über diesen Krieg dachte und wie fassungslos er über die Repressalien und Morde an den Juden war. Seiner Meinung nach vertrauten die beiden einander nach einer gewissen Zeit absolut. Und dann überraschte mich Beyerlein mit einer Information, die er von meinem Vater erst im Kriegsgefangenenlager erfahren hat. Krystyna lebte in Stanislau mit falschen Papieren und hieß in Wirklichkeit Rebekka ...«

»Was?! Sie war eine Jüdin?!«

»Daran können Sie sehen, wie sehr sie ihm vertraut hat. Im Lager erfuhr Beyerlein auch von meinem Vater, dass er sie sogar finanziell unterstützt habe. Ich kam aus dem Staunen nicht mehr heraus. Ein Gefreiter der Deutschen Wehrmacht, der eine polnische Jüdin unterstützt hat – das war damals tatsächlich eine große Seltenheit. Und es war vor allem kreuzgefährlich. Nun bedauerte ich erst recht, dass ich mit meinem Vater nie ein Gespräch über seine Kriegserlebnisse geführt habe, dass ich nicht die geringste Ahnung hatte ...«

»Die Geschichte mit Krystyna hätte er Ihnen aber vermutlich nie erzählt.«

»Da werden Sie recht haben.«

»Wissen Sie eigentlich, was Krystyna übersetzt heißt?«

»Nein.«

»Das weiß ich noch von meinen Aufenthalten in Polen, bei denen ich mal in einem Studentenclub in Krakau eine Krystyna kennengelernt habe – es heißt ›die Christin‹.«

Karl-Heinz Schönfelder überlegte kurz, um dann eine Vermutung auszusprechen: »Ich kann mir vorstellen, dass dieser Name schon ihrer Tarnung diente. Sie stammte natürlich nicht aus Stanislau. Das wäre unmöglich gewesen. Es gab ja leider auch Polen, die Juden der Gestapo meldeten und dafür eine Prämie kassierten.«

Dann erzählte mir Karl-Heinz Schönfelder, dass es für ihn noch eine Überraschung gab: »Ehe ich mich von dem alten Kriegskameraden meines Vaters verabschiedete, schenkte er mir zwei Fotos. Auf dem einen saß mein Vater am Schreibtisch, auf dem anderen lachte er mit seinem Freund entspannt, und beide hielten in einem Ausflugslokal ein Glas Bier in die Höhe.«

»Und hat dieses Foto vielleicht sogar Krystyna gemacht?«

»So ist es ... Ich dachte nur immer wieder: Wenn Vater wüsste, dass ich nun nach Jahren noch hinter sein Geheimnis gekommen bin.«

Mir ging inzwischen ein Gedanke durch den Kopf. »Die große Frage ist, ob Krystyna die Zeit der deutschen Besatzung überhaupt ohne Schaden überstanden hat ...«

Schönfelder stimmt mir zu. »Rebekka bzw. Krystyna musste die Zeit bis 1944 durchhalten. Dann befreite die Rote Armee auch Stanislau.«

»Obwohl dadurch bald vor Ort eine neue Diktatur installiert wurde.«

»Das stimmt, aber sie war glücklicherweise für Juden nicht lebensgefährlich. Das gesamte Gebiet gehörte dann zu jenem Teil Polens, das sich die Sowjetunion nach dem Krieg einverleibt hat. Für mich ist das immer noch nicht zu fassen: Einem Land wie Polen, das im Krieg so gelitten hatte, dem nahm die Sowjetunion auch noch im Osten große Teile einfach weg. Es begann eine brutale Russifizierung. Die polnische Bevölkerung wurde aus ihrer Heimat vertrieben und in jene Gebiete umgesiedelt, die die Deutschen nach dem Krieg an Polen verloren. Zum Beispiel nach Oppeln, das bald Opole hieß.«

»Das hätte dann auch Krystyna betroffen.«

»Klar. Und ich erfuhr: Aus Stanislau wurde Iwano-Frankowsk. Dieser Name sagte mir etwas!«

»Wieso?«

»Meine Mutter hatte sich gewundert, dass Vater plötzlich für ein Jahr als Ingenieur an die ›Druschba-Trasse‹ gehen wollte.«

»Diese Erdgasleitung war ja *das* Prestigeobjekt der DDR.«

»Genau. Mein Vater erklärte uns, dass er noch mal jene Gegend sehen wollte, in der er als Soldat gewesen war. Das war einleuchtend. In Wirklichkeit aber, das ist mir nun klar, wollte er sich auf die Suche nach Krystyna machen. Aus seinem Vorhaben mit der Druschba-Trasse wurde aber nichts. Seine Chancen, etwas herauszufinden, gingen sowieso gegen null. Wenn sie ihr illegales Leben überlebt hätte, wäre sie ebenfalls umgesiedelt worden.«

»Genau, sie lebte irgendwo in Polen ...«

»Außerdem hätte sie, wie viele überlebende jüdische Polen nach dem Krieg, ihr Land in Richtung Palästina, später Israel verlassen können. Nun wollte ich den Versuch einer Recherche über die israelische Botschaft starten. Dazu brauchte ich aber ihren Familiennamen.

Ich rief Fritz Beyerlein an. Es ging ihm gesundheitlich schlecht. Ich spürte förmlich auf der anderen Seite des Telefons, wie er angestrengt nachdachte, aber er konnte sich nicht mehr an den Familiennamen von Rebekka erinnern.

Karl-Heinz Schönfelder hob in einer ratlosen Geste beide Hände: »Manches Schicksal lässt sich eben nicht mehr aufklären. Es bleibt Geheimnis für immer.«

## Das besondere Pärchen

Es wäre übertrieben, wenn ich schreiben würde, dass jenes Pärchen, von dem ich Ihnen jetzt erzähle, auf mich einen geheimnisumwitterten Eindruck machte. Aber eine gewisse Aura umgab sie schon. Sie saßen immer am gleichen Tisch. Im Sommer bliesen sie gern den Rauch ihrer Zigaretten zum geöffneten Fenster hinaus. Die Wölkchen schwebten dann über die roten Pelargonienblüten, bis sie ein kleiner Windstoß blitzartig in eine vorher nicht geahnte Richtung wegwehte. Irgendwann kam mir die Vermutung, dass sie sich immer mittwochs trafen. Und so war es auch.

Sie trug eine Kappe, die mich von der Form her sehr an die zwanziger Jahre erinnerte. Auch als Rentnerin schminkte sie sich. Vielleicht ein wenig zu stark, aber dies ist bekanntlich Ansichtssache. Im Gespräch zeigte sie sich durchaus temperamentvoll, ruderte mit den Armen, unterstrich mit den Händen die Aussagen ihrer Sätze. Mit dem Schmuck war es wie mit dem Schminken – vielleicht etwas zu viel, aber sie schmückte sich gern. Die Frau blickte nicht nur ihr Gegenüber aufmerksam an, sondern warf immer wieder mal einen Blick in die Runde oder lächelte Vorbeikommende an. Wenn ich mich richtig erinnere, dann trug sie meist ein Kostüm, wenn sie sich mit ihrem Bekannten, mit dem sie offensichtlich sehr vertraut war, im Conti traf.

Als das Kaffeehaus einmal überfüllt war, nutzte ich die Gelegenheit und fragte, ob ich bei ihnen Platz nehmen dürfte. Der Mann reagierte kaum, aber die Frau lächelte mich an und machte mit der Hand eine einladende Geste. Wir kamen ins Gespräch. Über die Zustände in der Stadt, im Land. Ich bemerkte eine gewisse Vorsichtigkeit, sie vermieden negative Äußerungen. Und ich registrierte, dass sie Klara und Kurt hießen und dass sie sich schon lange kennen müssen. Ich versuchte, das Gespräch auf die zwanziger und dreißiger Jahre zu lenken.

»Da kannten wir beide uns schon«, sagte Klara und strahlte erst ihr Gegenüber und dann mich an. »Und wo haben Sie sich kennengelernt?«

»Im Taubenschlag«, meinten sie wie aus einem Munde.

»Im Taubenschlag?«, fragte ich.

»Ja«, klärte mich Klara auf, »so hieß eine Kneipe in der Marktgasse. Da war was los! Da ging es zu ...«

»... wie in einem Taubenschlag«, ergänzte Kurt. Mit der Erinnerung an jene Zeit taute er zusehends auf. Und sie schwärmten von der urigen holzgetäfelten Kneipe mit dem großen grünen Kachelofen, die immer überfüllt gewesen sei, so dass die Gäste noch draußen auf der Gasse standen und die Biere und Schnäpse durchgereicht wurden.

Wenn ich fragte, was sie denn beruflich gemacht hätten, dann bekam ich immer wieder zu hören, wie schwierig die Zeiten damals gewesen seien und wie oft sie die Arbeitsstellen wechseln mussten und dass sie auch von Arbeitslosigkeit nicht verschont geblieben waren. Klara hatte mal in einem Kaufhaus in der Hüteabteilung gearbeitet, und ja: Diese schwarze Kappe würde tatsächlich noch aus jenen Tagen stammen.

»Eben Friedensware.«

Kurt hatte in verschiedenen Kneipen gekellnert. Über die Monate wurden wir vertrauter und duzten uns inzwischen. Als ich eines Tages ins Kaffeehaus kam, winkte mich Klara an den Tisch. »Setz dich zu uns, wir haben was zu feiern!«

Auf dem Marmortisch perlte Sekt im Glas, und sie luden mich dazu ein. Klara stupste mich an, sah zu Kurt und verkündete: »Stell dir vor, wir zwei kennen uns jetzt schon seit fünfzig Jahren!«

»Damals im ›Taubenschlag‹ …«

»Genau.«

Und Kurt ergänzte: »Wir hatten zwar kein Geld. Du weißt – ohne Moos nichts los …«

Ich warf gleich ein: »Das sagt heute kaum noch jemand für Geld – Moos.«

Und Kurt ergänzte: »Oder eben Kies, Pulver, Kröten, Penunze, Pinkepinke oder Zimt … Die alten Begriffe für Geld hab ich mir alle gemerkt, denn daran fehlte es bei mir zumeist.«

Da fiel mir ein: »Zimt hat mein Vater auch noch gesagt. Wenn er drei, vier verschiedene Dinge kaufte, die auf dem Verkaufstresen lagen, dann fragte er: »Und was kostet der ganze Zimt?«

Kurt erklärte mir: »Zimt stand nicht nur für Geld, auch für Ware. Manche dieser Begriffe stammen aus der Gaunersprache.«

Ich protestierte: »Mein Vater war aber kein Gauner!«

Kurt lächelte mich an und sagte: »Aber ich!«

Mir verschlug es die Sprache. »Du warst … ich meine … du hast …«

»Ja, ich habe. In den zwanziger Jahren ist so mancher Mensch abgerutscht. Ich habe niemanden auf dem Gewissen und auch keinen Menschen je geschlagen, körperliche Gewalt war mir verhasst. Aber ich hielt mich zeitweise mit kleinen Diebereien über Wasser. Auch Einbrüche. Wir waren drei Leute. Zwei brachen ein, einer stand Schmiere.«

»Schmiere … das Wort hat sich erhalten.«

»Die Älteren hatten damals die Gaunersprache noch perfekt drauf. Viele Begriffe stammten aus der Zeit der Jahrhundertwende. Wenn zum Beispiel Huren mit der

Droschke unterwegs waren, um ihre Kunden zu besuchen, dann nannte man das einen ›fliegenden Puff‹. Und zu einer besseren Dirne sagten sie, das ist eine ›Privatdozentin‹. Diese Ausdrücke lerntest du vor allem im ›Antonikloster‹.«

»Was war denn das?«

»Das Gefängnis. Aber die Frau eines Gauners sagte nicht, dass ihr Freund im Gefängnis sei, sondern im ›Seminar‹ oder in der ›Sommerfrische‹. Dort wurdest du in ›Bretzeln‹ abgeliefert.« Er lachte mich an.

»Bretzeln?«, fragte ich verblüfft.

»Das waren die Handschellen. Man hatte uns eben irgendwo mit einem ›langen Heinrich‹ erwischt. So nannten wir das Brecheisen. Ein verstellbares Brecheisen nannte man dagegen ›Panzerheinrich‹.«

»Damit konnte man vermutlich alles knacken ...«

»Du sagst es. Zum Gewehr sagte man ›Latte‹, und der Polizist bzw. noch etwas früher der Gendarm, das war der ›Lattenseppel‹. ›Polente‹ oder ›Polyp‹, damals sehr gebräuchlich, hört man auch heute noch.«

»Und wenn ein Typ in einer Spelunke diese Ausdrücke draufhatte, wusste man vermutlich sofort, wen man vor sich hatte?«

»Aber sicher. Wer einen falschen Pass hatte, besaß eine ›laue Flebbe‹. Hatte ein Gauner in Berlin gute Papiere, dann hatte er eine ›dufte Flebberei‹.«

Ich warf ein: »Der Begriff Flebben hat sich ja bei uns erhalten.«

Kurt nickte mir zu: »Für den Führerschein. Die frühere Bedeutung von Flebben kennen wohl nur noch ganz wenige Leute. Zumal wir doch bei uns in der DDR ...«, und nun sah er mich geradezu spitzbübisch an, »nahezu gar keine Kriminalität mehr haben.«

Und Klara stimmte ihrem Freund zu: »Weil wir doch die sozialen Ursachen beseitigt haben.«

Nun ergänzte ich: »Aber Ursachen für Kriminalität werden immer wieder gefunden. Wir haben sogar eine neue Sparte geschaffen – die Mangelkriminalität. Was man schwer zu kaufen kriegt, wird besonders gern geklaut. Zum Beispiel alle Baumaterialien vom Brett bis zum Sack Zement.«

Kurt stellte ironisch fest: »Der Begriff Volkseigentum wird eben oft zu wörtlich genommen.«

Und Klara scherzte: »Hat nicht sogar Honecker gesagt, dass aus unseren volkseigenen Betrieben noch viel mehr rauszuholen ist!?«

Kurt wurde wieder ernst: »In den harten Zeiten nach dem Ersten Weltkrieg haben wir Hunger geschoben. Aus diesem Grund muss heute zum Glück niemand mehr stehlen.«

Und Klara erklärte mir: »Du kannst dir nicht vorstellen, wie das wehtun kann.«

»Ich kenne das zum Glück nur aus Erzählungen meiner Eltern. Ein Mann aus unserem Haus sagte mir, dass er als Jugendlicher 1946 vor Hungerschmerzen im Magen weinend auf dem Sofa lag.«

Klara bestätigte: »Das kann ich nachvollziehen. Wir sahen in den zwanziger Jahren viele Bettler im Straßenbild. Pass auf, Richard, weil ich heute mit Kurt ein Jubiläum begehe, erfährst du auch noch von mir ein Geheimnis. Als ich arbeitslos wurde, musste ich trotzdem meine Mutter unterstützen. Mein Vater liegt in Verdun begraben, wenn er denn überhaupt ein Grab hat. Meiner Großmutter ging es auch schlecht, ihren Mann hatte die schreckliche Spanische Grippe dahingerafft. Und ich war aus meinem Kaufhaus gerade frisch entlassen. Dort hat mir so mancher Mann Avancen gemacht ...«

»Ich verstehe ...«

Da schaltete sich Kurt ein: »Du kannst dir ja nicht vorstellen, wie Klara damals aussah!«

»Na Moment«, protestierte ich, »als Maler habe ich ja Phantasie!«

Klara kramte in ihrer Handtasche und holte eine schwarze Brieftasche aus den Tiefen, klappte sie auf und reichte mir in einer Zelluloidhülle ein Foto. Ein zauberhaftes junges Mädchen lächelte mich an, und Klara meinte trocken: »Ich glaube, so viel Phantasie kann man doch nicht haben.« Sie saß mit übereinandergeschlagenen Beinen auf einem Barhocker, ein Bild wie aus einem UFA-Film. Und ich dachte, ich sehe nicht recht: Tatsächlich hatte sie auf dem Bild die gleiche Kappe auf, die sie immer noch trug.

»Das ist meine letzte Erinnerung an meine Jugendzeit. Mit dieser Kappe will ich begraben werden ... Also, ich wurde wirklich aus Not Prostituierte ...«

»Ich kann mir das sehr schlecht vorstellen ... ich meine, wie hast du das ...«

«Anfangs war es furchtbar. Und ich trank auch so manches Glas, um mich zu überwinden. Ich landete zunächst in einem Haus, in dem unten in der Kneipe gespielt wurde und es oben ein paar Zimmer gab. Es folgten ein paar Monate in einem feineren Etablissement. Aber ich war totunglücklich. Und dann traf ich im Taubenschlag Kurt, und mein Herz flatterte ...«

Kurt ergänzte: »Wir wurden ein Paar, und ich sagte ihr, dass sie damit sofort aufhören muss und dass ich für den Verdienstausfall aufkomme, bis sie wieder Arbeit hat. Ich kam gerade aus der ›Sommerfrische‹ und war froh, dass mich der Wirt eingestellt hatte. Nicht lange, und die Nazis waren an der Macht. Einige meiner Kumpane landeten im KZ. Ich hatte Arbeit. Klara konnte ich durch einen Stammgast wieder zu einer Stelle als Verkäuferin verhelfen. Wir waren aus dem Schlamassel raus ... und heirateten!«

»Dann kam bald der Schlamassel des Krieges. Und den haben wir auch überstanden.«

Und nun bilanzierte Klara noch: »Kurt hat in einer privaten Weinstube gearbeitet, die 1972 verstaatlicht wurde. Ich habe bis zur Rente im HO Warenhaus gearbeitet. Und nun kennen wir uns 50 Jahre.«

»Also habt Ihr heute quasi ›Goldene‹!«

»Nicht direkt.«

»Wie soll ich das verstehen?«

»Wir sind erst seit zwölf Jahren wieder zusammen. Wir waren beide eine Zeit in einer anderen Bindung, aber unsere Bindung war letztlich stärker.«

Und Kurt ergänzte: »Das Leben kann schon ganz schöne Haken schlagen.«

Klara zog noch ein besonderes Resümee: »Stell dir vor: Zwei Menschen, die in ihrem Leben mal in Diebereien und Prostitution verwickelt waren, wurden dann in ihren letzten Arbeitsstellen beide ›Aktivist der sozialistischen Arbeit‹ – wenn das kein Lacher ist!«

# Das Original 4

Im Nachhinein fiel mir ein, dass ich Klara und Kurt bei unserem letzten Gespräch ganz vergessen hatte zu fragen, ob sie denn einen der großen Unterhaltungskünstler der zwanziger Jahre erlebt hatten. Vermutlich haben ihnen da aber ihre finanziellen Verhältnisse Grenzen gesetzt, und es reichte eben nur für einen Abend in der Tanzgaststätte oder dem Bier in der Eckkneipe.

Ich war auf das Gespräch mit Barnowsky gespannt und hatte oben im Conti am offenen Fenster Platz genommen. Madeleine kam vorbei und fragte, ob sie sich zu mir setzen könne. Ich sagte ihr, dass ich leider eine Verabredung habe, sonst gern.

Der Sommer war noch in vollem Gange. Die Pelargonien auf dem Fensterbrett blühten wie verrückt, und ab und an war sogar aus den Bäumen vorm Haus mitten in der Stadt Vogelgezwitscher zu hören. Pünktlich 16 Uhr trat der Pianist und Gesangspädagoge an den Tisch.

»Und? Ist das Leben noch frisch, Monsieur Dumont?«

»Das kann ich nur bejahen, lieber Herr Barnowsky.«

»In Ihrem Alter, du liebe Zeit, was soll da schon groß sein, aber in meinen Jahren ist die Lage diffiziler. Lassen wir das. Ich muss unser Treffen heute leider etwas abkürzen, da ich dann meine Frau vom Arzt abhole. Es knistert eben allenthalben im Gebälk.«

Und schon ging er stark ins Sächsische über: »Wämmor frieh offwachd, un es duhd einem nischd weh – dann is morr dohd! So ist das eben. Mein lieber Kokoschinsky!«

»Solange Sie sich noch darüber lustig machen können ...«

»Na, das möchte sein. Jammern bringt einen auch nicht weiter.« Und nun kippte er in die Ironie: »Oder wie unser verehrter Staatsratsvorsitzender sagte: ›Vorwärts immer, rückwärts nimmer!‹«

»Ich sag immer: Vorwärts und nichts vergessen!«

»Auch nicht schlecht. Da kann man unter Umständen jemanden in Verlegenheit bringen, wenn er vor Jahren noch ganz anders gesprochen hat. Aber nun müssen wir erst einmal die wichtigste Frage des Tages klären: Eierschecke oder Mohnkuchen?«

»Da bestellt am besten der eine das, der andere das, und dann teilen wir!«

»Hervorragende Idee!«

Und so machten wir es auch.

»Also, lieber Richard, das letzte Mal waren wir mit dem Gedanken auseinandergegangen, dass ich Ihnen etwas über Paul Morgan, Kurt Robitschek und Fritz Grünbaum erzähle. Wem sagen diese Namen überhaupt noch was? Nur noch solchen Interessenten wie Sie.«

»Aber außer den Namen weiß ich eben nahezu nichts.«

»Ich habe für Sie in meinem reichhaltigen Archiv gestöbert.« Damit legte er eine Mappe auf den Tisch. »Die zwanziger Jahre waren, wie Sie wissen, eine unvorstellbare Blüte der Unterhaltungskunst. Geniale Typen überall. Und viele der Besten in dieser Branche waren Juden. Auch die drei, über die wir heute reden wollen. Kreative und phantasievolle Menschen mit viel Sinn für Satire und Humor. Paul Morgan schreibt in seiner Biografie ›Stiefkind der Grazien‹ über seine Geburt den schönen Satz: ›Am Freitag, dem ersten Oktober 1886, erblickte die Welt mein Licht.‹ Ist das nicht eine schöne Umkehrung der gewohnten Formulierung?«

»Herrlich.«

»Später hat er sich sogar als Satiriker seinen eigenen Nachruf geschrieben und konnte nicht ahnen, auf welch tragische Weise er einmal diese Welt verlassen würde …

Nun wird Paul Morgans Körper bald zu Staub
Aus dem er einst zum Heil uns ward geboren.
Die ird'sche Hülle schweigt – doch mit Verlaub –
Sein Quatsch liegt immer noch in unsren Ohren.

Morgan war Schauspieler, vor allem beim Film, er war Kabarettist und Autor. Er heißt eigentlich Morgenstern und hat quasi die erste Silbe seines Namens mit den Buchstaben ›an‹ anglisiert. Den ›stern‹ hat er aus gutem Grund lieber weggelassen. In Wien gab es reichlich Antisemitismus, und tragischerweise wurde ihm später der Stern von den Nazis sogar aus Stoff angeheftet.

Es gab damals eine Reihe Künstler, die durch ein Pseudonym nicht gleich ihre Herkunft auf dem Silbertablett servieren wollten. Sein Freund und Kollege Fritz Grünbaum, ein kleiner, fast zierlicher Typ, hatte da schon einschlägige Erfahrungen gemacht und deshalb diesen bitteren Vierzeiler gereimt:

Was nützt mir mein Geist,
wenn mein Name mich schädigt?
Ein Dichter, der Grünbaum heißt,
ist schon erledigt!

Er ließ sich zu meiner Verwunderung tatsächlich 1914 von der Kriegsbegeisterung anstecken und zog als Freiwilliger in den Ersten Weltkrieg. Noch vor Beginn des Zweiten landete er als Jude im KZ. Der Hass der Nazis gegen jüdische Kabarettisten war besonders groß. Wer nicht schnell genug verschwand, den traf es hart. Grünbaum und Morgan traf es. In Buchenwald versuchten sie selbst unter diesen total menschenunwürdigen Bedingungen, ihre Mitgefangenen noch aufzuheitern. Vor Augen noch festlich angezogene amüsierwillige Besucher in den Kabaretts von Wien und Berlin, und nun die totale Tristesse in Baracken mit abgemagerten und gepeinigten Menschen in Sträflingskleidung vor ihrer Blechschüssel.«

»Es ist mir absolut rätselhaft«, fiel mir ein, »wie diese Menschen so einen extremen Bruch ihrer Lebensgewohnheiten verkraftet haben.«

»Unvorstellbar, unvorstellbar! Aber nun erst einmal zur Geschichte: Robitschek gründete in Berlin mit seinen Kollegen Paul Morgan und Max Hansen das hervorragende ›Kabarett der Komiker‹. Er stürzte sich in Schulden und ließ sich von Erich Mendelsohn, einem der bedeutendsten deutschen Architekten jener Jahre, ein großartiges Theater am Ku'damm bauen. Einweihung war 1928 – Sie erinnern sich: Das war das Jahr der Premiere von der Dreigroschenoper! Kennen Sie was von Mendelsohn?«

»Nur vom Komponisten.«

»Aha. Der schreibt sich übrigens im Gegensatz zum Architekten mit Doppel-s. Aber Sie kennen garantiert auch was vom Architekten!«

Ich sah ihn interessiert an. Was mag das sein? Mit der Überzeugung des Wissenden strahlte er mich an und sagte: »Von ihm stammt der Entwurf des in der Fassade leicht gerundeten HO-Kaufhauses in Karl-Marx-Stadt.«

Ich scheine Barnowsky doch etwas erstaunt angesehen zu haben, denn er lächelte über das ganze Gesicht und ergänzte: »Nun gucken Sie nicht so verwundert – als HO-Kaufhaus hat er es natürlich nicht entworfen! Das war seinerzeit das Kaufhaus Schocken in Chemnitz.«

»Jetzt erinnere ich mich. Da war ich mal drin und habe mir Aquarellpinsel gekauft, als ich mit einem Freund die dortigen Kunstsammlungen besucht habe.«

»Sehen Sie, sehen Sie, das ist doch ein toller Bau.«

»Der Name des Architekten war mir entfallen ...«

»Ein Segen, dass wenigstens dieses Haus die Zerstörungen der Innenstadt im Zweiten Weltkrieg überstanden hat, ein Segen! ... Auch der Einsteinturm bei Potsdam ist übrigens eine Glanzleistung von Mendelsohn.

Aber nun: Im ›Kabarett der Komiker‹ hatte sich tatsächlich der große Meister bei der Berechnung der Akustik total vertan. Im Saal hörten die Zuschauer zur Premiere ein dreifaches Echo!«

»Was? Das gibt's nicht!«

»Mein lieber Kokoschinsky! Jedes Wort drei Mal in den Ohren, Ohren, Ohren! Es gab einen Skandal, und Robitschek musste das Eintrittsgeld zurückgeben. Der Mann war total verzweifelt. Ensemblemitglieder heiterten ihn am nächsten Tag auf und überreichten ihm scherzhaft eine Rechnung. Darin forderten sie die dreifache Gage. Die Begründung: Schließlich waren sie ja auch drei Mal zu hören ... Da musste selbst der arg gebeutelte Mann lachen. Die Sache wurde natürlich bald behoben, und die Berliner strömten wieder ins ›Kadeko‹, wie sie es bald umgangssprachlich abkürzten. Es wurde schnell auf diesem Gebiet die beliebteste Bühne der Hauptstadt. Und als ich drin war, hörte ich mit meinem Bruder Max jedes gesprochene Wort wieder ›nur‹ einmal. Wir waren begeistert! Ein großartiges Programm!

An Fritz Grünbaum kann ich mich noch gut erinnern. Er war ein Meister der melancholischen Selbstironie. Er kam auf die Bühne, lächelte ins Publikum und sagte: ›Ich habe heute überhaupt keene Lust!‹ Das hat mir gefallen. Und was mir besonders gefallen hat: Das Kabarett der Komiker war das erste Theater in Berlin, in dem man rauchen konnte. Das war damals eine Sensation! Na ja, aber wenn sich von den 800 Zuschauern nur die Hälfte einen Glimmstängel ansteckte ... da musste die Lüftung schon sehr gut funktionieren. Und das klappte hervorragend.«

»Wissen Sie noch, was eine Eintrittskarte gekostet hat?«

»Leider, keine Ahnung.«

»Aber es gab bestimmt viele Leute, die sich das nicht leisten konnten.«

»So ist es, so ist es. Wenn Sie heute ins Kabarett gehen, da bezahlen Sie acht Mark fünfzig.«

Ich relativierte den Sachverhalt. »Die Karte ist zwar billig, aber Sie kriegen keine. Alle Kabaretts in der DDR sind auf Monate hinaus ausverkauft.«

»Davon haben früher solche Etablissements geträumt ... Aber mir ist noch ein Detail vom Kabarett der Komiker eingefallen: Im Foyer hingen an den Wänden Bilder des großartigen Walter Trier. Sagt Ihnen der Name was?«

»Na klar, das ist der Mann, von dem die kongenialen Illustrationen zu Erich Kästners ›Emil und die Detektive‹ stammen. Und die ich als Kind geliebt habe!«

»Verständlich, verständlich. In dem Programm, das wir gesehen haben ... spielte übrigens auch Kurt Gerron mit – Sie erinnern sich: der Moritatensänger aus der Dreigroschenoper. Das Kabarett der Komiker war vom Stil her etwas völlig Neues. Robitschek verknüpfte politische Texte mit Literatur, Theater, Musik und Varieté. Die volle künstlerische Atmosphäre der damaligen Zeit.

Im Haus traten die Star-Conférenciers von Berlin auf – Willi Schaeffers und Paul Nikolaus. Die politische Linie war linksliberal, aber die Akteure traten im Frack oder Smoking auf. Absolut nobel. Als Direktor des Kabaretts begrüßte Robitschek allabendlich die Zuschauer mit seinem legendären Satz ›Seid lieb und nett zu uns‹.

Ich erinnere mich noch an einen Kabarettisten, den heute leider niemand mehr kennt ... er hieß Willy Prager, spielte auch ab und an in Filmen mit. Er war eher ein leiser Typ, nicht auf Krawall gebürstet. Er sang dort ein Chanson, in dem schon die Bedrohlichkeit der sich zuspitzenden Zeit durchschimmerte. Die Nazis waren ja im alltäglichen Leben nicht mehr zu übersehen. Prager sang einen kleinen feinen Text mit doppeltem Boden:

Ich weiß, das ist nicht so.
Ich weiß, das kommt nicht so.
Ich weiß, das wird nie sein –
aber machense was dagegen,
ich bild mir das ein …

Seine Einbildung hat ihn nicht getrogen. Es kam so. Aber für ihn ging es gut aus. Zunächst schützte ihn seine nichtjüdische Frau, und als es brenzlig wurde, ging er in Berlin in den Untergrund, wurde ein sogenanntes U-Boot und überlebte in jener Stadt, in der ihn das Publikum gefeiert hatte.

1933 musste das Kabarett der Komiker schließen. Auf Anordnung von Herrn Goebbels. Wie sein Freund Paul Morgan hatte Robitschek auch schon früh in einer brillanten und scharfen Operettenparodie namens ›Quo vadis‹ mitgewirkt und vor den Nazis gewarnt. Morgan hatte Hitler im Kabarett persifliert. So etwas vergessen die Nazis nicht. Beide Brettlkünstler gaben sich keinen Illusionen hin, was passieren würde, wenn diese Leute an die Macht kommen würden. Sie waren hochstgefährdet.

Morgan emigrierte in die Schweiz und ist dort im Kabarett Pfeffermühle von Erika Mann aufgetreten. Dann ging er nach Österreich. Freunde rieten ihm, möglichst gleich Europa zu verlassen. Leider schlug er diesen Rat in den Wind. Dabei hatte Paul Morgan schon in Hollywood gedreht!

Sein Zögern war lebensgefährlich. Wenige Tage nach dem Anschluss Österreichs an das ›Reich‹ im März 1938 wurde er mit Fritz Grünbaum in Wien verhaftet. Er kam nach Dachau, dann nach Buchenwald. Morgan war krank, hatte Fieber und wurde bei Wind und Wetter durch Strafexerzieren gefoltert. Im Mai deportiert, im Dezember war er schon tot. Eine Tragik.«

Ferdinand Barnowsky hatte während seiner Erzählungen immer mal in einer Mappe nachgeschlagen, in der augenscheinlich ein Manuskript lag. Er hatte meinen Blick bemerkt und sagte: »Ich halte ab und an zu diesen Themen einen Vortrag.«

Dann blätterte er in seinen Papieren und zog etwas triumphierend einen Zettel heraus. »Und Sie werden nicht glauben, dass ich sogar einen Satz über Grünbaum von einem der größten deutschsprachigen Schriftsteller zur Hand habe. Hören Sie, knapp, aber sehr prägnant: ›Grünbaum wirkt mit der angeblich nur scheinbaren Trostlosigkeit seiner Existenz.‹

Das hat kein Geringerer als Franz Kafka über ihn gesagt!«

»Das dürfte einmalig sein, dass Kafka einen Kabarettisten geadelt hat.«

»Mein lieber Kokoschinsky! Aber die ›Trostlosigkeit seiner Existenz‹, die hat Grünbaum leider auf sehr exzessive Weise im KZ erlebt. Drei Jahre widerstand er dem Horror des Lagers. Trotz der täglichen Demütigung verlor er seine satirische Sicht auf die Verhältnisse nicht. Als er einen Aufseher um ein Stück Seife bat, meinte der abfällig, dass für so was kein Geld da wäre. Da musste sich der Uniformierte seine kabarettistische Reaktion anhören: ›Wer ka Göld für Seife hat, sollte sich besser keine Konzentrationslager halten.‹«

»Und überlebte Grünbaum?«

»Leider nicht. Er starb 1941 in Dachau.«

»Und konnte sich wenigstens Robitschek retten?«

»Ich komme gleich darauf ... Werfen wir erst einmal einen Blick in seine Biografie:

Robitschek war Prager. Er hatte beizeiten vom Gymnasium die Nase voll. Ließ die Schule Schule sein, ging zum

Zirkus und schloss sich herumziehenden Schauspieltruppen an. Später schrieb er Lieder. Eins kennen Sie garantiert: ›Im Prater blühn wieder die Bäume‹.«

»Ja, von diesem Lied habe ich zumindest eine Ahnung.«

»Dann hatte er noch einen Welterfolg mit seinem ›Wien, Wien, nur du allein‹. Eigentlich heißt der Titel ›Die Stadt meiner Träume‹.«

»Und das war sie vielleicht auch für ihn.«

»Bestimmt, bestimmt. Irgendwann lernte er aber in Berlin den Morgan kennen, und die beiden perfektionierten die angeblich aus Budapest stammende Doppelconférence, die Grünbaum schon in Wien erfolgreich mit Karl Farkas praktiziert hatte.

Also ein Dialog, in dem einer den Gescheiten und einer den Blöden spielt.«

»Und ist dann Robitschek auch geflohen?«

»Robitschek ging 1933 nach Prag, dann nach Wien, hielt sich aber zum Glück dort nicht lange auf, fuhr über Paris und London in die USA. Natürlich mit seiner Frau Ilse Bois, die ebenfalls Schauspielerin und Kabarettistin war. Dort hat er nach Auftritten in Kaffeehäusern sogar mit Exil-Künstlern das neu gegründete Kabarett der Komiker in New York für ein paar Jahre am Leben erhalten können. Und seine Ilse war natürlich in den Programmen mit dabei.«

»Wie wird denen ums Herze gewesen sein – Kabarett der Komiker in New York!?«

»Tja, das weiß niemand mehr. Nach dem Krieg schrieb er ein sehr bitteres Lied über Wien. Keiner fragte dort, was aus den emigrierten jüdischen Wienern geworden ist. Da die Stadt damals von den Russen besetzt war, nahm er darauf Bezug und schrieb statt von der ›blauen‹ von der ›roten‹ Donau.

An der schönen roten Donau wohnt jetzt wiederum
das Glück,
und im Prater blüh'n die Bäume, sag'n S' Herr Kohn,
wann kommen s' z'rück?
An der schönen roten Donau herrscht jetzt wieder
Glück und Scherz.
Mir ham schließlich kan Charakter, doch wir ham
a gold'nes Herz.

Die Stadt, die er geliebt und der er zwei bis heute berühmte Lieder geschenkt hat, diese Stadt hat er nicht mehr besucht. 1950 starb er in New York.

Wer kennt heute in Wien noch seinen Namen?

Tja, lieber Richard, mit etwas Glück können Sie im Antiquariat ›Die einsame Träne‹ erwerben. Dieses ›Buch der guten Witze‹ haben Morgan und Robitschek gemeinsam herausgegeben. Und da finden Sie auch die von Ihnen so geschätzten jüdischen Witze. Die Meister der fein geschliffenen Pointe haben in diesem Buch den witzigen Einfällen unbekannter Menschen ein Denkmal gesetzt. Ein gewisses Repertoire daraus habe ich über Jahre immer wieder erzählt. Wollen Sie einen hören?«

»Nichts lieber als das!«

Ferdinand Barnowsky ruckelte sich auf seinem Stuhl zurecht, kniff kurz die Augen zusammen, und schon legte er los: »Der alte blindgeborene Jakob Goldstaub trinkt ein Glas Milch.

›Wenn ich nur wüsst‹, sagt er zu einem seiner Freunde, ›wenn ich nur wüsst‹, wie Milch aussieht!‹

›Milch is weiß!‹, sagt Elias.

›Mendl, ich bin doch – nebbich – blind! Was is weiß?‹

›Weiß is ... nu, sagen wir ... e Schwan is weiß!‹

›Wie sieht aus so ein Schwan?‹

›Ein Schwan is ein Vogel mit einem krummen Hals!‹

›Was is krumm, Mendl?‹

›Krumm … krumm … wart einmal … hier, greif her auf meinen Arm! Wenn ich ihn einbieg … in einem Winkel … merkst du? … also das is krumm!‹

›Ich dank dir schön, Mendl! Vielen Dank. Jetzt weiß ich, wie Milch aussieht!‹«

»Davon würde ich gern noch mehr hören!«

Barnowsky schaute auf seine Uhr. »Das nächste Mal, Richard, das nächste Mal, da öffne ich meine Schatulle mit den jüdischen Witzen. Aber jetzt muss ich meine Frau abholen. Mit ihren derzeitigen Knieproblemen fühlt sie sich an meinem Arm sicherer. Was lehrt Sie das? Genießen Sie Ihre Jugend! Adieu bis zum nächsten Mal. Rufen Sie mich an!«

# Unerwarteter Rückblick

Ich war der Letzte am Malerstammtisch. Hauptthema waren die Demonstrationen gewesen. Es tat sich etwas in diesem Land. Allerorten Aufbruch. Der kritische Genosse Grambach war aus der Partei ausgetreten und reihte sich von Anfang an bei den Demonstranten ein. Ich arbeitete in meinem Atelier an einem Bild zu diesem heißen Thema.

Ob es jemals in einer Ausstellung hängen würde?

Die Hoffnung auf Veränderung war groß, der Ausgang ungewiss.

Ich trank meinen Kaffee noch aus und blätterte im Katalog einer Ausstellung, den mir Lanzendorff geborgt hatte. Auf einmal hörte ich neben mir eine Stimme fragen: »Richard? Richard Dumont?«

Ich drehte meinen Kopf und sah einen Mann, der seinen Oberkörper in meine Richtung nach vorn gebeugt hatte. Er war in meinem Alter, also etwa Mitte vierzig, und bei längerer Betrachtung kam mir das Gesicht doch sehr bekannt vor: »Mensch, ›Wille‹«, und dann folgte die legendäre Frage in solchen Situationen: »Was machst du denn hier?!«

Ich stand auf, und wir umarmten uns. Vor mir stand Wilfried Koslowski, ein alter Freund aus Kindertagen, der in meinem Haus gewohnt und den ich viele Jahre nicht gesehen hatte. Das letzte Klassentreffen lag lange zurück. Wir gehörten damals zu einer verschworenen Truppe von sechs Jungs. Fünf davon wohnten in unserem Haus, darunter »Wille«, der aus Schlesien stammte.

»Ich bin zu einer Familienfeier hier in der Stadt. Der Bruder meiner Frau wird sechzig. Ich sag nur schnell meinen Leuten Bescheid, dass ich für ein paar Minuten zu dir komme.«

»Wille« war kurz vor dem Mauerbau mit seinen Eltern nach drüben gegangen. Er wohnte früher bei uns unterm Dach. Wir machten uns manchmal etwas über seinen Dialekt lustig. Wir hatten ja noch nie einen anderen gehört und meinten über die Schlesier, was wir von Erwachsenen aufgeschnappt hatten: »Die kommen aus der Gegend, wo die großa Pilza wachsa mit die langa Stiela.« Sie hängten tatsächlich an viele Wörter ein a dran.

Als Wille am Tisch Platz genommen hatte, sagte ich ihm: »Ich habe mich gerade an euren Dialekt erinnert.«

Mein Freund aus Kindertagen lächelte. »Ja, die Eltern nannten uns Kinder ›Madla‹ und ›Jingla‹.«

»Kannst du mir noch einen ganzen Satz in eurem Dialekt sagen?«

»Mir asse ganne e Stickla gutte Torte eim Gatten.«

Ich musste lachen. »Was ist mit der Torte und dem Gatten?«

Nun klärte mich Wille auf: »Wir essen gern ein Stück gute Torte im Garten.«

Ich stimmte sofort zu: »Ich esse auch gern e Stickla.«

Wille sagte, »es gibt noch ein paar Alte, die Schlesisch sprechen können, aber das verschwindet nun für immer«. Dann fragte er mich: »Hast du denn von den anderen aus unserer Truppe etwas gehört? Zum Beispiel von Christian Zerrgiebel. Der so hervorragend Schach spielen konnte?«

»Und Klavier! In den fünfziger Jahren gab es in unserem Haus noch vier Klaviere!«

»Und heute?«

»Eins … in der ganzen Straße!«

»Es sind eben andere Zeiten.«

»Zu deiner Frage: Christian arbeitet als Mathelehrer irgendwo an der Ostsee.«

»Und weißt du was von ›Mücke‹?«

Bei Mücke handelt es sich um Stefan Mückenberger, der ein kräftiger und sehr sportlicher Typ war. Mit ihm habe ich mich besonders gut verstanden. Sein größerer Bruder striezte ihn manchmal, wurde auch handgreiflich, und so entschied er, ebenfalls in den Boxklub einzutreten. Da wurde der große Bruder vorsichtiger. Mücke war sehr schnell und ein echtes Talent. Er hätte zwar keiner Mücke etwas zu Leide getan, aber wenn ihn einer angegriffen hätte, wäre es für den Angreifer dumm ausgegangen.

»Du weißt, Mücke ist auch noch vor der Mauer in den Westen gegangen. Er hatte seinen Vater drüben. Ich habe es irgendwie geahnt, dass er die Flatter macht, obwohl er mir nichts gesagt hatte. Erinnerst du dich noch an meine Burg mit den Bleisoldaten?«

»Na klar, wie viele Stunden haben wir damit gespielt!«

»Einen Ritter zu Pferd mit einer Fahne habe ich Mücke in jenem Sommer geschenkt. Ich habe ihn nun fast dreißig Jahre später in seinem Häusle im schönen Schwabenländle besuchen können. Ich bekam die Genehmigung, zum 70. Geburtstag meiner Tante nach Tübingen zu fahren. In der Nähe wohnt Mücke. Und in seinem Zimmer stand der Ritter auf einem Regal. Er sagte, der erinnere ihn immer an unsere schöne Kindheit.«

»Die hatten wir wirklich … Und wie geht es dir? Kannst du von deinem Beruf gut leben?«

»Zum Glück, ja. Ich verdiene mitunter als Grafiker bei Messen sehr ordentlich und kann mir dann leisten, zu malen, was ich will. Außerdem leite ich zwei Malzirkel und habe ab und an eine Ausstellung.«

»Was malst du am liebsten?«

»Landschaften, sehr gern auch Stadtlandschaften und Porträts. Bekomme auch Aufträge.«

»Du konntest ja schon immer gut zeichnen. Auch Karikaturen. Einmal wäre es bald schiefgegangen ...«

«Ich weiß, was du meinst ... als ich auf der Wandtafel mit Kreide Walter Ulbricht mit Cowboy-Hut gezeichnet habe.«

»Genau. Und er duellierte sich mit Adenauer.«

»Adenauer hatte ich einen Sheriffstern auf die Weste gemalt und Ulbricht einen Sowjetstern.«

Wille dachte kurz nach. »Du warst so etwa 14, 15 Jahre. Da hätte es Ärger gegeben. Die Genossen Lehrer verstanden in solchen Dingen keinen Spaß.«

»Einer aus unserer Klasse stand zum Glück an der Tür Schmiere und warnte mich rechtzeitig.«

»Und was macht unser Freund mit dem seltenen Namen?«

«Du meinst Frowin, den Germanen. Frowin Zaumseil. Er wohnte ja nicht weit von uns um die Ecke.«

»Seine Eltern liebten ja solche germanischen Namen. Seine Schwester hieß Kriemhild und sein Bruder Hagen.«

»Manchmal haben wir ihn ›Frohsinn‹ gerufen: Wo ist denn heute wieder der ›Frohsinn‹ geblieben?!

Er war eigentlich von uns der Stillste. Zurückhaltend, aber klug. Öffnete sich zumeist erst, wenn man mit ihm irgendwo allein war.«

»Du hast dich ja mit ihm besonders gut verstanden.«

»Ja ... Alles Laute war ihm zuwider. Und vor allem jegliche Gewalt. Ich habe ihn auf der Straße als kleinen Jungen mal weinen sehen, weil sich zwei Jungs prügelten.«

»Sein Vater wollte ihn abhärten, aber das ist ihm nicht gelungen.«

»Apropos abhärten ... Jetzt kann ich es dir ja erzählen. Frowin hatte mich verpflichtet, es niemand zu sagen, und daran habe ich mich auch gehalten.«

»Und da ging es um den Vater?«

»Genau. Sein Vater war an einem Abend mit Frowins Mutter irgendwo eingeladen. Er war also allein zu Haus und entdeckte, dass der Schlüssel zum mittleren Fach des Schreibtisches steckte. Den zog sein Vater sonst immer ab. Frowin schloss auf und stöberte dort herum, stieß auf eine Schachtel mit Fotos.«

Wille zog die Augenbrauen nach oben. »Bilder von nackten Frauen?«

»Ja, ein paar. Das war ja damals für uns Jungs schon sensationell. Und dann fand er ein Bild ... sein Vater in der Uniform der SS. Da war er fix und fertig.«

«Sein Vater?! Der Zierfischhändler?«

Ich nickte. »Und hat er ihn gefragt?«

«Natürlich nicht. Sonst hätte es Ärger wegen seiner Stöberei gegeben. Das war für Frowin ganz hart. Ich glaube, in späteren Jahren gab es darüber eine Auseinandersetzung zwischen den beiden.

Als ich das nächste Mal in seinen Laden kam, dachte ich: Das gibt es doch gar nicht! Da steht also ein ehemaliger SS-Mann harmlos im grauen Berufsmantel hinter dem Ladentisch. Und ich sah ein Bild aus einem Film vor mir. Da mussten Menschen ihr eigenes Grab schaufeln und wurden anschließend erschossen. Ich fragte mich natürlich: Was hatte er auf dem Gewissen? Wenn er überhaupt eins hatte ...«

Wille war nachdrücklich erstaunt. »Das ist ein Ding. Ich kenne den alten Zaumseil ja auch noch. Das war so ein blasser Typ. Das Gefährliche, das Martialische kommt eben erst mit so einer Uniform ... Und im bedingungslosen Erfüllen von Befehlen.«

»Genau. Und nun verkaufte der biedere Typ mir für zehn Pfennige Wasserflöhe. Ich habe den Groschen hingelegt und bin grußlos abgehauen.«

»Das verstehe ich. Mit so einer Information war man als Kind überfordert ...« Dann fragte er mich: »Fehlt nur noch einer aus unserer ›Bande‹ ... weißt du, was aus Siegfried Schmalfuß geworden ist?«

»Den wir immer den ›schmalen Siggi‹ nannten. Weißt du noch, dass er nie aus der Knete kam? Er war überall der Letzte. Und noch eine Besonderheit fällt mir ein …«

Und schon unterbrach mich Wille: »Ich weiß, ich weiß! Wenn er sich aufregte, fing er an zu schielen!«

»Genau. Wenn sein Vater mit ihm schimpfte, oder wenn der Mathelehrer sich über sein dramatisches Nichtwissen aufregte, dann drehte sich ein Auge weg.«

»Er wollte das ganze Elend gar nicht mehr sehen.« Und er fügte an: »Wenn es um Mathe geht, hätte ich eigentlich auch schielen müssen.«

Mir fiel in dem Moment ein Lehrer ein, den wir gar nicht mochten: »Ich entsinne mich an eine Situation mit ›Echse‹ …«

»… unser Stabü-Lehrer Echsner mit den Basedow-Augen.«

»Echse machte wieder mal eine Ranzenkontrolle …«

Da mussten wir tatsächlich den Inhalt unserer Ranzen auskippen, damit der Lehrer überprüfen konnte, ob wir nicht vielleicht feindliches Gedankengut in Form von westlichen Abenteuerheften in die Schule mitgebracht hatten.

»Den Begriff Comic kannten wir damals nicht. Wir sagten noch Bilderhefte. Und Echse fand tatsächlich beim ›schmalen Siggi‹ ein Micky-Mouse- und ein Tarzan-Heft … und da fing er natürlich vor Aufregung gleich wieder zu schielen an. Und dieses Mal besonders krass, weil ihm die beiden Hefte nicht gehörten.«

Auch Wille erinnerte sich. »Es gab aber kein Erbarmen. Die ›Schund- und Schmutzliteratur‹ wurde beschlagnahmt!«

»Ich denke gern an unsere Truppe. In jeder Etage im Haus wohnte einer von unserer Bande.«

Und Wille erinnerte daran: »Jeden Morgen holte einer im folgenden Stockwerk den Nächsten ab. Und alle gingen wir in eine Klasse. Und was passierte, wenn wir beim ›schmalen Siggi‹ im Erdgeschoss klingelten?«

Die Antwort kam wie aus der Pistole geschossen. »Da sagte der fast jeden Morgen: ›Geht schon mal los, ich komme gleich.‹«

Wir lachten. »Und wir schlossen manchmal Wetten ab, wann er uns wohl einholen würde, ob es an der Bäckerei Altmann, bei Elektro-Schneider, an der Schreibwarenhandlung Gräser oder an der Fleischerei Wolf sein würde. Irgendwann kam er angehetzt.«

»Und der Sieger bekam ein Päckchen Brausepulver!«

Diese Information reichte für ein Amüsement von uns. »*Das* waren noch Preise!«

»Mir fällt noch was ein: Du hast den Fleischermeister Wolf mal gefragt, ob der Fleischwolf nach ihm benannt worden ist. Seine Frau hat sehr gelacht, aber er war nicht der Humorbolzen. Er guckte etwas grimmig.«

»Aber um noch mal auf Siggi zurückzukommen: Er war ein großes Musiktalent. Hat sich selbst das Saxophonspielen beigebracht und in einer guten Amateur-Kapelle gespielt. Wir haben ihn ja als echte Rock'n'Roll-Fans erlebt, wenn er mit seiner Truppe zum Tanz spielte.«

»Unvergesslich.« Aber ich konnte Wille noch einige Fakten über den traurigen Lebensweg unseres früheren Freundes berichten. »Wie ich hörte, gab es immer wieder Probleme wegen seiner Trinkerei. Manchmal kam morgens ein Kollege aus seiner Brigade, um ihn zur Arbeit zu holen.«

»Und wo wohnt er jetzt?«

»Er lebt nicht mehr. Eines Nachts kam er betrunken nach Hause, hatte den Schlüssel vergessen und wollte seine Frau nicht wecken. ›Der schmale Siggi‹ kletterte im Hof auf das Dach eines Schuppens, um von dort durch ein offenes Fenster in seine Wohnung zu kommen. Er rutschte ab und stürzte auf die darunterliegende Waschhaustreppe.

Als man ihn am Morgen fand, hat er noch gelebt, starb aber am selben Tag im Krankenhaus.«

»Was für ein trauriges Ende für so einen lebenslustigen Typen. Das tut mir leid …«

Wir hingen unseren Gedanken nach, und jeder hatte wohl bestimmte Bilder von früher vor Augen. Dann nahm Wille das Gespräch wieder auf: »Aber, sag mal … was glaubst du denn, wie es nun bei euch im Land weitergeht? Hier rumort es doch wie noch nie … unglaublich, was hier passiert.«

Ich stimmte ihm gern zu. »Unter den Dächern der Kirchen hat sich still und leise eine Opposition formiert. Das wäre nirgendwo sonst möglich gewesen. Das sind Leute, die wollen bleiben, aber fordern grundlegende Veränderungen. Die sind für unsere Oberen viel gefährlicher als die, die wegwollen. Ich muss in diesem Herbst immer an den Prager Frühling denken. Ich sag's mal etwas poetisch: Die Blätter fallen, aber die Hoffnung keimt.«

»Ihr traut euch was. Und ich habe mich tatsächlich gefragt, was trau ich mich? Als ich die ersten Demonstrationen sah, saß ich mit Tränen vor dem Fernsehapparat. Die Bilder verschwammen vor meinen Augen. Ich brauchte ein Päckchen Tempotaschentücher. Ich bewundere euren Mut. Wo kommt der plötzlich her?«

Ich dachte nur kurz nach. »Zunächst hatten ihn nur Einzelne. Er wächst aber in der Gemeinschaft.«

»Solche Bilder konnte man sich nicht vorstellen. Meine alte Heimatstadt, und Tausende auf den Straßen …«

»Und kein Tropfen Blut und keine kaputte Schaufensterscheibe. Eine völlig neue Erfahrung: Gewaltlosigkeit entwaffnet den gewaltbereiten Gegner. Würden die Demonstranten die Scheiben der Stasi einwerfen, würden die dort Versammelten vielleicht schon aus Angst schießen.«

»Ich wünsche euch von Herzen Erfolg. Ich habe als kritischer Westler nur eine Befürchtung: Hoffentlich endet eure Revolution nicht im Kaufhaus …«

Wille musste wieder zu seiner Geburtstagsgesellschaft zurück, und mir ging sein letzter Satz lange nicht aus dem Kopf.

## Das Café im Jahr 1989 und danach

So etwa ab August jenes Jahres tauchten im Conti immer mal Herren auf, die sich auffällig unauffällig benahmen. Mal allein, mal zu zweit, auch mal ein Pärchen. Sie waren vorher nie hier Gäste gewesen. Wir vermuteten, das könnten Leute vom »Konsum« sein, von der »Inneren Mission«, »Sicherheitsnadeln« – also von der Stasi. Sie sahen nicht generell verbiestert in die Runde. Tarnten sich mit einer freundlichen Miene. Bis auf einen, der guckte immer so mufflig, dass wir ihn Mufflon nannten. Es war klar, dass sie ausgeschickt wurden, um die Stimmung zu eruieren. Dass es im Conti generell Spitzel gab, war sicher. Wir wussten eben nur nicht, wer es sein könnte.

Ich hatte mal mit einem Journalisten ein langes Gespräch, den ich schon länger kannte und zu dem ich mich kritisch über die Verhältnisse im Land äußerte. Er versuchte, für die DDR zu argumentieren und machte keinen Hehl aus der Tatsache, dass er überzeugter Marxist war. Sein Intelligenzquotient stand völlig im Widerspruch zur Verteidigung der absurdesten Verhältnisse. Selbst der permanente Mangel an einfachsten Dingen von grünen Gurken über Ketchup bis zu einer Rolle weißen Zwirn konnte ihn nicht erschüttern. Das waren alles Übergangsschwierigkeiten, die in der Zukunft beseitigt würden. Für die Missverhältnisse in der Realität musste immer die lichte Zukunft herhalten. Reine Glaubenssache.

Wir tranken und redeten viel. Und durch den Alkohol überaus gesprächig geworden, fragte ich ihn unvermittelt, warum er glaube, dass alle denken, er sei bei der

Stasi. Er erzählte mir mit einem Pokergesicht eine Story, dass sich das einer gewünscht hätte, der in große Schwierigkeiten geraten sei, weil er hoffte, dass er ihm helfen könne. Und der hätte das herumerzählt. Ich glaubte ihm kein Wort.

Und als alles vorbei war, war er tatsächlich dabei gewesen. Und wie!

Wenn ich insgesamt an das Klima im Conti denke, dann muss ich sagen: Wir hatten hier wirklich ein besonderes »Continental-Klima«. Wir haben in unseren Diskussionen und bei politischen Witzen auf eventuelle Mithorcher keine Rücksicht genommen. In den achtziger Jahren von Jahr zu Jahr erst recht immer weniger. Das System schreckte nicht mehr.

Seit den siebziger Jahren hatten die Menschen, die es hier gar nicht mehr aushielten, mit dem internationalen Abkommen von Helsinki im Mauerland wieder einen Ausgang. Bis dahin waren alle Türen verriegelt und verrammelt.

Nun konnte man einen Ausreiseantrag stellen. Die Sache war natürlich beschwerlich: Berufliche Zurückstufung, langes Warten auf die Ausreise. Es waren einigermaßen stabile Nerven vonnöten. Man wurde zwischendurch auch zu Gesprächen einbestellt.

Wer bei einer versuchten Republikflucht erwischt wurde, über das sozialistische Ausland oder direkt aus der DDR, den traf es besonders hart. Er kam ins Gefängnis. Das muss man sich mal vorstellen: Man wurde in der sogenannten Deutschen Demokratischen Republik zum Leibeigenen der Mächtigen.

Ein Bekannter fädelte seine Flucht über einen Mann ein, der Kontakt zu einer Schleuserorganisation hatte. Rainer Ruschinski hat mir seine Geschichte dann Anfang der neunziger Jahre im Conti erzählt, als er zum ersten Mal nach vielen Jahren wieder seine Heimatstadt besuchte. Jener Mann wollte ihm jemanden vermitteln, der ihn im Auto in den Westen bringen würde.

Auf der Transitstrecke durften die Autos von den DDR-Behörden nicht ohne begründeten Verdacht kontrolliert werden. Es gab also irgendwann irgendwo einen Treff. Dort kletterte er im Dunkeln mit mulmigem Gefühl in den Kofferraum dieses Autos, und los ging's über die rumplige DDR-Autobahn. Nachdem sie eine ganze Zeit gefahren waren, verlangsamte das Auto die Fahrt und hielt an. Draußen wurde palavert, und dann bog der Wagen für ihn spürbar nach rechts ab. Schließlich kam das Auto zum Stehen, und er hörte hallende Geräusche. Die mulmigen Gefühle erreichten einen gewissen Höhepunkt.

Plötzlich ging die Kofferklappe auf, und er sah blinzelnd in das Gesicht eines Volkspolizisten.

Der donnerte ihn an: »Kommse raus, kommse raus!«

Mein Bekannter kletterte also bedrückt und verängstigt aus dem Auto.

In dem Moment machte ein Kollege den Polizisten darauf aufmerksam, dass er das vorgeschriebene Foto vergessen hatte aufzunehmen, denn alle Republikflüchtigen wurden in jener Lage fotografiert, in der sie in ihrem Versteck im Auto aufgegriffen wurden. Das war ja schließlich der Beweis.

Deshalb schnarrte ihn der Uniformierte nunmehr an: »Gehnse rein, gehnse rein!«

Seine Lage war zwar total bescheuert, aber die Situationskomik, die diese beiden entgegengesetzten Befehle stifteten, ließen ihn durch die nervliche Anspannung in Lachen ausbrechen.

»Ihnen wird schon noch das Lachen vergehn!«, zischelte nun der Polizist höhnisch durch seine Zähne.

Und damit hatte er wohl zweifellos für die zwei kommenden Jahre recht.

Dann wurde Rainer Ruschinski zur Ware für den

deutsch-deutschen Menschenhandel. Die DDR hat durch diesen obskuren Wirtschaftszweig bis zu ihrem Ende 3½ Milliarden DM eingenommen, fast 100 000 pro Kopf. Weltrekord im Häftlingsverkauf. Das Absurde, der geradezu tragisch-komische Effekt an der Sache war, dass jene Menschen, die diese Diktatur aus guten Gründen verachteten und die darin nicht mehr leben wollten, dem System durch diese Geldzuwendungen letztlich unfreiwillig geholfen haben, dass es noch etwas länger existieren konnte. Sie erhielten der DDR die Liquidität.

Noch eine Absurdität habe ich von meinem Bekannten erfahren. Die westdeutschen Busse, die die Häftlinge zumeist aus einem Gefängnis in Karl-Marx-Stadt abholten, fuhren im Osten mit DDR-Kennzeichen, in der Bundesrepublik mit westdeutschen Kennzeichen. Der Busfahrer drückte nach der Grenze auf einen Knopf am Armaturenbrett, und die Nummernschilder drehten sich. So einfach konnte symbolisch der Wechsel in das andere Gesellschaftssystem vollzogen werden. Der Bus besaß sozusagen einen Druckknopf in die Freiheit.

Im Herbst 1989 stieg vor allem der Druck auf der Straße.

Ausgerechnet am Montag, an dem sich die Genossen im ganzen Land zur Parteiversammlung in Betrieben und Institutionen einfanden, ging durch das Land ein Ruck, und das Volk machte Druck.

Das Café Continental schloss täglich 19 Uhr. Aber um diese Zeit saß im Herbst nahezu kein Mensch mehr drin, denn alle wollten spätestens halb sechs bezahlen, um rechtzeitig zur Demo vor Ort zu sein. Die Kellnerinnen eilten von Tisch zu Tisch.

Als die Friedliche Revolution gesiegt hatte, blieb noch für eine Weile alles beim Alten. So leer wie in den Tagen nach dem Fall der Mauer hatte ich allerdings das Café noch nie gesehen. Die Menschen fuhren in den Westen. Massenhaft. Von dort kamen diverse Unternehmer, Investoren und Glücksritter. Einige der schwadronierenden Herren stellten da und dort ein unförmiges Gerät auf den Marmortisch. Das war ein noch total unhandliches Handy, das diesen Namen nicht verdiente. Durch den Raum tönten mitunter laute Gespräche, in denen vor allem das Wort QUADRATMETER eine führende Rolle spielte.

Das veränderte Verhältnis für die Bewohner der Stadt zum Conti begann mit der Einführung der D-Mark. Nun mussten die DDR-Bürger für eine schnöde Tasse Kaffee und ein Stück vor Ort gebackenen Streuselkuchen ebenfalls die kostbare Währung auf den Tisch legen. Hinzu kam: Ein Teil der Gäste konnte sich den Besuch nicht mehr leisten. Die Studenten verschwanden über Nacht als Publikum.

Es kam ein anderes Klientel. Ein Teil der Aufbauhelfer aus den alten Ländern verzehrte im stilvollen Café ihre »Buschzulage«, wie sie die Zusatzgelder nannten, die sie vom Staat für ihren Einsatz bekamen.

Von den alten Stammgästen blieben nur wenige übrig. Man musste sich nun seine Existenz sichern, denn zum ersten Mal im Leben hatten Menschen im Osten existenzielle Probleme. Hunderttausende verloren ihre Arbeit. Sie lebten mitten im tiefsten Osten wie im Westen.

In jenen Tagen fiel mir kurioserweise ein Zitat von Lenin in die Hände. Es ist ein Beleg, wie immer wieder große Geister geirrt haben: »Zuerst werden wir Osteuropa erobern, dann die Massen Asiens. Wir werden die letzte Bastion des Kapitalismus, die Vereinigten Staaten von Amerika, einkesseln. Wir werden nicht kämpfen müssen. Sie werden uns wie eine reife Frucht in die Hände fallen.«

Osteuropa haben sie tatsächlich erobert, aber um diese Prophezeiung zu erfüllen, musste es leider einen wahnsinnigen Herrn Hitler geben. Dann befreiten sie diese Länder, um unfreie Gesellschaftssysteme zu errichten. Die Massen Asiens haben sie zum Teil über die dortigen Kommunisten erobert. Allerdings sorgte Mao allein dabei für einen »Kollateralschaden« von siebzig Millionen Opfern.

Und was die Vereinigten Staaten von Amerika anbelangt – die Frucht ist schon überreif, aber sie will einfach nicht fallen.

# Blick zurück

Den Kellerraum im benachbarten Antiquariat Weidenfeld hatte ich Ihnen schon kurz vorgestellt. Sie erinnern sich? Dort begegnete ich zum ersten Mal dem Pianisten und Gesangspädagogen Ferdinand Barnowsky, mit dem ich mittlerweile ein paar Kaffeehaus-Treffs hatte, um viel über die legendären zwanziger Jahre zu erfahren.

Und Sie haben beim Lesen bestimmt auch daran partizipiert.

In einer Nische steht ein dunkelrotes Plüschsofa mit einer verschnörkelten Holzumrandung. Mein Großvater besaß ein ähnliches. Da nahm man in der »guten Stube« (als gäbe es auch eine »schlechte«) zumeist nur an Feiertagen Platz. Oder wenn Besuch kam und die Stühle an der Tafel nicht reichten.

In der Art dieses Sitzmöbels also findet sich eines im mit Büchern vollgestopften Kellerraum des Antiquariats. Allerdings wirkt es schon ziemlich ramponiert, weil viele Kunden, zumal die älteren, dankbar die Möglichkeit nutzen, dort Platz zu nehmen. Sie können Beine und Rücken entspannen und dabei im gefundenen interessanten Buch lesen und blättern. Die unterschiedlichen Gewichtsverhältnisse der Nutzer haben es über die Jahre geprägt. Und die strapazierten Metallfedern senden einen schwingenden Ton bei Belastung. Außerdem laden noch drei Thonetstühle zur Rast bei geistiger Kost ein.

Ich nahm auf dem roten Sofa Platz, um mir einen Bildband über Königsberg anzusehen. In der DDR erfuhren wir nichts über Ostpreußen oder Schlesien. Wir hatten keine

Ahnung, welche Bedeutung diese Länder für Deutschland einst hatten.

Als Kinder fiel uns natürlich der so völlig andere Dialekt auf. In unserer Straße wohnte eine Familie, die aus »Keenigsbarch« stammte. Man nannte jene Menschen Umsiedler. Wie meinen Freund Wille, den Sie schon kennengelernt haben. Den Begriff Vertriebene, der die Realität beschrieb, gab es in der DDR nicht.

Wir Kinder wussten nur, dass das irgendwie mit dem Krieg zusammenhing.

Es dauerte allerdings, bis wir begriffen, warum und wodurch jene Menschen umgesiedelt wurden. Und warum dort jetzt keine Deutschen mehr wohnten, sondern Russen oder Polen. Aber in der Schule – kein Wort darüber. Da war nur von Revanchisten die Rede, die in Westdeutschland lebten, mit Fahnen und in Trachten unter Musik in Säle einzogen und alle diese Gebiete wiederhaben wollten. Kriegstreiber eben. Nur auf Familienfeiern, in internen Runden schnappten wir Kinder vielleicht mal auf, was damals »der Russe« oder »der Pole« in der alten Heimat angerichtet hätten.

Was vorher der Deutsche im Osten angerichtet hatte, davon war kaum die Rede.

Meine Freundin Dorothea, die als Schwester in einem Krankenhaus für Psychiatrie arbeitete, erzählte mir von einer Patientin, die aus Ostpreußen stammte. Sie lief meist den ganzen Tag mit einem Kissen im Arm herum. Darin lag ein Pantoffel, den sie ab und an streichelte und dem sie zumeist unverständliche Sätze zuflüsterte und ihn mit dem Kissen hin und her wiegte.

Auf der Flucht im strengen Winter, bei dreißig Grad minus, so erfuhren die Mitarbeiter von Verwandten, war ihr Baby verhungert oder erfroren. Kein Mensch weiß, wie viele Kinder in jenen Monaten auf dem Weg vom Osten Deutschlands in Richtung Westen den Tod fanden.

Frauen, denen dieses schreckliche Schicksal widerfuhr, waren gezwungen, eine Entscheidung zu fällen: Sie konnten ihr Kind nicht in dem steinhart gefrorenen Boden begraben. Das war nicht möglich. Sie hatten keine Alternative und mussten ihr Kind im Straßengraben ablegen ... Wie oft haben wohl solche Frauen zurückgeblickt und vielleicht noch gesehen, wie der Schnee eine weiße Decke über ihr Kind ausbreitete.

In der neuen Zeit ermöglichen nun Publikationen meiner Generation, sich ein Bild von jenen Teilen Deutschlands zu machen, die das größenwahnsinnige Nazi-Regime durch diesen schrecklichen Krieg verspielt hat.

Als ein älterer Mann im Keller des Antiquariats an den Tisch trat, erfasste er mit einem Blick auf die Fotos, um welche Stadt es sich handelte.

»Da stamme ich her!«, meinte er lächelnd und nahm auf einem Stuhl neben mir Platz.

»Aus Königsberg also?«

»Nicht direkt, aber aus einem Dorf in der Nähe«, fügte er hinzu.

»Und da haben Sie noch Bilder von Gebäuden vor Augen?«

»Selbstverständlich. Ich war damals zwölf Jahre alt. Ich erinnere mich an den Dom, die Altstadt, die Häuser am Steindamm.«

Ich überlegte, wo ich mit zwölf Jahren war. Meine erste Reise führte mich mit meinem älteren Bruder nach Dresden. Und sofort kamen auch mir bestimmte Bilder in den Sinn.

Der Mann fuhr fort: »Die Rote Armee hat Königsberg im Januar 1945 eingeschlossen. Die Nazis haben dann die Stadt zur Festung erklärt und die Flucht aus der Stadt verboten. Wir waren dagegen schon ab Herbst 1944 auf einem Treck unterwegs. So gesehen hatten wir geradezu Glück, aber Sie müssen sich vorstellen, dass wir manchmal im

Wald geschlafen haben. Können Sie sich das vorstellen? Im Wald? Im Winter? Und meine Mutter war hochschwanger.«

Nein, das konnte ich mir nicht vorstellen. Das überstieg meine Phantasie.

»Zum Glück hatte sie einen Platz auf einem Pferdewagen. Sonst hätte sie das nicht überstanden.«

Mit solchen Gefährten wurden so riesige Entfernungen überwunden. Und viele Menschen mussten laufen, zogen einen Handwagen mit dem Allernötigsten hinter sich her.

»Wir hatten immer Hunger. Meine Mutter erzählte mir von einer Frau, die auf dem Wagen alles Essbare aus ihrem Keller mitgenommen hatte. Sie stieß im Regal auf ein Glas Hasenbraten. Das stammte aus dem Jahr 1914 und war irgendwann vergessen worden. Sie hatte es sich aus den Hungerjahren des Ersten Weltkrieges aufgespart, wenn ihr Mann wieder nach Hause käme. Ein Festessen sollte es werden. Er kam aber nicht zurück, weil er sein Grab in französischem Boden fand.

Als sie das Glas unterwegs öffnete, war der Braten zur Verwunderung aller tatsächlich noch genießbar. Er hatte die lange Zeit der Konservierung überstanden und half nun Menschen im Zweiten Weltkrieg, den großen Hunger etwas zu stillen.«

Ich dachte bei mir, dass ich einem dreißig Jahre alten Hasenbraten gegenüber sehr skeptisch wäre.

»Gab es denn keine Hilfe, wenn sie in ein Dorf kamen?«

»Die Dörfer waren ja alle von Flüchtlingen total überfüllt. Manchmal schickte man uns gleich weiter, ließ uns gar nicht erst lange anhalten. Wir waren heilfroh, wenn wir auf einen Bauernhof stießen, in dem wir übernachten konnten und vielleicht sogar eine warme Suppe bekamen. Bei einer Rast sprach eine ältere Frau meine Mutter an. Es stellte sich heraus, dass sie Hebamme gewesen war, und sie bot für den Ernstfall ihre Hilfe an. Sie war einige Wagen hinter uns. Das war eine kleine Beruhigung für meine Mutter.«

Ich stellte mir den Treck im verschneiten Ostpreußen vor. Klirrende Kälte. Und dachte daran, dass ich jeden Tag im Winter in einer wie von Zauberhand geheizten Wohnung aufwachte.

»Um Weihnachten herum musste meine Mutter mit der Niederkunft rechnen.«

Dies veraltete Wort für Geburt hatte ich schon ewig nicht mehr gehört. Da fiel mir gleich die Weihnachtsgeschichte ein, mein Konfirmandenunterricht und meine mehrfache Mitwirkung in einem Krippenspiel ... »Es begab sich aber zu der Zeit, dass ein Gebot von dem Kaiser Augustus ausging ...«

In alten Bibelübersetzungen hieß es wohl noch, dass sie »guter Hoffnung« war. Die Mutter des Mannes, der mir am Tisch gegenübersaß, konnte unter diesen Bedingungen keine gute Hoffnung entwickeln.

»Am Heiligen Abend landete unser Treck wiederum in einem völlig von Flüchtlingen überfüllten Dorf. Totales Chaos. Wir fanden Platz in einer Scheune. Es war wohl bald so weit. Meine Mutter bat mich, nach der Hebamme zu suchen. Nach einiger Zeit fand ich sie tatsächlich in dem Gewühl.«

Und mir ging durch den Kopf: »... sie hatten sonst keinen Raum in der Herberge.«

»Die Hebamme und ein Mann aus unserem Treck überzeugten dann die Menschen in dem kleinen Bauernhaus, dass dringend ein Bett für eine Frau gebraucht würde, die kurz vor der Geburt ihres Kindes stand. Und so kam dann in diesem Dorf, dessen Namen ich nicht mal kenne, meine Schwester Gudrun zur Welt.«

Da brauchte das Kind wenigstens nicht in einem Stall in die Krippe gelegt zu werden. Aber ein Engel war weit und breit nicht in Sicht. Und die Hirten des Dorfes waren seit Jahren als Soldaten im Krieg. Es kam auch niemand mit irgendwelchen Gaben vorbei. Statt Weihrauch, Gold und Myrrhe wären schon Äpfel, Milch und Möhren wertvolle Geschenke gewesen.

»Darf ich mal in das Buch sehen?«

Ich schob es ihm über den Tisch, und er blätterte in dem Band. Er zeigte auf ein Bild: »Am Schlossteich bin ich mit meinen Eltern mehrmals spazieren gegangen, und im Dom war ich mal zu Weihnachten mit ihnen.«

»Und wo war in jener Zeit Ihr Vater?«

»Vater war Soldat in Russland. Der hatte natürlich damals keine Ahnung vom Schicksal seiner Familie. Und wir hatten keine Ahnung von den dramatischen Zeiten, die er dort erlebte. Eine völlig unglaubliche Geschichte ist ihm widerfahren. Mein Vater fiel den Russen in Stalingrad schwer verwundet in die Hände. Die hielten ihn für tot und warfen ihn in ein Massengrab. Und wie das damals noch an jener Front war: Es ging mitunter hin und her. Plötzlich begann eine Gegenoffensive der Wehrmacht, und die eroberte nach kurzer Zeit das Gelände zurück.

Als sie in dem Massengrab die Personalien der deutschen Soldaten aufnehmen wollten, bemerkten sie, dass mein Vater noch lebte. Er wurde sofort ärztlich versorgt und – in jener Zeit ging das noch – aus dem Kessel ausgeflogen. Durch die chaotischen Umstände nach dem Krieg hat er unsere Familie erst Ende 1946 wiedergefunden. Er war invalide, aber er lebte, und jetzt kommt eine besondere Pointe: Vater zeugte mit meiner Mutter noch drei Kinder!

Stellen Sie sich das vor! Ist das nicht unglaublich?«

Staunend schüttelte ich den Kopf und meinte: »Für jemand, der schon in einer Grube lag, ist das mehr als unglaublich. Sagenhaft!«

Und mein Gegenüber resümierte lächelnd: »Nichts ist phantastischer als die Wirklichkeit.«

# Der Schatz

Die Geschichte, die Sie jetzt lesen, hat thematisch mit der vorangegangenen zu tun. Sie spielt ebenfalls in jenem Teil des früheren Deutschlands, der nach dem Zweiten Weltkrieg letztlich als Sühne für die begangenen Verbrechen verloren ging.

In den neunziger Jahren hat Stefan Kowalsky sie mir an einem der Marmortische im Conti erzählt. Ich studierte mit ihm an der Kunsthochschule. Unsere Freundschaft hält schon drei Jahrzehnte.

»Wir wohnten am Rand von Breslau. Mein Vater war Landarzt. Breslau kam im Krieg im Vergleich zu anderen deutschen Städten zunächst ziemlich gut weg. Deshalb scherzte man, dass die Stadt wohl der ›Reichsluftschutzkeller‹ wäre, da dort bisher keine Bomben gefallen waren. Erst im Jahr 1944 kam es zu Luftangriffen.«

»Wurde Breslau aber nicht zur Festung erklärt?«

»Ja, dem ging am 20. Januar 1945 die Evakuierung voraus. Natürlich viel zu spät. Da flohen etwa 75 Prozent der Bevölkerung. Eine heillose Situation, eher eine höllische Situation, denn Tausende starben auf der Flucht durch die russischen Angriffe und vor allem auch durch den kalten Winter. Erst im Februar wurde die Stadt zur Festung erklärt. Da konnten die restlichen Bewohner alle Hoffnung fahren lassen ...«

»Und ihr seid demnach noch zur Zeit rausgekommen?«

»Ja, aber auch unter schwierigen Bedingungen. Meine Mutter floh mit meiner älteren Schwester und mir. Ich war gerade ein Jahr alt. Unser Ziel war Meißen. Dort wohnten meine Großeltern. Mutter verriegelte und verrammelte das Haus. Sie ging ja davon aus, dass wir nach Kriegsende zurückkämen. Der Treck nach Meißen muss eine einzige Tortur gewesen sein, aber wir kamen heil an. Dies nur als Vorspann.

Die eigentliche Geschichte ist die: Nach der Wende wurde für uns nun jegliches Reisen in Europa unglaublich einfach, denn eines Tages waren die Schlagbäume dahin. Eines Abends sagte meine Mutter zu mir bei einem Glas Wein: ›Hör mal, du weißt, dass wir damals alles zurücklassen mussten und keine Ahnung hatten, dass dies ein Abschied für immer sein würde.‹

Ich sagte zu ihr: ›Ich weiß, Mutter, aber worauf willst du hinaus?‹

Sie legte eine kurze Pause ein und meinte: ›Ich habe es immer sehr bedauert, dass ich unseren Familienschmuck nicht an deine Schwester und deine Frau weitergeben kann …‹

Ich wiederholte mich: ›Mutter, ich weiß immer noch nicht, worauf du hinauswillst?!‹ Ich war nicht ganz bei der Sache, hörte sie aber plötzlich sagen: ›Ich will ihn holen.‹

›Wen?‹

›Den Schmuck.‹

Mir wurde langsam etwas unheimlich, weil ja bekannt ist, was Menschen im Alter für Veränderungen durchmachen. Verwirrtheit, Demenz und Alzheimer nehmen überhand. Ich sagte also langsam und ruhig: ›Du willst also den Familienschmuck holen … Und wo soll der sein?‹

›Na ja, unweit vom Kirschbaum …‹

›Unweit vom … von welchem Kirschbaum redest du denn?‹

›Na, in unserem Garten.‹

›Aber wir haben doch gar keinen Kirschbaum im Garten!‹

›Doch nicht hier! Am Ortsrand von Breslau! In unserer alten Heimat.‹

Mir fiel es wie Schuppen von den Augen. Meine Mutter plante nichts weniger als den Raub unseres ehemaligen Eigentums aus inzwischen längst polnischer Erde.

›Na sag mal … das ist ja … also weißt du … du hast ja …‹

›… tolle Ideen, was?!‹, strahlte sie mich an.

›Mutter‹, sagte ich, ›Schlesien kam im Ergebnis des verheerenden Zweiten Weltkriegs, den die Deutschen auf dem Gewissen haben, 1945 zu Polen.‹

›Das weiß ich ja, aber der Familienschmuck gehört doch mir und nicht Polen.‹

›Alles, was in polnischer Erde ruht, gehört dem polnischen Staat.‹

›Aber nicht mein Schmuck. Der ist übrigens sehr alt und schön.‹

›Mutter, es dürfte gerade dir nicht entgangen sein, dass wir seinerzeit den Krieg verloren haben!‹

›Das ist mir ja klar, und ich habe dadurch unseren Schmuck verloren. Ich dachte ja, wie alle, dass wir nach dem Krieg wieder zurückkommen. Ich hatte ihn ja nur dort gelassen, weil zu befürchten war, dass wir unterwegs ausgeraubt würden. Deshalb habe ich ihn vergraben. Ich dachte, dass er dadurch sicher in der Blechkiste aufgehoben wäre. Jeden Ring, jede Brosche habe ich noch wasserdicht verpackt.‹

Mir wurde die Sache langsam zu bunt: ›Mutter, wie stellst du dir das vor? Denkst du, ich fahre mit dir an den Stadtrand von Wrocław, schleiche mich des Nachts an unser ehemaliges Haus, klettere über den Zaun und grabe neben dem Kirschbaum nach deinen Anweisungen den Schmuck aus?!‹

›Ja‹, bestätigte sie, ›genauso habe ich mir das vorgestellt.‹

›Mutter, weißt du, dass du dich strafbar machst, wenn

du in ein Grundstück in Polen einbrichst und dort eine Raubgrabung veranstaltest?‹

›Ich mache mich strafbar, wenn ich meinen Schmuck abhole, den ich wegen der unsicheren Zeiten damals lieber der Erde anvertraut habe?! Hätte man mir gesagt, dass wir nicht zurückkönnen, wäre ich doch das Risiko eingegangen und hätte ihn mitgenommen!‹

›Mutter‹, sagte ich, ›und jetzt, wenn man ihn nicht schon längst gefunden hat, liegt er in polnischer Erde.‹

›Es ist aber deutscher Schmuck‹, entgegnete sie. ›Oder willst du jetzt das Geschmeide deiner Altvorderen zu polnischem Schmuck erklären?‹

›Ja‹, sagte ich, ›es ist deutschstämmiger Schmuck in polnischer Erde und gehört der Republik Polen.‹

Etwas triumphierend meinte sie: ›Die wissen ja gar nicht, dass er dort liegt!‹

Wir palaverten noch eine ganze Weile herum, und ich brach dann das Gespräch ab. Wie auch einige danach, in denen sie immer wieder mal davon anfing.

Schließlich nahte ihr 80. Geburtstag.

Ich wollte ihr natürlich eine besondere Freude machen und beriet mich mit meiner Schwester Gisela, was wir veranstalten könnten. Bei der Gelegenheit erzählte ich ihr von dem wahnwitzigen Plan unserer Mutter, aus dem Garten ihres früheren Wohnortes den Familienschmuck zu holen. Sie hielt sich vor Überraschung über diese Mitteilung die rechte Hand vor den Mund, dann amüsierte sie sich prächtig über die Idee unserer Mutter und kommentierte das Ganze mit: ›Warum eigentlich nicht?‹

Ich sah sie etwas konsterniert an: ›Jetzt fängst du auch noch an!‹

Sie grinste: ›Das wäre ein ganz besonderes Geburtstagsgeschenk für sie.‹

Ich konnte es nicht fassen. ›Statt mich zu unterstützen, schlägst du dich auf ihre Seite?‹

Sie nickte. »Wo wir doch durch den Krieg alles verloren haben.‹

Mir fiel dazu nur ein: ›Mitgefangen, mitgehangen!‹

›Aber überlege doch mal: Den Polen nützt der Schmuck nichts, weil sie davon gar nichts wissen.‹

›Du stimmst also einer illegalen Raubgrabung zu?‹

Meine Schwester reagierte ironisch. ›Na ja, wir können ja schlecht dort klingeln und sagen: Könnten wir mal bitte kurz in Ihren Garten. Wir wollen nur mal eben mit etwas Verspätung unseren Familienschmuck ausgraben ...‹

Ich blickte meine Schwester stumm an.

Sie sagte sehr bestimmt: ›Ich würde auch mit Mutter allein hinfahren.‹

Na, das fehlte noch! Ich hätte keine ruhige Minute mehr. Und nach längerem Nachdenken hörte ich mich plötzlich resigniert sagen: ›Wann wollen wir fahren?‹

Gisela lächelte, dann umarmte sie mich und meinte: ›Auf alle Fälle vor ihrem Geburtstag. Am besten im April, da sind die Tage noch nicht so lang, und es wird beizeiten duster.‹

Und so geschah es.

Mutter war außer sich vor Freude.

Ich buchte drei Zimmer in einem Breslauer Hotel. Meine Schwester, deren Mann gerade eine längere Dienstreise angetreten hatte, brachte aus ihrem Garten einen Spaten mit. Meiner Frau hatte ich zunächst erst einmal gesagt, dass ich mit Mutter und Gisela drei Tage auf den historischen Spuren unserer Familie wandeln und die alte Heimat besichtigen will.

Die ersten beiden Tage nutzten wir, um die prächtige Stadt Wrocław zu besichtigen und darin auch die Breslauer Spuren zu entdecken. Von der Jahrhunderthalle über die Dominsel bis zum Schweidnitzer Keller. Wir besichtigten die beeindruckende Aula der Universität und den Alten jüdischen Friedhof.

Am Abend vor der Heimreise fuhren wir an den Stadtrand. Wie von Mutter beschrieben, lag unser ehemaliges Haus etwas abseits. Dahinter dehnten sich Felder und seitlich ein kleines Wäldchen. Dort parkten wir auf einem Weg. Der Garten war ziemlich groß, und der alte Kirschbaum stand weit von dem Gebäude entfernt und sehr nahe am Zaun. Dahinter verlief ein schmaler Weg.

Ich hoffte, dass die Leute im Haus relativ zeitig ins Bett gingen, damit wir uns nicht die halbe Nacht im Auto um die Ohren schlagen mussten. Ich machte einen Test und lief auf dem Weg zwischen Zaun und Feld, um zu hören, ob wohl ein Hund anschlagen würde. Dies war zu unserer Beruhigung nicht der Fall. Nur von fern hörten wir ein kurzes Bellen. Und plötzlich ertönte ein Käuzchenruf von den nahen Bäumen. Die ganze Szenerie erinnerte an einen klischeehaften Krimi.

Als das letzte Licht im Haus verlöschte, warteten wir noch eine Weile. Meine Mutter zeigte absolute Nerven, denn ich bemerkte, dass sie kurz eingenickt war. Als ich sie sanft weckte, musste sie sich erst ein wenig orientieren. Dann fiel ihr der Grund unseres Hierseins ein. ›Geht's los?‹ Ich nickte.

Wir stiegen aus dem Auto und lauschten in die Nacht. Dann näherten wir uns dem Tatort. Ich war als Ausgräber vorgesehen und entsprechend aufgeregt. Meine Mutter wirkte ziemlich gelassen. Erstaunlich, dass sie eine solche Aktion so wegsteckte. Meine Schwester schien mir auch etwas nervös. Als wir in Höhe des Kirschbaums angekommen waren, merkten wir, dass wir den Spaten vergessen hatten. Ich ging also zurück und ließ die Kofferklappe offen, um kein unnötiges Geräusch zu machen.

Wann war ich das letzte Mal über einen Zaun geklettert?

Am Ende der Wiese, auf der der Kirschbaum stand, hatten die Besitzer ihren Gemüsegarten angelegt. Ein Beet mit Stangenbohnen verschaffte uns einen gewissen Sichtschutz. Mutter instruierte mich, an welcher Stelle ich graben sollte. Von uns aus war es links vom Baum fünfzig Zentimeter von der Mitte des Stammes parallel zum Zaun. Sie hatte die Entfernung damals mit einem ausrollbaren metallenen Zollstock abgemessen.

›Der liegt vielleicht noch im Haus im Werkzeugkasten‹, meinte sie lächelnd.

Ich stieg mit etwas Mühe über den Zaun. Es war anstrengender, als ich dachte. Als ich gelandet war, verharrte ich erst einmal und blickte gebannt in Richtung Haus, ob sich irgendetwas bewegte. Absolute Stille.

Gisela reichte mir den Spaten durch den Zaun. Ich maß die fünfzig Zentimeter ab und steckte an der Stelle einen kleinen Zweig in die Erde. Dann nahm ich den Spaten, stieß ihn schräg unter die Grasnarbe, um ein Stück Wiese zu gewinnen, das ich anschließend wieder auf diese Stelle platzieren würde. Es sollte ja nicht jeder gleich sehen, dass hier gegraben worden war. Ich richtete mich ein, dass ich mit dem Spaten hoffentlich nach einer Weile ein kratzendes blechernes Geräusch erzeugen würde.

Mutter konnte sich natürlich nicht mehr erinnern, wie tief sie die Blechkiste deponiert hatte. Ich fing also an zu graben. Wenn ich mal kurz pausierte, sah ich meine Mutter und meine Schwester als dunkle Gestalten hinterm Zaun, die Hände an den Latten – so, als wären sie wie seinerzeit Hänsel und Gretel bei der Hexe eingesperrt.

Der Boden war ziemlich fest. Ich musste versuchen, das Spatenblatt mit viel Kraft in die Erde zu rammen und balancierte auch mal mit dem rechten Bein drauf. Dann wurde es nach und nach besser, und der Erdhaufen wuchs neben mir. Nach einer Weile gab es ein Geräusch, aber es war kein kratzendes blechernes, wie ich es erwartet habe, sondern eher ein schnurpsendes. Sollte ich dem Objekt nahe gekommen sein?

Der Mond verschwand immer mal hinter Wolken, aber in dem Moment schien er in den Garten, und ich sah etwas im Loch. Ich griff hinein und entdeckte tatsächlich ein kleines Päckchen. Nachdem ich die Erde etwas abgeklopft hatte, stellte ich fest, dass die Umhüllung eindeutig aus Gummi war. Ich zeigte es Mutter. Sie flüsterte: ›Das ist es! Ich habe die Blechschachtel damals in ein Stück Gummischürze gewickelt.‹

Ich reichte ihr das erdverklebte Päckchen über den Zaun. Es verschwand in einer Tasche. Dann schaufelte ich das Loch zu und deckte das Wiesenstück drüber. Anschließend reichte ich meiner Schwester den Spaten und kletterte schon mit etwas mehr Erfahrung wieder zurück. Wir eilten zum Auto. Keiner sagte einen Mucks. Erst im Wagen sprachen alle durcheinander.

Im Hotel stürzten wir nahezu ins Zimmer meiner Mutter. Wir breiteten ein Tuch auf dem Tisch aus und legten darauf das Päckchen. Dann wickelten wir es aus. Zum Vorschein kam eine Blechbüchse von der Schokoladenfirma Stollwerck. Die Dose war zwar durch die Feuchtigkeit verrostet, aber die Schrift noch lesbar.

Mutter sah uns beide gerührt an.

Sie machte die Schachtel auf, und darin lag nun der kleine Schatz unserer Familie, nochmals eingewickelt in ein Stück jener Gummischürze und mit Bändern verschnürt. Mit meinem Taschenmesser schnitt ich alles auf, und zum Vorschein kamen Schmuckstücke und ein paar alte Münzen. Mutter nahm eine goldene Kette mit Anhänger in die Hand und hatte Tränen in den Augen: ›Diese Halskette hat mir Großmutter zu meiner Hochzeit geschenkt.‹

Als wir ein paar Wochen später ihren 80. Geburtstag in froher Runde feierten, hatte sie diese Kette angelegt, und ihre Schwägerin fragte: ›Sag mal, Hanne, dieses schöne Stück hab ich ja noch nie bei dir gesehen!‹

Mutter strich mit der rechten Hand kurz über die Glieder und sagte lächelnd: ›Ja, die Kette habe ich jetzt lange nicht getragen.‹«

# Das Original 5

Der jüdische Witz ist für mich der originellste, den es gibt. Zu seinen Spielarten gehören auch entsprechend absurde Beispiele aus dem Leben. Das Schicksal von Juden war oft absurd genug. Also betrieb man Seelenhygiene und verarbeitete so manche Situation humoristisch.

Mit Ferdinand Barnowsky war ich so verblieben, dass er mir bei unserem nächsten Kaffeehaus-Treff einige Beispiele aus seiner Sammlung erzählen wollte. Ein paar Witze hatte er bzw. sein Bruder Max wohl tatsächlich noch im legendären Romanischen Café in Berlin gehört. Und ich wollte mich wiederum gern revanchieren, da ich mir mit den Jahren auch einen gewissen Fundus zugelegt habe.

Wenige Minuten nach 16 Uhr stand der Pianist und Gesangspädagoge im Conti neben meinem Marmortisch. Heute schien er mir tatsächlich etwas außer Atem, und die Erklärung in makellosem Sächsisch folgte auch sogleich: »Lieber Richard, heide gomm'ch offn lädzdn Driggor. Ich habe mich nur mal gurz ä bissl lang gemachd un bin doch dahdsächlich wägggerahzd!«

»Man ist eben keine siebzig mehr!«

»Sie sagen es, Sie sagen es.«

Wir gaben bei Renate unsere Bestellungen auf, und schon meinte Barnowsky, dass wir ja gleich »in medias res gehen könnten«.

»Ich kenne zwar die Bedeutung, wüsste aber nicht die genaue Übersetzung«, meinte ich bezogen auf diese lateinische Formulierung.

»In die Dinge hineingehen«, klärte mich Barnowsky auf. »Und das wollen wir ja heute mit dem jüdischen Humor machen ...«

Ich unterbrach ihn. »Darf ich Ihnen, lieber Herr Barnowsky, zunächst meine bescheidenen Erkenntnisse offerieren, die ich mir in den letzten Jahren erarbeitet habe?«

»Aber ich bitte Sie, Richard, das ist mir eine Freude! Legen Sie los!«

»Ich sammle schon eine ganze Weile jüdische und sächsische Witze und habe eines Tages festgestellt, dass die Sachsen in Deutschland das einzige Volk sind, das mit den Juden gemeinsame Witze hat.«

Barnowsky sah mich überrascht an: »Ach was! Das habe ich noch nie gehört, und es wäre sehr erstaunlich!«

»Ich habe versucht, mir das zu erklären, und kam zu der Erkenntnis, dass dies mit der sächsischen Mentalität zu tun haben muss. Sachsen verfügen auch über ein gerüttelt Maß an Selbstironie. Und das ist die beste Voraussetzung dafür. Sie wurden und werden mitunter wegen ihres Dialektes verspottet und attackiert und haben deshalb Selbstironie als offensive Gegenwehr perfektioniert.«

Barnowsky nickte mir zu: »Das klingt einleuchtend«, und ich fuhr fort: »Jüdischer Witz ist von einer milden, trockenen Skepsis geprägt. Die haben Sachsen auch. Aus Hilflosigkeit entstehen manchmal Pointen, und mit der Selbstironie wehrt sich der Erzähler gegen das Unglück. Jüdischer Witz ist die Stärke der Schwachen. Und er geht nicht auf Kosten anderer.«

Barnowsky drückte in seiner Mimik Anerkennung aus. »Das haben Sie sehr gut beobachtet, lieber Richard.«

»Hinzu kommt, dass Sachsen – wie die Juden – einen Witz entwickeln können, der um die Ecke geht, der eine absurde Komponente hat ...«

Hier unterbrach mich mein Gesprächspartner und fragte: »Hätten Sie da vielleicht für mich ein Beispiel?«

»Aber sicher. Ich biete Ihnen die sächsische Variante: Ein Mann geht eine Straße entlang und sieht einen anderen an einer Ecke stehen. Er betrachtet ihn zunächst von der Seite. Beim Näherkommen merkt man seinem Gesicht an, dass er den dort Stehenden offensichtlich kennt oder ihm zumindest schon einmal begegnet ist. Er betrachtet sein Profil, nickt kurz und spricht ihn schließlich an:

›Sie!‹

›Ja?‹

›Hamm mir uns nich schon ä mal in Daschgend gedroffn?‹

›Wo?‹

›In Daschgend!‹

›Es tut mir leid, mein Herr, aber ich war in meinem ganzen Leben noch nie in Taschkent!‹

Der Mann stutzt kurz und sagt: ›Ich ooch nich ... Da missn das zwee andre gewähsn sinn.‹«

Barnowsky lachte und schlug sich vor Freude auf die Schenkel.

»Diesen Dialog habe ich nahezu identisch in einer alten jüdischen Witzsammlung gefunden, die ich im benachbarten Antiquariat erwerben konnte.«

Mein Gesprächspartner staunte: »Sie meinen also, dass die Sachsen die jüdischen Witze einfach übernehmen konnten und nur einsächseln mussten?«

Ich nickte Barnowsky zu. »Und das habe ich sogar inzwischen in einer Abhandlung über den Witz an sich von Professor Lutz Röhrich bestätigt gefunden. In seinem Buch stand: Viele sächsische Witze sind ursprünglich jüdische.«

»Na, das finde ich doch großartig. Heute haben Sie mir mal etwas Neues beigebracht. Respekt, lieber Richard, Respekt.«

Ich konnte ihn nun noch mit einer abstrusen Information in diesem Zusammenhang überraschen. »In den zwanziger Jahren des vergangenen Jahrhunderts gab es in den USA eine besonders absurde Theorie der Mitglieder einer ›Saxon Federation‹. Sie glaubten tatsächlich, dass die Sachsen einer der verlorengegangenen Stämme Israels seien!«

Barnowsky amüsierte sich prächtig. »Es gibt eben immer Leute, die übertreiben müssen! Da kann ich nur sagen, dass wir mal lieber die Kirche bzw. die Synagoge im Dorf lassen wollen.«

Ich fuhr fort: »Noch etwas Gleiches ist mir aufgefallen: Jüdisch-sächsischer Witz ist oft – und das ist mir ganz besonders sympathisch – antimilitaristisch und pazifistisch.«

Barnowsky machte eine einladende Handbewegung. »Können Sie hier auch mit einem Beispiel dienen?«

Ich nickte. »Im Ersten Weltkrieg brüllt ein Soldat aus dem Schützengraben zu den Feinden gegenüber: ›Seid ihr denn meschugge, hierher zu schießen!? Hier sind doch Menschen!‹«

Seinem Gesicht nach war Barnowsky von diesem Beispiel sichtlich beeindruckt.

»Die sächsische Variante geht so: ›Ihr misst doch ä färmlichen Glabbs hamm! Nu heerd mal sohford midd dähr dämlichen Schießerei off! Ihr machd noch so lange, bis ihr een dräffd!‹«

»Das hat Tiefgang. Mein lieber Kokoschinsky!«

»Auch diese Variante eines jüdischen Witzes liegt voll auf meiner persönlichen Linie. Ein Hauptmann motiviert seine Krieger vor dem Sturmangriff: ›Also Leute, kein Erbarmen! Mann gegen Mann!‹

Da meldet sich Herr Kretzschmar: ›Herr Haubdmann! Wenn Sie mir villeichd *meinen* Mann vorher zeichn gönndn. Ich dähde mich midd dähm gern giedlich einichen!‹«

Barnowsky war begeistert. »Wunderbar! Das wäre mir auch ein Anliegen gewesen, mich mit dem Gegner giedlich zu einichen. Deswegen lag mir ja besonders auf dem Herzen, mich unbedingt vor der Wehrmacht zu drücken.«

»Und? Haben Sie das geschafft?«

»Lieber Richard, das ist wieder eine längere Geschichte ... Aber wenn Sie die interessiert – da widmen wir uns gelegentlich diesem Thema.«

»Unbedingt.«

Und dann stellte er fest: »Aber zum heutigen Thema würde ich erst einmal nach meiner Erfahrung sagen, dass für alle Juden, die ich kannte, eine alte Regel zutraf: Wo ein Jude ist, ist auch ein Witz.

Sie haben eben den Humor über die Jahrhunderte als Überlebenshilfe dringend nötig gehabt. Ich selbst halte Witze für die beste Psychohygiene ...«

»... deswegen waren ja die vierzig Jahre DDR auf diesem Gebiet eine Blütezeit.«

»Genau. Man verlacht mitunter, was einen bedrückt. Jeder Witz ist eine kleine Geschichte mit Pointe, die möglichst überraschend sein soll. Für mich ist der jüdische Witz der intelligenteste.«

»Da bin ich mit Ihnen absolut einer Meinung!«

»Man bekommt oft die Pointe nicht direkt serviert, sondern erst nach einer kleinen Denkleistung kann man sich mit einem Lachen belohnen. Ich las einmal zur Struktur des jüdischen Witzes: ›Er ist langfristig optimistisch, aber pessimistisch hinsichtlich der Gegenwart und der unmittelbaren Zukunft ...‹«

Ich resümierte: »Also ist im jeweiligen realen Leben der Pessimismus Dauergast.«

»Aber wenn schon, lieber Richard, dann ist es eben ein fröhlicher Pessimismus.

Ich hatte zwei Klassenkameraden, die Juden waren. Der eine hieß Josef Tannenbaum. Sein Vater war mein Kinderarzt. Die Familie konnte noch in die USA auswandern. Der andere war Moritz Weinberger. Seine Eltern stammten aus

Polen und betrieben ein kleines Geschäft für Butter, Eier und Käse. Die Familie Weinberger hat es leider nicht geschafft, Deutschland zu verlassen. Sie wurden 1941 nach Osten deportiert, und ihr Leben endete in der Hölle von Auschwitz. Das Unbegreifliche bleibt bis ans Ende meiner Tage unbegreiflich.

Ausgerechnet Moritz erzählte mir den ersten jüdischen Witz, den ich je gehört habe. Und wie Sie sehen, habe ich ihn bis heute nicht vergessen.

Am ersten Schultag schickt eine Mutter, genauer: eine echte jiddische Mame, ihren Sohn mit diversen Ermahnungen auf den Weg: ›Also, Bubele, ich wünsch dir viel Spaß in der Schule. Sei schön brav, Bubele, pass auf, was der Lehrer sagt. Mach keinen Krach, Bubele, und schwatz nicht in der Stunde. Und pass auf, Bubele, wenn du über die Straße gehst.‹ Schließlich macht sich der Junge auf den Weg.

Als er am Mittag zurückkommt, umarmt ihn die Mutter und fragt: ›Na, Bubele, wie hat es dir gefallen in der Schule? Hast du schon etwas gelernt?‹

›Ja‹, meint der Junge, ›ich habe etwas ganz Tolles erfahren.‹

›Na, was denn?‹

›Mein Name ist Max.‹«

»Eine schöne Pointe.«

»Mit der Nazi-Herrschaft entstanden sofort besondere politische Witze, die man im Volk ›Flüsterwitze‹ nannte.

Pinkus und Bernstein gehen in Berlin die Straße entlang. Da kommt ihnen ein SS-Mann entgegen. Nur Pinkus hat einen Ausweis. Bernstein sagt: ›Schnell! Du musst wegrennen! Dann läuft er dir hinterher, und ich kann mich verkrümeln.‹

Pinkus läuft sofort los. Er rennt und rennt bis er kaum noch Luft kriegt.

›Halt! Sofort stehenbleiben!‹, schreit der SS-Mann, der ihn fast erreicht hat. ›Zeig mir deine Papiere, Jude!‹

Keuchend zieht Pinkus seinen Ausweis aus der Jackentasche.

Der SS-Mann untersucht ihn und findet aber alles in Ordnung. ›Warum sind Sie denn weggerannt?‹, fragt er ihn.

›Ach, mein Arzt hat mir empfohlen, dass ich nach jeder Mahlzeit fünfhundert Meter rennen soll.‹

›Aber Sie müssen doch gesehen haben, dass ich hinter Ihnen hergelaufen bin! Warum haben Sie denn nicht angehalten?‹

›Ich dachte, Sie sind vielleicht beim selben Arzt.‹«

»Schlagfertigkeit unter extremen Bedingungen.«

»Einer meiner besten Freunde war Ludwig Löwenstein«, erzählte mir Barnowsky, »er war etwas älter als ich. Seine Eltern hatten ein Konfektionsgeschäft für Herren und Knaben. Zwei Stockwerke. Vom ersten Stock ging eine metallene Rutsche ins Erdgeschoss. Das war für Kinder *die* Gaudi. Die setzten sich auf einen Fußabstreicher, und ab ging die Post.

Die Familie Löwenstein hatte beizeiten keine Illusionen und floh zu Verwandten nach Prag. Ludwig studierte zunächst in Prag Journalistik an der Deutschen Universität. Und für mich unvergesslich: Er schrieb mir mal eine Ansichtskarte aus einem Café gleichen Namens – aus dem Continental am Graben. Es wurde dort auch mit Conti abgekürzt. Um die Jahrhundertwende war das Café legendär. In dieser Zeit hatten die Besucher die Wahl zwischen 400 Tageszeitungen und Journalen. Deshalb gab es auch einen Zeitungskellner.«

»Was? Einen Zeitungskellner? Das kann man sich heute nicht mehr vorstellen.«

Barnowsky nickte. »Es war *der* Treffpunkt der deutschsprachigen Prager, darunter viele Juden. Der rasende Reporter Egon Erwin Kisch war Stammgast, ehe er später ins Romanische Café in Berlin übersiedelte!«

»Da hat ihn ja bestimmt Ihr Bruder Max gesehen.«

»Aber sicher, aber sicher! Er kannte ihn. Wollen wir uns nicht das berühmte Berliner Kaffeehaus für unseren nächsten Treff vornehmen?«

»Sehr gern.«

»Machen wir, machen wir. Um die Ecke vom Conti befand sich die Redaktion des berühmten Prager Tagblatts. Kaum hatten die Nazis in Deutschland die Macht übernommen, flohen viele besonders gefährdete Menschen auf schnellstem Wege in die tschechische Hauptstadt. Und fast alle trafen sich im Café Continental. Das war sozusagen der Wartesaal der Entrechteten. Sie erzählten sich ihre schrecklichen Erlebnisse und die leider realen Schauergeschichten von den Verhafteten und Gefolterten. Als allerdings die Deutschen ins Sudetenland einmarschiert sind, wusste Ludwig gleich, was die Glocke geschlagen hat. Er und seine Eltern ahnten, dass sich Hitler damit nicht zufriedengeben wird. Von Prag aus hatte die Familie Löwenstein Kontakt zu einem Onkel in London aufgenommen. Und der ermöglichte ihnen die Einreise nach Großbritannien.

Da gibt es übrigens einen entsprechenden Witz aus jenen Tagen.

Mitunter hatten die Emigranten nur sehr spärliche Sprachkenntnisse. Ein jüdischer Flüchtling aus Nazideutschland will zum Piccadilly, kommt an den Schalter der Londoner U-Bahn und verlangt: ›To Piccadilly.‹

Der Beamte gibt ihm zwei Tickets.

›No‹, sagt der Flüchtling, ›for Piccadilly!‹

Der Beamte gibt ihm vier Tickets.

Nun fleht er auf Deutsch. ›Nein. Piccadilly!‹

Der Beamte gibt ihm neun Tickets.‹«

»Wenn Menschen selbst in dieser misslichen Situation des Exils noch Humor entwickeln können, dann bekommt man eine Ahnung, wie sie jene Jahre bewältigt haben.«

»Ohne Humor schafft man das Leben nicht. Aber ein ganz anderes Thema. Über Religion gibt es ja auch eine ganze Reihe Witze.

Der Oberrabbiner von Jerusalem ist zu Gast beim Papst. Auf dessen Schreibtisch entdeckt er ein goldenes Telefon. ›Oh‹, staunt der Rebbe, ›haben Sie ein schönes Telefon.‹

›Ja‹, antwortet der Papst, ›das ist meine direkte Leitung nach oben.‹

›Darf ich mal telefonieren?‹, fragt der Oberrabbiner. Der Papst gibt ihm die Erlaubnis. Glückselig telefoniert er eine halbe Stunde, wofür der Papst fünftausend Dollar verlangt.

Ohne mit der Wimper zu zucken, bezahlt der Oberrabbiner sein Telefonat. Zum Abschied lädt er das geistliche Oberhaupt der Katholiken nach Jerusalem ein. Mit Erstaunen entdeckt der Papst bei seinem Gegenbesuch ebenfalls ein goldenes Telefon im Rabbinat. Er bittet darum, ein Gespräch zu führen. Nach einer halbe Stunde Telefonat fragt er nach dem Preis.

›Einen Schekel‹, antwortet der Oberrabbiner.

›Was?! So billig?!‹, staunt der Papst.

›Na ja, bei mir ist es ein Ortsgespräch.‹«

»Großartig. Aus diesem Bereich kenne ich auch ein Beispiel.

Auf einer ökumenischen Konferenz unterhalten sich ein junger Rabbiner und ein junger Priester über ihr Leben und vor allem über ihre beruflichen Möglichkeiten. Kennen Sie den?«

»Nein, noch nie gehört.«

»Also: Der Priester meint, dass innerhalb seiner kirchlichen Karriere durchaus die Chance besteht, dass er einmal Bischof werden könnte.

›Und dann?‹, fragt der Rabbi.

›Na ja‹, sagt der Priester etwas verlegen, ›theoretisch, aber nur theoretisch bestünde sogar die Möglichkeit, dass ich Kardinal werden könnte, wenn auch diese Aussicht tatsächlich sehr gering ist.‹

›Aha, und dann?‹, fragt der Rabbiner weiter. Nun lacht der Priester herzlich und laut. ›Na ja, wenn wir das schon durchspielen: Papst! Träume sind ja erlaubt. Ich könnte theoretisch sogar Papst werden!‹

Der Rabbiner lässt nicht locker. ›Na, und dann?‹

›Sind Sie verrückt?‹, ruft der Priester. ›Höher als der Papst?! Was denn? Wollen Sie, dass ich der liebe Gott werden soll?!‹

›Nu‹, meint der Rabbiner lakonisch, ›einer von unseren Jungs hat es geschafft!‹«

Da musste Barnowsky sehr lachen. »Unschlagbar. Mir gefällt, dass im jüdischen Witz auch mal Gott im Zentrum eines Witzes stehen kann. Da kenne ich auch einen.

Mendel trägt seit zwanzig Jahren denselben Anzug, gönnt sich überhaupt nichts, spart jeden Groschen. Aber eines Tages packt es ihn plötzlich, und er geht ins beste Geschäft am Platz, kauft sich einen teuren Anzug, Hemden, Schuhe, Handschuhe und einen Hut. Von Kopf bis Fuß neu gekleidet, betritt er ein feines Restaurant, bestellt die teuersten Speisen, trinkt den besten Wein. Als er das Lokal verlässt, kommt ein Auto angerast und überfährt Mendel. Da richtet er sich mit letzter Kraft auf und ruft: ›Mein Gott! Warum tust Du mir das an?!‹

›Oj weh! Mendel!‹, sagt Gott. ›Ich hab Dich nicht erkannt!‹«

Nachdem ich darüber ausgiebig gelacht hatte, sagte ich zu Barnowsky: »Ein ganz besonderes Beispiel. Im Witz ist sogar Gott mal nicht allmächtig. Das wird alles auf eine menschliche Dimension heruntergebrochen. Aber wissen Sie überhaupt, wieso ausgerechnet die Juden zu den Zehn Geboten gekommen sind?«

»Keine Ahnung.«

»Das kam so: Als Erstes versuchte Gott, seine Gebote den Ägyptern anzudrehen. Der Pharao fragte: ›Worum geht es da?‹

›Das sind Gesetze wie zum Beispiel: Du sollst keine anderen Götter haben neben mir.‹

Da winkte der Pharao gleich ab. ›Kein Interesse, wir können nicht unsere Götzen auf den Müll werfen.‹

Als Nächstes bietet Gott sie den Assyrern an. Deren König will auch wissen, worum es sich handelt. Nun das sind Vorschriften wie zum Beispiel ›Du sollst nicht töten‹.

›Kommt nicht in Frage‹, sagt deren König. ›Wir sind gerade in einem Feldzug.‹

Er versucht es bei den Kanaäern und erklärt ihnen: ›Da geht es um Verhaltensregeln wie zum Beispiel ›Du sollst nicht ehebrechen.‹ Deren Priester winkt auch gleich ab. Und so kommt Gott schließlich zu den Juden: Wollt ihr meine Gebote haben?‹

›Gebote? Was kosten die denn?‹

›Die kosten nichts.‹

›Aha, gratis. Na gut, dann geben Sie uns mal zehn Stück.‹«

Barnowsky leitete sofort zum nächsten Witz über: »Da fällt mir eine andere Geschichte ein, wie die Juden die Sache mit den Zehn Geboten aufgenommen haben. ›Der Prophet Moses kommt vom Berg Sinai mit den beiden Gesetzestafeln zurück. Das Volk Israel erwartet ihn ungeduldig: ›Na, wie ist es gelaufen, Moses?! Wie war's?‹

›Ich habe eine gute und eine schlechte Nachricht ...‹

Das Volk ruft: ›Zuerst die gute! Zuerst die gute!‹

›Die gute Nachricht ist: Es ist mir gelungen, ihn auf zehn Gebote herunterzuhandeln.‹

›Und die schlechte?‹

›Ehebruch ist noch drin.‹«

»Keine Chance, keine Chance ...«

Nun fiel mir ein besonderes Kapitel des jüdischen Witzes ein: »Ich finde vor allem auch jene Beispiele äußerst interessant, in denen sich sowjetische Juden mit dem Alltag in ihrem Land auseinandersetzen. Dort lebten ja noch über eine Million. Ich habe einen Maler und Karikaturisten aus Leningrad kennengelernt. Er erzählte mir den:

Schlojme wollte mit seiner Frau nach Israel auswandern. Da die Presse über Israel nur Böses berichtete, schien es den beiden ratsam, dass er, falls sich die bösen Gerüchte über Israel als wahr erwiesen und sich andererseits die Zustände in der Sowjetunion bessern sollten, zunächst einmal allein hinreiste. Gegebenenfalls könnte er dann die Rückkehr leichter beantragen.

Da aber Auslandskorrespondenz in der UdSSR kontrolliert wird, machten sie aus, dass Briefe mit schwarzer Tinte die Wahrheit, solche mit roter Tinte die Unwahrheit bedeuten sollen.

Das Leben im Gelobten Land erweist sich in der Tat nicht als ein Honiglecken. Vorsichtig fragt Schlojme seine Frau, ob sich die Zustände daheim vielleicht gebessert haben?

Sie schreibt eine Hymne auf die politische Liberalisierung und die neuerdings großartige Versorgungslage in der UdSSR. Ganz unten steht da noch ein Postskriptum: ›Man bekommt jetzt hier alles in Hülle und Fülle – nur keine rote Tinte!‹

Barnowsky hatte große Freude an dem Beispiel und adelte den Witz durch ein »Mein lieber Kokoschinsky!«. Dann fragte er mich: »Haben Sie noch einen von diesem Kaliber?«

»Sicher. Stalin lässt die Oberhäupter der drei großen Religionen in der Sowjetunion zu sich kommen: den Patriarchen, den Imam und den Oberrabbiner. Er befiehlt ihnen zu verkünden, dass der Kommunismus schon am

Anfang der Welt existiert hat und vor jeglicher Religion da war.

Der Patriarch und der Imam lehnen ab. Der Rabbi aber sagt zu! Nach der Unterredung fragen die beiden den Rabbi, wie er das verantworten könne.

›Ganz einfach: Stalin hat recht! Schaut doch auf den Anfang der Welt … Zwei arme Menschen, Adam und Eva, vegetieren nackt und barfuß darauf. Erst stehen sie an einer Schlange, dann streiten sie um Obst, schließlich denunzieren sie sich gegenseitig bei der Behörde, und das Ganze wird als Paradies gepriesen!‹«

Barnowsky lachte. »Das muss man erst einmal zusammenkriegen: Stalin und das Paradies! Aber ich hätte noch einen jüdischen Witz mit einem gewissen internationalen Niveau.

Der Kaiser von Japan sucht nach einem neuen Ober-Samurai. Es melden sich ein japanischer, ein chinesischer und ein jüdischer Samurai. ›Zeigt euer Können!‹, befiehlt der Kaiser.

Der Japaner öffnet daraufhin eine kleine Schachtel, aus der eine Fliege entweicht, zieht sein Schwert, und die Fliege fällt sauber halbiert zu Boden.

›Welche Präzision!‹, staunt der Kaiser.

Da lächelt der Chinese, öffnet ebenfalls eine Schachtel mit einer Fliege: Mit zwei Schwertstreichen vierteilt er sie. Der Kaiser ist entzückt: ›Wie willst du das übertreffen, Jude?‹

Der jüdische Samurai lächelt, öffnet ebenfalls eine Schachtel mit einer Fliege und greift zum Schwert. Aber man hört weiter das Summen der Fliege im Raum. Enttäuscht sagt der Kaiser: ›Aber die Fliege ist ja nicht einmal tot!‹

›Tot nicht‹, antwortet der jüdische Samurai, 'aber beschnitten!‹«

Darüber musste ich sehr lachen. »Das sind Witze mit einem echten Überraschungseffekt! Ich hätte noch einen, der etwas schwarzhumorig daherkommt: Kohn geht zum Arzt, und seine Frau begleitet ihn. Nach der Untersuchung bittet der Arzt Frau Kohn um ein Gespräch unter vier Augen. ›Ihr Mann ist sehr krank und leidet unter enormem Stress. Wenn Sie nicht Folgendes tun, wird Ihr Mann bald sterben.

Jeden Morgen braucht er ein gesundes Frühstück mit viel Obst, frischem Obst. Seien Sie immer nett zu ihm und sorgen Sie dafür, dass er dadurch gut aufgelegt ist. Kochen Sie ihm täglich ... täglich das Essen, das er sich wünscht.

Erzählen Sie ihm keine eigenen Probleme, denn das würde seine Stresssituation nur noch verschlimmern. Und das Wichtigste: Gehen Sie mit ihm viermal in der Woche ins Bett und befriedigen Sie jeden seiner Wünsche. Wenn Sie das die nächsten zehn Monate machen, dann wird Ihr Mann wieder völlig gesund werden.‹

Auf dem Nachhauseweg fragt Herr Kohn seine Frau, was der Arzt gesagt hat.

›Er sagte ... dass Du bald sterben wirst ...‹«

Barnowsky schüttet sich aus vor Lachen und prustet: »Sie macht's nicht. Das ist zu viel, was der Doktor verlangt hat. Mein lieber Kokoschinsky! Das war sehr erbauend, was Sie zu unserem Thema beigetragen haben. Habe es genossen, lieber Richard. Nun gebe ich Ihnen noch etwas mit auf den Weg. Eine besondere Aufzählung. Geballte Weisheit. Was die Juden der Welt gaben:

Moses – das Gesetz.

Jesus – das Gewissen.

Marx – das Bewusstsein.

Freud – das Unterbewusstsein.

Und Einstein sagte: ›*Alles* ist relativ.‹«

# Vom Nachbartisch 4

Beim Blick auf meinen Nachbartisch sah ich, dass ein Pärchen, sie um die fünfzig, er um die sechzig, nahezu parallel die Kuchengabeln auf den Teller legten und anschließend gleichzeitig ihre Kaffeetasse zum Mund führten. Sie wirkten auf mich wie ein eingespieltes Team, was die beiden ja auch garantiert waren.

Während die Frau ganz in Gedanken mit der Rechten zweimal über den Tisch wischte, stippte der Mann mit seinem angefeuchteten Zeigefinger noch drei Krümel vom Teller.

Beim Aufsehen entdeckte der Mann eine junge Frau mit grün und blau gefärbtem Haar und machte seine Frau darauf aufmerksam. Sie schüttelte wortlos missbilligend den Kopf und atmete tief durch.

Nach einer kleinen Pause meinte der Mann in die Runde blickend: »Hier sitzt man wirklich schön.«

Seine Frau bestätigte das und fragte ihn: »Und? Wie war denn dein Apfelkuchen?«

»Sehr gut.«

»Meiner auch. Schön frisch und nicht so trocken.«

»Die machen hier eigentlich immer guten Kuchen.«

»Na ja, aber ich bin auch schon mal reingefallen.«

»Sag bloß!«

»Ja, bei Mohnkuchen. Viel Teig und wenig Mohn.«

»Ach was, das hätt ich nicht gedacht.«

Das Gespräch pausierte, sie tranken einen Schluck. Danach klingelte bei der Frau das Handy.

»Ja, bitte ... Ach, du bist's, Guten Tag, Sabine. Nee, wir

sind nicht zu Hause, wir sitzen jetzt gerade …« In dem Moment klingelte bei dem Mann nun ebenfalls das Handy. »… in einem Café in der Stadt.«

»Ja? Sei gegrüßt, Heinz. Nee, wir sind nicht im Garten, wir sitzen in einem Café.«

Die Frau erfuhr offensichtlich von ihrer Freundin gerade etwas von deren Einkauf.

»Wo hast du das gekriegt? Das musst du mir unbedingt mal zeigen. Den Laden kenne ich gar nicht. Na, das war ja ein Schnäppchen! Aber weil du gerade anrufst, Sabine: Kennst du die neue Falten-Express-Creme, bei der angeblich über Nacht die Falten weg wären? Was, du nimmst die schon fast ein Jahr? Na gut, dass ich dich gefragt habe. Da brauche ich mir die gar nicht erst zu kaufen.«

Während die Frau zuhörte, was ihre Freundin am anderen Ende zu erzählen hatte, fragte der Mann seinen Telefonpartner: »Na, wie viel Kilometer hat er denn runter? Was? Na, den guck ich mir mal an. Das ist ja ein Schnäppchen!«

Die Frau fragte derweil ins Handy: »Was ist passiert? Nee, ich habe heute noch gar keine Nachrichten gehört. Was? Wieder über hundert Tote? Das ist ja furchtbar! Was ist denn bloß mit dieser Welt los?! Na ja, wir könn's auch nicht ändern, Sabine. Und wo hattest du die Schuhe gesehen?«

Der Mann fasste inzwischen das Gespräch zusammen. »Pass auf, Heinz, wir machen das so: Ich ruf dich an, und dann machen wir was aus, wann wir uns bei dem treffen. Alles klar. Mach's gut!«

Die Frau verabschiedete sich auch von ihrer Freundin: »Schönen Tag noch, Sabine. Tschüs!«

Anschließend informierte sie ihren Mann: »Das war die Sabine.«

Und er erklärte: »Der Heinz hat angerufen.«

Anschließend trat wieder eine kleine Pause ein, und die beiden sahen sich im Kaffeehaus um.

Dann resümierte der Mann: »Hier sitzt man wirklich schön.«

»Ja. Und wie war denn dein Apfelkuchen?«

»Sehr gut.«

»Mein Kuchen auch. Schön frisch und nicht so trocken.«

»Die machen hier immer guten Kuchen.«

»Ich glaube, das hattest du vorhin schon gesagt.«

Nachdenklich erwiderte er: »Ja ... mir war's jetzt auch so ...«

# Protest

Auf dem Weg zum Conti blieb ich meist an der Wühlkiste des benachbarten Antiquariats Weidenfeld stehen. Neben Krimis und anderen Taschenbüchern stieß ich auf einige gebundene Bücher, die man nunmehr auch im Osten Hardcover nannte.

Plötzlich hielt ich ein Buch in der Hand, das eben noch bei uns verboten war: »Die Alternative« von Rudolf Bahro. Nun lag es für ein paar D-Mark in der Wühlkiste. Diese Alternative hatte sich erledigt und wurde jetzt verramscht wie so manches Produkt, das nicht mehr in die neue Zeit passte. Ein Grund mehr für mich, es zu kaufen.

Die Aufregungen und vor allem die Leiden des DDR-Autors hinter Gittern – alles umsonst.

1977 hatte der »Spiegel« Auszüge veröffentlicht, und schon am nächsten Tag wurde Bahro verhaftet.

Wer den realen Sozialismus kritisch analysierte und vom Klassenfeind dafür gelobt wurde, hatte besonders schlechte Karten. Dabei wollte Bahro ihn nicht etwa abschaffen. Er belegte nur, dass es keiner war. Wer eine Alternative zum bestehenden System offerierte, bekam die ganze Härte des Staates zu spüren. Da ließen sich die führenden Genossen für das Gerichtsurteil schon etwas einfallen; »... landesverräterische Sammlung von Nachrichten« bzw. generell »Geheimnisverrat«. Dabei war das alles schon lange kein Geheimnis mehr.

Der Staat zeigte Abschreckung durch Härte.

Das Urteil: Acht Jahre Sonderhaftanstalt Bautzen II.

In früheren Jahren mussten solche Strafen bis zum letzten Tag abgesessen werden. Bahro, der von Gysi verteidigt wurde, hatte großes Glück und durfte 1979 in den Westen.

Aber zwei Jahre sind in einem Gefängnis der DDR auch eine lange Zeit.

Kaffeehäuser sind für die Zufälle des Lebens eine besondere Spielwiese. Sie werden gleich erfahren, warum ich das schreibe.

Das Conti war überfüllt. Auch an jenen Tischen, an denen Bekannte von mir saßen, war kein Stuhl mehr frei. Ich fand schließlich in einer Ecke zum Glück noch einen Zweiertisch und begann zu lesen.

»Ist der Platz noch frei?«

Als ich hochsah, stand ein Mann in den Dreißigern vor mir.

Mit der rechten Hand machte ich eine einladende Bewegung. »Bitte.«

Ich klappte das Buch erst mal zu und benutzte als Lesezeichen die Rechnung vom vorherigen Gast, die noch auf dem Marmortisch lag. Dann blickte ich mich nach der Kellnerin um. Marlene bediente in diesem Revier. Sie war noch als Letzte von der alten Truppe übriggeblieben. Die anderen Kellnerinnen waren nach und nach aus Altersgründen ausgeschieden.

Inzwischen hatte der Mann einen Blick auf den Titel meines Buches geworfen und sagte zu mir: »Das Buch kenne ich. Ich wohnte sogar mal mit dem Autor im gleichen Haus.«

»In Berlin?«

Der Mann am Tisch lächelte mich an. »Nein, in Bautzen. Im Knast.«

»Sie waren dort im Gefängnis?«

Er nickte. Ich ahnte, dass ich vielleicht wieder eine interessante Geschichte erfahren würde.

»Wenn die Frage erlaubt ist: Und warum saßen Sie dort?«

Der Gast hob beide Hände. »Nunmehr ist die Frage und auch die Antwort erlaubt.«

Marlene stand am Tisch, und wir gaben unsere Bestellung auf.

Der Mann im dunkelblauen Blouson machte noch eine kleine Pause und peilte einen imaginären Punkt im Kaffeehaus an. Dann wandte er sich zu mir: »Wie ich im Knast gelandet bin, das hat eine Vorgeschichte ... die beginnt in meiner Kindheit und hat vor allem mit meinem Vater zu tun. Interessiert Sie das wirklich?«

Ich nickte ihm ermunternd zu. »Auf alle Fälle, erzählen Sie.«

»Mein Vater war, wie man so sagt, ein hohes Tier bei der NVA. Als Offizier war er gewohnt, Befehle zu geben. Das hörte auch zu Hause nicht auf. Und nach dem, was ich mit ihm erlebt habe, wurde mir klar, dass er dieses Machtgefühl liebte.«

»Vielleicht kommen manche Menschen mit einem Befehls-Gen zur Welt?«

»Das würde irgendwie etwas entschuldigen. Nein, ich glaube, solche Leute kommandieren generell für ihr Leben gern andere herum. Mir selbst wäre es schon peinlich, wenn ich zu Menschen, die mir gegenüber angetreten sind, ›Stillgestanden!‹ rufen müsste. Ob die nun stillstehen oder etwas am Ort wackeln, das wäre mir so was von egal!«

»Eine Armee ist eben eine Orgie des Gehorsams.«

»Was meinen Vater anbelangt ... das Wort ›terrorisieren‹ kannte ich als Kind nicht, aber genau das machte er mit mir ...« Der Mann fixierte wieder einen imaginären Punkt und sah vermutlich so manches Bild aus alten Tagen.

»Wie zeigte sich das?«

»Einmal brachte er mir ein Geschenk mit. Eine Feuerwehr. Ich freute mich. Nach einer Stunde sagte er plötzlich ›Du hast kein Geschenk verdient!‹ und nahm sie mir wieder weg. Er hat mir sogar mal zu Mittag meinen Teller weggenommen: ›Du kriegst heute kein Essen.‹«

»Und wie reagierte Ihre Mutter?«

»Ihr tat es leid, aber sie riskierte mit ihrem Mann keine Auseinandersetzung. Sie blickte mich traurig an und stellte mir dann heimlich etwas zu essen ins Kinderzimmer.«

Mein Tischnachbar holte eine Schachtel Zigaretten aus der Tasche seines Blousons, bot mir eine an. Ich lehnte dankend ab. Nachdem er sich eine Zigarette angezündet hatte, fuhr er fort: »Ich erzähle Ihnen noch ein anderes Beispiel für seine Art von Terror. Er nahm meine Indianerfiguren aus Ton, mit denen ich gern spielte, und forderte mich auf, mit in den Hof zu kommen. Er stellte sie auf eine kleine Mauer. Dann zwang er mich, mit dem Luftgewehr auf die Figuren zu schießen.«

Ich stellte mir sein trauriges Gesicht als Kind vor. Vermutlich schoss er mutwillig daneben.

»Ich habe natürlich mutwillig danebengeschossen. Und wurde von meinem Vater nun erst recht niedergemacht, wie schlecht ich schießen würde und er habe es mir doch beigebracht. Und ich könne nichts und werde auch ein Nichts bleiben. Und dann schoss er sie kaputt.«

»Hatte er denn Gründe für diese Strafen?«

»Nein. Ich habe mich ja kaum etwas getraut. Dazu hatte ich viel zu viel Angst vor ihm.«

»Wollte er Sie vielleicht auf diese Art hart machen?«

»Wahrscheinlich. Obwohl er ein sogenannter sozialistischer Offizier der DDR war, praktizierte er letztlich bei mir die alte Nazi-These ›Gelobt sei, was hart macht‹.«

Marlene stellte Kaffeetassen, Wasser und für mich ein Stück Apfelkuchen auf den Tisch, nach der kurzen Unterbrechung erzählte er weiter: »Wenn ich nicht in seinem Sinne reagierte oder mir kleinste Verfehlungen leistete, schlug er mich auch manchmal mit dem Koppel seines

Gürtels. Meine Mutter konnte das kaum ertragen, aber begehrte nie dagegen auf.«

Ich stellte mir vor, wie das Koppel mit dem Emblem der DDR den kleinen Jungenkörper malträtierte.

»Die Schläge waren mitunter an Stellen auf meiner Haut zu sehen. Ich bin mir sicher, dass die Lehrer ahnten, woher diese Verletzungen stammten, aber keiner stellte den hohen NVA-Offizier zur Rede. Nicht ein Lehrer fragte mich danach.«

Für eine Weile schwieg er, hing seinen Gedanken und Bildern nach.

»Einmal sagte ich meinem Vater, dass mir ein Junge mein Fahrrad wegnehmen wollte. Daraufhin meinte er: ›Dann hau ihm in die Fresse!‹

Ich fasste mir dann tatsächlich gegen meinen Willen ein Herz und schlug ihn beim nächsten Versuch. Die Eltern des Jungen kamen und beschwerten sich. Meiner Mutter tat das wieder alles leid. Ein Leben lang tat ihr alles leid, aber sie raffte sich nie zu einer Reaktion auf. Sie stammte aus kleinbürgerlichen Kreisen, hatte auch einige Westverwandte. Mein Vater durfte keine Westkontakte haben. Deshalb wurden Pakete an eine Adresse von guten Freunden geschickt. Für die fiel dann vom westlichen Konsumsegen etwas ab, und meine Mutter packte die Sachen in zwei Taschen, die sie mit dem Fahrrad nach Hause transportierte. Wenn Besuch kam, verschwanden Konsumartikel des Klassenfeindes in den Schränken: Von der Fa-Seife bis zur Colgate-Zahncreme. Vom Päckchen Jacobs Kaffee über die Ritter Sport bis zur Flasche Asbach Uralt. Das wurde alles gegen DDR-Produkte ausgetauscht.

Auf dem Schreibtisch meines Vaters standen die Werke von Marx, Engels, Frunse, Lenin und Stalin.«

Das erschien mir logisch, dass dieser Mann Stalin nicht versteckte.

»Wenn hohe Genossen zum Grillen und zum Umtrunk

kamen, dann floss der Wodka, und mitunter holte Vater im kleinen internen Kreis zu später Stunde sogar mal den Westschnaps aus der Versenkung.«

»Und dann sangen sie alte Kampflieder?«

»Nein, dann spielten sie mitunter betrunken die Schlachten des Zweiten Weltkriegs nach und übertrafen sich an Ideen, wie sie das besser gemacht hätten.«

»Unglaublich!«

Ich überlegte, wie das zu verstehen war: Spielten sie den Nazi-Offizier als einen bösen Ulk, eine Parodie ...?

»Aber wie kommt man denn, wenn man aus so einer Familie stammt, nach Bautzen?«

»Je älter ich wurde, umso mehr hat mich das alles angekotzt. Ich habe dann zum Beispiel als Jugendlicher nachts nach einem Disco-Besuch am Tag der Republik bei uns im Wohngebiet DDR-Fahnen aus der Halterung gerissen und auf einer Wiese verbrannt. Einem Kreis von jungen Leuten erzählte ich, dass ich weiß, wo hier in der Nähe die Raketenstellungen sind. Solche Sachen eben. Ich wurde verhaftet. Es gab einen Prozess, und ich wurde zu acht Jahren verurteilt. Staatshetze und Spionage. Vier Jahre musste ich in Bautzen absitzen. Dort sah ich Bahro, der ziemlich abgeschirmt wurde.«

»Er hatte ja genauso viel Jahre bekommen wie Sie!«

Der Mann nickte mir zu.

»Und wie reagierte Ihr Vater?«

»Mein Vater hat mir nicht geschrieben und mich nie besucht.

Er wurde meinetwegen degradiert und arbeitete dann als Chef einer Verwaltung.

Ich habe ihn nie wieder gesehen.«

# Der traurige Mann

Die DDR-Diktatur ist natürlich nicht mit der vorhergehenden vergleichbar, aber sie hat bei manch einem Wunden hinterlassen.

Wunden, für die es mitunter kein Pflaster gibt.

Deshalb passt zu der Geschichte vom Protest eines Jugendlichen auch die folgende, weil sie ebenfalls ein Stück der dunklen Seite dieses Systems beschreibt.

Der Mann, von dem ich erzählen will, saß immer an einem der kleinen Tische, an denen jeweils zwei Stühle stehen. Sie sind ideal für Menschen, die in Ruhe miteinander reden wollen.

Wenn er sah, dass keiner dieser Tische frei war, blickte der Mann etwas traurig auf die Reihe jener fünf Stuhlpaare, während er die Hände hinter seinem Rücken verschränkte. Er setzte sich nie zu einem einzelnen Gast dazu. Er wartete lediglich noch kurz, ob nicht vielleicht doch jemand gerade ging, und verließ das Kaffeehaus wieder.

Ich kannte ihn noch aus DDR-Zeiten. Da sah ich ihn oft an einem dieser Zweiertische nach der Arbeit mit seinem Zwillingsbruder sitzen. Sie schwatzten und lachten unentwegt und scherzten vor allem gern mit Christa, einer der Kellnerinnen, die längst in Rente gegangen ist.

Eines Tages waren die beiden Brüder verschwunden. Es fiel mir wegen meiner häufigen Besuche in jenem Kaffeehaus irgendwann auf. Über die Jahre kannte ich eine ganze Reihe der Stammgäste.

Kurz nach der Wende saß plötzlich einer von ihnen wieder am Tisch. Er trug das Haar altmodisch nach hinten gekämmt und machte insgesamt einen etwas ungepflegten Eindruck. Er schien mir gealtert, und ich hatte ihn auch kräftiger in Erinnerung.

Von seinem kleinen Marmortisch blickte er fast immer in Richtung Treppe, an der die Gäste quasi schichtweise auftauchen. Erst sah man den Kopf, dann einen Teil der Brust, den Bauch, den Unterkörper und schließlich die Beine. Sie wuchsen immer im Rhythmus jener Zentimeter, die der Größe einer Treppenstufe entsprachen.

Sein Bruder tauchte allerdings nicht wieder auf.

Ich bildete mir ein, dass er auf ihn wartete. War er weggezogen? Oder hatten die im Umgang immer fröhlich und harmonisch wirkenden Brüder einen unversöhnlichen Streit gehabt? Manchmal, wenn ich ihn von Weitem beobachtete, schien mir, dass er etwas vor sich hin murmelte, also Selbstgespräche führte. Hatte er psychische Probleme?

Eines Tages saß ich direkt an seinem Nachbartisch.

Ich hörte ihn in Abständen immer wieder vor sich hin sprechen. Durch die Gesprächskulisse im Raum hatte ich allerdings Mühe, etwas zu verstehen. Aber nach einer Weile der Konzentration merkte ich, dass es lediglich zwei Worte waren, die er in Abständen vor sich hin sprach, während er unverwandt auf eine Stelle im Raum sah.

Es waren die knappsten Worte, die man auf eine Frage geben kann: »Ja.«

Und nach einer kurzen Pause: »Nein.«

Das wiederholte sich ständig.

Mehr Text kam nie über seine Lippen. Und das Wort »nein« kam häufiger vor.

Nun schien sich meine Vermutung zu bestätigen, dass mein Nachbar unter psychischen Problemen litt.

Eines Tages bezahlte er gerade und ging, während ich in jener Reihe Platz nahm. Als Marlene meine Bestellung entgegennahm, fragte ich sie mit Blick auf den gerade zur

Treppe gehenden Mann, ob sie wisse, welche Probleme er habe und wo denn sein Zwillingsbruder abgeblieben wäre.

»Ja«, meinte sie, »das ist eine Tragik. Christa hat mir die Geschichte erzählt. Die beiden Brüder waren tatsächlich unzertrennlich. Alle ihre Freunde nannten sie nur Max und Moritz. Max …«, sie zeigte in Richtung des eben Gegangenen, »… hat irgendwann seine Armeezeit bei den Grenztruppen absolviert und seinem Bruder Moritz gesagt, dass er eine Stelle wüsste, an der sie es schaffen würden, in den Westen zu kommen.

Sein Bruder wollte, wie er, unbedingt aus der DDR weg. Irgendwo in Thüringen haben sie es versucht. Sie waren wohl nahe dran, es zu schaffen. Doch dann entdeckte man die beiden und löste Alarm aus. Während Max nur leicht verletzt festgenommen wurde, nach langen Verhören und einer Gerichtsverhandlung ins Gefängnis kam, wurde sein Bruder in jener Nacht an der Grenze erschossen. Nach 1989 wurde Max sofort aus dem Gefängnis entlassen, aber seitdem ist er krank.«

Und ich entschlüsselte mir nun das ständige »Ja« und »Nein« damit, dass in seinem Kopf immer wieder ein Verhör stattfand und er vermutlich auf die imaginären Fragen seines Vernehmers antwortete.

# Vom Nachbartisch 5

Ich wollte in Ruhe meine Zeitung lesen. Leider konnte ich mich nicht auf den Artikel konzentrieren, weil am Nachbartisch zwei Herren in einem grauen bzw. in einem dunkelblauen Anzug aus einem westlichen Bundesland Platz genommen hatten. Dagegen wäre ja nichts zu sagen, wenn sie nur die Lautstärke ihres Gesprächs weniger auf einen Hörsaal ausgerichtet hätten. Es ging schon beim Ankommen am Tisch los:

»Was meinen Sie, wollen wir hier?«

»Warum nicht?«

»Oder eher da drüben?«

»Ginge auch.«

»Aber ich denke, hier ist es besser. Der Blick ...«

»Wer?«

»Der Blick ... ins Kaffeehaus, das schöne Interieur!«

»Sehr schön.«

Der Partner fühlte sich nun bemüßigt, seine Blicke durch den Raum schweifen zu lassen. Die beiden ... ich tippte auf Dozenten, Wissenschaftler der Universität oder so etwas ... die beiden nahmen also Platz.

»Hier sitzt man doch sehr schön.«

»Genau.«

Schon stand Marco, einer der neuen Kellner, am Tisch und reichte die Karte. »Haben die Herren schon einen Getränkewunsch?«

»Was trinken Sie?«

»Ich ... um die Zeit ... na ja, für Alkohol ist es ja noch zu früh ...«

»Seh ich auch so.«

»Obwohl … wir wollen doch nicht päpstlicher sein als der Papst … nehmen wir ausnahmsweise mal einen Roten zum Essen?«

»Genau meine Intention.«

Marco, der immer für einen Scherz zu haben war, hatte mir schon einen intensiven Blick zugesandt, und ich fühlte, dass er bestimmt gern sein legendäres Augenrollen eingesetzt hätte, was aber in Anbetracht der Nähe zu den beiden Gästen nicht möglich war.

Er offerierte nun: »Wollen Sie vielleicht unseren Hauswein?«

Der Mann im grauen Anzug: »Warum nicht, wenn er auf's Haus geht!«

Sie schütteten sich aus vor Lachen.

Dann nickte ihm der eine etwas gnädig zu. »Ja, da bringen Sie mal zwei Schoppen.«

Marco ging an mir vorbei und konnte nun seine Augen entsprechend in Bewegung setzen.

Der Mann im dunkelblauen Anzug eröffnete das Gespräch: »Professor Schnickenkötter hat mich angerufen …«

»Ach was!«

Er rückte an seiner Krawatte.

»Mehrmals.«

»Ach was!«

»Der macht das ganz unkonventionell.«

»Toll.«

»Gar nicht hierarchisch.«

»Darf ich das wissen, dass er angerufen hat?«

»Natürlich.«

»Wie sind Sie mit ihm verblieben?«

»Unklar.«

»Wird er kommen?«

»Eher nicht.«

»Es ist zwar schade, aber ich habe doch generell bei ihm gewisse Vorbehalte. Ich komme schneller auf den Punkt.«

»Glaube ich Ihnen aufs Wort.«

»Ich verliere mich nicht gern in Einzelheiten, bin überhaupt nicht detailverliebt.«

»Verstehe. Ich weiß nur nicht, ist es bei ihm Hilflosigkeit oder Strategie.«

»Ein weites Feld. Da kommt er.«

»Wer?«

»Der Wein.«

»Ah, ja.«

»Na denn, auf Ihr ganz Spezielles!«

»Danke, gebe ich gern zurück. Zum Wohl.«

Sie ließen die Gläser klingen, tranken und nickten wohlwollend.

Der eine leckte sich mit der Zunge über die Lippen. »Gar nicht so schlecht, was? Hätte ich in der Güte gar nicht hier vermutet.«

»Da kommt Freude auf.«

Marco fragte nach, ob sie schon wüssten, was sie speisen wollten.

»Einen Moment noch. Wir haben noch gar nicht ...«

Sie vertieften sich in die Karte.

Dann sagte der eine mit einer großen Handbewegung: »Also, wenn Sie jemals zu *uns* kommen ...«

»Würd ich gern!«

»Meine Frau macht Bratkartoffeln! Bratkartoffeln! Da lassen Sie alles liegen. Waren Sie schon mal in Humpelshausen?«

»Nein, noch nicht.«

»Müssen Sie, müssen Sie! Tolle alte Häuser.«

»Klingt gut.«

»Mögen Sie Pfälzer Wein?«

»Doch, mag ich.«

«Da gibt es bei uns ein Lokal. Ist darauf spezialisiert. Sagenhaft! Und ganz delikates Essen! Regionale Besonderheiten.«

Der andere reagierte nur wenig, »aha, aha«, weil er mit dem Lesen der Speisekarte beschäftigt war. Dann kam von ihm ein: »Na, was nehmen wir denn da …?«

Nun informierte der Kollege im grauen Anzug: »Also, ich esse ja seit einiger Zeit vegetarisch.«

»Ach was!«

»Bekommt mir sehr gut.«

»Was Sie nicht sagen!«

»Und vor allem meinem Gewicht.«

»Habe schon gemerkt, dass Sie abgenommen haben. Dachte schon, Sie malträtieren ihren Körper mit Sport.«

»Nein, das läuft bei mir alles übers Essen.«

»Für mich schließe ich das aus.«

Nun informierte er seinen Gesprächspartner sehr nachdrücklich: »Für mich ist das nicht etwa das Schwimmen in einer modischen grünen Welle. Mir geht es um den Respekt vor der Kreatur.«

»Ich habe auch Respekt. Großen sogar, aber verbinde das eben mit Genuss.«

»Die Massentierhaltung …«

»Schrecklich! Keine Frage. Schrecklich!«

Der Mann im grauen Anzug legte noch einmal nach: »Ich will ja nicht moralisieren, aber wenn wir unser Leben nicht ändern, dann wird die Natur unser Leben ändern. Aber rigoros!«

Sein Gesprächspartner las aufmerksam die Speisekarte und sagte so nebenher: »Ja, seinerzeit hieß es eben, wir sollten uns die Erde untertan machen …«

»Damit haben wir es offensichtlich übertrieben. Mutter Erde schlägt zurück …«

Der Mann im dunkelblauen Anzug scherzte lächelnd: »… und nun ist das Vaterland in Gefahr.«

Sein Gesprächspartner guckte etwas pikiert. »Das ist kein Witz.«

»Weiß ich doch, weiß ich doch.«

Marco nahm die Bestellung auf.

Der Vegetarier zelebrierte seine Bestellung, als läse er eine Gedichtzeile: »Ich hätte gern die Piccata von Auberginen im Kräuterkäseteigmantel.«

Der andere blickte kurz zu seinem Kollegen und sagte dann zu dem verwunderten Kellner: »Ich riskiere den Zorn von Mutter Erde ... Wiener Schnitzel!«

# Das Original 6

Ich hatte mich etwas verspätet. Ferdinand Barnowsky saß an einem Tisch in der Ecke und las in einem Buch. Statt einer Begrüßung meinte er aufblickend: »Sehen Sie, lieber Richard, das Buch zum Thema ... von Georg Zivier – vielleicht ist er auch hugenottischer Abstammung ...« Damit klappte er es zusammen, damit ich den Titel lesen konnte: ›Das Romanische Café‹.«

»Wo genau stand eigentlich dieses Berliner Kaffeehaus?«, fragte ich, als ich Platz nahm.

»An der Ecke Tauentzien- und Budapester Straße nahe dem Kurfürstendamm. Ich erzählte Ihnen ja schon, dass mein Bruder Max dort einige Zeit Kellner war. Ihn kann ich leider nicht mehr befragen. Er starb vor fünf Jahren. Das Gebäude nannte sich ›Neues Romanisches Haus‹. Ziemlich wuchtig füllte es eine Ecke.« Nun nahm Barnowsky beide Hände, um mir Details des Baus deutlich zu machen.

»Zwei Türme mit spitz zulaufenden Dächern flankierten das Haus. Der Komplex stand quasi im Schatten der ebenfalls neoromanischen Kaiser-Wilhelm-Gedächtniskirche. Die hatte der Kaiser zu Ehren seines Großvaters gebaut. Dieser Historismus-Stil gefiel ihm bekanntlich.«

Nun wagte ich ein Urteil. »Also nach meinem Gefühl hatte der Kaiser einfach keinen Geschmack.«

Barnowsky stimmte mir sofort nickend zu. »Mein lieber Kokoschinsky.«

Ich geriet in Fahrt. »Dieser ganze Historismus. Aus jedem Dorf ein Köter. Verschnörkelt und vertrottelt. Und das sieht man ja auch an den Malern, die er bevorzugte. Wissen Sie, wer E. Paul Schneider war?«

Mein Gesprächspartner sah mich verblüfft an. »Noch nie gehört!«

»Das war der letzte Hofmaler seiner Majestät. Stammte aus Plauen.«

»Nichts gegen Plauen!«

»Überhaupt nicht. Oder Hofmaler Adalbert von Kossak mit seinen Schlachtengemälden.«

Nun steuerte Barnowsky einen Namen bei: »Nicht zu vergessen Anton von Werner.«

»Genau. Die malten alle solche Riesenschinken. Und der Kaiser griff ja auch selbst zum Pinsel. Und was malte er? Schlachtschiffe und Blümchen.«

Der alte Herr amüsierte sich über dieses Wortpaar. »Da kann man sich vorstellen, wie ihn die Gründung der Künstlerorganisation Secession erregt hat.«

»Natürlich. Alles, was ihm nicht behagte oder was er nicht verstand, nannte der Kaiser ›Rinnsteinkunst‹. Das betraf dann solche großartigen Maler wie Liebermann, Corinth, Slevogt oder die sozialkritischen wie die Kollwitz, den Dix oder Grosz. Die waren ihm besonders zuwider. Aber sein öffentliches Missfallen gegenüber den Impressionisten war für die Künstler die beste Werbung.«

»Und von den Kritisierten waren einige Stammgäste im Romanischen Café.«

Nun wollte ich Details. »Wie sah denn das Café innen aus?«

Barnowsky lehnte sich etwas zurück und nahm wieder bei der Beschreibung seine Hände zu Hilfe. »Der neoromanische Stil wurde im Erdgeschoss fortgeführt. Säulen mit Kapitellen, hohe Räume, an den großen Fenstern entsprechend hell, weiter drinnen eher düster. Die Leichtigkeit kam mit den Nutzern. Die stifteten die heitere anheimelnde Atmosphäre. Unglaublich kreative Menschen mit Geist und Witz.«

»Und in welchen Jahren war das Romanische Café *der* Künstlertreffpunkt nicht nur von Berlin, sondern von ganz Deutschland?«

»Von 1920 bis etwa 1935. Eine verschworene Gesellschaft versammelte sich dort in dieser Zeit, oft völlig unterschiedlicher Meinung, aber durch die Kunst miteinander verbunden. Und sie kannten sich alle. Wer wollte, konnte von Tisch zu Tisch gehen und an der Unterhaltung teilhaben. Der bekannte Verleger Bruno Cassirer war überzeugt: Jeder Mensch sei in einem Café ein ganz anderer als an seinem Arbeitsplatz. Im Café entwickle er seine verborgenen Eigenschaften und Wunschträume.

Und in diesem Milieu gebar so mancher die Idee für ein Gedicht, einen Roman oder ein Stück. Die Diskussionen dauerten oft bis in die Morgenstunden. Sie wurden allerdings ab 1933 sofort gedämpfter geführt. Mit der Übernahme der Macht durch die Nazis war alles schlagartig vorbei. Immer mehr Kaffeehausstühle blieben leer. Es kam dann sogar vor, dass Männer in Zivil an der Drehtür einen Gast ansprachen, der gerade gehen wollte, und sie forderten ihn auf, mit zur Wache zu kommen. Manch alter ›Romane‹ mied bald das geliebte Haus. In dieser Stätte des freien Geistes hingen nun große Fotos von Hitler und Göring!

Nach einem Bombenangriff in einer Novembernacht 1943 brannte das Haus.

Fünf Jahre zuvor waren die Synagogen von Berlin in Flammen aufgegangen ...

Schon kurze Zeit nach dem Krieg stand ich vor der Ruine. Die Schrift war an der Fassade noch zu sehen.«

Nun malte Barnowsky zu meiner Überraschung mit dem Zeigefinger zwei Buchstaben in die Luft. »Nur das A und F von CAFÉ fehlte. Die Lichtreklame leuchtete seinerzeit in einem magischen Blau. Die großen leeren Fensterhöhlen wirkten traurig und unheimlich. Vom Dach über der Terrasse hatten sich noch einige verbogene Verstrebungen mit Resten von Glasscheiben erhalten.«

Ich konstatierte: »Das war sozusagen die Chronik des Kaffeehauses im Zeitraffer bis zum bitteren Ende, aber wie lief das Leben dort an einem gewöhnlichen Tag ab?«

»Fangen wir mit dem Entree an: Die Gäste betraten durch eine Drehtür den Raum. Wer nicht zögerte, sondern sich gleich nach links begab, war zumeist ein Arrivierter, denn links von der Drehtür saßen an etwa zwanzig Tischen die Stammgäste. Die Menschen, die dort an den Marmortischen redeten, scherzten, flirteten, Zeitung lasen – vom Schauspieler über den Musiker bis zum Schriftsteller, eben das ganze Künstlervolk –, die nannten den Raum das ›Schwimmer-Bassin‹. Sie zogen also schon versiert Bahn um Bahn und hatten keine Trockenübungen nötig.«

»Da kann ja in dieser geistigen Badeanstalt ein ›Nichtschwimmer-Bassin‹ nicht weit sein?«

Barnowsky nickte mir bestätigend zu. »So war es: Rechts der Drehtür stieß man auf einen größeren Raum mit etwa 70 Tischen. Daran tummelten sich jene Gäste, die eine starke Affinität zum Künstlerischen hatten oder die von schierer Neugierde getrieben waren. Dort saßen Frauen und Männer, die davon träumten, dereinst im ›Schwimmer-Bassin‹ ihre Kreise zu ziehen.

In dem Raum stand aber auch jener Stammtisch, der, und nun kommen wir zum Anfang unseres Gesprächs zurück, den bedeutenden Malern aus der Hauptstadt vorbehalten war. Von den übrigen Künstlern respektlos die ›Pinsel-Professoren‹ genannt. Wenn man zur entsprechenden Zeit dort vorbeikam, dann konnte man leibhaftig drei, mitunter sogar vier Mal auf den Vornamen Max stoßen ...«

Ich überlegte und wollte mich natürlich nicht blamieren. »... warten Sie, warten Sie, die muss ich doch als Maler zusammenkriegen: das wären Max Liebermann, Max Slevogt und ... Max ... Oppenheimer, der sich originell mit ›Mopp‹ abkürzte ...«

»... richtig, und manchmal kam noch Max Pechstein dazu. So erzählte es mir mein Bruder ... Max Liebermann war natürlich der geschätzte und verehrte Alt-Meister, der nicht nur als brillanter Maler glänzte, sondern auch eine Quelle von echtem Berliner Witz war. 1933 machte sein legendärer Satz die Runde: ›Ick kann jarnich so ville fressen, wie ick kotzen möchte!‹«

»Eine verständliche Reaktion auf die Zeit. Aber ich kann Ihnen auch eine Liebermann-Anekdote bieten. Ein Kunstwissenschaftler hat über ihn in Cottbus einen Vortrag gehalten. Danach sagt zu ihm ein Mann: ›Herr Doktor, ich besitze ein Bild, das ich als einen Liebermann gekauft habe, dessen Echtheit aber immer wieder angezweifelt wird. Ich möchte Sie bitten, heute Abend mein Gast zu sein und mir Ihr Urteil zu sagen.‹

Der Mann nimmt die Einladung an und betrachtet sorgfältig die besagte kleine Landschaft. Er kann sich aber nicht zu einem endgültigen Urteil entschließen und schlägt vor, das Bild mitzunehmen, um es Liebermann selbst zu zeigen. Der Besitzer ist begeistert. Gesagt, getan.

Bei seinem nächsten Treff mit dem Meister packt er es aus und bittet ihn um sein Urteil. Liebermann stellt sich das Bild ins rechte Licht, guckt und guckt, nimmt es in die Hand, dreht es hin und her. Schließlich schüttelt er den Kopf und sagt nach einer Pause: ›Et is Scheiße ... aba et is von mir!‹«

Barnowsky amüsierte sich über das Bonmot. »Selbstkritik vom Meister! Beachtlich, beachtlich.«

»Aber Sie waren vorhin mit der Beschreibung des Kaffeehauses noch nicht zu Ende gekommen, lieber Herr Barnowsky.«

»Also dann: Eine geschwungene Treppe führte aus dem Hauptraum auf die Galerie. Dort saßen in aller Ruhe die Schachspieler. Das war sozusagen die idyllische Insel im Getriebe des Kaffeehauses. Ich sah dort oben mal Brecht mit Roda Roda Schach spielen. Auf der Galerie trafen sich übrigens auch Dameliebhaber ...«

»Sie meinen jetzt das Spiel ...«

Barnowsky lächelte etwas genießerisch. »Genau, denn echte Damenliebhaber waren die dort verkehrenden Herren fast alle. Da gab es im Café die arrivierten Damen und die ganz jungen, die im Jargon der Stammgäste ›Küken‹ genannt wurden, sich aber durchaus emanzipiert zeigten. Sie warteten auf die Chance, einen originellen Typen kennenzulernen.«

»Wie waren die denn so angezogen?«

»Wie auf den Bildern von Otto Dix. Glockiger Hut oder eine Kappe. Drunter ein Bubikopf. Das Kleid fiel gerade am Körper nach unten. Schön kurz. Und dann wurden die Beine entsprechend lässig übereinander geschlagen ... Der Gang wirkte in Stöckelschuhen kess, reizend bis aufreizend ... So etwas hatte man ja in der Kaiserzeit noch nie gesehen! Lange Röcke? Vorbei. Da musste eben erst eine Revolution her. Es wurde ein völlig neues Lebensgefühl geboren. Und die Frauen emanzipierten sich.«

»Ich las zu meinem Erstaunen, dass auch Einstein Stammgast war und zu Frauen ...«

»Mein lieber Kokoschinsky! Er war ein begnadeter Frauenversteher und hat seinen Erfolg bei Damen weidlich ausgenutzt. Deshalb nannte man den Schöpfer der Relativitätstheorie dort ›den relativen Ehemann‹.

Eine Freundin seiner Frau machte ihm wegen seiner Lockerheit in Sachen Sexualität einst Vorwürfe und meinte zu ihm: ›Wenn Sie mein Mann wären, würde ich Ihnen Gift in den Kaffee tun.‹

Einstein lächelte sie freundlich an und entgegnete: ›Wenn ich *Ihr* Mann wäre, würde ich ihn trinken.‹«

»Das Gesicht von ihr kann ich mir gut vorstellen ... Bei so viel versammeltem Geist war dieses Kaffeehaus garantiert *das* Biotop für Anekdoten.«

Barnowsky machte eine Geste der Zustimmung. »Selbstverständlich. Einer der Anekdotenkönige war der Österreicher Anton Kuh. Ein echter Wiener Kaffeehaus-Literat. Über seine Herkunft erfuhr man nicht viel. Er berichtete nur, dass er ein schlimmes Kind gewesen sei. ›Meinen Eltern habe ich nur ein einziges Mal Freude bereitet: neun Monate vor meiner Geburt.‹

Anton Kuh galt auch als genialer Schnorrer. Die Stammgäste im Romanischen waren fürbass erstaunt, als sie erfuhren, dass Kuh im legendären teuren Hotel Adlon logierte. Darauf angesprochen meinte er: ›Ich habe im Adlon so viel Schulden, dass es mir eigentlich schon gehört.‹«

»Auch eine tolle Logik!«

»Im Romanischen war John Höxter der König der Schnorrer. Höxter kannte alle und alle kannten ihn. Er machte täglich seine Runde, um eine Tasse Kaffee oder eine Havanna zu schnorren. Oder einen kleinen Obolus einzutreiben. Er revanchierte sich durch satirische Bemerkungen. Kabarett am Kaffeehaustisch. In Zeitschriften veröffentlichte er ab und an kleine Texte und Porträtkarikaturen. Was er da leistete, fand mein Bruder Max, wie er immer sagte: von ›Höxter Qualität‹!

Wenn der Schnorrer erfuhr, dass mehr oder weniger freiwillige Mäzene von ihm planten, in den Urlaub zu fahren, kassierte er noch vorher seinen wöchentlichen Obolus.«

Höxter amüsierte mich tatsächlich noch nach Jahrzehnten. »Um welche Summen ist es denn da gegangen?«

»Zwanzig oder fünfzig Pfennige. Er lebte bescheiden. Aber ich will Ihnen noch etwas von meinem Bruder Max erzählen, das vermutlich nicht mal der Besitzer vom Romanischen wusste. Von den finanziell klammen Gästen gab es mit den Kellnern eine Übereinkunft, wenn sie keine Zeche machen konnten. Sie gaben dann den Kellnern zumindest ein kleines Trinkgeld. Sozusagen klingende Münze als Entreebillett für den Aufenthalt in dem geliebten Haus.«

»Hatte eigentlich das Kaffeehaus bei seinen Stammgästen einen Spitznamen?«

Barnowsky musste nicht lange überlegen. »Da dort viele Juden verkehrten, kamen diese vom Romanischen auf das Rachmonische.

Rachmonisch kommt aus dem Hebräischen und bedeutet so viel wie erbarmungswürdig. Das passte ja gerade finanziell auf so manchen der Besucher, der hoffen musste, dass ein Bekannter käme, um seine Zeche zu übernehmen.«

»Ein paar Stammgäste sind mir ja bekannt, aber Sie können aus Ihrer Kenntnis mit viel mehr Namen aufwarten …«

»Man sagt, dass Brecht in kalten Zeiten das Romanische zum Aufwärmen nutzte. Von Tucholsky ist ein Satz überliefert: ›Alle Wege führen nach Berlin zurück. Und ins Romanische.‹«

Nun sah ich dem Gesicht von Barnowsky geradezu an, dass er einen für mich überraschenden Namen zu bieten hatte.

»Einen Stammgast kennen Sie garantiert sogar noch aus heutigen Zeiten …«

»… da bin ich aber gespannt!«

»Sie kennen ihn natürlich nicht persönlich, aber Sie werden ihn garantiert schätzen – Billy Wilder!«

»Ach was! Der lebte mal in Berlin?«

Barnowsky nickte mir zu. »Wilder ist ein österreichischer Jude. Damals sprach man seinen Familiennamen deutsch aus und schrieb seinen Vornamen noch Billie. Eigentlich heißt er Samuel – Billie war sein Künstlername.«

»Und den hat er dann in den USA amerikanisiert?«

»Das musste er, da es ›Billie‹ dort nur als weiblichen Vornamen gibt.«

»Und aus welcher Stadt stammte er?«

»Er kam aus Wien. Von den glanzvollen Künstler-Persönlichkeiten der zwanziger Jahre stammte ja kaum einer aus Berlin. Die Hauptstadt hat ihren Ruf den Zugezogenen zu verdanken. Berlin zog magisch alle Talente an. Nennen Sie mir ein paar Namen, die Ihnen aus jener Zeit auf Anhieb einfallen.«

»Na ja ... zum Beispiel ... Erich Kästner.«

»Stammte aus Dresden.«

»Fritzi Massary.«

»Wien.«

»Zille!«

»Radeburg bei Dresden.«

»Was? Nicht mal der sogenannte Ur-Berliner Zille war ein Berliner?«

Das verblüffte mich doch sehr.

»Anna Seghers.«

»Mainz.«

»Remarque.«

»Osnabrück.«

»Letzter Versuch: Marlene Dietrich und Kurt Tucholsky.«

»Volltreffer – beide stammen aus Berlin.

Um auf Billy Wilder zurückzukommen. Er hatte zunächst Texte für Zeitungen verfasst. Das Geld reichte aber nicht zum Leben. Da tat sich eine neue Quelle auf. Er lieh sich einen Smoking und verdiente sein Geld eine Zeitlang im Hotel Eden als Eintänzer. Und schrieb darüber. Dann kam der Durchbruch, denn er verfasste das Drehbuch für ›Emil und die Detektive‹.«

Schon die Erwähnung des Titels ließ mich strahlen. »Ich liebe diese Verfilmung. Das war 1931.«

»Richtig! Aber Billy Wilder war nicht der einzige Filmregisseur, der aus dem Romanischen Café zu einer Weltkarriere aufgebrochen ist. Da müssen noch Ernst Lubitsch, Fritz Lang, G. W. Papst und Robert Siodmak genannt werden. Etwas ganz Neues war von der Machart her der Film ›Menschen am Sonntag‹. Der wurde mit unbekannten Menschen am Sonntag gedreht. Steht auf einer Liste der zehn besten Filme der Welt. Siodmak hat ihn geschaffen. Und wo hat Billy Wilder das Drehbuch geschrieben?«

»Vermutlich im Romanischen Café!«

»So ist es. Aber ich will Ihnen noch etwas von einem relativ unbekannten Prominenten erzählen ... sagt Ihnen der Name Max Colpet etwas?«

»Nein.«

»Seine Erinnerungen heißen ›Sag mir, wo die Jahre sind‹. Der Titel hat seinen Grund, denn einen Text von ihm sangen Marlene Dietrich, Joan Baez, Katja Ebstein und andere ...«

Ich überlegte nur kurz, »... meinen Sie etwa ›Sag mir, wo die Blumen sind‹?«

»Genau. Colpet zählte auch zu den Stammgästen und hat als Drehbuch-Autor in Berlin mit Billy Wilder gearbeitet. Die beiden verstanden sich prächtig. Der witzige Wilder war schon damals eine Fundgrube für Gags. Als Hitler an die Macht kam, war aber Schluss mit lustig. Mit diesen ›Mistkerlen‹ wollte er nichts zu tun haben, und er verließ sofort Berlin.«

»Zur Freude von Hollywood.«

»Weil ich gerade von Gags gesprochen habe ... Da fällt mir eine Anekdote aus dem Café ein, die mir mein Bruder Max erzählt hat. Ein Kellner nimmt eine Bestellung von einer Runde auf und wiederholt sie anschließend: ›Eine Schokolade, ein Bockbier, einen Cocktail und einmal Spiegeleier mit Schinken.‹ An der Durchreiche klang die Bestellung dann so: ›Eine Schok, ein Bock, einen Cock und Hämmäneggs.‹«

»Zeit ist Geld. Das spart Silben. Aber das erinnert mich daran, dass wir vor lauter Erzählen gar nicht zum Trinken kommen. Ich glaube, ›ein Bock‹ ist derzeit hier im Angebot.«

Barnowsky stimmte mir sofort zu, dass die Stimmbänder etwas Ölung gebrauchen könnten, und ich bestellte bei einem der neuen Kellner das Bier.

Dann fragte ich meinen Gesprächspartner: »Haben Sie denn von Ihrem Bruder Max noch Anekdoten aus dem Kaffeehaus-Leben in Erinnerung?«

»Ich kann manchmal gar nicht mehr unterscheiden – hat mir das Max erzählt oder habe ich das aus einem Buch. Also: Ein bekannter und sehr geschätzter Mediziner kam meist zu mitternächtlicher Stunde ins Kaffeehaus. Der Arzt hieß Doktor Klapper. Er hätte ein ruhiges Leben führen können, neigte jedoch zur Spielsucht und liebte die Frauen.

Wer viel Geld verjubelt, braucht ständig welches, um seinen Lebensunterhalt zu bestreiten. Das verdiente der Arzt mitunter durch gewisse verbotene gynäkologische Eingriffe. Die Stammgäste raunten sich im Ernstfall zu: ›Gehst zu Klapper du ins Haus, breitet sich der Storch nicht aus.‹ Der Mann besaß eine Zehnzimmer-Wohnung am Kurfürstendamm.«

»Zehn Zimmer! Die waren auch damals nicht billig.«

»Davon können Sie ausgehen. Diese Wohnung, so wussten Kenner, war eine Mischung aus Klinik, Bordell und Spielhölle. Seine Freundinnen und Freunde brachten wiederum Freundinnen und Freunde mit, und in den zehn Zimmern war immer Betrieb. So konnte es sein, dass Dr. Klapper plötzlich vom Marmortisch im Romanischen Café aufstand und sagte: ›Ich muss unbedingt mal sehen, was für Leute in meiner Wohnung sind. Vielleicht sind Bekannte drunter …‹«

Ich staunte. »Da sind sie – die wilden zwanziger Jahre.«

Barnowsky stimmte mir zu. »Ich kann Ihnen noch von einem anderen besonderen Menschen erzählen. Eine der Nachtgestalten war der Schriftsteller und Maler Cohen-Portheim. Man sagte, dass er nie Tagesgäste des Cafés gesehen hat, denn er stand nicht vor Sonnenuntergang auf.«

Ich machte mit der Hand eine imponierende Geste. »Das hat Stil.«

»Nicht wahr? Er kam am Abend zum ›Frühstück‹ ins Romanische.

Als starker Raucher war er absolut einmalig, denn er zog auch während des Essens an seiner Zigarette. Augenzeugen berichteten, dass sein Glimmstängel auf Hiddensee selbst beim Baden in der Ostsee nicht ausging. Cohen-Portheim war ein großer Liebhaber von Paris und schrieb ein Buch, das Tucholsky als den besten Paris-Führer in deutscher Sprache bezeichnete.«

»Dem Namen nach war er ja augenscheinlich Jude. Was ist aus so einem Mann geworden, als die Nazis an die Macht kamen?«

»Das kann ich Ihnen sagen. Er starb ein Jahr zuvor. Und wissen Sie, wo?«

»In Paris?«

»In Paris.«

»Das Leben schlägt manchmal schon seltsame Haken.«

Wir nutzten die kleine Pause, um mit dem Bier anzustoßen. Ich sagte dabei zu Barnowsky: »Auf Cohen-Portheim und all die anderen Originale!«

Wir ließen die Gläser klirren. Als er sich den Schaum vom Mund gewischt hatte, meinte er: »Mit einer besonders kuriosen Geschichte kann ich noch dienen. Die Hauptperson habe ich selbst einmal im Romanischen Café durch Max kennengelernt. Es war ein junger Mann mit Hornbrille, der Harold Lloyd ähnlich sah. Sagt Ihnen der Name noch etwas?«

»Ein Filmschauspieler, der seinerzeit sehr beliebt war.«

»Genau, es ist schon eine Weile her. Also, der Typ, von dem ich Ihnen erzählen will, hieß Franz Schulz und war Schriftsteller. Kennt heute kein Mensch mehr. Er lebte einst in Prag und war im dortigen Literatencafé Arco mit Kafka, Brod, Kisch und Werfel bekannt.«

Ich staunte. »Das war ja die Garde der deutsch schreibenden Prager Schriftsteller!«

»So ist es! Max sagte mir, dass Schulz eine Zeit zu den angesehensten Gästen im Romanischen Café zählte. Warum? Dieser Schulz war nicht nur ein guter Autor, er schrieb zum Beispiel das Drehbuch zum Film ›Die Drei von der Tankstelle‹, sondern er stand sich finanziell sehr gut. Das lag aber nicht nur an seiner Arbeit, sondern kam so: Er hatte eine unliebsame Begegnung mit einem Autobus, die ihn eine Zehe kostete. Und das kostete wiederum die Autobusgesellschaft 16 000 Mark Schadenersatz.«

»16 000?! ... Ich finde, für das Geld kann man sich schon eine Zehe abquetschen lassen ...«

»Finden Sie? Na ja, ist eben ein echtes Schmerzensgeld. Franz Schulz hat sich jedenfalls ein halbes Jahr lang ein wunderbares Leben in Paris, Biarritz, Nizza und Cannes gemacht. Und die neidische Meute im Kaffeehaus behauptete, dass er nur auf eine Gelegenheit warten würde, sich eine zweite Zehe abquetschen zu lassen.

Schulz hatte aber bald ganz andere Sorgen. Er war auch Jude und musste Berlin verlassen. Über Prag floh er in die USA, und dort traf er wieder auf einen anderen ›Romanen‹ – den von uns beiden so geschätzten Billy Wilder. Und mit ihm arbeitete er dann zusammen.«

Mir ging durch den Kopf, dass sich die zwei in Berlin nie hätten träumen lassen, dass sie dereinst gemeinsam in Hollywood tätig sein würden.

»Hätten Sie ein paar Namen von Stammgästen, die aus Deutschland fliehen mussten?«

»Na klar, da nenne ich nur mal Vicki Baum, Walter Mehring, Ruth Landshoff … die Brüder Wieland Herzfelde und John Heartfield, George Grosz, Carl Zuckmayer, Elisabeth Bergner, Mascha Kaléko, Egon Erwin Kisch, Else Lasker-Schüler, Erich Maria Remarque … Etwa 5000 Menschen aus dem Bereich Film, Theater, Kabarett verließen das Land.«

»Ich frage mich, wie sich all die Menschen fühlten, die über Nacht ihre Heimat verloren. Ihre Freunde, ihre Wohnung, die gewohnten Dinge, alles weg. Und nun in einer fremden Stadt mit einer fremden Sprache.«

Barnowsky blickte sehr nachdenklich. »Das Gefühl, dem Terror, der Verfolgung entronnen zu sein, war gewiss befreiend. Aber den Verlust der Heimat haben sie sehr unterschiedlich verkraftet. Manche scheiterten, schafften in der Fremde nie mehr den Status, den sie sich in Deutschland erarbeitet hatten. Mussten in ungewohnten Berufen arbeiten, um zu überleben.«

»Und was wurde denn beispielsweise aus Höxter?«

»Wohin sollte er mittellos fliehen? Als Juden der Besuch von Kaffeehäusern und Restaurants verboten wurde, begann auch der Leidensweg von Höxter. Nach dem Novemberpogrom im Jahr 1938 hatte er alle Illusionen über eine Zukunft in Deutschland verloren. Er fuhr an einen See bei Potsdam und schnitt sich die Pulsadern auf.«

»Ein tragisches Ende. Von den ganz Großen blieben nur ganz wenige in Deutschland. Mir fällt auf Anhieb jetzt nur Kästner ein.«

»Er war ja auch der einzige Schriftsteller, der bei der Bücherverbrennung sah, wie seine Bücher in Flammen aufgingen. Kästner konnte sich nicht vorstellen, als deutscher Schriftsteller im Ausland eine Chance zu haben. Mein Bruder hat sich von ihm mal ein Buch signieren lassen. Den Gedichtband ›Ein Mann gibt Auskunft‹ … Den habe ich von ihm geerbt. Es ist ein besonderer letzter Gruß aus dem Romanischen, denn Kästner hat den Ort der Signierung mit ins Buch geschrieben.«

»Damit besitzen Sie eine bibliophile Perle. Den Band kenne ich gut. Da sind die ›Klassefrauen‹ drin ...«

Barnowsky ergänzte: »... und ›Maskenball im Hochgebirge‹! Warten Sie ... das müsste ich doch noch draufhaben ...«

Er konzentrierte sich und begann langsam:

»Eines schönen Abends wurden alle
Gäste des Hotels verrückt, und sie
rannten schlagerbrüllend aus der Halle
in die Dunkelheit und fuhren Ski ...«

Ab da konnte ich mithalten:

»... Die Umgebung glich gefrornen Betten.
Auf die Abendkleider fiel der Reif.
Zähne klapperten wie Kastagnetten.
Frau von Cottas Brüste wurden steif.«

Barnowsky schlug sich auf die Schenkel und fuhr strahlend fort:

»Das Gebirge machte böse Miene.
Das Gebirge wollte seine Ruh.
Und mit einer mittleren Lawine
deckte es die blöde Bande zu.«

»Und nun noch den Schlussvers ... Moment mal ... Der beginnt mit ...

Man begrub die kalten Herrn und Damen ...
Und auch etwas Gutes war dabei ...«

Und dann fielen wir beide lachend zusammen ein:

»Für die Gäste, die am Mittwoch kamen,
wurden endlich ein paar Zimmer frei.«

Barnowsky schwärmte: »Solche Gedichte gibt es schon lange nicht mehr. Herrlich!«

»Ich stelle mir vor, dass jeder Tag im Romanischen ein Fest des Geistes war. Witz und Lust am Leben triumphierten.«

Nun konnte Barnowsky mit seinem musikalischen Wissen glänzen: »Da kann ich nur noch aus einem Lied von den beiden ebenfalls aus Deutschland geflohenen Werner Richard Heymann und Robert Gilbert zitieren:

Das gibt's nur einmal,
Das kommt nicht wieder …«

»Sehr passend. Wir haben noch kein Thema für das nächste Mal vereinbart.«

Barnowsky kam eine Gedanke. »Sie wollten doch mal von mir wissen, wie ich es geschafft habe, mich vor der Wehrmacht zu drücken?«

Ich nickte ihm lebhaft zu. »Genau. Das interessiert mich ungemein!«

»Da lernen Sie mich als Felix Krull kennen.«

Dann hatte er plötzlich noch eine Frage: »Sagen Sie, wie war das eigentlich bei Ihnen mit der Nationalen Volksarmee?«

»Na ja … Ich habe mir auch was einfallen lassen …!«

»Ich bin begeistert!«

## Der Malerstammtisch 4

Einen Hauch Romanisches Café verströmten auch die Maler, Literaten, Schauspieler und Studenten mit ihren Geschichten, Anekdoten und witzigen Plaudereien im Café Continental. Alles natürlich auf einem anderen Niveau, aber immerhin – es gab diesen Austausch, die Diskussionen, auch mal Streit und diese intellektuellen Flachsereien.

Man verließ diese Stätte zumeist beschwingter, als man sie betreten hatte.

Nach der Friedlichen Revolution tauchten aus aller Herren Länder der alten Bundesrepublik die verschiedensten Menschen auf. Vom Bankchef bis zum Oberarzt, vom Universitätsprofessor bis zum Oberbürgermeister, vom Museumsdirektor bis zum Geldanlageberater und und und ... Solche und solche. Mitunter mehr solche als solche.

Ich saß wieder mal am Malerstammtisch, und Grambach, der sich mitunter über einen Tatbestand schrecklich aufregen konnte, lächelte milde in die Runde und verkündete: »Ich habe eine schöne Geschichte für euch.«

Wir sahen ihn gespannt an. Er strich sich mit der Rechten über seinen gepflegten Bart.

»Ihr wisst, dass ich in einem prächtigen Gründerzeit-Haus wohne und in unserer Wohnung ein ideales Atelier habe. Dreißig Quadratmeter, vier Meter zwanzig hoch. Parkett, Stuck ... Blick in den Park ...«

Schneidereit warf ein: »Die Frage ist nur, wie lange du dir diese Wohnung noch leisten kannst?«

Grambach nickte ihm mit etwas angestrengtem Gesicht zu. Und Schneidereit ergänzte: »Die Bauministerin Irmgard Schwaetzer hat ja gesagt, die Ostdeutschen sollen ihre Wohnungen zu annehmbaren Preisen kaufen können.«

Dieser Satz erzeugte am Tisch aber lediglich ein mitleidiges Lächeln und Kopfschütteln, weil daran niemand glaubte. Und ich kommentierte: »Da hat sie ja ihrem Familiennamen alle Ehre gemacht«, dann wandte ich mich an Grambach: »Aber du wolltest uns doch eine besondere Geschichte bieten.«

Er begann: »Gestern saß ich vor der Staffelei, und auf einmal hörte ich Rufe im Treppenhaus. Mir ging durch den Kopf, dass vielleicht etwas passiert sei, denn die Zeiten sind jetzt, wie ihr alle wisst, streckenweise ziemlich turbulent, und die Kriminalität hat zugenommen.«

Da unterbrach ihn Mager: »Apropos Kriminalität. Vergiss mal deine Rede nicht, aber bei meinem Schwager sind sie jetzt auch in die Datsche eingebrochen.«

»Und? Wurde was geklaut?«

»Nein. Sie haben sich nur was zu essen gemacht. Spaghetti mit Tomatensoße. Und es waren Deutsche.«

»Woher willst du denn das wissen?«

»Sie haben anschließend aufgewaschen.«

Große Heiterkeit am Tisch.

Dann fuhr Grambach mit seiner Erzählung fort: »Ich bin also an die Wohnungstür, öffnete sie und hörte tatsächlich Hilferufe. Sie kamen aus dem 4. Stockwerk direkt über mir. Ich stieg vorsichtig nach oben. Als ich in dem Stockwerk angekommen war, sah ich die Bescherung. An der Wand zwischen den Wohnungstüren steht seit ewigen Zeiten eine alte Sprossenleiter. Die lehnt man unter eine Luke in der Decke, und dadurch kommt man auf den Oberboden.

Die Leiter war weggerutscht und lag auf der Plattform. Aus der Luke guckten mich etwas verunsichert drei Gesichter an, eine Frau und zwei Männer, die sehr dankbar waren, dass unter ihnen ein Mensch aufgetaucht war. Sie stellten sich von oben mit dem Satz ›Wir sind die Guten!‹ als die neuen Besitzer des Hauses vor und baten mich, die Leiter an die Öffnung in der Decke zu stellen, damit sie wieder hinuntersteigen können.«

Grambach lehnte sich etwas auf seinem Stuhl zurück, um seinen Triumph auszukosten. »Ich sagte in Richtung der drei Gesichter: Da müssen wir erst einmal über die neue Miete reden.« Die Truppe bog sich vor Lachen.

»Ich informierte das Trio in der Luke, deren fränkischer Dialekt nicht zu überhören war, über folgenden Tatbestand: Wir hatten hier im Haus einen Bauingenieur, der gründete nach der Wende sofort eine Firma, wollte unser Haus erwerben, sanieren und uns die Wohnungen dann verkaufen. Was glauben Sie, warum er das Haus nicht bekommen hat? Und warum Sie die neuen Besitzer sind?

Da brach oben das große Schweigen aus.

Wir im Haus vermuten ja, dass da in der Verwaltung ein Kuvert über den Tisch geschoben wurde. Und unser DDR-Bauingenieur hatte dazu nicht die Mittel.

Ich blickte in verlegene Gesichter. Nach einer Weile sickerte von oben der Satz ›Also, wir hatten da einen Makler‹ nach unten und nach einer kleinen Pause: ›Was die Miete anbelangt ... Da haben wir noch keine klaren Vorstellungen. Das müssen wir erst mal prüfen ...‹«

»Prüfen ...«, wiederholte ich. »Wissen Sie, wir haben in den letzten Jahren ja leider einige unliebsame Überraschungen mit einzelnen Vertretern unserer westdeutschen Brüder und Schwestern erlebt. Ich fragte das Trio über mir: ›Kennen Sie Arnulf Baring?‹

Zwei schüttelten den Kopf, einer nickte und meinte: ›Professor an der Freien Universität Berlin ... aber könnten wir darüber nicht vielleicht unten ...‹ Ich überhörte den

Wunsch und sagte: Arnulf Baring ist hochgebildet. Hat mehrere Berufe. Er ist Jurist, Publizist, Politikwissenschaftler und sonst was ... Sie haben ihn vielleicht sogar schon in einer Talk Show gesehen. Wissen Sie, was er 1991 über unsere Hochschulabsolventen gesagt hat?

Von oben kam ein ›Nein‹, und ich klärte die auf dem Boden Eingeschlossenen auf. Baring sagte, dass unser Regime im Osten die Menschen verzwergt habe, ihre Erziehung, ihre Ausbildung verhunzt. Nicht gerade nett, oder?

In der Deckenöffnung wurden die Köpfe geschüttelt.

Er sagte, egal ob hier einer Jurist, Ökonom, Pädagoge, Psychologe, Soziologe, Arzt oder Ingenieur wäre – sein Wissen wäre auf weiten Strecken völlig unbrauchbar. Und viele Menschen seien wegen fehlender Fachkenntnisse nicht weiter verwendbar. Sie hätten nichts gelernt, was sie in die freie Marktwirtschaft einbringen könnten.

›Diese Meinung teilen wir nicht‹, sagte der Mann, der Baring kannte. Und ich resümierte, das wäre dann ja auch für Sie eine Fehlinvestition, denn Sie erwarten, dass diese verbildeten Menschen in ihren Berufen arbeiten könnten, um Ihnen eine anständige Miete zu zahlen. Die Betonung, so wies ich mit Nachdruck hin, läge auf ›anständig‹!«

Die Truppe am Tisch hatte die Ausführung von Grambach mit Spannung verfolgt und sah ihn in einer Mischung von Respekt, Bewunderung und Heiterkeit an.

»Und dann hast du die Leiter wieder angelegt?«, fragte ich.

»Ja, aber nur, weil mir das Genick von dem dauernden Nachobenschauen zunehmend wehgetan hat. Und dann sagte ich dem Trio noch auf die DDR bezogen, dass sich der Herr Waigel ein ganzes Land ohne Erbschein angeeignet hat. Hier war ja alles Volkseigentum.

Auch die Leiter, die ihnen weggerutscht ist. Das Volkseigentum hätte vor der Vereinigung unter den 16 Millionen verteilt werden müssen. Jeder hätte ein 16 Millionstel bekommen, und das hätten sie jedem Einzelnen abkaufen müssen.‹

Die guckten mich an, als käme ich vom Mars.

Und ich fügte hinzu: War nur ein Scherz.

Da sahen sie mich zwar etwas erleichtert an, aber ihre Mienen verrieten, dass sie wohl mit den hiesigen Menschen und ihrem Humor noch ihre Probleme kriegen würden.«

Wir lobten Grambach, wie er mit dieser Situation umgegangen ist, und ich zog mein Notizbuch aus der Tasche, in das ich ein Zitat des ostdeutschen Schriftstellers Ingo Schulze geschrieben hatte, welches ich gerade an diesem Tag am Stammtisch vorlesen wollte und das nun durch die Erzählung von Grambach zur Pointe der Story wurde: »Heute gibt es kein Gebiet in Europa, in dem der Bevölkerung so wenig von dem Grund und Boden gehört, auf dem sie lebt, in der so wenige Immobilien und Betriebe ihr Eigen nennen können wie im Osten Deutschlands.«

# Vom Nachbartisch 6

Vor der Friedlichen Revolution gab es an den Marmortischen vom Conti zunehmend heiße Diskussionen unter der Überschrift »So kann's nicht weitergehen!«.

Während der Demonstrationen machte immer mehr die These die Runde »Das muss weitergehen! Wir dürfen nicht nachlassen!«.

Nach dem Sieg wurde gefeiert, und in den folgenden Jahren war wiederum eine gewisse Katerstimmung im Land nicht zu übersehen. Und auch nicht zu überhören.

Es ist für mich immer wieder erstaunlich, wie laut manche Menschen reden.

Von dem Mann am Nachbartisch verstand ich jedes Wort. So wurde mir die Zeit bis zum Eintreffen meines Freundes nicht lang. Ich bekam mit, dass es sich bei dem Mann um einen Friseurmeister handelte, und sein Gesprächspartner war ein ehemaliger Kunde, der mittlerweile am Stadtrand wohnte.

Ich tauschte kurz ein paar Sätze mit Lanzendorff vom Malerstammtisch, der gerade leicht gebeugt und ziemlich langsamen Schrittes vorbeikam. Den kannte der Friseur auch. Und in Umkehrung des offensichtlichen Tatbestandes fragte er: »Na, Herr Professor, ist das Leben noch frisch?« Lanzendorff stutzte kurz, dann erkannte er den Mann und meinte: »Der Meister persönlich. Ich grüße Sie!«

»Ja, im Continental verkehren nicht nur Künstler der Leinwand, sondern auch Haarkünstler!«

Lanzendorff fiel in dem Moment etwas ein, und er trat

näher an den Tisch heran. »Da kann ich gleich mal was loswerden. Ich war unlängst in Ihrem Salon.«

»Freut mich, dass Sie uns die Treue halten!«

»Aber die neue Zeit hat ja bei Ihnen im Preis auch ganz schön zugeschlagen.«

Der Friseur lächelte den Maler an. »Lieber Professor, wir leben nicht mehr im Osten. Wir sind jetzt im Osten im Westen. Und haben auch von dort die Kosten übernommen.«

Nun machte Lanzendorff eine ganz besondere Rechnung auf: »Ich bezahlte 25 Euro, also umgerechnet 50 D-Mark. Der letzte illegale Umtauschsatz in der DDR lag bei 10 Ostmark für eine D-Mark. Da habe ich mir also bei Ihnen für 500 Ostmark die Haare schneiden lassen!«

Alle Zuhörer brachen in ein Lachen aus, das zwischen fröhlicher Resignation und kurioser Fassungslosigkeit pendelte. Der Professor schob noch hinterher: »Wer hätte sich das damals leisten können?«

Der Coiffeur bot an: »Vielleicht die Puhdys, der Ardenne und mein Klempner.«

Lanzendorff lächelte, winkte dem Friseur zu und widmete sich dann am nächsten Tisch im Vorbeigehen einer Schönen, indem er sie auffällig unauffällig musterte.

Der Friseurmeister führte sein Gespräch fort. »… wo waren wir stehen geblieben, Herr Scheinpflug?«

»Schuffenhauer.«

»Ach, mein altes Leiden. Namen verwechsle ich schon seit Urzeiten. Entschuldigung, Herr Schein … hauer. Sehen Sie mir das nach. Bin eben auch nicht mehr der Jüngste. Das habe ich von meinem Vater geerbt …«

Der Friseurmeister erntete von seinem ehemaligen Kunden einen verwunderten Blick. »Meinen Sie tatsächlich, dass man so etwas vererben kann?«

»Mein Vater hatte generell ein Problem, sich Namen zu merken. Als ich ihm mal sagte, dass er doch in der DDR seine Kundinnen nicht mehr mit ›gnädige Frau‹ anreden kann, meinte er zu mir: Wenn du in meinem Alter bist, wirst du froh sein, wenn du so eine Floskel zur Hand hast, weil dir der Name der Dame nicht mehr einfällt.«

Herrn Schuffenhauer amüsierte diese kleine Anekdote.

»... aber wo waren wir stehen geblieben, Herr Schschsch ... uffenhauer?«

»Was man noch glauben soll.«

»Genau. War es so, oder war es nicht vielleicht ganz anders? Zweifel sind angebracht. Werden wir wirklich richtig informiert? Theoretisch können Sie sich richtig informieren. Theoretisch! Aber wer hat so viel Zeit? Wer kann alle Quellen studieren? Es werden ja auch Informationen ausgelassen oder verschwiegen. Täglich! Wir wissen nie alles. Ein Beispiel: Was ist im Herbst 89 wirklich noch so passiert? Haben nicht vielleicht die Stasi und die Polizei, als sie merkten, die Sache mit der DDR ist gelaufen, denen in Bonn gesagt ...«, nun funktionierte der Friseurmeister seine Tortengabel zum Telefonhörer um. »... Also, passt mal auf: Wir versprechen, dass wir nicht schießen, und ihr lasst uns aber dafür anschließend in Ruhe ...«

»Sie meinen ...«

»... die haben mit denen in Bonn einen Deal gemacht!«

Etwas resignierend meinte Herr Schuffenhauer: »Tja, es sieht ja fast so aus ... was soll man noch glauben?«

»Wir erleben inzwischen die verrücktesten Sachen. Hätten Sie denn jemals gedacht, dass die Bohley und der Schabowski mal einen CDU-Politiker beraten?! Eine Bürgerrechtlerin und ein SED-Funktionär!«

»Nee, das ist auch so ein Hammer!«

»Ausgerechnet der Schabowski ...«

»Hätte der sich nicht schon mal paar Jahre früher versprechen können?«

Den Friseurmeister amüsierte die Idee seines ehemaligen Kunden.

»Und was hat er damit ausgelöst?«

»Na, dass die Menschen zur Mauer geströmt sind.«

»Das auch, aber er hat damit vor allem den größten Immobiliendeal der Weltgeschichte ausgelöst!«

»Da haben Sie allerdings recht. Als wir noch um den Ring gelaufen sind, da haben die schon ihre Claims abgesteckt, und nun kamen sie über Nacht auch ran!«

»Wir wären ja gar nicht auf die Idee gekommen, im Januar 1990 an die See zu fahren, um dort noch eine alte Bude oder ein Grundstück für Ostgeld zu kaufen.«

»Nie im Leben.«

»Wir kannten ja nicht mal den Begriff *Immobilien*.«

»Und wenn Sie paar Jahre gewartet hätten, wären Sie nach dem Verkauf Ihres erworbenen Grundstücks ein reicher Mann gewesen! Und nun ist fast die gesamte Ostsee in Westhand.«

Herr Schuffenhauer schwärmte: »Ich liebe ja besonders den Darß.«

»Dort hat ja vor allem der größte Schweinefleischproduzent Deutschlands zugeschlagen.«

»Tönnies?«

»Genau. Clemens Tönnies.«

»Der hat ein Schwein!«

»Mit so viel Geld hat man immer Schwein! Und in Göhren auf Rügen ist das ein gewisser Wilfried Horst aus Nordrhein-Westfalen. Der hat sich sozusagen ein ganzes Dorf gekauft. Die Einwohner nennen Göhren inzwischen schon Horsthausen.«

Der ehemalige Kunde vom Friseurmeister erregte sich nun langsam wegen dieses Tatbestandes: »Das sind alles Leute, die sich durch den Mut der Demonstranten von der Verkäuferin bis zum Schlosser letztlich bereichern konnten. Weil viele Ostdeutsche das alte System gestürzt haben, haben wenige Westdeutsche in dem neuen System Millionen verdient.«

Der Friseurmeister bestätigte ihn: »Na klar. Kaufen, Sanieren. Verkaufen. Und was sie gebaut haben, Hotels etc., passt meistens überhaupt nicht in den Ort, ist schreckliche Architektur. Na ja, uns fehlte eben generell die Zeit, unser Erbe zu regeln. Und dann kam noch der Druck durch die Losung ›Kommt die D-Mark, bleiben wir. Kommt sie nicht, gehn wir zu ihr!‹«

»Aber die Frage ist, ob diese Losung wirklich eine Idee der Demonstranten war?«

Den Friseurmeister verwunderte diese Frage sehr.

»Na, wer denn sonst?«

»Ich habe mal gelesen, die Losung wurde im Büro von Herrn Kohl ausgedacht.«

»Sagen Sie bloß!«

»Um die Sache zu beschleunigen.«

»Wenn das so ist, dann ist die Strategie und Taktik total aufgegangen. Aber was soll man machen?«

»Wir können gar nichts machen. Gar nichts! Äußerlich ist es eine Demokratie ... äußerlich ...«

»Das heißt also, es ist eine Staatsform, in der die vom Volk gewählten Vertreter die Herrschaft ausüben ...«

»... das muss man sich mal auf der Zunge zergehen lassen ... aber in Wahrheit regiert das Geld ... beziehungsweise die Leute, die es haben.«

»Sie wissen doch: Früher mussten wir das Kapital nur lesen, aber jetzt ist es da!«

An der Stelle stand mein Freund, der Kabarettist, am Tisch. Nach der Begrüßung klärte ich ihn kurz auf, worum es am Nachbartisch im Gespräch gegangen war. Er kommentierte die tragische Geschichte des Eigentums im Osten mit einem lakonischen, nahezu aphoristischen Satz, der die Situation im Land letztlich sehr gut auf den Punkt brachte: »Die Sieger der Revolution sind nicht die Gewinner.«

# Alles anders

Mit Carola Kleinschmidt saß ich schon im Café Continental, als wir beide noch Studenten waren. Sie erinnern sich vielleicht, dass wir dort mit Freunden über die Reformen in der Tschechoslowakei gesprochen hatten. Carola war mit ihrer Freundin Vera 1968 gerade in Prag, als die Truppen des Warschauer Paktes das Land besetzten. Und wir konnten damals ihre einmaligen Fotos sehen.

Während des Studiums widmete sie sich auch dem Verfall der Stadt.

Und da gab es viel zu fotografieren!

Kamen mitunter westdeutsche Künstler zu Besuch, dann schwärmten sie oft von der »Ästhetik des Verfalls«. Auf diese Ästhetik, die ruinöse Häuser, bröckelnde Fassaden und morbide Mauern boten, hätten wir gern verzichtet. Es wuchsen tatsächlich in mancher Dachrinne oder aus mancher Ziegelwand da und dort kleine Birken, Pappeln und diverse Gräser. Die Natur nutzte den Verfall und ging allmählich zur Rückeroberung über.

Wir hofften Jahr für Jahr auf Rekonstruktion und Renovierung. Manch wackliges Haus hat sich tatsächlich gerade noch so bis 1989 gehalten, und dann nahte endlich die Rettung.

Von den Ruinenfotos und von den Bildern, die das Leben in den heruntergekommenen Häusern dokumentierten, konnte Carola natürlich nicht existieren. Da und dort tauchte mal ein Bild in einer Ausstellung auf, aber wenn es zu trist oder provokativ war, empfahlen Verantwortliche, darauf zu verzichten, oder verboten einfach diese Fotos.

Dass Carola nach Abschluss des Studiums trotzdem gut leben konnte, verdankte sie der Sportfotografie, auf die sie sich spezialisiert hatte. Da konnte man nichts falsch machen, die perfekten Bilder von athletischen Frauen und Männern, gar noch bei internationalen Kämpfen mit Hammer, Zirkel und Ährenkranz auf der Brust, ließen sich immer gut verkaufen. Die waren bei den verantwortlichen Funktionären gern gesehen. Schließlich war die DDR eine der erfolgreichsten Sportnationen der Welt. Und viele Funktionäre glaubten tatsächlich, dass die Gold-, Silber- und Bronzemedaillen die Überlegenheit des sozialistischen Systems beweisen würden. Über die Mühen der Ebene, wie sie zum Beispiel die verrottete Bausubstanz symbolisierte, sahen sie geflissentlich hinweg. Und trösteten sich mit der erwartbaren lichten Zukunft.

Carola lieferte jedenfalls in ihrem Metier hervorragende Qualität ab. Egal, ob sie für die olympischen Spiele, für eine Weltmeisterschaft oder eine DDR-Meisterschaft verpflichtet wurde.

Ich scherzte dann: »Na, Carola, hast du wieder ›die Leni‹ gemacht?« Das bezog sich auf Leni Riefenstahl, die seinerzeit besonders für Sportfotos und ihren Olympia-Film sehr gelobt wurde.

Aber dann gab es eben diese andere Carola. Sie hatte mir mal eine Fotoserie gezeigt, die das Leben in dem heruntergekommenen zweistöckigen Haus in ihrer Straße dokumentierte. Es stammte noch, wie auch die angrenzenden, aus der dörflichen Zeit. Unterm undichten Dach schuf sie sich als Studentin ein kleines Wohn- und Arbeitsrefugium.

Neben fleißigen Werktätigen lebten dort einige Alkoholiker, die nicht regelmäßig arbeiteten. Menschliche Ruinen in ruinösen Häusern. Die Gebäude hatten keine Chance auf Rekonstruktion. Sie waren dem Abriss geweiht.

Die Leute ließen Carola sehr weit an sich heran, weil sie mit ihnen in diesem Milieu lebte. In der Wohnung ohne Bad, ohne Doppelfenster und mit Ofenheizung. Die Toilette befand sich im Hof.

Ein Foto habe ich noch besonders vor Augen. Ein Mann hatte die Asche von einem Ofen einfach als kleine, nach oben spitz zulaufende Halde aufs Ofenblech geschaufelt. Der kleine Haufen erinnerte mich in seiner Form tatsächlich an eine Mini-Abraumhalde der SDAG Wismut im Erzgebirge.

Die Tapete war an manchen Stellen in Streifen abgerissen, und Carola hatte mir erzählt, dass dafür der »perverse Kater« des Mannes verantwortlich war.

Leergut von alkoholischen Getränken stand reichlich im Raum.

Ich entsinne mich auch an ein Foto vom Hof des Hauses. An den Wänden hing der Putz in Fetzen. Die Bewohner feierten mit ein paar Freunden aus dem Viertel. Auf den Bildern war kein Halm, kein Busch, kein Baum zu sehen. Der einzige Farbfleck, den man sich auf dem schwarzweißen Foto mit etwas Phantasie vorstellen konnte, war eine Papiergirlande, die sich von der Teppichstange zum Gitter eines Fensters und von dort über den Hof zu einem Metallhaken in der brüchigen Wand zog.

Ein Mann in Turnhosen saß auf einem Stuhl, eine Frau in Kittelschürze auf seinem Schoß. Sie hatten beide ausrangierte Senfgläser in der Hand, in denen sich vermutlich Rotwein befand. Alkohol war ja nie Mangelware im Land.

Auf einem umgestülpten Eimer stand ein Kofferradio. Daneben tanzte ein Paar. Der junge Mann drehte mit freiem Oberkörper eine Frau von etwa fünfzig Jahren im typischen Rock'n'Roll-Stil über den Hof. Er trug kurze Hosen und an den Füßen Cloggs, sie hatte eine weiße Bluse und einen dunklen Rock an. Die Frau tanzte barfuß, und ich konnte mir lebhaft vorstellen, wie der Staub und Ruß von den Steinplatten ihre Fußsohlen einfärbte. Im Schatten einer Mülltonne standen ein paar Bierflaschen.

Carola hatte diese Bilder ihrem Professor gezeigt. Er sagte ihr unter vier Augen, dass sie dieses Milieu unbedingt dokumentieren soll, aber keine Chance habe, dass die Arbeiten in der DDR gedruckt würden. Und er gab ihr noch einen Rat: »Lassen Sie sich nicht verführen, die Fotos im Westen zu veröffentlichen. Da würden Sie sich großen Ärger einhandeln. Vielleicht ergeben sich mal in anderen Zeiten Chancen für eine Veröffentlichung.«

Und dann kamen sie tatsächlich – diese anderen Zeiten.

Heute hängen die Fotos von Carola in Ausstellungen in ganz Deutschland. Das alles ging mir durch den Kopf, als ich auf sie wartete. Dann stand sie am Tisch. Mit einem fröhlichen Lächeln wie eh und je. Sie trug immer noch dieselbe Kurzhaarfrisur wie als Studentin und hatte sich einen gewissen jugendlichen Charme bewahrt.

»Ich habe gerade an die Fotos aus deinem legendären Abrisshaus gedacht.«

»Es ist heute nicht mehr vorstellbar, wie wir dort gelebt haben. Ich bin froh, dass ich diese Bilder gemacht habe. Das sind einzigartige Zeitdokumente. Trotz der widrigen Umstände wohnten dort und in der Nachbarschaft auch fröhliche und herzliche Menschen. Ein Bekannter von mir, der eine Zeit in einem der Häuser wohnte, hat Erinnerungen an jene Straße aufgeschrieben. Er fand aber keinen Verlag für sein Buch. In der DDR durfte es nicht erscheinen, und unter den neuen Verhältnissen ließ sich nach Meinung der Verlagsleute so etwas auch nicht verkaufen.«

Ich signalisierte ihr sofort meine Neugier. »Das würde mich sehr interessieren.«

»Kein Problem. Er hat mir ein paar Seiten gegeben. Die schick ich dir. Kannst du mir irgendwann zurückgeben.«

»Sehr schön. Wir haben uns ja länger nicht gesehen. Was hast du eigentlich jetzt für Aufträge? Wovon lebst du?«

»Alles, was mir hilft, meine Miete zu zahlen. Fotos für ein Heft der Verkehrsbetriebe, Hochzeiten, eine Lesung in einer Bibliothek, Konferenzen, Schulanfänge und sogar Beerdigungen ...«

»Beerdigungen?«

»Ja, ab und an passiert das auch ... übrigens ... da hinten an der Wand, die Frau, die neben dem Spiegel sitzt ...«

»Ja ... aber die ist noch nicht beerdigt ...«

Carola lachte. »Die hat eine Boutique, die sehr gut läuft. Ich kaufe bei ihr hin und wieder etwas. Als ihr Mann überraschend starb, bat sie mich um Fotos. Sie wollte, dass sie zur Erinnerung an jene Stunde, an die Trauerfeier im Kreis der Verwandten und Freunde schwarzweiße Fotos hat. Und weißt du, wo ihr Mann heute ist?«

»Na ... ich vermute mal – auf einem Friedhof?«

»Da liegst du voll daneben. Der liegt nicht, der hängt.«

»Der hängt?« Carola sprach für mich in Rätseln und lächelte mich an.

»Der hängt als Diamant an der Kette, die sie um den Hals trägt.«

Ich hatte schon davon gehört, dass so etwas heutzutage möglich ist, mir das aber noch nie konkret vorgestellt.

Carola klärte mich auf. »Man nennt es Diamantbestattung.«

Ich schüttelte den Kopf. »Aber der Diamant wird doch nicht bestattet!«

»Du hast recht, der Name ist eigentlich nicht korrekt. Es läuft ja so: nur ein Teil der Asche wird verarbeitet. Der Rest kommt in die Urne und ins Grab ...«

»... oder wird für 12 000 Dollar in den Weltraum geschossen. Mit dieser Information kann ich dienen. Entweder nur mal als Stippvisite, oder du kreist für immer im All.«

»Tja. der Kapitalismus hat eben auch nach dem Tod noch ein vielfältiges Angebot parat.«

»Und wie entsteht so ein Stein?«

Carola konnte mich aufklären: »Aus der Asche wird der Kohlenstoff gelöst und daraus unter hohem Druck ein Diamant gepresst.«

»Hast du eine Ahnung, was so was kostet?«

»Um die 2000 Euro.«

»Für 2000 Euro vom Menschen zum Diamanten ... Jetzt muss ich mal ganz dumm fragen: Ist dieser Stein auch wertvoll?«

»Nee, solche synthetischen Diamanten haben keinen Wert. Es ist eben ein Erinnerungsdiamant, und die Frau kann ihren Christian oder Sven immer bei sich tragen. Da hinten hängt übrigens der Stefan am Silberkettchen.«

Ich atmete etwas tiefer durch. »Ich bin eben ein rettungslos konservativer Mensch und kann mich an solche Sachen nicht gewöhnen.«

Carola winkte ab. »Da gibt es ja noch ganz andere Möglichkeiten. Ich bin zufällig im Netz darauf gestoßen: Die Engländer sind auf diesem Gebiet führend.«

Ich staunte. Ausgerechnet diese Oberkonservativen. »Und was machen die noch?«

»Na ja, da kannst du beispielsweise einen Teil vom Stefan in einen Briefbeschwerer versenken lassen. Das ist in Deutschland aber nicht erlaubt.«

Ich scherzte: »Wozu auch, es schreibt ja kaum noch jemand Briefe!«

Carola kam schon mit einer neuen Variante. »Die brennen auch Asche in Vasen ein ...«

»... in Vasen?«

»Ja, aber es kommt noch besser: Die mischen Asche mit Tätowierfarben, und dann kann dir derjenige Mensch für immer unter die Haut gehen.«

«Das ist ja alles nicht mehr zu glauben! Trinkst du einen Schnaps mit?«

Sie strahlte mich an. »Klar.« Livia kam gerade vorbei, und ich konnte zwei Fernet branca ordern. Carola zählte zu den seltenen Fällen in meinem Bekanntenkreis, die dafür zu haben waren. Andere lehnten diese Geschmacksrichtung als Möbelpolitur ab. Dabei hieß es doch in der Werbung, dass dieser Kräuterschnaps »magische Kräfte« habe, und ein Adler hob sich mit einer Flasche in die Lüfte, um sie in seinem Horst zu deponieren.

»Aber das sind längst noch nicht alle Möglichkeiten«, nahm Carola das Gespräch wieder auf, »Bleistifte!«

Ich schaute sie verwundert an. »Was meinst du mit ›Bleistifte‹?«

»Eine englische Designerin lässt aus der Asche Bleistifte herstellen. Da kannst du deine Oma verschreiben.«

Ich kam aus dem Kopfschütteln nicht mehr heraus. »Ich glaube, hier drehen einige Leute durch!«

»240 Stifte kriegt sie pro Asche heraus ... Du kannst aber auch deine Plattensammlung damit bereichern.«

»Wie, was?«, fragte ich dümmlich, weil ich nun gar nicht mehr mitkam.

«Na ja, einfach eine Vinylplatte aus der Asche herstellen lassen. Kostet so um die 2000 Pfund.«

Ich habe Carola wahrscheinlich so fassungslos angesehen, dass sie mir nähere Erläuterungen geben musste: »Du nimmst deine eigene Stimme auf. Oder deine oder die Lieblingsmusik des Hingeschiedenen. Du kannst es aber auch einfach nur rauschen lassen.«

Ich machte ein verständnisloses Gesicht und fragte: »Wie rauschen?«

»Eben nichts drauf, nur die Platte aus Asche ohne was.«

»Das erinnert mich an die Satire von Heinrich Böll ›Doktor Murkes gesammeltes Schweigen‹.« Mir wurde nach diesen Informationen immer wunderlicher.

»Die haben ja eine Meise!«

Sie lächelte mich an, nickte und meinte: »Oder eben Vogelstimmen auf der Platte.«

»Total dekadent.«

Livia brachte den Fernet branca. Wir stießen an. Und ich sagte: »Auf das Leben!«

»Auf das Leben! Willst du noch eine Variante hören?«

Ich schloss kurz die Augen »Eigentlich reicht es mir.«

»Eine habe ich noch. Kostet bloß tausend Euro ...«

»Bloß tausend! Na, wenn das so ist!« Die Neugier über diesen Wahnsinn ließ mich letztlich doch nicken. »Dann ist aber Schluss.«

»Hat eine englische Firma in der Grafschaft Essex kreiert. Die packen für dieses bescheidene Sümmchen die Asche ...«, Carola erhöhte die Spannung, in dem sie eine kleine Pause einlegte, »... also die Asche in einen China-Kracher oder in eine farbenfrohe Rakete, die du in den Himmel jagen kannst.

Und wenn es dich selbst betrifft, macht das eben deine Familie ...«

»Spuren von Respekt gegenüber den Überresten eines Menschen ...«

»... gibt's in diesen Kreisen nicht.«

Nun hatte ich eine makabre Idee. »Die füllen am Ende noch Asche in eine Eieruhr ...«

«Das gibt es längst: ›Lifetime Hourglass Urns‹. Da kann deine Familie zusehen, wie du durch das Glas rieselst – und sie werden dabei gleich an die eigene Vergänglichkeit erinnert.«

»Da drehen offensichtlich ein paar Leute durch.«

»Sagtest du schon.«

»Man kann es nicht oft genug wiederholen!«

Plötzlich begann Carola prustend zu lachen. Verwundert fragte ich sie: »Und was ist daran so lustig?«

»Ich habe gerade hinter zu der Boutique-Frau gesehen.

Sie beugte sich beim Essen nach vorn und da ist ...«, und schon wieder konnte sie sich das Lachen nicht verkneifen, »... da ist ihr Diamanten-Anhänger in den Teller getaucht.«

»Stefan in der Suppe! Das hätte der sich auch nicht träumen lassen!«

## Alles anders 2

Auf Carola war Verlass. Drei Tage später steckte in meinem Briefkasten ein Kuvert mit der Textprobe jenes erwähnten Buches. Der Autor nannte sich Kaspar Klingtheler. Das war natürlich ein Pseudonym. Carola hatte mir gesagt, dass er auch zu den Gästen im Café Continental zählt. Und das Buch, für das er keinen Verleger gefunden hatte, hieß »Felix Nassauer oder Warum bin ich so traurig in meinem Glück«.

»Ich wohnte mit meiner Familie Ende der siebziger Jahre im vierten Stock eines Hauses, das an einer Kreuzung stand. Wenn ich mich aus dem Fenster meines Arbeitszimmers lehnte, hatte ich einen wunderbaren Blick über die unmittelbare Umgebung. Es war ein geschichtsträchtiger Blick, denn dieser Stadtteil war ein traditionsreiches Arbeiterviertel. Was ihm aber nicht viel geholfen hat während der Zeit der Arbeiter- und -Bauernmacht, denn es gab dort unter deren Fürsorge besonders viele verkommene Häuser. Umso stolzer wurden von den alteingesessenen Bewohnern des Viertels die alten Rituale gepflegt. Und das spiegelte sich gerade im Bereich der Kreuzung wider. Nur ein Haus von dort entfernt befand sich das gesellschaftliche Zentrum dieses Viertels, eine Kneipe namens ›Grenzjäger‹ mit einer gütigen Wirtin namens Ursel, bei der man anschreiben durfte, wann immer es vonnöten war. Da die Leute in der Regel zu Hause keinen Platz dafür hatten, fanden in dieser Kneipe alle kleineren und größeren Feierlichkeiten statt: Hochzeiten, Kindtaufen, Firmungen, Jugendweihen und Schulanfänge, Geburtstage und

Begräbnisse. In dieser Kneipe wurden Weihnachten, Ostern, der 1. Mai und Pfingsten gefeiert. Da fanden verbotene und erlaubte Glücksspiele statt. Da lernte man sich kennen und trennte sich wieder. Dort verbrachte man seine freie Zeit, wenn man das Bedürfnis hatte, mit jemandem zu reden, oder nicht allein sein wollte. Würde diese Kneipe verschwinden, würde für die meisten der Leute nicht nur ihr geistiger und kultureller Mittelpunkt, sondern ein existentieller Teil ihres Lebens verloren gehen.

Das wusste auch die Obrigkeit und sah weg, falls sie überhaupt wusste, was dort geschah.

Der Gastraum der Wirtschaft ging ums Eck, so dass man den hinteren Teil nicht sehen konnte, wenn man hereinkam. In diesem hinteren Teil stand ein großer runder Tisch, an dem Abend für Abend ein alter Chinese eine illegale Spielbank betrieb. Und bei jedem Spiel wechselten dort die Blauen, wie man die Hundert-Mark-Scheine nannte, in dicken Bündeln ihre Besitzer. Solange ich mich erinnern kann, ging das immer gut. Denn es war keinem Fremden möglich, in den hinteren Teil der Wirtschaft zu gelangen, ohne dass die da hinten rechtzeitig gewarnt wurden. Und diese Warnung bestand schon allein darin, dass es schlagartig mucksmäuschenstill wurde, wenn ein Fremder die Wirtsstube betrat. Alle Anwesenden sahen dann mit lauerndem Blick auf den oder die Neuankömmlinge, so dass alle Fremden, ob allein oder in Gesellschaft stets vor Unbehagen auf dem Absatz kehrtmachten und wieder davonzogen. Man musste im Viertel eine Zeitlang wohnen oder besser noch die Bürgschaft der Wirtin besitzen, um dazuzugehören. Dann aber wurde man in alle Vergnügungen mit einbezogen oder als Zuschauer freundlich geduldet, und niemand nahm mehr ein Blatt vor den Mund, wenn man zugegen war.

Da sich einst in der Nähe der Pensionen das feste Winterquartier eines Zirkus befand und von den alten Artisten einige nach ihrer aktiven Laufbahn im Viertel hängen geblieben waren, gab es dort abends so manches zum Staunen oder zum Lachen. Zum Beispiel, wenn sich die beiden wohl an die achtzig Jahre alten Hochseilartisten mal wieder wegen ihrer ebenso betagten, aber von beiden heiß begehrten Partnerin in die Wolle kriegten. In der Regel begann das damit, dass zu fortgerückter Stunde die alte Dame inmitten der Wirtsstube zum Gaudi aller Anwesenden einen Handstand drückte. Was ihr noch vorzüglich gelang, nur dass ihr dabei die Röcke verrutschten und bis zur Hälfte ihre weiße, knielange Pumphose zum Vorschein kam. Das wiederum animierte stets den einen der beiden Alten, behänd hinzuzuspringen, um der Dame einen kräftigen Kuss auf ihr Hinterteil zu geben. Darüber war dann der andere ein jedes Mal so erbost, dass die schlimmsten Beschimpfungen nur so hin und her flogen, bis es der alten Dame zu viel wurde. Sie gab dann beiden einen Schmatz und forderte sie auf, sich augenblicklich wieder zu versöhnen, weil sie sonst keinem von beiden mehr ihre Gunst und Gesellschaft gewähren würde.

Die Kneipe öffnete um elf Uhr morgens und schloss pünktlich ein Uhr nachts. Ihr Treiben prägte den Tagesablauf der Kreuzung. Er war immer gleich, von den ersten Gästen bis zu den letzten, bis schließlich zu den Ratten, die mit großer Vorsicht, wenn gegen halb zwei nachts endlich Ruhe eingetreten war, aus den Gullylöchern gekrochen kamen, um die Straßen entlangzupatrouillieren.

Dann, eines Tages, aus heiterem Himmel, zum Glück war niemand zu Hause, fiel am oberen Ende der gegenüberliegenden Häuserzeile ein Haus einfach um. Schlug ohne Vorwarnung mit der Stirn auf die Straße. Was zur Folge hatte, dass die ganze Häuserzeile, als hätte jemand den Schalter umgelegt, plötzlich schief stand und an ihrem anderen Ende, uns genau gegenüber, das letzte Haus gleichfalls einzustürzen drohte, obwohl es, wie fast die ganze Häuserzeile, noch bewohnt war. Selbst über die Kreuzung hinweg gerieten die Häuser in Schieflage, als wären sie durch einen unterirdischen Mechanismus miteinander verbunden. Vor allem die Kneipe drohte gleichfalls einzustürzen, was eine noch größere, wenn nicht gar die größte Katastrophe gewesen wäre. Also wurde sie umgehend mit mächtigen Baumstämmen gestützt, die man unter die Fensterbalken des zweiten Stockes gerammt hatte. Das sah verrückt aus, aber half.

Dann riss man das Haus uns gegenüber ab. Womit seine Bewohner sehr zufrieden waren, denn sie bekamen alle ohne Warteliste, quasi über Nacht, eine der begehrten Wohnungen im Neubauviertel am Rande der Stadt. Fortan hatten sie zwar zur Arbeit einen weiten Weg, aber dafür die Toilette in der Wohnung und warmes Wasser aus der Leitung und ein Badezimmer. Da trennten sie sich gern, wenn auch mit weinendem Herzen, von ihrem alten Viertel, in dem sie zu Hause das Klo auf der Treppe hatten und die Spüle in der Küche als Bad nutzten.

Dann, nur einen Tag nach dem Abriss des Hauses gegenüber, war die Bande der Vorschulkinder, die ihre meiste Zeit in den Hinterhöfen oder einfach auf der Straße verbrachte, sturzbetrunken. Zweijährige, die kaum laufen konnten, lagen zappelnd wie Maikäfer auf dem Rücken, und die etwas Älteren torkelten drum herum und lallten wirres Zeug. Ich dachte erst, es wäre ein besonders dummes Spiel, das sie da vollführten. Aber als sich einige der Racker mörderisch übergaben oder einfach umfielen und liegen blieben, als wären sie tot, ging ich doch nachsehen. Man brauchte gar nicht bis in ihre Nähe kommen, um den Alkohol zu riechen.

Wer in Teufels Namen hatte diesen kleinen Affen Schnaps gegeben?

Es brauchte einige Zeit, da die süßen Kleinen unfähig waren, Auskunft zu geben, bis sich herausstellte, wo die

Ursache dieser Ungeheuerlichkeit lag. Sie lag in unmittelbarer Nähe. Als man das Haus uns gegenüber wegriss, legte man, ohne es zu bemerken, einen Zugang zum Keller des Nachbarhauses frei. Und dort befand sich ein Spirituosenlager, das die Kleinen bei ihren Streifzügen entdeckt hatten. Dort kosteten sie von den Flaschen mit Eier- und anderem süßen Likör.

Die Ereignisse im Viertel, all die lustigen, traurigen und wundersamen Geschichten machten mir bewusst, dass es mit dieser Stadt zu Ende ging. Noch unheimlicher und zur Gewissheit wurde dies aber, als ich entdeckte, dass die Ratten plötzlich immer zeitiger und immer dreister aus ihren Löchern kamen, als ob sie merkten, dass die Menschen aufgehört hatten, um diese Stadt zu kämpfen. All die Jahre hatten sich die Menschen von innen her, aus ihren Wohnungen heraus gegen den Verfall der Häuser gestemmt. Für die Beschädigungen von außen fehlten ihnen die Mittel. Und eine Zeitlang sah es so aus, als würden die Kräfte von innen genügen, um das Leben in der Stadt und ihren maroden Häusern zu erhalten. Aber dann muss die Menschen die Kraft verlassen haben. Oder die Hoffnungslosigkeit ihrer Bemühungen ist ihnen bewusst geworden. Nun begannen nicht nur ein paar heruntergekommene Viertel, sondern die ganze Stadt begann zu sterben, und das merkten dann anscheinend selbst die Ratten, weil bei einer Stadt eben alles ineinandergreift ...«

Ich musste Kaspar Klingtheler sehr zustimmen, dass sich die Menschen tatsächlich »aus ihren Wohnungen heraus gegen den Verfall der Häuser gestemmt« haben.

Wenn wir Besuch aus dem Westen hatten, dann merkte man, dass sie sich wunderten, wie schön viele Wohnungen hier eingerichtet waren. Ich hatte mitunter den Eindruck, sie dachten, der Verfall ginge darin weiter ... Als wir ein amerikanisches Ehepaar zu Besuch hatten, staunten sie über Bilder und Grafiken an den Wänden, über die Mischung von modernen und alten Möbeln, die Bücherwände und die Schallplattensammlung. Sie hatten das alles offensichtlich nicht erwartet.

Draußen und drinnen waren zwei verschiedene Welten.

Und wie Klingtheler schreibt, hatten viele die Hoffnung aufgegeben, stellten in den achtziger Jahren einen Ausreiseantrag, kletterten über den Zaun der bundesdeutschen Botschaft in Prag oder überquerten letztlich gefahrlos die offene Grenze in Ungarn nach Österreich. Sie waren überzeugt, dass sich in dieser DDR nichts mehr ändern würde.

Und vielleicht dachten das ja tatsächlich selbst die Ratten in jenem Viertel.

Und dann geschah das Unglaubliche: Immer mehr trauten sich zu protestieren, fassten Mut und trugen ihren Unmut auf die Straße. Schließlich fegten sie eine Diktatur mit den Funktionären, der Armee, den Kampfgruppen samt der Polizei und Geheimdienst hinweg.

Das hätten beide Seiten der Barrikade nicht für möglich gehalten.

Das konnte man doch nur als ein Wunder einsortieren.

# Der Conférencier

Die Geschichte, die ich nun erzählen will, handelt von einem Mann, der in seinem Leben mehrere kleine Wunder erlebt hat. Und der ohne diese kleinen Wunder nicht überlebt hätte.

Ralph Katzmann hatte mich aus München angerufen, weil ihm seine Frau aus einem Magazin eine Geschichte von mir über das Café Continental vorgelesen hatte. Auch die Illustrationen zum Text stammten von mir.

Der Beitrag hatte bei ihm viele Erinnerungen wachgerufen. Er kannte das Kaffeehaus als ganz junger Mensch und hatte sich dort in der Nazi-Zeit einmal mit einem Mädchen getroffen. Und zwar in einer Zeit, als Juden der Besuch von Cafés, Restaurants, Theatern und Kinos verboten war. Es war fast alles verboten. Luft holen war gerade noch erlaubt. Aber in der Folgezeit blieb so manchem die Luft weg.

Mit dem Besuch des Cafés riskierte Katzmann die sofortige Verhaftung und den anschließenden Transport in ein Konzentrationslager. Die junge Frau, eine Schauspielerin, war im Conti Stammgast und wusste nicht, dass Ralph kein »Arier« war. Er hatte sie in einem Freibad kennengelernt, in dem er sich ebenfalls verbotenerweise aufhielt.

Im Jahr 1943 war schon die Mehrheit der jüdischen Bevölkerung deportiert worden. Ralph, seine Mutter und seine Schwester Inge hatten jedoch die ungarische Staatsbürgerschaft, und diese Tatsache verhalf ihnen zu einem gewissen Aufschub. Leider nur bis in den Herbst jenes Jahres, dann traf es sie ebenfalls. Während er nach Buchenwald kam, wurden die beiden Frauen ins KZ Ravensbrück deportiert. Der ungarische Vater war einige Zeit vorher nach Budapest aufgebrochen, um dort zu eruieren, ob sich für seine Familie eine Lebenschance in der ungarischen Hauptstadt ergeben würde.

Das alles hatte Ralph Katzmann mir in einem langen Telefonat erzählt. Nach dem Herbst 1989 und der Wiedervereinigung hatte er sich für einen Besuch in der Stadt seiner Kindheit und Jugend entschieden. Zu DDR-Zeiten mochte er diese Reise nicht antreten. Die Erzählungen von Freunden über die ruppigen und schnarrenden Grenzsoldaten, über bellende Hunde, die an Ketten zerrten, ließen bei ihm unangenehme Erinnerungen aufkommen.

Ralph Katzmann war mit seiner Frau angereist. Allein verließ er München nicht mehr, denn in den siebziger Jahren war er innerhalb weniger Tage erblindet. Das bedeutete über Nacht auch die Aufgabe seines Berufes als Kabarettist und Regisseur an Kleinkunstbühnen. Ein schwerer Schicksalsschlag, der ihn völlig unvorbereitet traf. Vielleicht als Spätfolge der erlittenen Leiden im KZ.

Ich hatte am Telefon mit Ralph Katzmann vereinbart, dass ich ihn vom Hotel abhole, um mit ihm nach fünfzig Jahren in jenes Café zu gehen, in dem er zuletzt mit jener Schauspielerin – wie man damals sagte – »ein Rendezvous hatte«.

Als ich in das Foyer des Hotels kam, saß Ralph Katzmann mit seiner Frau gegenüber vom Eingang. Er hatte mir mal einen Zeitungsbeitrag mit einem Foto geschickt, und so konnte ich ihn gleich erkennen. Er trug etwas längeres gewelltes Haar, hatte eine scharf geschnittene Nase, und seinen flinken Augen war überhaupt nicht anzumerken, dass sie nur ins Dunkel sahen.

Da wir schon mehrmals telefoniert hatten, stellte sich nach der Begrüßung schnell eine gewisse Vertrautheit ein. Bald machte sich seine Frau auf, um eine Klassenkameradin aus alten Zeiten zu treffen, und wir beide steuerten nunmehr das Café Continental an. Ralph Katzmann bat darum, sich bei mir einzuhaken. Er trug weder eine Binde noch ein Abzeichen, das auf seine Blindheit aufmerksam gemacht hätte. Nach meinem Eindruck wollte er wohl nicht ausdrücklich auf seine Behinderung verweisen. Vielleicht spielte auch eine kleine Portion Eitelkeit mit. Auf dem Weg zum Kaffeehaus fragte er mich ständig, in welcher Gasse oder auf welcher Straße wir entlanggingen, um mir dann zu berichten, an welche Läden oder Restaurants er sich jeweils noch erinnern konnte.

»Hier gab es den großen Schuhladen von Simon Friedmann ... schräg gegenüber ... das Café Imperial ... und ein paar Häuser weiter das beliebte Weinlokal Alt-Heidelberg.«

Diese Namen waren natürlich längst Geschichte. Seine Kenntnis vom Vorkriegszustand des Zentrums war enorm. Ich vermutete, dass er seit seiner Blindheit noch genauer die einst gespeicherten Bilder abrufen konnte.

Als wir im ersten Stock vom Café Continental angekommen waren, blieb er stehen und genoss erst einmal das Gemurmel im Raum, den typischen Geruch eines Kaffeehauses, in dem sich der Duft des Backwerks und des Kaffees mit dem Parfüm der Damen und dem Zigarettenrauch mischte.

»Gibt es noch die Nische?«

»Die Nische? ... Mit der Einrahmung durch eine beidseitige Art-decó-Schnitzerei?«

»Genau.«

»Ja, die gibt es noch.«

»Dort saß ich mit Elisabeth, als wir uns das letzte Mal gesehen haben.«

»Sie ist leider nicht frei, aber wir können uns an den Tisch davor setzen.«

Ich begleitete Ralph Katzmann zu dem runden Marmortisch und half ihm, Platz zu nehmen.

Er lächelte und strich mit beiden Händen über die kühle Marmorplatte.

»Nach fünfzig Jahren sitze ich nun wieder im Café Continental. Dass es das überhaupt noch gibt!«

»Es ist auch das einzige Kaffeehaus, das in der alten Ausstattung die DDR überstanden hat, und hieß nach der Verstaatlichung 1972 lediglich HO Café Continental. Von der HO haben wir uns ja dank der Friedlichen Revolution schnell verabschiedet. Die früheren Eigentümer bekamen es zurück. Es betreibt jetzt der Enkel des Gründers.«

Mein Gast bestellte zu seiner Tasse Kaffee ein Stück Eierschecke.

»Die habe ich nach meiner Erinnerung damals auch gegessen.«

»Haben Sie denn nach Ihrer Befreiung Elisabeth hier in der Stadt sofort aufgesucht?«

»Sofort. Als ich im Mai 1945 vor der Ruine ihres Wohnhauses stand, ahnte ich schon Schlimmes. Leider bestätigte es sich ... sie war im Dezember 1943 bei einem Bombenangriff ums Leben gekommen.«

Er schwieg für eine Weile.

»Schade, dass ich die Nische nicht mehr sehen kann. Es war einer der schönsten Nachmittage und Abende meines Lebens. Ich habe ihr dann irgendwann gesagt, dass ich Jude bin. Ich hatte bald gemerkt, dass sie für die Nazis überhaupt nichts übrig hatte und entsetzt war, was Juden in Deutschland erleiden mussten. Ihre beste Freundin Ruth war Jüdin und lebte inzwischen in England. Ich vergaß an diesem Nachmittag mit ihr völlig, dass mich eine Kontrolle in arge Bedrängnis gebracht hätte. Wir haben das in diesen Stunden einfach mal hinter uns gelassen. So ist das eben, wenn man jung ist.«

Mir ging durch den Kopf, wie das Schicksal manchmal so spielt: »Die Amerikaner haben Ihnen das Leben gerettet und ihr das Leben genommen.«

»Genau. So verrückt ist das in solchen Zeiten.«

Die Kellnerin brachte Kaffee und Kuchen. Ralph Katzmann tastete nach der Tasse und dem Teller. Man sah, dass er sehr versiert mit seiner Behinderung umging. Ich half ihm lediglich, Sahne in den Kaffee zu gießen.

»Wie war das damals, als Sie nach der Befreiung hier in der Stadt ankamen?«

»Ein unbeschreibliches Gefühl. Das Leben lag vor mir. Und ich dachte an die Kameraden, die ermordet, verhungert, an Krankheiten gestorben waren. Ich dachte an jene, die ihren Lebenswillen behalten hatten, mitunter sogar ihren Humor. Fritz Grünbaum zum Beispiel …«

»… etwa *der* Grünbaum, der Wiener Kabarettist?«

»Genau der. Die Appelle waren ja äußerst strapaziös. Reinster Terror. Wir standen oft stundenlang bei Wind und Wetter. Da flüsterte Fritz Grünbaum seinem Nachbarn zu: ›Wir stehen und stehen! Und die Leute draußen denken, wir sitzen!‹«

Wir lächelten beide. Wer unter diesen Umständen noch seinen Humor behielt, dachte ich, der war eigentlich dafür prädestiniert, dass er diesen Terror vielleicht auch übersteht. Aber von Ferdinand Barnowsky wusste ich, dass Grünbaum das Lager nicht überlebt hatte.

»Er kam irgendwann nach Dachau. Dort hat er Silvester 1940 noch seine Leidensgenossen mit seinen Schnurren unterhalten. Und im Januar ist er an Tuberkulose gestorben.«

Ich schaute Ralph Katzmann an, und mir ging durch den Kopf, dass er so viele schreckliche KZ-Bilder in seinem Kopf gespeichert hat und sich durch seine Blindheit nicht mehr durch schöne Bilder im Alltag ablenken kann. Das Gesicht seiner Frau Hanna hat er das letzte Mal vor etwa zwanzig Jahren gesehen. Sie altert nicht in seiner Vorstellung.

Ich stellte mir Katzmann und Grünbaum in jenem schrecklichen Milieu vor.

»Wie sah es eigentlich in Buchenwald in so einer Baracke aus?«

»Ich war im Block 22, eine ebenerdige Holzbaracke. Da lebten nur Juden. Es gab einen Tagesraum mit langen Tischen und Bänken. Jeder hatte seinen Platz. Vier Häftlinge schliefen jeweils in zwei Eisenbetten. 200 Betten in einem Raum. Strohsäcke und eine Decke.«

»Die Luft im Raum war vermutlich kaum zu atmen ...«

»Der eine rief ›Mach das Fenster auf!‹, der andere ›Mach das Fenster zu!‹. Und dann folgte der bekannte Spruch ›Erstunken ist noch niemand, aber erfroren sind schon viele!‹.«

»Und wann konnten Sie nach der Befreiung das Lager verlassen?«

»Keine vier Wochen danach. Wir wurden mit einem Bus abgeholt. Wir bekamen als Wegzehrung ein Würstchen, Margarinewürfel und Brot. Das hatte für uns alles noch einen ganz besonderen Wert.

Als wir in den Bus einstiegen, sprach mich ein älterer Mann an: ›Bist du nicht der kleine Katzmann aus der Bergstraße?‹

›Ja‹, sag ich, ›der bin ich.‹

›Und du warst also auch hier?‹

Es stellte sich heraus, dass der Mann, ein Kommunist, in der Küche gearbeitet hatte. Er hätte mir etwas zustecken können, und ich wäre doch manchmal fast verhungert. Aber wir haben uns in der Zeit unserer Gefangenschaft nicht ein einziges Mal in dem großen Lager getroffen.

Dann ging es in die Heimat. Wir waren vier Juden. Die anderen Fahrgäste, zumeist Sozialdemokraten oder Kommunisten, wurden zu Hause von ihren Verwandten abgeholt. Nur wir vier Juden blieben übrig, als sich die Menge zerstreut hatte. Wir hatten derzeit keine Verwandten in der Stadt und wussten nichts über deren Schicksal. Wir standen also an einem schönen Maitag auf der Straße, bis einer sagte: ›Los, wir müssen zu den Amerikanern. Die werden uns weiterhelfen.‹

Die Amerikaner saßen in einem ehemaligen jüdischen Altersheim. Die letzten Insassen waren von dort 1942 deportiert worden. Die Amis schickten uns ins Rathaus. Dort hat mich ein Mitarbeiter sogar gefragt, in welchem Viertel ich ein Zimmer haben wolle. Da habe ich natürlich die Bergstraße genannt, in der ich mit meiner Familie gewohnt hatte. Und da fragte er: ›In welcher Nummer?‹

Und ich sagte: ›Nummer 20, zweiter Stock, rechts‹.

Da sah er in seiner Kartei nach und meinte: ›Wollen Sie ein Zimmer in Ihrer alten Wohnung?‹

›Na klar.‹

›Das machen wir.‹«

»Das muss doch für Sie unbeschreiblich gewesen sein!«

Ralph Katzmann lächelte mir zu. Es war unglaublich, wie genau er als Blinder die Richtung anpeilte, aus der meine Sätze kamen.

»War es auch. Ich bekam genau in jener Wohnung, in der ich vor dem Krieg mit meiner Familie gewohnt hatte, einen Raum zugewiesen. Als ich vor unserer alten Wohnungstür stand, sah ich an der Stelle, an der unser Namensschild gehangen hatte, helleres Holz, denn das neue Schild mit dem Namen Kunz war kleiner und gab die Umrisse des alten Schildes frei.

Wo wird das Messingschild Katzmann gelandet sein? Ich gäbe was drum, wenn es die jetzigen Mieter aufgehoben hätten. Ich klingelte schon mit etwas Herzklopfen. Die Frau, die mir unsere frühere Wohnungstür öffnete, hatte keine Ahnung, dass ich ihr neuer Untermieter war. Geschweige denn, dass ich zu der jüdischen Familie gehöre, die einst in diesen Räumen gewohnt hatte. Das wird für sie noch eine ganz besondere Überraschung, dachte ich. Als ich der etwa 50jährigen Frau sagte, dass ich bei ihr einziehe, da meinte sie ungläubig:

›Bei mir zieht niemand ein!‹

Da zeigte ich ihr meine Wohnungszuweisung, und sie schaute mich grimmig an.

Sie holte tief Luft, sehr tief und öffnete die Wohnungstür einen Spalt mehr. Ich trat ein, und sie steuerte tatsächlich mein ehemaliges Zimmer an. Ich dachte, jetzt fehlt nur noch, dass ich darin unsere alten Möbel vorfinde, aber das war nicht der Fall. Die Nazis hatten ja den gesamten Hausrat der deportierten Juden bei einem Gebrauchtwarenhändler der Stadt versteigern lassen. Der hatte mit den Möbeln, dem Geschirr und den Bildern das Geschäft seines Lebens gemacht. Die Einwohner wiederum erwarben billig die Waren und fragten nicht, woher sie stammten. Der übrige Gewinn ging in die Staatskasse.

Als ich ins Zimmer trat, begrüßte ich erst einmal meinen geliebten grünen Kachelofen. Dann sah ich durch das Fenster auf den Hof zu der mächtigen Kastanie. Als Kind habe ich mit Freunden immer gern die braunen glänzenden Früchte aufgesammelt, wir nutzten sie zum Basteln.

Die missmutige Frau sagte vielleicht mit letzter Hoffnung, dass ich mir das Ganze doch noch einmal überlegen würde: ›Sie werden auf diesem Sofa schlecht schlafen können!‹

Es war etwas zu kurz geraten. Ich sagte ihr: ›Ich werde hier sehr gut schlafen, denn wenn Sie wüssten, wie ich die letzten zwei Jahre geschlafen habe ...‹ Ich sah meine Schlafstelle in Buchenwald vor meinem geistigen Auge und hatte keine Lust, der Frau jenes Milieu zu beschreiben, das sie sich sowieso nicht vorstellen konnte.

›Ich werde an das Fußende einen Stuhl stellen.‹ Es war mir schon klar, dass sie mich als vom Amt verordneten Eindringling ansah, der ihr Leben durcheinanderwirbelte. Ich drückte ihr den besagten Zettel in die Hand. Dann meinte sie: ›Hier stand das Bett von unserem Sohn. Er ist gefallen. In Russland. Ich habe das Bett vor zwei Wochen gegen Brot tauschen müssen.‹ Und ich sagte ihr, dass ich Hunger sehr gut kennen würde. Ihre Stimme klang bei dem Satz mit dem Bett etwas entschuldigend, so, als ob es sich eigentlich nicht gehöre, das Heldenbett des Sohnes, der für Führer, Volk und Vaterland gekämpft hatte, gegen Brot zu tauschen.

›Mein Mann ist noch in Kriegsgefangenschaft.‹ Ich nickte wortlos und dachte nur: So was kommt von so was. ›Kommen Sie auch aus der Gefangenschaft?‹

›Ja, aber gar nicht so weit von hier.‹

Man sah ihrem Gesicht an, dass sie meine Antwort verwirrte, sie sich aber nicht getraute, weitere Fragen zu stellen. Sie strich verlegen über ihre Schürze.

Ich sah mich im Zimmer um. Da stand ein Tisch mit vier Stühlen, eine Kommode, ein Schrank. An der Wand hing ein gerahmter Druck, ein bäuerliches Haus mit einem blühenden eingezäunten Garten. Am Tor stand eine Frau, die eine Schürze umgebunden hatte, nicht unähnlich jener, die meine Wirtin umhatte.

Ich empfand auf der einen Seite eine tiefe Freude, ausgerechnet in unserer alten Wohnung wieder in mein Zimmer einzuziehen, aber diese Freude wurde stark von der Ungewissheit überlagert, welches Schicksal wohl meinen Eltern und meiner Schwester widerfahren ist.

Neben das Fenster hatte der gefallene Sohn an der Wand mit Reißzwecken vier Filmpostkarten befestigt: Zara Leander, Lale Andersen, Heinz Rühmann und Hans Albers. Die Frau bemerkte meinen Blick und meinte: ›Die können wir auch abmachen.‹

Ich entgegnete: ›Nee, nee, lassen Sie mal. Ich bin auch gern ins Kino gegangen, hatte nur aus schlechtem Grund in den letzten Jahren dazu keine Gelegenheit.‹

›Na, dann richten Sie sich erst mal ein‹, meinte sie verunsichert. Die Frau verließ das Zimmer.

Da gab es nicht viel einzurichten, dachte ich. Ich werde hier wohnen, bis ich weiß, wo meine Eltern und meine Schwester sind. Den Gedanken, dass jemand von den dreien nicht mehr am Leben war, schob ich ganz schnell von mir. Aber der drängte sich immer wieder in mein Denken, da ich im Dezember 1944 die letzte Post von meiner Mutter erhalten hatte. Post aus Ravensbrück. Seitdem hatte ich nichts mehr gehört.

Und dann ist mir im Zimmer etwas ganz Komisches passiert. Das weiß ich noch genau: Ich sah mich plötzlich in einem rechteckigen Spiegel, der neben dem Schrank hing. Im Lager gab es keinen Spiegel. Da bin ich doch erschrocken. Etwas fremd kam mir der junge Mann schon vor. Der permanente Hunger hatte in meinem Gesicht Kerben hinterlassen, und jugendlicher Glanz lag auch nicht in meinen Augen.

Am schlimmsten fand ich aber das fehlende Haar. Nur die Spitzen des neuen Wachstums waren zu sehen. Ich sagte trotzig zu meinem Spiegelbild: Das wird schon wieder! Und gleichzeitig musste ich über mein Äußeres lächeln. Die letzten zwei Jahre lief ich nur in den hässlichen Häftlingsklamotten herum, und nun sah ich mich plötzlich wieder im Anzug mit Schlips. Wieso? In der Effektenkammer von Buchenwald hatte ich alle Sachen wiederbekommen, die ich zur Einlieferung anhatte. Und so ging ich aus dem Lager, wie ich angekommen war: mit Schlips und Kragen.

Und meine Wirtin wird sich gefragt haben, was das wohl für eine Gefangenschaft war, aus der man im Anzug entlassen wird.

Dann merkte ich, dass ich immer noch mit meinem Koffer in der Hand dastand. Ich verstaute die wenigen Habseligkeiten im Schrank, nahm den Schlüssel, den mir die Frau auf den Tisch gelegt hatte und verließ mein neues Domizil.

Meine Wirtin ging gerade über den Korridor und wollte mir zeigen, wo das Bad und die Toilette wären. Da sagte ich: ›Ich weiß das.‹

Voller Verblüffung fragte sie: ›Wieso wissen Sie das?‹

›Weil ich mit meinen Eltern und meiner Schwester hier gewohnt habe, bis ich mit meiner Familie in ein Judenhaus ziehen musste.‹ Da hielt sich die Frau vor Schreck die Hand vor den Mund und stammelte: ›Das ist ... Das war ... das ... wir haben die Wohnung bekommen, weil unsere durch einen Bombenangriff beschädigt war‹.

Und dann verschwand Frau Kunz schnell in der Küche.

Das war nun doch ein kleiner Schock für sie. Von Bekannten in der Straße erfuhr ich später, dass ihr Mann ein Nazi gewesen war. Der Sohn wohl auch, aber er hatte jedenfalls seine Sympathien für dieses Reich mit dem Leben bezahlt. Mehr geht nicht.

Es war ein warmer Maientag. Ich spürte auf besondere Weise die neu gewonnene Freiheit. Die Zeit der Befehle, der Beschimpfungen, des Hungers und der Drangsalierungen war vorbei. Ich hatte einen Wohnungsschlüssel in der Tasche, konnte kommen und gehen und machen, was ich wollte.

Ich nahm mir vor, bei Gelegenheit meiner Wirtin zu erzählen, was ein Judenhaus war. Das musste sie sich schon mal anhören. Sie wissen das?«

»Ja, nach Kriegsbeginn mussten jüdische Familien auf Anordnung der Gestapo in sogenannte Judenhäuser umziehen.«

»Richtig. Man konnte den arischen Familien nicht mehr zumuten, das Haus mit Juden zu teilen. Die Hausbesitzer wurden gezwungen, diesen Familien zu kündigen. Meine Mutter, meine Schwester Inge und ich zogen also in solch ein Judenhaus. Zu dritt auf kleinstem Raum. Das war eine Art Gefängnis mit Ausgang.«

»Wie verkraftet man das alles?«

»Schlecht bzw. gar nicht. Man versteht die Welt nicht mehr.«

»Waren ihre Eltern eigentlich religiös? Sind sie in die Synagoge gegangen?«

»Nur an den hohen Feiertagen. Unsere Familie war sehr liberal. Wir besaßen einen Chanukka-Leuchter, aber es stand bei uns auch ein Weihnachtsbaum im Zimmer.«

»Wie reagierten die Nazis eigentlich gegenüber getauften Juden?«

»Die Nazis hat das nicht interessiert. Jude bleibt Jude. Leider gab es in den Kirchen kaum Solidarität mit diesen Gemeindemitgliedern. Als die Repressalien gegen die Juden begannen, wurden sie wie heiße Kartoffeln fallengelassen. Die getauften Juden hatten einen schönen Spruch:

Wir sind die nicht-arischen Christen.
Wir sind doch auch ganz nett.
Der erste in unseren Listen
Ist Jesus von Nazareth.«

»Ein sehr sinniger Spruch. Das war vielen Christen entfallen, dass ihre Religion ein Jude gestiftet hatte.«

»Ich würde behaupten, das ist teils bis heute so.«

»Gebe ich Ihnen sofort recht. Und wer von den beiden Religionen in Sachen Messias recht hat – das steht ja auch in den Sternen. Dazu hat der große israelische Schriftsteller Amos Oz eine schöne Anekdote von seiner Großmutter erzählt. Sie habe immer gesagt: ›Warten wir's ab, ob der Messias nun wiederkommt, wie die Christen glauben, oder ob er bei seiner Ankunft meint: Es freut mich, euch kennenzulernen! Sagt er diesen Satz, dann wird sich die gesamte Christenheit bei den Juden entschuldigen müssen …«

»… abgesehen davon, dass die Christenheit noch ein paar Gründe mehr für Entschuldigungen hat …«

»Das wäre schon wieder ein anderes abendfüllendes Programm«, meinte Ralph Katzmann und winkte ab.

»Aber ich möchte noch mal auf Ihre Rückkehr kommen. Sie wohnten nun wieder in Ihrer alten Wohnung. Wie war der Kontakt zu den Hausbewohnern? Da müssten doch fast alle Familien von früher noch drin gewohnt haben?«

»Stimmt. Es gab natürlich solche und solche. Nach ein paar Tagen klingelte ich an der Nachbartür. Die Frau, die mir öffnete, hatte einmal die Lieferung von unseren bestellten Brötchen verhindert, indem sie den Bäckerjungen vor der Tür abfing, zurück in den Laden schickte und sagte: ›Juden brauchen keine Brötchen!‹

Als wir damals dort nachfragten, erzählte uns die Bäckersfrau diese unglaubliche Aktion unserer Nachbarin. Sie war ganz verzweifelt und schenkte mir eine Tüte mit Gebäck. Als jene Nachbarin nun im Mai 45 auf mein Klingeln öffnete, wurde sie zunächst blass, als sie mich erkannte.

Ich fragte sie: ›Warum brauchen eigentlich Juden keine Brötchen?‹

Da wurde sie plötzlich mit einem Schlag hochrot im Gesicht und hat die Tür schnell wieder zugemacht.

Vermutlich hatte sie dann ein paar unruhige Tage und rechnete vielleicht sogar mit einer Anzeige von mir. Wenn sie mich im Haus von Weitem sah, stürzte sie sofort in die Gegenrichtung davon. Einmal stolperte sie deshalb auf der Treppe und fiel hin. Immerhin eine kleine Strafe …«

»Und wie kamen Sie mit Ihrer Wirtin klar?«

»Ich habe ihr natürlich vom Judenhaus erzählt und von Buchenwald, und es schien sie schon alles zu schockieren. Sie blickte mich ernst und mit großen Augen an. Und sie ging mir, das war mein Eindruck, weitestgehend aus dem Weg. Ob da eine Art Schamgefühl eine Rolle spielte … vielleicht.« Ralph Katzmann lächelte leicht und schob sich geschickt wieder ein Stück Eierschecke in den Mund.

»Ich finde, das ist ein unglaubliches Kontrastprogramm, das Sie da in kurzer Zeit absolviert haben.«

»Und ich wurde natürlich auch an die vergangene Zeit erinnert. Eines Tages wurde ich in eine Behörde bestellt. Die Amis verhörten dort einen ehemaligen Gestapo-Beamten namens Hartmann. Er hatte eine Funktion im Judenamt. Sie wollten sich von mir seine Identität bestätigen lassen. Ich wurde ins Zimmer gebeten, und da saß der Mann, vor dem alle Bewohner des Judenhauses gezittert hatten: ›Der Hartmann ist im Haus!‹ So warnte man sich damals. Er saß da wie ein Häuflein Unglück. Sah ängstlich zu mir auf.

Ich fragte ihn: ›Kennen Sie mich?‹

›Nee.‹

Ein amerikanischer Offizier, der perfekt deutsch sprach, sagte zu ihm: ›Stehen Sie auf! Dieser junge Mann kommt aus dem KZ Buchenwald! Das hat er Menschen wie Ihnen zu verdanken!‹ Dann fragte er mich: ›Was hat er bei Ihnen gemacht?‹ Und ich erzählte, dass dieser Hartmann in den Judenhäusern Kontrollen machte. Er war mehrmals in unserer Wohnung und hat immer in die Töpfe geguckt. Und wehe, es befand sich nur ein kleines Stück Fleisch im Topf. Diesen Leuten erging es schlecht. Oder wenn junge Leute im Judenhaus nach Grammophon-Musik getanzt haben. Da war auch was los. Denn ein Grammophon durfte man ja auch nicht mehr besitzen.«

»Und nun durften Sie wieder alles. Das muss doch ein unglaubliches Gefühl gewesen sein.«

»Ich war neunzehn Jahre und habe mein neues Leben genossen. Die Natur blühte an allen Ecken und Enden. Noch nie hatte der Flieder so gerochen wie damals. Nachdem ich zwei Jahre nur ausgemergelte graue Gestalten gesehen hatte, sah ich nun wieder junge Mädchen und Frauen in farbigen Kleidern. Ein Labsal. Die Welt war schön wie noch nie. Eines Tages wurde ich von einem Bekannten in ein Lokal eingeladen. Ich erlebte fröhliche Menschen bei Musik und Tanz und erzählte in einer Runde Witze, die ich teilweise tatsächlich im KZ gehört hatte. Am Tisch saß auch die Chefin des Unternehmens. Nach einer Weile fragte sie mich, was ich mache.

›Im Moment noch nichts. Ich bin noch am Suchen.‹

Und sie fragte mich: ›Wollen Sie nicht bei mir als Conférencier einsteigen?‹

Ich hatte nicht die geringste Ahnung, was ein Conférencier ist.

›Ich habe von den Russen die Genehmigung, hier ein Cabaret aufzumachen.‹

›Was soll ich da machen?‹

›Was Sie eben gemacht haben, Witze erzählen und ein paar Nummern ansagen, Tanz, Lieder, Artistik.‹

Ich dachte mir, Donnerwetter, und dafür würde ich tatsächlich Geld bekommen?

Und in dem Moment sagte sie: ›Fünfzig Mark.‹

Und ich dachte, fünfzig Mark in der Woche für ein paar Witze erzählen. Großartig! Und da fügte sie hinzu: ›Am Abend.‹

Da war ich auf eine angenehme Weise perplex. Ich hatte ein ziemlich großes Repertoire an Parodien und Witzen, natürlich auch jüdische. Und ich dachte daran, wie ich die vor ein paar Monaten noch ab und an in den elenden Baracken von Buchenwald erzählt hatte, und nun würde ich das in der von Parfüm und Zigaretten geschwängerten Luft im ›Nachtfalter‹ machen. Wenn das meine Kameraden wüssten!

Nach der Befreiung erlebten wir in Buchenwald einen Gottesdienst mit einem amerikanischen Rabbiner, und nun lagen in unserem Cabaret vor den Besuchern Zettel mit dem Programm in deutscher und russischer Sprache. Das waren schon verrückte Zeiten. Inzwischen waren die Amis abgezogen, und die Rote Armee war in die Stadt einmarschiert. Keiner wusste, wie sich das nun alles entwickelte. Vor meinem ersten Auftritt hatte ich natürlich mächtigen Bammel hinter der Bühne, aber vor kurzem war nicht einmal klar gewesen, ob ich überhaupt am Leben bleibe, und was ist dagegen das bisschen Lampenfieber? Die Chefin besorgte mir einen getragenen Anzug, den ein Schneider passend machte, und los ging's!

Russische Offiziere nahmen das Programm ab. Unter den Kulturoffizieren gab es auch viele Juden. Schon in der ersten Vorstellung war der Laden rammelvoll. Über dreihundert Leute wollten sich amüsieren. Draußen standen noch drei Mal so viele in der Hoffnung auf Einlass!«

»Was gab es dort zu trinken?«

»Alkolat und Limonade.«

»Alkolat?«

»Das war ein künstliches Gesöff mit Fruchtgeschmack. Alkoholarm. Es reichte aber, um sich etwas zu benebeln. Man hatte ja nicht viel im Magen ...«

»Da saßen ja garantiert auch eine ganze Reihe Nazis im Parkett.«

»Die Nazis waren über Nacht alle verschwunden«, lachte Katzmann. »Aber klar, die wollten sich auch amüsieren. Und keiner wusste, dass sie über die Witze eines Juden lachten, der eben noch in Buchenwald einsaß.«

»Haben Sie einen für mich?«

»Na ja, die waren so in der Art: ›Hallo, Silberstein! Wie geht es denn?‹

›Danke der Nachfrage, aber ich heiße nicht Silberstein.‹

›Nein, wie sich ein Mensch verändern kann. Sie sind schmaler geworden und größer. Sie haben volleres Haar und eine breitere Nase – und Silberstein heißen Sie auch nicht mehr?‹«

»Schön absurd. Und dann haben Sie bestimmt ständig versucht, etwas über Ihre Familie herauszubekommen ...«

»Unentwegt. In der Jüdischen Gemeinde konnte ich leider nichts erfahren. Ich gab eine Suchanzeige in der Zeitschrift ›Der Weg‹ auf.

1946 bekam ich einen Brief. Darin stand, dass mein Vater in Budapest in die Transporte geraten ist, die ab 1944 nach Auschwitz gingen.

Und schließlich erfuhr ich etwas später, dass mein Vater, meine Mutter und meine Schwester alle in Auschwitz vergast wurden.«

Ralph Katzmann machte eine Pause, trank einen Schluck Kaffee.

»Nun wurde also traurige Gewissheit, dass meine Familie das Schicksal von Millionen geteilt hatte. Ich war der einzige Überlebende. Ich hatte auf einen Schlag Vater, Mutter und Schwester verloren. Können Sie sich das vorstellen? Nein, Sie können sich das nicht vorstellen. Es war furchtbar. Nach dem Erhalt dieses Briefes erzählte ich keine Witze mehr in dem Cabaret-Programm. Damit war nun Schluss. Mich hielt auch jetzt in dieser Stadt nichts mehr. Aber das Leben musste natürlich weitergehen. Ich ging in ein DP-Lager nach Bayern.«

»Was bedeutet DP?«

»Displaced Persons. Das ist der englische Ausdruck für eine Person, die nicht an diesem Ort beheimatet ist.«

»Also ging es vermutlich darum, dass befreite KZ-Insassen einen Anlaufpunkt hatten?«

»Nicht nur. Solche Lager gab es auch für sowjetische Kriegsgefangene, Zwangsarbeiter oder Flüchtlinge. Was würden Sie denn schätzen, wie viele Menschen es davon in Deutschland gab?«

»Keine Ahnung, aber es waren bestimmt sehr viele.«

Ralph Katzmann nickte in meine Richtung: »Die Schätzungen belaufen sich auf zehn Millionen. Deutschland war ja das Ziel einer Völkerwanderung vom Osten in Richtung Westen.

In der damaligen SBZ, also der sowjetisch besetzten

Zone, war es mir jedenfalls nicht geheuer. Eine neue Diktatur kündigte sich an. Man wollte mich als Antifaschisten für die frisch gegründete SED haben. Ich lehnte ab, ging in den Westen und wanderte später aus einem Lager in Bayern in die USA aus. Das ging nunmehr. 1938 hatten wir es versucht. Keine Chance. Wir kamen auf eine Liste. Nach der Quote wären wir Ende der fünfziger Jahre dran gewesen ...

In New York lebte eine Tante von mir. Die hatte in der U-Bahn einer Frau über die Schulter gesehen und in einer jüdischen Zeitschrift meinen Namen gelesen. Das Leben hat eben mitunter ganz besondere Überraschungen parat. Über dieses Blatt fand ich die Anschrift meiner Tante. In New York war ich Vertreter von Krawatten und Kellner in einem Lokal. Die Geschichte mit dem Tellerwäscher, der zum Millionär aufsteigt, die hat sich bei mir leider nicht eingestellt.

Bei einem Tanzvergnügen in einem deutschen Club lernte ich ein jüdisches Mädchen kennen. Wir unterbrachen den Tanz, als wir feststellten, dass wir aus der gleichen Stadt stammten. Und da wir mit Amerika nicht warm wurden, nahm das eigentlich Unvorstellbare Gestalt an. Wir gingen zurück nach Deutschland und heirateten im schönen München, das damals natürlich nicht mehr so schön und voller Ruinen war.

Dann spielte ich auch wieder Kabarett, hatte kleine Filmrollen. Und nun bin ich nach fünfzig Jahren zum ersten Mal wieder hier in meiner Heimatstadt und habe Ihnen so viel erzählt. War das nicht ein verrücktes Leben?!«

Das bestätigte ich ihm gern. Mir schwirrte noch der Kopf von seinen Geschichten. Er fragte mich: »Wollen wir zahlen? Ich lade Sie natürlich ein.«

Ralph Katzmann, das war mein Eindruck, hatte sich müde geredet, und die Erinnerungen hatten ihn garantiert auch emotional belastet. Er lächelte mir zu und sah dann zu Boden. Es war ein Lächeln, hinter dem sich viel Melancholie und Traurigkeit verbarg.

Dann hob er den Kopf und sagte: »Sie müssen mir nur mit dem Geld im Portemonnaie helfen und mich wieder zum Hotel bringen.«

# Das Original 7

Die Nazizeit tauchte in meiner Generation bei Gesprächen mit Älteren immer wieder auf.

Ralph Katzmann, von dem Sie eben gelesen haben, hatte als Jude ein besonders schweres Schicksal. Es ging im Lager um Leben und Tod.

Ich war gespannt, was mir Ferdinand Barnowsky, dem ich mich längst freundschaftlich verbunden fühlte, nunmehr erzählen würde, wie er über die Nazizeit und den Krieg gekommen war.

Als ich die Treppe hochkam, winkte er mir schon mit seiner Linken von Weitem zu. In der Rechten hielt er sein »Stäbchen«, wie er die Zigarette mitunter nannte. Und was raucht man als Gesangspädagoge – natürlich »Duett«. Dieser Marke war er auch in der neuen Zeit treu geblieben und hatte sich nicht von dem vielfältigen Angebot an attraktiven Tabakwaren irritieren lassen.

Auf dem Marmortisch lagen diverse Noten, die er vermutlich gerade im benachbarten Antiquariat erworben hatte. Mit flinken Bewegungen schob er alles zusammen, um das Päckchen dann in seiner abgegriffenen Ledertasche zu verstauen.

»Ich habe mit meiner Bestellung extra gewartet. Sie nehmen doch bestimmt ooch wieder ä scheenes Schdiggchen Guchn zum Gaffee?«

»Sicher! Aber nur, wenn es sich wirklich um ein ›scheenes Schdiggchen‹ handelt!«

Eine junge Kellnerin mit dunklem lockigem Haar, die neu in der Mannschaft vom Conti war, begrüßte uns fröhlich und nahm unsere Bestellung auf. Im Gegensatz zu früher wechselte die Bedienung nun öfter. Und während damals viele Studenten als Gäste im Café verkehrten, tauchten sie nunmehr als Servierkräfte auf, um für ihren Lebensunterhalt Geld zu verdienen.

»Lieber Herr Barnowsky, Sie wollten mir heute erzählen, wie Sie es geschafft haben, sich in der Nazizeit vor der Wehrmacht zu drücken. Das ist ja auch schon eine gewisse Form von Widerstand ...«

»Mein lieber Kokoschinsky! Bei mir hat das eher etwas mit Chuzpe zu tun, wie das die Juden nennen. Also: Ich war schlicht und einfach schockiert, als die Nazis an die Macht kamen und hätte das nicht für möglich gehalten. Als sie mit den Lebensmittelkarten ankamen, habe ich gesagt: Wieso brauchen wir denn Lebensmittelkarten? Ich denke, das ist ein Blitzkrieg! Ich wollte ums Verrecken nicht Soldat werden.«

Und spitzbübisch lächelnd erklärte er: »Ich gann nich marschiern. Ich loofe immer nach dor falschn Seide! Und mir war spätestens 1941 klar, dass der Krieg verloren ist. 1942 wollten sie mich einziehen.«

»Und da erinnerten Sie sich an ›Felix Krull‹?«

»Mein großes Vorbild. Wenn man nicht als normal gelten will, braucht man ein bisschen Phantasie. Die hatte ich zum Glück geerbt. Und die ist Gold wert. Ich wurde dann von zwei Nervenärzten untersucht und habe mir vorgestellt, wie ich die Fragen beantworten muss, um nicht als normal zu gelten. Und prompt haben die es mir bestätigt. Ich fiel unter den Paragraf 51, Absatz 2 und das hieß ›bedingt zurechnungsfähig‹.

Ich habe den Eindruck gemacht, mir ist nicht zu helfen. Und dadurch habe ich mir geholfen. Ich habe mich stoobdoof geschdälld!«

Der Ausdruck »stoobdoof« amüsierte mich. Den hatte ich noch nie gehört.

»Aber wenn man sich zu doof stellte – war das nicht in jenen Zeiten wegen drohender Euthanasie gefährlich?«

Barnowsky nickte mir zu. »Das stimmt. Die Verbrecher haben ja tatsächlich mitunter schon Leute wegen einer kleinen psychischen Krise vergast. Ich musste irgendwo unterkriechen, wo ich weg vom Fenster war.

Da bekam ich einen Tipp: Es gebe eine besondere Einrichtung in Tannenfeld. Ich hatte etwas Geld gespart. Dann trat zu meinem großen Glück auch noch eine Erbtante die Reise in die Ewigkeit an und ich dadurch die Reise nach Tannenfeld. Dort befand sich in einem kleinen spätbarocken Schloss, das unter Herzogin Anna Dorothea von Kurland erbaut wurde, ein Privatsanatorium. Im Speisesaal hingen Lüster von der Decke. Ich fand heraus, dass in diesem Schlösschen einst der alte Brockhaus, Jean Paul und sogar Goethe zu Besuch waren. Ein gewisser Dr. Arthur Tecklenburg kaufte um 1900 die ganze Anlage im Altenburger Land und richtete dort eine Heilstätte für Psychiatrie und Neurologie ein. Nach meiner Erinnerung war um das Jahr 1912/13 sogar der junge Rudolf Ditzen dort …«

»Der Name sagt mir nichts …«

»Das denken Sie – den kennen Sie!«

»Nee, den kenne ich nicht.«

»Der nannte sich später – Hans Fallada!«

»Na, dann kenne ich ihn natürlich! Und er war psychisch krank?«

Barnowsky sah mich erstaunt an. »Die Geschichte kennen Sie nicht?«

»Nee.«

»Der junge Rudolf Ditzen neigte schon in jungen Jahren zu Depressionen. Er fühlte sich zu einem Schulfreund hingezogen, dem es ähnlich ging. Sie planten gemeinsam aus dem Leben zu scheiden. Am Ende war der Freund tot und Rudolf überlebte. Das hat natürlich seine Probleme verstärkt, und er landete in der Psychiatrie in Tannenfeld.

Und nun landete ich dort. Ich war über Nacht in feiner Gesellschaft. Einige Grafen und Fürsten, aber eben alle ein bisschen meschugge. Es gab Adlige mit eigenem Personal. Ich erinnere mich an einen Lehrer aus Berlin. Der hatte was gegen Hitler gesagt und sich vorsichtshalber gleich in ärztliche Behandlung begeben. Man musste sofort aus der Schusslinie sein. Die Leute dort – das waren zumeist Gegner vom Gröfaz.«

»Gröfaz?«

»Das hat der Volksmund erfunden. Das ist die Abkürzung von ›größter Feldherr aller Zeiten‹ – so nannte die Propaganda Adolf Hitler. Es gab aber auch andere in Tannenfeld. Zum Beispiel einen durchgeknallten Typ von der SS. Der sah ständig weiße Mäuse. Vermutlich ein schwerer Alkoholiker.

Ich erinnere mich auch an einen Mann, der an Massenmorden im Osten beteiligt gewesen war. Er ist anschließend durchgedreht. Der hatte in seinem Inneren vermutlich noch Reste von Menschlichkeit entdeckt. Er machte auf mich immer einen gehetzten Eindruck und fühlte sich verfolgt. Vielleicht tatsächlich von seinem schlechten Gewissen. Er wusste nicht mal mehr, wie er hieß. Manchmal versuchte er bei mir eine Zigarette zu schnorren. Ich bin ihm öfters aus dem Weg gegangen, damit meine ›Stäbchen‹ bis Kriegsende reichten. Im Park huschte ich dann schnell hinter eine Hecke.«

»Wie viele Zigaretten hatten Sie denn mit?«

»Zweitausend.«

Ich machte eine anerkennende Geste. »Beachtlich.«

»Mein lieber Kokoschinsky! Die musste man erst einmal auftreiben. Beziehungen waren in jenen Zeiten besonders vonnöten. Und dann hatte ich noch als stille Reserve ein paar Kisten Zigarren im Gepäck. Ich hatte mich auf längere Zeit eingerichtet.«

»Durften Sie denn überhaupt in dieser Klinik rauchen?«

»Im Speisesaal natürlich nicht, aber es gab tatsächlich einen Rauchsalon. Und die Parkanlage war einfach herrlich! Da wuchsen Rhododendron und traumhafte alte Bäume: Eschen, Lärchen, Robinien, auch Tulpenbäume. Es gab seltene mächtige Exemplare wie zum Beispiel einen Mammutbaum, eine Sumpfzypresse oder Goethes Lieblingsbaum ...«

Barnowsky machte eine kleine Pause und sah mich an, wie ein Lehrer, der einem Schüler eine Frage gestellt hatte.

»Ginkgo«, antwortete ich brav. Und er nickte mir bestätigend und freundlich zu.

»Tannenfeld war eine einzige Oase. Ich wollte damals nicht in die sogenannte normale Gesellschaft zurück.

Was war denn da noch normal?

Ab '33 gab es mir einfach zu viel ›Heil‹ schreiende Dumme in Deutschland. Und wie sagte mal ein kluger Mann so schön: ›Die Majorität der Dummen ist unüberwindbar und für alle Zeiten gesichert. Ihr Wirken wird lediglich gemildert durch Mangel an Konsequenz.‹

Apropos ›Heil‹: Der verehrte Werner Finck hat es seinerzeit auf den Punkt gebracht: In keinem Land wurde so viel ›Heil‹ geschrien und ist so wenig ›heil‹ geblieben ...« Da war sie wieder – diese knappe satirische Analyse des von mir geschätzten Kabarettisten.

»Welche Behandlung hat man Ihnen denn dort konkret angedeihen lassen?«

»Wir bekamen zum Beispiel kalte Umschläge und kalte Bäder«, Barnowsky schüttelte es noch im Nachhinein, »das sollte sich positiv auf unsere Macke auswirken. Ich fand es furchtbar.«

»Und in diesem Schloss Tannenfeld haben Sie quasi als Felix Krull überwintert!«

»Genau. Ich wäre sowieso gern Schauspieler geworden. Und das war *die* Rolle meines Lebens. Und keiner wusste vom anderen: Ist er wirklich verrückt oder spielt er das nur perfekt.

Nachts bin ich raus aus dem Bett. Da war kein Mensch im Haus unterwegs. Ich schlich mich zum Radio und habe ganz leise London gehört. Und was mir da zu Ohren kam, hat mich mit der Zeit immer mehr erfreut. Die ganze Malaise konnte nicht mehr lange gehen. Aber es wurde noch mal sehr kritisch. Es ist mir zwar gelungen, mich vor den Schützengräben im weiten Russland zu drücken, aber nicht vor dem Abwehrkampf in der Heimat. Die haben ja niemanden total vergessen. Und so kriegte ich eines Tages in meine Idylle mit Kristalllüster und Tulpenbaum eine niederschmetternde Nachricht per Post: ›Arbeitsverwendungsfähig Heimat‹. Mein lieber Kokoschinsky!

Da die Männer im Reich immer knapper wurden, sollte ich wenigstens hier meinen Mann stehen. Ich habe vierzehn Brasil geroocht und krichte eene Niggohdienvorgifdung. Mir ging es ganz übel. Sie vermuteten, dass es mit meiner Macke zusammenhing.

Ich sollte eine Spritze kriegen, die eine Schockwirkung hatte. Der Arzt untersuchte mich und sagte: ›Sie haben ein unwahrscheinlich großes Herz‹ … das habe ich übrigens heute noch … Dann meinte er anschließend: ›Ihr Fall ist hoffnungslos!‹

Das war genau das, was ich wollte. Ich wollte ein hoffnungsloser Fall sein.

Dann haben sie mich nicht gespritzt, aber auf Aderlass plädiert und am Hals und am Rücken vierzig Blutegel angesetzt. Die klatschtn dann in ä Eemer nein. Das sah aus! Alles bluhdsch. Die Wunden wurden mit Watte und Mull abgedeckt. Und ich krichte plötzlich ä Gohldampf! Ich hätte sonst was verspachteln können!

Dann wurde ich zurückgestellt. Ich war eben ein unsicherer Kantonist. Dabei war nun eine Zeit angebrochen, in der sie alle möglichen Versehrten genommen haben, notfalls auch einen Einbeinigen, aber nicht mich.

Ich war ein hoffnungsloser Fall! Unberechenbar. Ich hätte ja meinen Vorgesetzten erschießen können! Und so bekam ich den roten Jagdschein.«

Barnowsky blickte auf den Marmortisch, als läge dort der bewusste Schein. Dann strich er sich mit der linken Hand kurz über den Rücken, lächelte etwas gequält und informierte mich: »Ich hab's heute im Kreuz.«

Ich versuchte ihn mit der altbekannten Floskel zu trösten: »Das wird schon wieder.«

»Lieber Richard, der tröstliche Satz trifft leider für mein Alter nicht mehr zu.«

Und nun war ihm doch wieder zum Scherzen zu Mute und er sagte: »Ich liebe ja Friedhöfe, aber die Wahrheit ist: Man *geht* so lange übern Friedhof, bis man drauf *liegt*.«

Diese Sentenz erheiterte uns beide, und Barnowsky fragte: »Wo war ich stehen geblieben?«

»Beim roten Jagdschein.«

»Genau. Als es dem Ende entgegenging, wollte ich nach Hause abhauen. Mit einem Fahrrad. Ich habe es dort in der Remise ›gefunden‹ und bin damit im April 1945 los. Zeitweise war ich im Niemandsland. Das Wertvollste, was ich auf meinem Rad mithatte, war ein kleiner Sack Zucker. Den muss ich auch irgendwo ›gefunden‹ haben. Dann kam ich ins Muldental. Auf dem Weg radelte ich an toten Soldaten vorbei.

Irgendwann kam mir in dieser absurden Szenerie plötzlich ein deutscher Offizier zu Pferd entgegen und fragte: ›Wo komm' Sie denn her?‹

Ich sagte: ›Aus Tannenfeld.‹

Da sagte der: ›Aha, noch nie gehört.‹

Ich fragte ihn: ›Ist denn der Russe schon nahe?‹, und da meinte er: ›Die werfen wir zurück. Hier kommt kein Russe her.‹

Ich radelte weiter, und im nächsten Dorf kam mir schon ein Russe entgegen.

Ich bin abgestiegen und lief auf ihn zu. Ich war der einzige Mensch, der auf der völlig leeren Dorfstraße zu sehen war. Alle anderen saßen ängstlich im Keller. Als ich ran war, fragte der: ›Du ... Kommunist?!‹

Der dachte sich wahrscheinlich, wenn einer keine Angst vor den Russen hat, dann kann das nur ein Kommunist sein. Na, und ich stotterte vorsichtshalber: ›Ich? ... ja, ja ... Ich Kommunist.‹

Das war keine Zeit, um ihm zu erklären, dass ich eigentlich Sozialdemokrat bin.

›Ah, gut. Du Kommunist!‹

Mein lieber Kokoschinsky! Dann krichte ich plötzlich eene offn Asd gebrannd ...«

Ich schaute Barnowsky verwundert an. »Was kriegten Sie?«

»Eene offn Asd ... ach, Sie kennen den sächsischen Ausdruck nicht? Also, das ist, wenn Sie mit der flachen rechten Hand hinter der Schulter einen etwas stärkeren Schlag auf den Rücken bekommen. Wie das zur Bestätigung unter Freunden oder Kumpels mitunter üblich ist ...«

»Alles klar.«

»Und dann sagte der: ›Du Burgermeister!‹

Da hätte ich gern ein Foto von meinem Gesicht.

Sie hoben mich mit meinem Fahrrad auf einen Wagen und fuhren mich in die Kneipe des Dorfes. Dort kamen plötzlich alle Leute aus dem Keller. Ich hätte mich auch sehr gern im Keller einer Kneipe versteckt ...

Und der Wirt holte tatsächlich seine geheimen Sektrationen raus.

Die Russen öffneten in der Nähe ein Gefängnis, und einige Leute von dort strömten auch in das Wirtshaus. In dem Knast scheinen aber nicht nur politische Häftlinge gewesen zu sein, denn nach einer Zeit vermissten Gäste verschiedene Sachen, und manche der Typen hatten sich verdünnisiert. Die Reifen hatte ich vorsichtshalber von meinem Rad abgemacht, damit sie nicht geklaut werden. Die hatte ich umhängen wie einen Siegerkranz.

Mit zwei Leuten freundete ich mich an, und wir beschlossen, nachts über die Mulde zu den Amerikanern überzusetzen. Der Russe, der mich zum ›Burgermeister‹ erklärt hatte, schlief selig auf einer Bank in der Kneipe. Er war bei der Kellerinspektion auf Schnapsflaschen gestoßen.

Zum Fluss war es nicht weit. Ich schob mein klappriges Fahrrad zum Ufer. Dort fanden wir einen alten Kahn. Da passten wir drei und das Rad gerade rein. Wir nahmen eine Wäschestange, hängten eine weiße Tischdecke dran, die wir aus der Kneipe mitgenommen hatten, und ruderten über den Fluss. Wir waren heilfroh, als wir drüben ankamen und hörten aber von den Amis statt eines fröhlichen ›Welcome‹ zur Begrüßung leider nur ›Back‹!

Wir sind also zurück und haben es weiter weg wieder versucht. Mit Erfolg!

Ich zog die Reifen aufs Rad und strampelte los. Schaffte es gerade noch zum letzten Großangriff am 10. April 1945 in meine Heimatstadt. Wenn ich mich nicht so beeilt hätte, dann hätte ich den tatsächlich noch verpasst. Ich war total kaputt und bin beizeiten ins Bett. Da gab es plötzlich Alarm. Also raus aus dem Bett und schnell wieder angezogen. Dann kam Entwarnung. Ich legte mich angezogen ins Bett, und auf einmal kracht's! Ich war nie wieder in meinem Leben so schnell in einem Keller.

Nach mir kam der Rechtsanwalt aus dem Erdgeschoss. Der hörte sein Telefon klingeln und wollte in die Wohnung. Ich warnte ihn und sagte: ›Lassen Se das lieber.‹

Auf einmal kracht es ganz furchtbar! Der Dr. jur. stand aber schon oben an der Kellertür und wurde auf die Straße geschleudert. Tot. Der ist nur umgekommen, weil er wissen wollte, wer ihn während des Angriffs angerufen hat.

Mir zerschlugen einige Ziegelbrocken mein Bein. Es stellte sich später heraus, dass es zweimal gebrochen war. Eine Frau aus dem Haus hatte ein Auge eingebüßt. Als der Angriff vorbei war, schafften mich Hausbewohner mit einem Handwagen ins nächste Krankenhaus. Als ich hoch zu meiner Wohnung guckte, sah ich brennende Gardinen, die aus dem zerstörten Fenster wehten.«

Die filmreife Geschichte von Barnowsky hatte mich sehr beeindruckt. Bezogen auf seinen letzten Satz fragte ich ihn: »Was ging Ihnen da wohl durch den Kopf?«

»Sie werden lachen, aber das weiß ich noch ganz genau.«

»Das wissen Sie noch?«

»Habe ich Ihnen eigentlich schon gesagt, wo ich geboren wurde?«

Ich schüttelte den Kopf. »Nein, darüber haben wir nie geredet.«

»In St. Louis.«

»In St. Louis? USA? Das gibt's doch nicht.«

»Mein Vater arbeitete als Kunsttischler auf der Weltausstellung und schipperte danach mit der Familie wieder Richtung Europa. Ich habe nur dunkle Erinnerungen an die Überfahrt, aber man sagte mir, ich hätte mich immer sehr gefreut, wenn das Schiff geschaukelt hat – ganz im Gegensatz zu meiner Mutter und meinem Bruder, die das gar nicht als schön empfanden.

Und nun komme ich auf Ihre Frage zurück: Als ich mit wahnsinnigen Schmerzen im Handwagen über das Pflaster holperte und mir die brennende Gardine einen letzten Gruß aus der Wohnung bot, da dachte ich, mein Gott, wären wir doch bloß damals in Amerika geblieben.«

Mir kam eine aberwitzige Idee: »Dann wären Sie vielleicht als Soldat wieder nach Deutschland gekommen …«

»… alles möglich! Es ist schon verrückt, wie das Leben spielen kann. Und so musste ich mich eben hier durch die schweren Nachkriegsjahre schlagen.«

»Hatten Sie denn genügend zu essen?«

»Weizengrieß und Bino. Das hat mich über Wasser gehalten. Später war ich Pianist in einem frisch gegründeten Kabarett und knüpfte wieder einige Beziehungen.«

»Die Nachkriegszeit und das Kabarett interessieren mich auch sehr. Vielleicht können wir ...«

Barnowsky machte auf mich heute am Ende des Gesprächs einen geschwächten Eindruck. Schließlich war er inzwischen Mitte achtzig, »... beim nächsten Mal, lieber Richard, beim nächsten Mal!«

Mit diesem Versprechen von ihm gingen wir auseinander.

Etwa drei Wochen später saß ich allein im Café und las die Zeitung. In meinem Alter überblättert man zumeist die Todesanzeigen. Aber plötzlich fiel mir ein wohlbekannter Name ins Auge:

Ferdinand Barnowsky

Pianist und Gesangspädagoge

Ich erschrak. Wie traurig, wie schade. Das ging mir durch den Kopf. Ein besonderer Mensch in meinem Leben. Ein väterlicher Freund. Eine große Bereicherung für mich. Was für tolle Geschichten hat er mir erzählt. Mein lieber Kokoschinsky! Ich erinnerte mich an unser letztes Gespräch. Darin charakterisierte er die Deutschen mit zwei Wörtern: »Fleißige Idylliker«.

Und unsere Zeit bedachte er mit einem nahezu aphoristischen Satz: »Freiheit ist herrlich, aber Freiheit ohne Disziplin ist das Chaos.«

Ferdinand Barnowsky war noch ein Original in Zeiten, in denen es zu viele Kopien gibt.

# Nachkriegszeit

Nach dem Fall der Mauer und der bald erfolgten Wiedervereinigung machten sich viele Menschen auf, die in den Jahrzehnten vorher aus verschiedenen Gründen auf eine Reise in die DDR verzichtet hatten. Sie waren oft in einem Alter, in dem die Sehnsucht nach den Stätten der Kindheit und Jugend immer mehr zunahm.

Und einige davon ließen sich nicht entgehen, ihre Erinnerungen an frühere Besuche des Café Continental aufzufrischen. Und so saßen sie mitunter etwas verträumt am Marmortisch und genossen die Bilder, die aus der Vergangenheit aufstiegen. So erlebte ich es auch in dem folgenden Fall …

Der Mann, der vor meinem Tisch stehen geblieben war, lächelte mich an. »Ich kenne Sie doch irgendwoher …«

»Das ist schon möglich.«

Dann ging ein Strahlen über sein Gesicht. »Aus dem Fernsehen. Sie sind Maler.«

»Das stimmt.«

»Ich habe den Bericht mit Ihren Porträts von jüdischen Frauen und Männern gesehen. Schon zu DDR-Zeiten interessierten Sie sich für deren Schicksale. Und zeichneten auch bauliche Zeugen früheren jüdischen Lebens.«

Der Mann spielte darauf an, dass ich eine vergessene ehemalige Synagoge entdeckt hatte, in der an der Decke noch der Rest eines Davidsterns zu sehen war. Seit vielen Jahren diente dieser Raum als volkseigene Produktionsstätte für Steppdecken. In dem früheren Gotteshaus, in dem einst Gebete und Gesänge ertönten, ratterten unentwegt große Nähmaschinen. Unglaublich. Das hatte in der Stadt kaum ein Mensch gewusst.

So zeigte die Geschichte hier bis in die achtziger Jahre die traurige Spur, die die Vertreibung und Ermordung der ehemaligen Nutzer des Raumes hinterlassen hatte. Das ging mir blitzartig durch den Kopf, als ich den Mann vor meinem Tisch sagen hörte: »Haben Sie was dagegen, wenn ich mich kurz zu Ihnen setze?«

Ich machte eine einladende Bewegung mit der Hand. »Überhaupt nicht. Immerzu.«

»Mein Name ist Herbert Niessmann.«

»Richard Dumont.«

»Interessanter Name.«

»Meine Vorfahren väterlicherseits waren Hugenotten.«

»Ihre Vorfahren sind seinerzeit aus Frankreich geflüchtet, meine Familie ist 1955 aus dem Osten abgehauen.«

»Wie alt waren Sie da?«

»Vierundzwanzig«

»In welchem Viertel wohnten Sie?«

»Im Lukaskirchen-Viertel.«

»Da habe ich als Student gewohnt.«

»Welche Straße?«

»Südstraße.«

»Das war bei mir um die Ecke. Ich wohnte in der Thüringer Straße.«

»Das gibt es ja nicht. Da haben Sie bestimmt noch Erinnerungen an die Kriegszeit, an die Bombenangriffe ...«

Er zeigte mit dem Finger auf seine Schläfe. »Die Bilder sind alle gespeichert. Die zitternden Menschen im Keller. Neben mir Helga, mit der ich oft gespielt habe. Entweder mit meiner Ritterburg oder mit ihrem Puppenhaus.«

»Als Junge war das ja in jenen Jahren ungewöhnlich.«

»Ich fand Puppenstuben großartig. Die kleine Welt in der großen. Lämpchen in den Zimmern, die man anknipsen konnte. Möbel, bei denen sich die Türen öffnen ließen. Wir spielten Ehepaar. Dann ahmte ich eine Sirene nach, und wir hüpften aus den Betten, nahmen das Baby aus der Wiege und stürmten die an der Seite des Puppenhauses befindliche Treppe hinunter in den Keller. Eben Kinderspiele in Kriegszeiten ...«

»Das vergisst man nicht.«

»Nein, das vergisst man nicht«, bestätigte mir Herbert Niessmann, »kaum bin ich in meiner alten Heimatstadt, überfallen mich die Bilder aus jenen Tagen. Und im Café Continental saß ich so manches Mal mit meinen Eltern. Nach einem guten Zeugnis gingen sie mit mir hierher. Die großen Windbeutel waren stadtbekannt.«

»Weil Sie die Sirene erwähnt haben ... mein zwölf Jahre älterer Bruder sagte mir, dass ihm beim Ertönen die Beine so geschlottert hätten, dass er mit den Schnürsenkeln keine Schleife binden konnte.«

Herbert Niessmann nickte mir zur Bestätigung zu. »Kann ich verstehen. Die Bilder aus dem Krieg werden mich bis ans Ende meiner Tage nicht verlassen. Besonders eine Sache bekomme ich nicht aus dem Kopf.«

Er trank einen Schluck Kaffee, als wenn bei ihm die Erinnerung an jene Begebenheit automatisch schon zu einem trockenen Mund führen würde.

»Im April 1945 hatte ich Konfirmation. Mein Großvater hatte sich in diesen schwierigen Zeiten trotzdem aus Dresden auf den Weg gemacht, um beim Fest dabei zu sein. Es fiel natürlich entsprechend der Zeit mehr als bescheiden aus. Das betraf sowohl die Geschenke als auch das Essen. Wegen der zugespitzten Situation lag meinem Großvater am Herzen, möglichst schnell wieder nach Hause zu kommen. Schon deshalb, weil meine Großmutter krank zu Bette lag. Ich begleitete ihn zum Bahnhof. Die Halle und die Bahnsteige waren total überfüllt. Flüchtlinge und Soldaten. Es waren chaotische Zustände am Ende des Krieges. Ich wollte meinem Großvater unbedingt einen Fensterplatz besorgen, drängelte mich durch die Massen, und es gelang mir auch. Er freute sich.

Auf der Strecke wurde der Zug durch die näher rückenden Gefechte beschossen. Es gab viele Verletzte. Und einen Toten ... meinen Großvater.«

Er machte eine Pause und sah an mir vorbei in den Raum.

»Er hat den barbarischen Bombenangriff am 13. Februar jenes Jahres in Dresden mit meiner Großmutter überstanden, und ich bekomme den Gedanken nicht aus dem Kopf, dass er vielleicht nur deshalb gestorben ist, weil ich ihm diesen Fensterplatz erkämpft habe ...«

Und ich sah seinem Gesicht an, dass ihn diese Vorstellung tatsächlich bis heute belastete.

Seine Erzählung berührte mich, aber was sollte ich darauf sagen? Für ihn war der Vorfall eben nach Jahrzehnten noch ein Problem. Ich flüchtete mich in den Satz: »Eine traurige Geschichte.«

Er nickte mir zu: »Krieg ist das Schlimmste, was Menschen im Leben widerfahren kann.«

Ich wechselte jetzt einfach das Thema, weil mich interessierte, etwas über die Nachkriegsjahre aus dem Viertel zu erfahren, in dem ich als Student gewohnt hatte.

»Welche Erinnerungen haben Sie denn aus der Zeit nach 1945? Was gab es da für Läden? Oder für besondere Typen?«

»In unserer Straße war Bier-Beyer ein Begriff, eine Getränke-Großhandlung. Die waren wohlhabend und hatten die größte Wohnung im Viertel mit wertvollen alten Möbeln. Der Sohn von Beyers hieß Hartmut. Der war in meiner Klasse. Dem ging es natürlich im Verhältnis zu den anderen Kindern damals sehr gut. Kurios war, dass er die anderen Kinder um ihre Igelitschuhe beneidete.«

Ich konnte das kaum glauben. »Was? Das ist aber erstaunlich.«

»Ja, er fühlte sich dadurch ausgeschlossen. Hartmut trug Lederschuhe, die der Vater aus Westberlin mitgebracht hatte. Er wollte aber dazugehören und nicht in so eine Außenseiter-Rolle gedrängt werden. Seine Klassenkameraden erzählten von Margarine, Kunsthonig und Rübensaft. Das kannte er gar nicht.

Ich verstand mich mit ihm gut, wir spielten oft zusammen. Er hatte eine Märklin-Modelleisenbahn. Und ich fragte mich, was wohl aus dieser schönen Eisenbahn geworden war, als ich hörte, dass die Familie bei Nacht und Nebel in den Westen abgehauen war. Die Wohnung mitsamt den Möbeln erhielt ein Offizier der Kasernierten Volkspolizei.«

Niessmann blickte kurz nach oben, während er sich über sein Kinn strich. Dann schien er wieder ein Gesicht vor sich zu sehen. »Neben der Praxis vom gutaussehenden Zahnarzt Bormann, der für uns Kinder tatsächlich der ›Bohr-Mann‹ war ... da befand sich Elektro-Fritzsche.«

»Den Laden gab es noch in den sechziger Jahren, als ich hierher kam.«

»Sehen Sie! Die schicke Frau Fritzsche hatte einen Sohn. Der war kein großes Licht und blieb schon in der dritten Klasse sitzen.«

»Das schafft nicht jeder! Da muss man schon was draufhaben!«

Niessmann lachte amüsiert auf. »Frau Fritzsche ging mit dem Zahnarzt fremd. Und was machte ihr permanent lustlos wirkender Mann daraufhin?«

»Ging auch fremd?«

»Wäre eine Variante gewesen. Nein, er zog in die Fremde, was ja in jenen Jahren kein Problem war. Er fuhr einfach mit dem Zug nach Berlin, stieg Friedrichstraße in die S-Bahn nach Potsdam und verließ bei der ersten Weststation den Wagen. So einfach wurden damals mitunter Probleme gelöst!«

»Meine Wirtin erzählte mir mal etwas von einem Quark-Schröder.«

»Na klar, Quark-Schröder! Der fuhr in den fünfziger Jahren einen grünen Mercedes 170 V. Unglaublich! Und er hatte eine bildhübsche Frau, die zwei ebenfalls bildhübsche Töchter zur Welt brachte. Sein rothaariger Sohn war allerdings ein Flegel. Der nervte. Er wurde gnadenlos von Schülern wegen seiner Haare gehänselt.«

»Und dann gab es noch zu meiner Zeit den Schreibwarenladen Otto.«

Herbert Niessmann lachte etwas. »Herr Otto war ein lieber, etwas einfältiger Typ. Wenn er keine Kundschaft hatte, dann stand er gern in der Tür und beobachtete das Leben vor seinem Geschäft. Er kannte ja fast jeden Menschen im Viertel und wurde dadurch zum permanenten Grußaugust. Und wenn er mit freundlichem Gesicht genug vom Grüßen hatte, verschwand er wieder in seinem Laden. Nebenan war die Werkstatt des Schuhmachers Jirschitzka ...«

»Den gab's nicht mehr zu meiner Zeit.«

»Er war schon älter, ein Sudetendeutscher. Jirschitzka war ein bedauernswerter Mann. Er hatte sich im Krieg alle zehn Zehen erfroren, und sie waren ihm amputiert worden. Dadurch wurden logischerweise seine Füße kleiner. Er hatte also eine niedrige Schuhgröße und lief bzw. trippelte wie eine behinderte Geisha durch den Raum. Am wohlsten fühlte er sich auf seiner 125er Victoria. Da war er noch ein ganzer Kerl. Wenn ich meine Schuhe zum Besohlen brachte, dann meinte er immer: ›Ihr Kinder kennt alle die Beine nit heben!‹«

»Und wenn schon ... letztlich verdiente er ja dadurch sein Geld!«

»Sie sagen es. Unweit von ihm existierte der Lieblingsladen meiner Kindheit: Das Schokoladengeschäft von Fräulein Süßmuth mit den hölzernen Originaleinbauten aus den zwanziger Jahren. An der Wand warb auf einer Uhr ein Schriftzug für Schweizer Tobler-Schokolade. Sowohl die Schweiz wie die Schokolade waren für uns so weit weg wie der Mond! Originell fand ich: Der Name der Inhaberin und die Handelsware standen in besonderer Beziehung. Süßmuth – Mut zum Süßen!«

»Dafür brauchte unsereiner keinen Mut. Wir Kinder hatten ja in diesen Jahren alle ein Defizit an Süßem!«

»Da haben Sie wiederum recht. Das Geschäft zeichnete sich durch ein sehr bescheidenes Angebot aus. Man sah vor allem leere Regale. Als Dekoration stand in der Mitte meist eine ebenfalls leere Schachtel Pralinen aus alten Zeiten. Mitunter aus Blech. Wir besuchten das Geschäft von Fräulein Süßmuth aber gern, weil wir uns einbildeten, dass darin noch der Geruch von Schokolade in der Luft hing.«

»Und was gab es?«

»Das werden Sie ja noch wissen: Ein paar Bonbons und diesen weiß-roten Pfefferminzfondant, der von einem Block abgebrochen wurde. Süß wie die Sünde!

Etwas Besonderes waren die Hände von Fräulein Süßmuth?«

Ich wunderte mich. »Die Hände? Waren Sie besonders schön?«

Niessmann schüttelte gleich den Kopf. »Im Gegensatz zu Herrn Jirschitzka hatte sie sich nicht die Füße, sondern die Hände erfroren. Sie waren permanent geschwollen und sahen rot aus. Bestimmt schmerzten sie mitunter, denn besonders fröhlich guckte Fräulein Süßmuth nicht.«

»Ja, wir Kinder wussten meist, woher die Leute ihre körperlichen Schäden hatten. Das hing alles mit dem KRIEG zusammen. In meiner Kindheit verging doch kaum ein Tag, an dem nicht mindestens einmal das Wort KRIEG fiel. Er beschäftigte die Menschen bis in ihre Träume. Frau Glasbrenner, die Nachbarin, erzählte mir, dass sie manchmal nachts schreiend aufwachte. Sie war nach einem Bombenangriff verschüttet gewesen.

Ich stellte mir vor, wie sie im Keller plötzlich von Trümmern eingeschlossen war. Und ich dachte, da würde ich vermutlich auch nachts im Traum schreien.

Wir Kinder sahen nicht nur die Häuserruinen an den Straßen, sondern auch die menschlichen Ruinen, die uns auf dem Fußweg entgegenkamen.

Herr Löffler, ein Lehrer von mir, besaß ein Glasauge. Sein richtiges hatte er im KRIEG verloren. Rings um sein künstliches Auge sah man Narben. Mich gruselte etwas vor dem Glasauge. Konnte man das herausnehmen? Auf den Tisch legen? Ich ertappte mich dabei, dass ich mehr zu seinem künstlichen Auge sah als zu seinem natürlichen. Es zog mich magisch an, weil es mich so starr und unverwandt anblickte. All diese bedauernswerten Menschen mit einem körperlichen Handicap nannte man ›Versehrte‹. Das beschreibt nicht die ganze Tragik.«

Nun erinnerte sich Niessmann: »Auf dem Schulweg kam uns oft ein Mann entgegen, dem ein Bein fehlte, einem anderen gar beide und deshalb saß er in einem sogenannten Selbstfahrer. Dieses Gefährt fuhr aber nicht etwa selbst, sondern man musste links und rechts zwei Hebel entgegengesetzt mit den Händen bewegen, und so rollte es vorwärts. Anderen Versehrten wiederum fehlte eine Hand, und aus dem Ärmel schaute eine künstlich geformte, mit schwarzem Leder bezogene Hand hervor. Die starrte ich als Kind genauso an wie Sie jenes Glasauge. Ich sah das alles mit einer gewissen Bedrückung. Oder ein Arm war jemandem weggeschossen worden, und so baumelte der leere Ärmel am Jackett.

Das kam alles vom KRIEG.

Als wir dann die ersten jungen Lehrer bekamen, fiel uns auf, dass sie mehr lächelten oder sogar mal einen Witz machten. Die konnten tatsächlich fröhlich sein.«

»Heute verstehe ich, warum unsere älteren Lehrer überwiegend so ernst blickten, kaum mal einen Spaß machten. Sie schauten zwar in die Klasse, hatten aber mitunter noch die schrecklichen Bilder vom Schützengraben vor Augen.

Zum Pressefest sah ich mit Freunden ein buntes Programm. Dann wurde der Auftritt von Fred Frohberg angekündigt. Ein beliebter Schlagersänger ...«

»... den kenne ich auch noch«, unterbrach mich Niessmann.

»Sein Lied ›Zwei gute Freunde‹ ist bei Älteren nicht vergessen. Der gutaussehende Fred Frohberg bekam Auftrittsapplaus. Er hatte eine Beinprothese, und ich sah, wie er stark hinkend zum Mikrofon ging. Da war er wieder, der KRIEG. Wie wird er sich vorgekommen sein, wenn das Publikum seinen Gang über die Bühne verfolgte?«

Herbert Niessmann hielt kurz inne und versuchte dann meine Frage zu beantworten. »Das war bestimmt anfangs schwer, sich in vollen Sälen, vor vielen Menschen dieser Situation zu stellen.«

Ich machte jetzt einen Sprung in unserer Unterhaltung und sagte: »Es gab aber in unserem Viertel auch einen Menschen, der von der Natur verunstaltet worden war. Er war Inhaber eines Friseurgeschäftes, ein relativ kleiner Mann ...«

Niessmann war sofort im Bilde. »Sie meinen Georg Bretschneider.«

»Genau. Er hatte unter der rechten Schulter einen Buckel. Dabei führte die Arbeitshaltung eines Haarschneiders, wie wir damals auch sagten, sowieso oft zum sogenannten Friseurbuckel.«

Mein Gesprächspartner lächelte. »Mich erinnerte er immer etwas an eine Figur aus einem Märchen. Irgendwo hatte ich gelesen, dass es Glück bringen soll, wenn man einen Buckel streichelt. Das hätte ich mich aber nie getraut.«

»Ich auch nicht. Zumindest etwas Gutes hatte er davon. Herr Bretschneider musste nicht in den KRIEG.«

Nun fiel mir noch etwas Besonderes ein. »Stellen Sie sich vor: In meinem Haus wohnte ein Chinese.«

»Das war ja damals absolut exotisch.«

»Genau. Er besaß ein Café. Es hing voller bunter Lampions, in denen matte Glühbirnen brannten. Es herrschte eine schummrige Atmosphäre wie in einer Opiumhöhle. Wenn er glaubte, dass seine Frau ihn betrogen hatte, dann tobte er in seiner heimatlichen Sprache herum. Diese Laute erinnerten uns an Karatekämpfer. Das klang ziemlich gefährlich. Etwa wie HOWUHKONG! WEIHEIFUH!«

An zwei Nachbartischen drehten sich die Gäste zu uns, um zu sehen, welcher Chinese da gerade zum Angriff überging.

Auch Niessmann konnte ebenfalls mit einer Besonderheit aus seinem Wohnhaus aufwarten. »In unserem Haus wohnte der Tischler Hermann Jacob. Das war an seiner rechten Hand unschwer zu erraten. Berufsrisiko. Da fehlte dieses und jenes Glied. Eines Tages traf ihn mein Vater im Treppenhaus. Herr Jacob zeigte ihm seine frisch bandagierte Hand und meinte fröhlich: »Guck, Walter, jetzt sinnse alle gleich lang!«

»Tragisch komisch!«

»Apropos komisch: Können Sie sich noch an die Fahrzeuge jener Jahre erinnern? Was einigermaßen rollte, kam auf die Straße. Herr Altmann besaß einen zum Lieferwagen umgebauten Adler mit Holzvergaser.«

»Das sah aus, als ob ein Badeofen hinten ans Auto geschnallt ist. Aber wie funktionierte denn so ein Holzvergaser?«

Niessmann klärte mich auf. »Benzin und Diesel waren bekanntlich nach dem Krieg mehr als knapp. So kam man auf Brennholz als Treibstoff. Die Holzstücke wurden in dem ›Badeofen‹ so stark erhitzt, dass ein brennbares Gas frei wurde. Rohre leiteten dieses Gas an der Karosse entlang zum Motorraum, und dort wurde es verbrannt.«

»Unglaublich. Da kam man ja nur durch das Land, wenn man Axt und Säge im Auto hatte!«

Und ich schlug den Bogen zur Gegenwart. »Heute der absolute Horror: Der Wald wird abgeholzt, damit Autos fahren können.«

Niessmann strahlte mich an. »Aber von der Geschwindigkeit her hätten die Grünen ihre Freude gehabt: Die alte Karre von Herrn Altmann wurde sogar von der Straßenbahn überholt. Da meinte er resignierend: ›Die verdammte Kiste kommt eben nicht mal über dreißig!‹«

»Meine Wirtin erzählte mir, es hätte in dem Viertel auch einen originellen Schneidermeister gegeben ...«

Mein Gesprächspartner wusste sofort Bescheid: »Meisezahl ... Er trug seine Brille immer so weit unten, dass sie die Nasenlöcher zuklemmte. Er konnte zwar gut sehen, bekam aber schlecht Luft.«

»Ohne Luft lässt es sich wiederum schlecht leben!«

»Genau. Deshalb hatte Meisezahl immer den Mund auf. Und eines Tages hörte ich, dass er überraschend gestorben war.«

Niessmann grinste etwas hinterhältig und sagte: »Und ich dachte so für mich, vielleicht hat er tatsächlich vergessen, seinen Mund aufzumachen ...«

# Falco, der Besorger

Eben haben Sie ein paar Originale aus der Nachkriegszeit kennengelernt. Auch der Mann, von dem ich Ihnen jetzt erzähle, war ein Original.

Er war so begeistert von dem lässigen Österreicher, der Deutsch, Wienerisch und Englisch in seinen Texten mixte, dass ihn die Leute, die von seiner Schwärmerei wussten, prinzipiell nur »Falco« nannten. Und das gefiel ihm sehr.

Manfred Krollwitz, so sein richtiger Name, war bei den Stammgästen im Conti bekannt wie der legendäre bunte Hund. Und warum hieß er noch »der Besorger«?

Ganz einfach: Weil er in der DDR, in diesem Land des Mangels, Beziehungen zu allem möglichen hatte. Falco war Wirt einer gemütlichen altdeutschen Kneipe mit dem schönen Namen »Fuchsbau« und kannte unglaublich viele Leute. Vom Fleischer bis zum Kfz-Schlosser, von der Besitzerin eines Blumenladens bis zur Schallplattenverkäuferin, von einer Angestellten im Reisebüro bis zum Leiter eines Spirituosengeschäfts. Nur um Bücher kümmerte sich Falco nicht. Dafür war Poldi zuständig. Sie haben ihn schon kennengelernt. Ansonsten blühte Tausch und Besorgung von Mangelwaren. Und durch diese erfolgreiche Geschäftstätigkeit blühte wiederum Falco auf – er war wer.

»Ich werde sehen, was sich machen lässt«, war sein Standardsatz. Und es ließ sich allerhand machen. Besorgst du mir das, besorg ich dir das.

Falco war nicht nur der Chef vom Fuchsbau, sondern selbst ein Fuchs. Ein Filou von kleinem Wuchs, der aber den Begünstigten im Geiste durch seine Beziehungen nahezu einige Zentimeter größer schien. Und man kann sagen: Er wuchs auch mit seinen Aufgaben. Er erwies Leuten Gefälligkeiten, die dies freiwillig honorierten. Handel und Wandel. Keinerlei kriminelle Geschäfte. Er war kein Täter, sondern Wohltäter.

Ein Fleischer habe Falco mal gefragt, ob er ihm etwas für 30 000 Mark besorgen könne. Antiquitäten, Schmuck oder Gold. »Als ich bei ihm war«, berichtete er, »zeigte er mir eine Pappschachtel, die er in seiner Garage versteckt hatte. Packen voller Hundertmarkscheine. Jeweils mit Schnippgummi zusammengehalten. Da hatten Mäuse schon an der Schachtel die Ecken weggefressen.«

Es wurde also Zeit, die Summe zu veredeln, ehe auch die Geldscheine angeknabbert würden.

Aber er beantwortete das Anliegen des Fleischers abschlägig. »Das waren genau die Geschäfte, die nicht mein Ding waren.«

Falco stellte sich meist zum nachmittäglichen Kaffee im Conti ein, hielt Hof wie ein kleiner Mandarin, der ein wenig zu Übergewicht neigte. Er war übrigens einer der Ersten in der Stadt, der sich seine Haare am Hinterkopf zu einem kleinen Pferdeschwanz zusammenband. Das hatte er sich vielleicht von einem der Ton- und Lichttechniker vom Fernsehen abgeguckt, die mitunter auf ein Bier bei ihm einkehrten.

Als Student saß ich einmal mit ihm in einer Runde, und als er hörte, dass ich an der Kunsthochschule studierte, fragte er mich, ob ich nicht ein Bild seiner Freundin malen könne. Es sollte eine Überraschung zum Geburtstag sein. Er würde mir Fotos geben, und ich könnte sie ja auch heimlich im Fuchsbau skizzieren. Aber er möchte das Bild natürlich »in Öl«. Es solle mein Schaden nicht sein. Und er wünschte sich ein Brustbild. Das konnte ich nach In-Augennahme dieses Körperteils von ihr sehr gut verstehen.

Und wir reden hier von einer Zeit, in der alles, was man diesbezüglich sah, ein reines Geschenk der Natur war und nicht von sogenannten Schönheitsoperateuren mit Hilfe von Silikon geformt wurde.

Das Bild gefiel ihm sehr, und er zahlte mir ein reichliches Honorar. Hinzu kam, dass er mich in den Keller seiner Kneipe einlud. Der Keller sah aus wie alle Keller in der DDR. Farbe kam da nicht vor, wenn man von den Wänden absah, auf denen der weiße Salpeter blühte. In den Winkeln der dunklen Räumlichkeiten hatte so manche Spinne ihr filigranes Netz gewebt. Aber in den Regalen leuchteten Waren, die das Herz jedes Bewohners dieses Landes hocherfreut hätten. Da plumpsten zwei grüne Gurken in den Plastebeutel, eine Dose Ananas, drei Bananen, zwei Apfelsinen und drei Flaschen Radeberger.

Ein köstlicher Fischzug, ohne eine Angel ausgeworfen zu haben.

Ich bedankte mich bei Falco und ließ ihn wissen, dass ich weiteren gelegentlichen Aufträgen gegenüber nicht abgeneigt wäre. Und dann konnte ich ihn noch mit einer besonderen Information überraschen.

»Weißt du eigentlich, warum sich Falco diesen Namen gegeben hat?«

Darüber hatte er sich noch nie Gedanken gemacht.

»Na ja«, meinte er, »der Name wird ihm halt gefallen haben. Er heißt ja eigentlich Johann Hölzel. Das ist ja nun für einen Showman nicht gerade der Brüller.«

Falco nahm sich eine Flasche Radeberger aus dem Kasten und funktionierte sie zum Mikrofon um: »Und jetzt kommt der Mann, der alle Hitparaden stürmt und mit ›Rock me Amadeus‹ über Wochen sogar die Nummer 1 in den USA war: ... Johann Hölzel!!!«

Er amüsierte sich über seinen Gag, aber ich konnte ihn aufklären: »Sein Künstlername Falco hat mit der DDR zu tun.«

Falco guckte mich an, als hätte ich nicht mehr alle beisammen.

»Quatsch!«

»Das kannst du mir glauben. Ich habe das in einer West-Gazette gelesen. Er hat sich ja immer sehr für Sport interessiert und war voller Bewunderung für den Stil des DDR-Skispringers Falko Weißpflog. Als kleine Verbeugung wählte er als Künstler dessen Vornamen und ersetzte das ›k‹ durch ein ›c‹. Sieht ja irgendwie schicker aus.«

Da staunte der Mann, mein Wissen imponierte ihm. »Das gibt's nicht! Wirklich?!«

»Wirklich. Kannst du gern nachprüfen.«

»Also, ich weiß allerhand über ihn, aber das habe ich noch nie gehört. Das finde ich ja ausgesprochen sympathisch.«

Falco umgab immer eine Aura freundlich leichter Großspurigkeit. Er war sozusagen übers ganze Jahr der Weihnachtsmann vom Conti.

Das studentische Publikum war natürlich mangels Penunze und Tauschobjekten ausgeschlossen, aber bei den Werktätigen unterschiedlicher Couleur vom Ingenieur bis zum Künstler gab es eine rege Geschäftstätigkeit. Falco hatte sogar Kontakte, um Westschallplatten zu besorgen, aber da wurde es dann richtig teuer, und der Kreis war eisern auf finanzkräftige und verschwiegene Menschen reduziert.

Falco, der Besorger, besaß einen Instinkt für gute Geschäfte, aber keinen für richtige Aussprache von Fremdwörtern. Da haperte es an Bildung. Niemandem, der etwas von ihm wollte, wäre es aber eingefallen, ihn zu korrigieren oder sich gar über das falsch ausgesprochene Fremdwort zu amüsieren. Alle nahmen das hin, ohne mit der Wimper zu zucken. Mit ihm als Besorger wollte es schließlich niemand verderben.

Wie zeigte sich diese Macke?

Falco genoss zum Beispiel mit seiner opernbegeisterten Freundin so manche Aufführung und erzählte, dass er im Opernhaus an einer »Sohreh« teilgenommen habe. Und die Starsängerin wäre eine Kolorsopranistin gewesen (Vermutlich total überschminkt). Andere erzählten, dass Falco jetzt auf seinem Grundstück einen »Wirrpool« installieren wollte. Am liebsten natürlich in einem Becken aus »Carreramarmor«, aber an so etwas käme man ja im Osten nicht ran. Wenn er einen Begriff falsch abgespeichert hatte, blieb das für alle Zeiten. So musste eben ein Freund wegen seiner Nieren einmal in der Woche zur »Analyse«, weil das Blut gewaschen wurde. Einmal erlebte ich, wie er das französische Wort Dependance aussprach. Es klang bei ihm wie »Däbbndanz«.

Wenn sich etwas nicht entwickelte, dann »stangnierte« das. Und Falco wurde auch mitunter zum Wortschöpfer. Bei einem Verlust eines seltenen Stückes, denn Antiquitäten gehörten am Rande zu seinen Kauf- und Tauschobjekten, war das Stück für ihn »unwiederbringbar«. Als er anlässlich eines runden Geburtstages zu seiner Großmutter in den Westen fahren durfte, erzählte er anschließend, dass man sich bei solchen Feiern dort mitunter zwischen Frühstück und Mittag zu einem »Brangsch« treffen würde.

Sie können sich bestimmt vorstellen, in welch schwierige Situation ihn dann der Herbst 1989 brachte. Es ist nicht übertrieben, wenn ich sage, dass mit der Friedlichen Revolution sein wichtigster Lebensinhalt wegbrach.

Wer war er jetzt?

Aus Falco, dem Besorger, wurde über Nacht ein Nichts. Kein Mensch sprach ihn mehr an: »Falco, ich hätte da eine Bitte … Könntest du für mich … Ich bräuchte unbedingt …« Er fiel in ein Loch, litt an Stimmungsschwankungen. Keiner brauchte etwas. Alle bekamen überall alles. Er war überflüssig geworden. Die schönste Zeit seines Lebens war dahin.

Und er machte die Erfahrung, dass manche Freundschaft lediglich eine Geschäftsbeziehung gewesen war. Vorbei. Einladungen zu Partys blieben aus. Er war ein Wendeverlierer. Selbst in seiner immer beliebten Kneipe sah man nunmehr abends leere Stühle. Ein Teil der Leute sparte, trank das Bier zu Hause aus der Büchse. Andere nutzten sofort die Reisemöglichkeiten. Wiederum andere mussten der Arbeit nachfahren und traten jeden Sonntag die unfreiwillige Reise in den Westen an. Wurden zu ostdeutschen Gastarbeitern im »goldenen Westen«.

Und eines Tages war zu unser aller Verblüffung die Gaststätte geschlossen, und keiner wusste, wo Falco abgeblieben war. Dann kamen Gerüchte auf, dass ihn seine Brigitte verlassen habe. Man erzählte, dass sie als Standhilfe auf einer Messe einen Autohausbesitzer aus Bayern kennengelernt und ihren verunsicherten Mann im Elend zurückgelassen habe. Nur das von mir gemalte Bild hätte sie mitgenommen. Alles andere brauche sie nicht mehr. Von Falco nach wie vor keine Spur. Er war verschüttgegangen.

Nicht lange hin, und an der Stelle von Falcos »Fuchsbau« eröffnete ein Chinese seine »Dschunke«. Ein weißes Segelschiff prangte über dem Eingang.

Einer der Stammgäste erzählte nach ein, zwei Jahren, dass er sich einbildete, Falco in Wien in einem Kaffeehaus als Kellner gesehen zu haben. Er hätte ihn kaum erkannt. Falco sei schlanker geworden, habe sich von seinem Pferdeschwanz getrennt, und bediente in der Kluft alter Wiener Kellner im Anzug mit Weste. Der Mann sei unsicher gewesen, ob es tatsächlich jener Manfred Krollwitz war, und eine Kontaktaufnahme sei gescheitert. Der frühere Stammgast vermutete, dass er Wien als Wohnort gewählt hat, um seinem verehrten, aber auch skandalträchtigen Star näher zu sein.

Ein anderer Stammgast hatte im Jahr darauf dieses Kaffeehaus aufgesucht, ihn aber nicht gesehen und einem gesprächsbereiten Kellner die Geschichte von Falco erzählt.

»Ja«, meinte der Mann, »für Falco habe Herr Krollwitz immer wieder geschwärmt und deshalb auch eine Arbeit in der Dominikanischen Republik aufgenommen.«

Da war er also tatsächlich seinem verehrten Showman nachgereist. Ob er ihn jemals gesprochen hatte? ... so von »Falco« zu Falco ... das weiß natürlich niemand.

Sein Idol konnte ja auch ein total arroganter Typ sein, unnahbar, voller Stimmungsschwankungen. Bald spielten Alkohol und Drogen eine verhängnisvolle Rolle. Ein Paradebeispiel, wie großer Erfolg selten wirklich glücklich macht.

Da hatte Falco, der Besorger, vermutlich viel schönere Jahre seinerzeit im Mangel erlebt, hatte nun mit den Verhältnissen im Überfluss zu kämpfen und trauerte bestimmt um Brigitte, seinen Fuchsbau, um die echten Freunde und die Stunden im Conti ...

Nach dem Tod des österreichischen Sängers und dessen Beerdigung auf dem Wiener Hauptfriedhof könnte ich mir vorstellen, dass er einer von den viertausend Trauergästen gewesen war. Und vielleicht ist ihm dort am Grab eine Zeile aus dem Falco-Lied »Out of the Dark« durch den Kopf gegangen: »Muss ich denn sterben, um zu leben?«

# Der Erdenwurm

Hans-Jürgen Teichgräber lernte ich bei einer Ausstellung von Amateurmalern kennen. Seine Spezialität sind Aquarelle. Ich fand sie von der Form und den Farben her äußerst gelungen. Im Gespräch erfuhr ich, dass er als Biologe in der Forschung tätig ist. Die Bilder sind oft von Blicken durch das Mikroskop angeregt worden. Die Natur bietet beeindruckende abstrakte Motive.

Als Hans-Jürgen Platz genommen hatte und wir Kaffee und Kuchen bestellt hatten, fragte ich ihn: »Was gibt's Neues in der Biologie? Aber versuch, auf meinen Bildungsstand Rücksicht zu nehmen, und erkläre es mir am besten wie ein Lehrer seinen Schülern.«

Hans-Jürgen ist von Haus aus ein geduldiger Mensch. Davon profitierte auch schon öfters seine temperamentvolle Frau. Seine dunklen Locken sind inzwischen da und dort von ein paar grauen Haaren durchzogen. Sein fast schüchternes Lächeln lässt einen ahnen, wie er als Oberschüler in der Bank saß. Er drängte sich nie in den Vordergrund, und deshalb hatte er es in der neuen Zeit als Professor gegenüber gewissen Selbstdarstellungs-Kollegen nicht automatisch einfach. Aber bei den Studenten ist er ausgesprochen beliebt. Vor allem, seitdem sie auf einer Exkursion zu ihrer Verblüffung erlebten, wie er abends am Lagerfeuer zur Gitarre hervorragend Leonard-Cohen- und Bob-Dylan-Lieder gesungen hat.

Eine Studentin hatte sich anschließend offensichtlich in ihn verknallt. Das konnte sie nicht verbergen, sie wimmelte um ihn herum und himmelte ihn an. Hans-Jürgen achtete aber in seiner liebenswürdigen Art auf den entsprechenden Abstand.

»Um auf deine Frage zurückzukommen«, nahm er den Gesprächsfaden auf, »ich habe zwei interessante Geschichten für dich. In den USA gibt es jetzt den ersten Computer, der dir sagen kann, zu welchen Krankheiten du neigst.«

»Das klingt ja stark nach Science-Fiction. Und wie funktioniert das?«

»Man entnimmt dir etwas Zahn- oder Wangenfleisch, und das untersucht der Computer auf deine genetischen Defekte ... also welche Krankheiten du vermutlich zu erwarten hast.«

Ich winkte ab. »Das möchte ich lieber gar nicht wissen!«

»Aber ich kann mir vorstellen, dass es Menschen gibt, die das schon sehr gerne wissen möchten. Und nicht nur diejenigen, die es betrifft.«

Nach kurzem Nachdenken dämmerte mir etwas: »Ich verstehe ... vermutlich vor allem Versicherungen. Die wollen dann einen Gen-Test, weil sie mit dir bei zu erwartenden Krankheiten keine Lebensversicherung mehr abschließen.«

»Das halte ich durchaus für möglich.«

»Total inhuman. Probleme gibt es vermutlich auch bei der Bewerbung für eine Arbeit. Oder in der Partnerschaftswahl. Wer heiratet einen Mann, der mit vierzig Jahren Krebs kriegt?«

»Das ist die eine Seite, die andere ist: Die Wissenschaft kann bei zu erwartenden Krankheiten versuchen, deine Gene mit entsprechenden Medikamenten fit zu machen. Da gibt es dann Hormone gegen alle Altersgebrechen. Die Amis setzen schon heute Milliarden für die Alternsforschung ein.«

»Die Amis können einfach nicht in Würde altern. Das siehst du ja auch bei manchen Frauen unter den Touristen. Wie meine Mutter früher sagte: Von hinten Lyzeum, von vorne Museum.«

Hans-Jürgen nahm diese Formulierung lächelnd zur Kenntnis. »Der Vorteil besteht darin, dass du durch Hormone das Lebensende immer weiter hinausschieben kannst.«

Ich wiegte den Kopf in Anbetracht der Ungewissheiten und erinnerte ihn: »Und worum geht es in deiner zweiten Geschichte?«

Er lächelte sein Abiturienten-Lächeln und ließ trocken fallen: »Das Lebensgen.«

»Lebensgen?«

»Ja, die Biotechniker arbeiten weltweit an der Entschlüsselung der Lebensgene. Also: Ob der Tod in unserer Erbmasse programmiert ist. Und da hat nunmehr ein Forschungsteam ein Gen entdeckt, das den Alterungsprozess reguliert.«

Das verblüffte mich. »Bei uns Menschen?«

»Nein, das noch nicht. Bei Würmern.«

»Bei Würmern ...?«

»Ja, die winzigen Würmer Caenorhabditis elegans ...«

»... auch noch elegante Würmer ...«

Hans-Jürgen ging auf meinen Versuch, einen Scherz zu machen, gar nicht ein und fuhr fort: »... die sind besonders geeignet, um menschliche Genregulationsprozesse abzubilden und zu untersuchen.«

Ich schüttelte ungläubig den Kopf.

Doch er setzte noch einen drauf. »Und das Verrückte ist – wir sind ihnen ähnlich.«

»Wir sind einem winzigen Wurm ähnlich?!«

»Sie haben tatsächlich Muskeln, Nerven, Haut und einen Darm.«

»Einen Darm auch?«

»Und ein Fortpflanzungssystem.«

»Das schafft meine Phantasie nicht, sich das vorzustellen. Und was haben die Experten nun mit diesem Wissen gemacht?«

»Sie haben ein bestimmtes Gen ausgeschaltet, und da lebte anschließend der Wurm statt 18 Tage plötzlich – 42 Tage!«

»Na, da kann der doch lachen!«

Hans-Jürgen lächelte mir zu: »Hat der bestimmt auch ... Und das wollen sie jetzt auch beim Menschen machen.«

»Beim Erdenwurm.«

»Du sagst es!«

Ich konnte ihm bis jetzt folgen und resümierte: »Also die schalten ein bestimmtes Gen aus, damit wir ...«

Und nun unterbrach mich der an sich zurückhaltende Hans-Jürgen und begeisterte sich an den Konsequenzen: »Aber jetzt kommt das Größte! Ein Wissenschaftler hat die neue Lebenszeit von den Würmern mit der von Menschen verglichen und ausgerechnet, dass wir dadurch auf ein Alter von – 128,7 Jahren kämen!«

»128,7?« Das ist ja ... also abgesehen davon, dass ich auf die sieben hinter dem Komma verzichten könnte ... würde ich doch sagen ...«

Hans-Jürgen strahlte mich an, »... so alt möchtest du auch werden!«

»Um Gottes willen! Nie im Leben! Das ist doch schrecklich. Weißt du, wie du dann aussiehst?«

»Tja, lieber Richard, das lässt sich nicht mehr zurückdrehen. Da sind inzwischen einige Teams weltweit dran. In fünfzig Jahren, so vermuten Experten, wäre die Wissenschaft so weit, dass der Mensch biologisch quasi unsterblich ist.«

»Was?! Aber das ist ja gespenstisch! Altern ist doch ein natürlicher Vorgang.«

Hans-Jürgen lächelte wieder sein Lächeln. »War, Richard, war ein natürlicher Vorgang. Die Wissenschaft entwickelt sich eben auf *jedem* Gebiet weiter. Ich sag's jetzt mal für dich ganz populärwissenschaftlich: Die Zurückdrängung des Alters fing damals mit der Hormocenta-Creme von der Marika Rökk an, und irgendwann fällt eben der ganze Verfall weg.«

Kopfschüttelnd erklärte ich ihm: »Nee, du, also komme, was da wolle, aber wenigstens der Tod muss uns erhalten bleiben!«

# Der Malerstammtisch 5

Ich glaube, es war Lanzendorff, der in die Runde fragte, ob jemand Kontakt zu Kampfer habe. Er sei seit einiger Zeit kaum noch am Stammtisch aufgetaucht. Die anderen mussten ihm recht geben. Und jetzt fiel einigen ein, dass er zuletzt meist wortlos am Tisch gesessen hatte.

Ich konnte mit genauen Informationen dienen. »Vor ein paar Tagen schlenderte ich die Straße entlang und dachte von Weitem: Der Mann, der dort vorn in der Tür steht, kommt dir sehr bekannt vor. Beim Näherkommen bestätigte sich meine Vermutung, dass es sich tatsächlich um Kampfer handelte. Er stand am Eingang einer dieser neuen Spielhöllen voller Automaten, wirkte etwas blass, blinzelte in die Sonne und rauchte.«

»Ist er etwa vom Spielteufel besessen?«, wollte Mager wissen.

Ich schüttelte den Kopf. »Mir fiel nichts weiter als die dumme Frage ein: ›Was machst du denn hier?‹ Und ich hatte das Gefühl, dass ihm das Treffen mit mir nicht angenehm war.«

»Und was hat er gesagt?«, ließ sich der offensichtlich interessierte Grambach vernehmen.

»›Na ja‹, meinte er, ›es ist mir alles weggebrochen: Die beiden Malzirkel, die ich geleitet habe, und meine Messeaufträge. Die haben mir finanziell ermöglicht, dass ich mich in Ruhe meiner Grafik und Malerei widmen konnte. Und nun brauchte ich plötzlich über Nacht dringend Geld. Deshalb arbeite ich hier für einen Jugoslawen, dem diese Spielbude gehört.‹«

»Gehört dir etwa dieser Laden?«, scherzte Lanzendorff und boxte Milan Marković in die Seite.

Der winkte nur ab. »Das ist traurig, äbbn«, konstatierte er, »wie kennen wir helfen?«.

Keiner hatte eine Idee, weil alle damit zu tun hatten, erst einmal in dieser unübersichtlichen neuen Welt Fuß zu fassen.

Marković gründete gleich nach der Wende eine Import-Export-Firma und fuhr ein teures Auto. »Sonst wirst du nicht akzeptiert äbbn in dieser Zeit!«, sagte er mir in einem Gespräch. »Kleines Auto – kleine Geschäfte!«

Ich konnte noch Weiteres vom Schicksal des Stammtischbruders Kampfer berichten: »Aus seiner Wohnung ist er schon ausgezogen. Die konnte er sich nicht mehr leisten.«

»Was?!«, ließen sich mehrere entsetzt hören. »Darüber hat er nie gesprochen«, erinnerte sich Schneidereit, und Mager fügte an: »Aber er ist doch verheiratet. Seine Frau verdient doch auch.«

Ich nahm meine Rolle wieder auf, die schlechten Nachrichten weiterzugeben: »Der Betrieb seiner Frau ist abgewickelt worden. Sie ist derzeit arbeitslos und bekommt Stütze.«

Lanzendorff stöhnte auf: »Das ist ja ein Elend! Und die beiden waren von Anfang an auf jeder Demo.«

Grambach steuerte bei: »Und nun liegen sie auf *der* Straße, auf der sie einst demonstriert haben.«

Noch eine letzte Information hatte ich in der Sache. »Ich sage euch jetzt etwas, das unter uns bleibt.« Alle sahen mich ernsthaft an und nickten. »Von einer Freundin weiß ich, dass seine Frau durch die Umstände ein Alkoholproblem bekommen hat.«

Alle sahen betreten in die Runde und schließlich meinte Mager: »Da können wir nicht helfen, da müssen Fachleute ran.«

Das Ende vom Lied war: Ab dieser Zeit tauchte Kampfer nicht wieder im Conti auf, und alle Versuche, ihn einzuladen, scheiterten. Er lebte völlig zurückgezogen. Traf man ihn zufällig, versicherte er, dass er wieder mal vorbeikomme, aber es passierte nichts. Und eines Tages arbeitete er auch nicht mehr in dieser Spielhölle, und keiner wusste, welcher Tätigkeit er nun eigentlich nachging.

Eines Tages kam Susanne Pippig aufgeregt ins Conti. Als sie sich etwas beruhigt hatte, meinte sie leise und bewegt: »Kampfer ist tot.«

Entsetzen am Tisch.

Wie manchmal in solchen Situationen sagte jemand vor Schreck etwas völlig Unsinniges: »Aber der ist doch erst kürzlich umgezogen!«

Als könne einer, der kürzlich umgezogen ist, nicht plötzlich tot sein.

»Ich habe eben seine Schwester getroffen ... er hat sich das Leben genommen.«

Die Stammtischrunde schaute sie ungläubig an. Dann trat eine kleine Pause ein, und man konnte förmlich sehen, dass alle überlegten, wie Kampfer wohl zu Tode gekommen sei, aber keiner wollte die schreckliche Frage stellen.

Susanne Pippig flüsterte: »Er ist aus dem Fenster seiner Wohnung in den Hof gesprungen ... Seine Frau war für zwei Tage verreist.«

Grambach fasste sich nach einer Weile als Erster und sagte leise: »Unser Rudolf Kampfer hat damit seine letzte Reise angetreten ...« Dann zog er das nüchterne Resümee: »Wir sehen, dass die Friedliche Revolution doch noch Opfer kosten kann.«

# Schlechtes Wetter

Auf meinem Weg ins Conti kam ich in einen stattlichen Regenguss. Er traf mich aber nicht unvorbereitet, und ich spannte schnell den mitgeführten Schirm auf. Ich befand mich gerade in einer wenig belebten Gasse, und mir kam ein Mann an zwei Gehhilfen entgegen. Hinter ihm lief eine Frau, von der ich annahm, dass sie zu ihm gehörte. Sonst hätte sie ihn bei diesem Wetter garantiert schon überholt, um schneller ins Trockene zu kommen. Allerdings war sie durch eine Kapuze zumindest vor dem Schlimmsten geschützt.

Der Mann hatte einen etwas ungepflegten Bart, und die langen nassen Haare klebten ihm im Gesicht. Als ich mit ihm auf gleicher Höhe war, sprach er mich freundlich an: »Nur mal eine Frage.«

Ich merkte, dass er trotz seiner Behinderung an diesem trüben Tag bereits dem Alkohol zugesprochen hatte bzw. man müsste richtigerweise sagen, dass der Alkohol eher aus ihm sprach.

»Fragen Sie.«

»Könnten Sie mir vielleicht Ihren Schirm borgen? Ich bring ihn auch nächste Woche zurück.«

Hier stand ich einem Mann gegenüber, der über ein gerüttelt Maß an Humor verfügte.

»Mitten im Regen von jemand den Schirm borgen … da kann ich nur sagen, da haben Sie ganz schlechte Karten.«

Er lächelte. Auch die Frau lachte und zeigte dabei zwei dunkle Zähne und zwei Lücken im Frontgebiss. Sie schien an meiner Miene registriert zu haben, dass ich ihren stark sanierungsbedürftigen Zahnstatus bemerkt hatte.

»Mein Zahnarzt ist im Urlaub.«

Ich verkniff mir die Bemerkung, dass er wohl eine mehrjährige Weltreise angetreten hatte.

»Aber noch mal was anderes«, richtete nun der Mann wieder sein Wort an mich, »ich habe mein Portemonnaie verloren. Würden Sie mir 20 Cent für ein Brötchen geben?«

Wenn er auch auf das kleine Wörtchen bitte verzichtet hatte, rührte mich doch nahezu die geringe Summe, um die er mich angebettelt hatte. Kannte ich doch einen Typen, der vor allem sommers in Sandalen mit gestopften Socken von Tisch zu Tisch vor dem Café Continental herumschlurfte und jedes Mal an die Gäste die fordernde Frage richtete: »Können Sie mir zwei Euro geben?«

Dieser Mann dagegen verfügte offensichtlich über ein gewisses Maß an Bescheidenheit oder vielleicht auch an psychologischer Raffinesse. Wer würde sich schon so geizig zeigen und dem Bettelnden tatsächlich nur 20 Cent auf den Handteller legen?

Ich langte in meine linke Hosentasche, die sozusagen mein Portemonnaie für Kleingeld aller Art ist, förderte einige Münzen zutage und ließ sie in die schon aufgehaltene Hand fallen.

Und während der Regen von seiner Nase und dem Kinn tropfte, lächelte er mich hocherfreut an und zog sein Fazit über unsere Begegnung: »Vielen Dank! Sie sind ein ganz besonders feiner Kerl!«

Und die verblühte, ehemals bestimmt ganz ansehnliche Frau an seiner Seite fügte hinzu: »Na, da kann ich mir ja jetzt auch meine Zähne machen lassen.«

# Der Insider

Mit Carola, meiner alten Freundin, war ich endlich wieder mal im Conti verabredet. Sie war zu DDR-Zeiten, wie ich Ihnen schon erzählt habe, ab und an als Fotografin sportlicher Ereignisse in den Westen gekommen, aber in Rom war sie noch nie gewesen. Nun hatte sie mir eine Stunde von der ewigen Stadt vorgeschwärmt. Sie fand das Leben dort so intensiv, so sinnlich. Der gleiche Rotwein habe in Deutschland einen blasseren Geschmack.

»Das liegt auch irgendwie an der römischen Luft und am Essen.«

Sie zeigte mir schöne Fotos von jungen und alten Menschen in ihrem Alltag, von mächtigen Bäumen vor uraltem Gemäuer, vom Forum Romanum und vom Trevi-Brunnen.

»Weißt du, dass der dreißig Meter hoch ist?«

Ich schüttelte den Kopf.

»Und dass den der Papst im 18. Jahrhundert in Auftrag gegeben hat?«

»Nein.«

»Im Barock-Stil von Bernini entworfen. Und weißt du, was die zwei geflügelten Pferde, eins ganz ruhig, eins völlig unbändig, symbolisieren?«

»Keine Ahnung.«

Sie freute sich offensichtlich, mich aufzuklären: »Die Gezeiten des Meeres.«

»Großartig. Ich weiß nur, dass ich den Brunnen zum ersten Mal in meinem Leben in den sechziger Jahren in Warschau gesehen habe.«

Nun schaute sie mich ungläubig an. »Wie ... wie meinst du das denn?«

»Da saß ich mit Kommilitonen im Kino, und wir beobachteten Anita Ekberg, die im Film ›La dolce vita‹ im Trevi-Brunnen badete. Durch das nasse, enganliegende Kleid waren die Kurven ihres Körpers besonders deutlich zu sehen. Es herrschte Stille im Kino. Sie war eins der größten Sexsymbole jener Tage.«

»Der Film lief vermutlich nicht in der DDR.«

Ich nickte. »Dieses ›süße Leben‹ passte nicht in die DDR. Unsere Werktätigen gelüstete es nicht nach einem Bad im Trevi-Brunnen. Sie waren dankbar für eine Kur in Bad Elster.«

Carola amüsierte sich.

»Wir fanden den Film natürlich großartig ...«

»Wer spielte noch mit?«, wollte Carola wissen.

»Marcello Mastroianni und Anouk Aimée. Ich selbst war kein Fan von Anita Ekberg und stand eher auf Frauen wie Jane Fonda. Oder noch mehr auf Französinnen wie Mireille Darc, Mylène Demongeot oder Marléne Jobert. Und die letzten drei passen einfach schon vom Namen her bestens zu Richard Dumont. Findest du nicht?«

»Auf alle Fälle.« Aber nun zog Carola ein begeistertes Fazit ihres Besuches: »Ein Spaziergang durch Rom bildet mehr als ein Semester Kunstgeschichte.«

Und ich beklagte angesichts ihrer Schwärmerei, dass Ulbricht, Honecker und Co. uns solche Reise-Erlebnisse in unseren besten Jahren verwehrt hatten. »Die im Krieg geborene, im Nachkrieg aufgewachsene Generation, der in den wichtigen Lebensjahren zwischen dem 20. und dem 45. Geburtstag die Welt verschlossen war, die wird nie mehr diesen Grad an Weltläufigkeit erreichen. Wer von uns kann denn etwa Italienisch oder Französisch? Wir leben für die nötigsten Sätze des Alltags von ein paar Englisch-Brocken.«

Und Carola erzählte mir: »Ich habe einen Freund, der deshalb nicht in diese Länder reist, weil auch sein Englisch so mangelhaft ist. Er kommt sich einfach blöd vor. Unsicher. Es ist ihm peinlich.«

In dem Moment fiel mir im Zusammenhang mit Rom ein Abend mit meiner Frau ein ... hatte ich Ihnen eigentlich erzählt, dass ich geheiratet habe? Bin mir nicht mehr sicher. Ich möchte auch nicht mein Familienleben ausbreiten und zu privat werden. Nach einigen Irrungen und Wirrungen ist es dann bei Anna-Luise vom HO Warenhaus geblieben. Drei Jahre später kam Jakob zur Welt und zwei Jahre danach Marléne. Etwas französische Tradition muss schon sein.

Aber zurück zur ewigen Stadt. Und zu dem Abend mit meiner Frau in Rom. Ich musste unwillkürlich lachen und sagte zu der verdutzten Carola: »Da muss ich Dir eine Geschichte erzählen, die ich mit Anna-Luise in Rom erlebt habe. Unser Hotel besaß eine begrünte Dachterrasse. Von dort hatten wir einen herrlichen Blick auf die Stadt und vor allem auf die beleuchtete Kuppel vom Petersdom. Dort saßen wir an einem milden Sommerabend und brauchten uns nicht mit Englisch zu mühen, denn das Ehepaar am Tisch stammte aus Wiesbaden. Wir tauschten uns über die Schönheiten Roms aus. Von den Vatikanischen Museen über das Colosseum bis zur Sixtinischen Kapelle und und und.

Da gab uns der Mann, der in der Staatskanzlei in Wiesbaden arbeitete, einen Insidertipp. »Sie müssen unbedingt die Villa D'Este und die Villa Adriana sehen. Haben Sie davon schon gehört?«

Wir verneinten.

»Großartige Bauten und Gärten. Müssen Sie sehen!«

Nun fragte ich: »Waren Sie schon im Caffè Greco?«

Carola schob sofort dazwischen. »Ein zauberhaftes altes Kaffeehaus. Unweit von der Spanischen Treppe.«

Ich bestätigte: »Genau.« Mein Tischnachbar an jenem Abend meinte aber: »Nein, das sagt mir nichts.«

Nun konnte ich ihn aufklären. »Das berühmteste Café in Rom! Aus dem 18. Jahrhundert! Dort saß Goethe schon an einem der Marmortische.«

»Goethe?«

»Goethe!«

Man hatte den Eindruck, dass ihm nicht so recht passte, dass ihm ein Landsmann aus dem Osten einen Tipp gab.

»Werden wir mal ... nicht wahr ... Hast du dir's gemerkt? Renate?«

»Ja. Greco, wie der Maler.«

Im Folgenden drehte sich das Gespräch auch um die Probleme Deutschlands nach der Wiedervereinigung und die Einordnung der jüngsten Geschichte in Europa und der Welt. Die Welt war das Stichwort für den Endfünfziger, um mir als uninformiertem Menschen aus dem Osten größere Zusammenhänge klarzumachen.

Mit etwas bedeutungsschwangerer Stimme verkündete er: »Wissen Sie eigentlich, dass es eine geheime Weltregierung gibt?«

Bis zu dieser Frage schien mir der Mann mit seinem Seidentüchlein im Hemdausschnitt und bis auf eine gewisse Wessi-Attitüde relativ unauffällig, aber jetzt horchte ich auf und verneinte seine Frage. Ich gestattete mir einen kurzen vielsagenden Blick mit meiner Frau, während ich einen Schluck vom hervorragenden trockenen Weißwein nahm. Der ließ mich die unerwartete Information des Insiders, die nun auf mich zukam, vielleicht besser verkraften.

»Die geheime Weltregierung sitzt in Vevey ...«

»Da waren wir schon!«, platzte meine Frau in seine Eröffnung, und ich hatte den Eindruck, dass die beiden mit leicht säuerlicher Miene zur Kenntnis nahmen, wo wir Ostler uns schon überall herumgetrieben hatten.

Dann fuhr er nach dieser Störung fort: »Die geheime Weltregierung sind sechs bis acht Leute. Die haben in Vevey ein Haus, und dort legen die alles fest.«

Seine Frau nickte zu den Ausführungen ihres Mannes, und ich konnte nun meine kritische Sicht nicht länger ganz verbergen und fragte: »Und wer soll denn diese Regierung bilden?« Wenn er ein sensibler Mensch wäre, dachte ich, dann müsste er an meinem Tonfall merken, dass mir seine Information völlig unglaubwürdig erschien.

»Das wissen Sie nicht, wer diese Regierung bildet?«

Ich schüttelte wortlos den Kopf.

Nun rückte der Mann mit der ganzen Wahrheit raus und zeigte mit dem Finger hinüber zum Petersdom: »Der Vatikan, das Judentum und die Wirtschaftsbosse. Die legen dort in Vevey alles fest.«

Carola kringelte sich an unserem Tisch. »Da seid ihr ja auf einen Experten gestoßen! Dass du da noch ruhig bleiben konntest!«

Ich sagte ihr, dass ich ihn daraufhin gefragt habe: »*Was* legen die denn fest?«

Man sah seinem Gesicht an, dass er überzeugt war, dass ich an einer im Osten gewachsenen gewissen Begriffsstutzigkeit leide, und antwortete: »Na, solche Sachen wie die Wiedervereinigung, wie das in Europa weitergeht usw. Das wird alles in Vevey entschieden!«

Das konnten wir ihm nun doch nicht durchgehen lassen, und meine Frau und ich sagten ihm, dass er hier uralte Geschichten aufwärmen würde, die in den zwanziger und Anfang der dreißiger Jahre Konjunktur gehabt hätten.

Und natürlich seien wieder die Juden an allem schuld.

Daraufhin sagte der Mann aus der Wiesbadener Staatskanzlei: »Meine Mutter hat im Sudentenland unter den Juden gelitten!«

Nun wollte ich mit leicht geröteten Wangen und mühsam beherrschter Lautstärke in der Stimme Genaueres wissen. Darauf bekam ich die unvergessliche Antwort: »Sie redet nicht darüber, aber sie hat es mir gesagt!«

Carola meinte nun: »Ich hätte bezahlt und wäre gegangen.«

»Genau das haben wir auch gemacht. Aber ...«, so scherzte ich, »seitdem bin ich mir nicht mehr sicher, ob nicht zumindest für die hessische Landesregierung einige Festlegungen in Vevey getroffen werden ...«

# Die Geschichte der Vera Weiß

Irgendwann klingelte das Telefon. Am anderen Ende meldete sich eine Vera Weiß. Sie war in der Stadt ihrer Kindheit und Jugend zu Besuch und richtete mir Grüße von Ralph Katzmann aus. Er hatte ihr gesagt, dass ich mich für die Lebensläufe der ehemaligen jüdischen Bewohner interessiere, die über die Welt verstreut sind. Ich stimmte hocherfreut einem Treffen im Café Continental zu und holte sie am nächsten Tag in ihrem Hotel ab. Sie zeigte sich als eine Frau, die für ihr Alter, sie hatte immerhin die Mitte siebzig schon überschritten, noch sehr beweglich wirkte. Ihr volles halblanges kräftiges Haar schwang bei schnellen Bewegungen um ihren Kopf.

Wir setzten uns für ein paar Minuten ins Vestibül. Man brauchte nicht viel Phantasie, um sich vorzustellen, dass sie noch weit über ihre besten Jahre hinaus eine schöne Frau gewesen war. Ralph Katzmann hatte sie bei unserem Treffen erwähnt und mir erzählt, dass er sie in Israel bei Freunden getroffen habe. Und dass sie zur Erinnerung an alte Zeiten immer noch »die schöne Vera« genannt wurde. Ihre großen dunklen Augen sahen mich aufmerksam an und machten überhaupt einen sehr wachen Eindruck.

Nach der Wende bemühte sich eine frühere Freundin bei einer Reise nach Israel, etwas über ihren Aufenthaltsort zu erfahren. Schließlich war ihr das auch gelungen, und die beiden fielen sich nach über fünfzig Jahren in die Arme. Sie schwärmte: »Es war unglaublich, die Jahrzehnte schnurrten zusammen, als hätte es diese große Spanne des Nichtsehens gar nicht gegeben. Wir haben nahtlos an unsere schöne Zeit wieder angeschlossen. Annerose hatte für die Nazis nichts übrig und unter den erschwerten Bedingungen immer zu mir gehalten. Ihr Haus wurde Ende 1944 zerstört. Sie wohnte dann mit ihren Eltern einige Jahre in einem anderen Ort bei Verwandten und kehrte erst später in ihre Heimatstadt zurück. Für ein paar Tage bin ich nun bei ihr, und wir lachen viel zusammen, aber wir reden natürlich auch über die schlimmen Jahre.«

»Und wann haben Sie Deutschland verlassen?«

»Dazu muss ich erst einmal sagen: Meine Eltern waren durch und durch Deutsche. Sie konnten sich einfach nicht vorstellen, dass sich dieser Hitler lange halten würde. Und nun kommt eine besonders absurde Pointe: Der Vorname meines Vaters war tatsächlich – Adolf! Seine Eltern stammten aus Österreich-Ungarn. Dort gab es diesen Namen häufiger – Spitz- bzw. Kosename war ›Dolfi‹.«

Ich stellte mir vor, dass Adolf Hitler vielleicht auch von seiner Mutter so genannt wurde und fand diese Verniedlichung im Zusammenhang mit dem späteren brutalen und menschenfeindlichen Diktator einfach absurd.

»Mein Vater hatte ein schauspielerisches Talent und hat Hitler oft perfekt parodiert. Er hielt sich dann seinen kleinen schwarzen Taschenkamm unter die Nase, um Hitlers Bart zu imitieren. Was haben wir gelacht! Und – als uns das Lachen vergangen ist: Was haben wir geweint!

Um auf Ihre Frage zurückzukommen ... nach der sogenannten Kristallnacht, also dem Novemberpogrom von 1938, war meinen Eltern schnell klar, dass es für uns bitterernst wurde. Vielleicht hat uns sogar der Vorname meines Vaters in jener schrecklichen Nacht geholfen, als die SA auch in unserem Haus bei zwei jüdischen Familien randalierte. Es könnte sein, dass sie unser Namensschild »Adolf Weiß« verwirrt hat, und sie dachten, das werden doch wohl keine Juden sein.

Wir hörten jedenfalls die Rufe, die Schreie, das Poltern

einer eingetretenen Tür, das Klirren von Glas. Wir saßen zitternd in der dunklen Wohnung, und mein Vater sah durch den schmalen durchsichtigen Rand unserer Milchglasscheibe in der Tür, wie Herr Silberstein und Doktor Simonsohn die Treppe hinuntergestoßen wurden.

Hinter der Gardine vom Wohnzimmer-Fenster blickten wir auf die Straße. Vor unserem Haus stand ein Pritschenwagen. Darauf wurden brutal einige Männer gestoßen. Als im Haus wieder Ruhe eingekehrt war, schlichen sich meine Eltern zu den beiden Familien, und meine Mutter sagte zu mir: ›Du bleibst hier, rührst dich nicht vom Fleck und machst niemandem auf!‹

Sie erzählten mir dann von dem Chaos, das die SA-Leute angerichtet hatten. Da war tatsächlich auch Kristall zu Bruch gegangen ... Rosa Silberstein, die Mutter von Herrn Silberstein, erlitt durch die Aufregung einen Herzanfall und musste ins Krankenhaus.«

Vera Weiß machte eine Pause. Ich fragte nicht dazwischen, denn mir war klar, dass ihr der Abend in der Erinnerung wieder Gänsehaut verursachte und sie auch ohne Frage weitererzählen würde.«

Aber es war eben nicht nur Kristall zu Bruch gegangen«, führte sie ihre Erzählung fort, »sondern in diesen Minuten zerbrach auch die Liebe und Verbundenheit zur deutschen Heimat. Als meine Eltern wieder in die Wohnung kamen, meinten sie zu mir: ›Du musst sofort aus Deutschland weg!‹

›Na und ihr?‹, fragte ich.

›Wir müssen erst noch ein paar Dinge regeln und kommen nach. Wir haben hier nichts mehr zu erwarten. Wir können auf keine Besserung hoffen. Jetzt wird es gefährlich für unsere Existenz. Ein Pogrom kommt selten allein. Das geht weiter. Ab heute haben wir mit diesem Deutschland nichts mehr zu schaffen.‹

Nun beratschlagten wir, welche Möglichkeiten in Frage

kämen. Wir hatten Verwandte in Wien. Da lebte eine Cousine meiner Mutter. Dort war aber die Situation nach dem Einmarsch der Wehrmacht im März 1938 alles andere als rosig. Hinzu kam, dass nunmehr in die Pässe der Juden ein drei Zentimeter großes J gedruckt wurde. Wir waren gezeichnet. Wir konnten nicht einfach mit dem Zug nach Österreich fahren.

Ab Sommer häuften sich illegale Grenzübertritte. Man brauchte Kontakte. Mein Vater kannte durch seine Handelstätigkeit viele Menschen. Auch in Bayern. Er telefonierte am nächsten Tag mit einem befreundeten Geschäftspartner, auf den er sich, wie er sagte, hundertprozentig verlassen könne. Der Abschied von meinen Eltern drei Tage später war furchtbar. Ich war siebzehn.

Wir weinten alle. Mein Vater versuchte als Einziger, die Contenance zu bewahren, aber er schaffte es auch nicht. In Bayern übernachtete ich in der Wohnung jener Familie, die mein Vater kannte. Die Grenze war nicht weit entfernt. Sein Freund brachte mich am nächsten Tag zum Treffpunkt mit dem Schleuser. Es war alles schrecklich aufregend und hochgefährlich. Und es war schon recht kalt. Eben November. Ich schlug mich auf der anderen Seite, auf die ich mit klopfenden Herzen und einer anstrengenden Wanderung gelangt war, mit Bus und Bahn zu unseren Verwandten nach Wien durch. Die diskriminierenden Maßnahmen gegen die Juden nahmen dort ebenfalls ständig zu. Die Cousine meiner Mutter meinte: ›Wir können hier nicht bleiben und versuchen, aus Wien wegzukommen. Wir werden dich mitnehmen.‹

Nach einigen Wochen gelang uns durch Beziehungen ihres Mannes die Flucht in die Schweiz. Dort habe ich mit Hilfe von Freunden meines Vaters die Nazizeit überstanden.

Ich hatte mit meinen Eltern brieflichen Kontakt, aber sie konnten körperlich solch eine anstrengende illegale

Flucht nach Österreich nicht riskieren, weil inzwischen meine Mutter längere Zeit krank war. Und alle Versuche, legal in die Schweiz nachzukommen, scheiterten. Die Zeit verging. Ab dem 1. September 1939, also nach Kriegbeginn, wuchsen meine Sorgen, meine Ängste, dass es meine Eltern nicht mehr schaffen würden, jemals noch aus Deutschland herauszukommen, immer mehr. Schließlich erhielt ich 1942 die niederschmetternde Nachricht, dass sie sich auf ihre Übersiedlung nach Osten vorbereiteten. Sie hatten eine entsprechende Benachrichtigung erhalten. Dann brach die Postverbindung ab.

Ich war permanent voller Sorge um ihr Schicksal und wusste nicht mehr, wo sie sich aufhielten. Ich lebte zwar in Freiheit, konnte aber mit der Ungewissheit, wie es meinen Eltern wohl gehen würde, nicht zur Ruhe kommen. Deshalb war ich glücklich, als nach sechs Jahren der Krieg endlich vorbei war. Sobald wie möglich machte ich mich nach der Befreiung im Mai 1945 auf und fuhr hierher. Der Krieg hatte in der Stadt reichlich Spuren hinterlassen.

Mit Herzklopfen stieg ich die Treppen zu unserer Wohnung hoch. Ein fremdes Namensschild. Ich klingelte. Eine alte Frau öffnete. Die Hauptmieter, ein Ehepaar mit zwei Kindern, war auf Arbeit. Ich sagte, wer ich bin, und fragte, ob sich meine Eltern hier gemeldet hätten. Sie zuckte die Schultern, war weder freundlich noch unfreundlich und wusste von nichts, bat mich auch nicht in die Wohnung, was mir ganz recht war. Ich wollte sie gar nicht sehen. Ich wollte schnell wieder weg. Ich war nicht nach Hause gekommen, sondern in die Fremde, die mal mein Zuhause gewesen war. In der Jüdischen Gemeinde konnte man mir auch nicht weiterhelfen. Eine Nachricht über den Verbleib meiner Eltern war hier nicht eingegangen. Ein Quartier für eine Nacht konnten sie mir versorgen. Ich unterhielt mich mit einer Frau, die erst vor kurzem aus Ravensbrück zurückgekommen war. Die Strapazen waren ihrem Körper und ihrem Gesicht anzusehen. Sie sagte mir ihr Alter. Ich hätte sie zehn bis fünfzehn Jahre älter geschätzt.

Irgendjemand meinte, dass es ein zentrales Register in Berlin geben sollte. Meine Freundin Annerose konnte ich nicht erreichen. An der Ruine ihres Wohnhauses hatte ich auch gestanden. Bei mir verstärkte sich der Wunsch, meine ehemalige Heimatstadt so schnell wie möglich wieder zu verlassen. Am nächsten Tag fuhr ich mit dem ersten Zug nach Berlin, um dort etwas über das Schicksal meiner Eltern zu erfahren.«

Vera Weiß holte tief Luft, machte eine Pause, und mir fiel plötzlich ein, dass wir noch gar nichts bestellt hatten. »Entschuldigung, ich bin ein schlechter Gastgeber, wir haben ja noch gar nichts bestellt. Ich war jetzt so gefesselt von Ihrer Erzählung ... und der Kellner hat uns offensichtlich noch nicht entdeckt.«

Sie lächelte, strich sich jene Haarsträhne aus dem Gesicht, die ihr immer wieder über das linke Auge fiel, und meinte: »Sehen Sie, ich habe das auch nicht gemerkt. Bei diesem Thema vergesse ich tatsächlich Raum und Zeit.«

Ich fragte nach ihren Wünschen und kümmerte mich gleich darum, weil ich den Kellner in der Nähe entdeckte. Der entschuldigte sich und brachte in Blitzesschnelle Kaffee, Kuchen und Wasser.

Wir machten erst einmal eine kleine Pause, tauschten ein paar Belanglosigkeiten aus, lobten den Kuchen, tranken Kaffee, und dann fuhr Vera Weiß fort: »Ich muss Sie warnen. Die Geschichte, die ich Ihnen jetzt erzähle, klingt unglaublich, aber es ist die lautere Wahrheit. Also: Ich kam in Berlin an und war erst einmal entsetzt über den Zustand der Stadt. Sie müssen überlegen – ich kam aus der Schweiz, eine komplette Puppenstube, alles ganz, nichts, aber auch gar nichts kaputt. Von Bomben zerstörte Häuser hatte ich nur in meiner Heimatstadt gesehen, aber in Berlin reihte sich Ruine an Ruine. Ich sah zerstörte Stadtviertel, lief deprimiert von Pontius zu Pilatus und hatte noch kein Quartier für den Abend.

Als ich kaputt und hungrig an einer Straße stand, hielt vor mir ein Jeep. Drin saß ein Russe in Zivil und fragte mich, ob er helfen kann. Er sprach sehr gut Deutsch. Ich erzählte ihm von meinen Sorgen und meinem Vorhaben. Er wollte mich zu einer Sammelstelle für solche Informationen fahren. Ich zögerte. Zu einem Russen ins Auto? Ich hatte schon diverse Geschichten gehört, was in Berlin nach der Befreiung alles passiert war. Vermutlich merkte er auch, dass ich hungrig war, und versprach, mir etwas zu essen zu besorgen. Ich fand ihn sympathisch und dachte, dass ich es riskiere. Er lächelte mich an, als ich neben ihm Platz nahm. Ich merkte, dass er mich immer mal von der Seite ansah. Nach einer Zeit sang er plötzlich zu meinem großen Erstaunen:

> Bay mir bistu sheyn, please let me explain,
> Bay mir bistu sheyn means, that you're grand.

Ich war völlig perplex. So ein Lied hätte ich ja nun von einem sowjetischen Militärangehörigen überhaupt nicht erwartet. Ich fragte ihn, ob er Jude sei, und er nickte. Wir sahen uns an, und ich fühlte plötzlich eine besondere Art von Geborgenheit nach den Jahren des Alleinseins. Und dieser Mann, der vielleicht sechs, sieben Jahre älter als ich war, wirkte auf mich plötzlich gar nicht mehr fremd. Es war wohl die legendäre Liebe auf den ersten Blick.

Er himmelte mich an. Und ich himmelte zurück.

Er fuhr mich an eine zentrale Stelle, die Informationen von jüdischen Überlebenden sammelte. Meine Eltern tauchten in der Kartei nicht auf. Ich war sehr traurig, dass ich nichts in Erfahrung bringen konnte. Er hielt sein Versprechen, versorgte mich mit warmem Essen und verhalf mir in einem kleinen Hotel zu einem Zimmer. Dann musste er zum Dienst. Er versprach, mich dort 19 Uhr abzuholen, um mit mir den Abend zu verbringen.

Ich lief, spazierte will ich nicht sagen, denn das ist ja mit einem gewissen Genuss verbunden, lief also durch die gespenstische Stadt. Einige dieser Bilder habe ich noch vor Augen. Es war die wahrhaftige Apokalypse in Stein. Zerborstene Häuser, Stahlträger lagen auf dem Boden, Schutthaufen, wohin das Auge blickte. Menschenschlangen an einer Pumpe für Trinkwasser. Ich sah einen sowjetischen Soldaten, der drei Hunde vor einen Karren gespannt hatte und einen Verletzten damit transportierte. Ein anderer saß wiederum vor der vom Krieg zerstörten Stadtlandschaft und malte ein Bild. Vor der kriegsgeschädigten Fassade des Reichstages ließen sich Sowjetsoldaten fotografieren.

Unvergesslich ist mir an einem desolaten Gebäude die Leuchtschrift von einem früheren ›Weinhaus Mende‹. Durch die fehlenden Buchstaben las man: Wein aus ende.«

»Eine kurze reale Beschreibung der Situation.«

Vera Weiß nickte. »Ich empfand die Atmosphäre in der Stadt als ausgesprochen bedrückend. Im Gegensatz zur friedlichen Schweiz, wo alles aussah wie auf einer Modelleisenbahnplatte, war das einfach für mich ein Schock.

Am Abend holte mich Wladimir Lazar Rabinowitsch, seinen Namen habe ich noch gar nicht erwähnt, pünktlich in meinem Quartier ab. Wir umarmten uns zur Begrüßung, als würden wir uns schon lange kennen. Er sagte, dass er gern mit mir tanzen gehen möchte. An solch ein Vergnügen hatte ich in Anbetracht des Zustandes der Stadt und meiner Gefühlslage komischerweise gar nicht gedacht. Wir fuhren mit dem Jeep durch die Stadt, und er hielt vor einem Haus, an dem auf einem Schild ›Eden Casino‹ stand. Ausgerechnet inmitten dieser Zerstörung auf den Garten Eden Bezug zu nehmen, fand ich schon mehr als mutig.

Von dem Haus war nur noch das Erdgeschoss heil, das Lokal befand sich im Keller. Wladimir war offensichtlich hier bekannt, denn er begrüßte den Einlassdienst, und der öffnete die Tür für uns. Drinnen war es überraschend gemütlich, und eine kleine Kapelle spielte feinste Swing-Musik. Zu sündhaften Preisen bestellte er Essen und Wein. Wir unterhielten uns über Gott und die Welt und himmelten uns weiter an.

Irgendwann in angeregter Stimmung rückte Wladimir mit seinem Geheimnis raus: Er war Offizier beim NKWD. Bei diesem Geheimdienst arbeiteten nun nicht gerade die beliebtesten Menschen der UdSSR. Er erzählte mir die komplizierte Geschichte, wie er in diese Behörde hineingeraten war. Wladimir wurde mir dadurch nicht fremder, weil ich merkte, dass er mit Abstand auf seine Tätigkeit blickte und zu keinerlei Fanatismus neigte.

Ich nahm sein Geständnis mir gegenüber als einen großen Vertrauensbeweis.

Dann sagte ich ihm, und das tat mir wirklich leid, dass ich aber nicht länger in Berlin bleiben will. Ich würde nach Frankfurt am Main fahren. Dort gebe es ein großes Lager für jüdische Flüchtlinge. Vielleicht scheuten meine Eltern auch eine Reise in die sowjetisch besetzte Zone. In Frankfurt hätten sie sehr gute Freunde. Ich würde also in den Westen gehen und von dort nach meinen Eltern suchen.

Wladimir hörte mir aufmerksam zu, sah mich mit großen Augen an, trank einen Schluck Wein, und dann sagte der NKWD-Offizier zu meiner großen Überraschung leise: ›Ich komme mit!‹

Ich war vollkommen perplex.

Zum besseren Verständnis muss ich noch einschieben, dass ich von einer Zeit rede, als ganz Berlin sowjetisch besetzt war. Die Aufteilung der Stadt in verschiedene Zonen gab es noch nicht und damit auch kein Westberlin. Ich fragte ihn, wie er sich das vorstelle. Der NKWD-Offizier konnte natürlich nicht mit dem Zug fahren. Wir mussten unter diesen Umständen über die sogenannte Grüne Grenze, die Demarkationslinie zwischen Ost- und Westdeutschland. Mir schwirrte der Kopf.

Ich fragte: ›Und wann?‹ Darauf sagte er blitzschnell: ›Übermorgen.‹

Ich weiß nicht, was er seinem Vorgesetzten erzählte, warum er einen freien Tag brauchte, oder ob er sich eine Dienstreise erfunden hat. Er sagte mir am nächsten Tag, dass er jedenfalls vorsichtshalber für eine Kontrolle einen Schein vorzeigen könnte.

Den hat er sich vermutlich selbst ausgestellt.

Wir fuhren also zwei Tage später mit seinem Jeep Richtung Plauen. Er hatte sich eine Karte organisiert. Wir wollten in der Nähe von Hof die Grenze überqueren. Am Abend näherten wir uns diesem Gebiet und stellten den Jeep in einem undurchdringlichen Waldstück ab. Dann liefen wir vorsichtig in jene Richtung, warteten in einem Dickicht, bis es dunkler wurde. Wladimir war natürlich bekannt, dass Streifen die Grenze überwachten. Sie bestanden damals aus einem sowjetischen Militärangehörigen und einem ostdeutschen Polizisten.

Wladimir zerriss seine Papiere, verbrannte sie in einer kleinen Mulde und häufte Erde darauf. Er war ab sofort ein Niemand. Wenn er in die Hände der Sowjets gelangen würde, dann bedeutete das sein Todesurteil. Auf der Stelle. Ich versteckte meinen Ausweis am Körper. Als die Dämmerung in den Abend überging, schlichen wir vorsichtig in Richtung Demarkationslinie. Außer leisem Knacken von Ästen, auf die wir traten, war nichts zu hören.

Einige hundert Meter vor uns sahen wir einen Bauernhof und wussten – dort drüben sind wir im Westen. In Franken. Wir sahen uns an, lächelten. Er drückte meine Hand.

Da hörten wir ›Stoi!‹ und ›Hände hoch!‹.

Da waren sie also – der Deutsche und der Sowjetsoldat. Die gemeinsame Streife.

Mein Herz klopfte wie verrückt. Wladimir blieb äußerlich ganz ruhig. Wir hatten ausgemacht, dass nur ich rede, sollte der Ernstfall eintreten.

Der deutsche Polizist übernahm die Befragung, und ich antwortete.

›Ausweis!‹

›Ich habe keinen Ausweis mit. Wir sind hier nur spazieren und wollen meine Tante besuchen.

Wir wohnen … und ich nannte ein Dorf in der Nähe, dessen Namen ich längst vergessen habe.‹

›Wo wohnt die Tante?‹

Ich zeigte in die Richtung des Bauernhofs, den man noch gut erkennen konnte.

›Dort drüben.‹

›Da wohnt die Tante?‹

›Helene Berger.‹ Der Name der Frau fiel mir plötzlich ein. Sie hatte früher bei uns im Haus gewohnt.

›Und das soll stimmen?‹

›Das ist die reine Wahrheit.‹ Und das Herz klopfte mir bis zum Hals, und ich dachte, dass müsste man an meinem Hals vielleicht sehen. Dann wandte er sich Wladimir zu.

›Und Ihr Ausweis?‹

Wladimir legte eine schauspielerische Leistung hin, die ihn zur Aufnahme in ein Ensemble der Roten Armee befähigt hätte. Er gab ein paar undefinierbare Töne von sich, zuckte mit den Achseln und schaute mich Hilfe suchend an.

›Mein Begleiter ist leider stumm. Er kann nicht reden.‹

Ich machte ein paar Bewegungen mit den Fingern, wie ich sie bei taubstummen Menschen gesehen hatte, und Wladimir ›antwortete‹ mit seinen Händen. Der deutsche und der sowjetische Uniformierte sahen zu ihm und dann zu mir. Mein Gefühl sagte mir, dass hier in Umkehrung der Verhältnisse der Deutsche das Sagen hatte und der sowjetische Sieger, ein junger Aljoscha-Typ sich dem ohne eigenen Ehrgeiz fügte. Vermutlich hatte er damit gute Erfahrungen gemacht. Der deutsche Polizist grinste mich an: ›Und will er auch zu Ihrer Tante?‹

›Ja, Sie wissen ja, wie die Versorgungssituation ist. Er soll bei meiner Tante als Stallknecht arbeiten.‹

›Soso. Als Stallknecht. Alle Taschen ausleeren!‹

Ich gab Wladimir wieder mit erfundener Zeichensprache angebliche Hinweise. Wir hockten uns hin und legten alles auf eine bemooste Fläche. Wladimir hatte nichts in den Taschen, was ihn verraten könnte. Er legte sein Portemonnaie auf den Boden. Ich hatte auch Geld und etwas Schmuck von meiner Mutter in der Tasche, den ich über die Jahre gerettet hatte. Den Ring an meinem Finger ließ er mir und auch den runden Taschenspiegel aus der Vorkriegszeit, der auf der Rückseite für Kaloderma-Seife warb. Alles andere steckte er ein. Dann schaute er kurz in die Runde, sah uns an, und sagte: ›Haut ab!‹

Und ich dachte noch daran, dass er sich sicher sein konnte, dass keiner von uns beiden ihn verpfeifen würde. Wir liefen los, ohne uns anzusehen. Erst als wir über den kleinen Bach hüpften, der an dieser Stelle die Grenze markierte, sahen wir uns ungläubig an.«

»Was fühlten Sie denn da?«

»Gar nichts, denn als wir westdeutschen Boden erreicht hatten, fiel ich ohnmächtig um. Nach der Anspannung brauchte mein Körper erst mal eine kleine Pause. Als ich die Augen aufschlug, hörte ich meinen Namen ...«

»... ein Wunder! Der Stumme konnte wieder reden!«

Wir lachten beide.

»Ich wischte mir über mein nasses Gesicht. Wladimir hatte mir Wasser aus dem Bach ins Gesicht gespritzt. Ich war etwas wacklig auf den Beinen, aber ich henkelte mich bei ihm ein, und wir liefen über die Wiese zum Bauernhof meiner ›Tante‹.

Das Wunder ging weiter. Da stand tatsächlich eine ›Tante‹ auf dem Hof. Wir erzählten unsere unglaubliche Geschichte. Sie nahm uns mit ins Haus, gab uns zu essen und zu trinken. Ihr Mann und zwei Söhne waren aus dem Krieg noch nicht zurück. Sie brauchte dringend Arbeitskräfte. Und wir arbeiteten tatsächlich ein paar Wochen bei ihr, um das Geld für die Fahrkarten nach Frankfurt am Main zu verdienen. Dort half uns eine jüdische Organisation weiter, und schließlich bekam ich die traurige Nachricht, dass meine Mutter gleich nach der Ankunft in Auschwitz ermordet worden ist. Mein Vater überlebte zunächst und starb später. Meine schlimmsten Befürchtungen waren leider eingetroffen.

Wladimir kümmerte sich rührend um mich. Er hatte dann Mühe, seine Identität zu beweisen und bekam schließlich einen Pass als Staatenloser. Wir wollten nicht in Deutschland bleiben. In jenen Jahren nach dem Krieg wurden Überlebende nach Palästina geschleust. Die Hoffnung auf einen eigenen Staat wuchs. Mit abenteuerlichen LKW-Fahrten ging es durch Europa nach Triest. Dort bestiegen wir eine alte Schaluppe, die uns schließlich ins Gelobte Land brachte. Den Engländern gefiel das gar nicht, sie verhinderten es oft mit Gewalt. Wir kamen durch. Alles lief bei uns nach jenem Satz, den unser erster Präsident Ben Gurion seinerzeit sagte: ›Wer nicht an Wunder glaubt, der ist kein Realist‹.«

»Was für eine Geschichte! Was für ein Leben! Aber ich habe noch eine Frage: Sie haben sich bei unserem ersten Gespräch am Telefon mit ›Vera Weiß‹ gemeldet …«

»Ein Versprecher. Ich war in Gedanken in meiner alten Heimatstadt. Ich heiße natürlich Vera Rabinowitsch!«

# Vom Nachbartisch 7

Katastrophen beschäftigten die Menschen zu allen Zeiten. Egal, ob es sich um selbst initiierte oder um von Menschen nicht zu beeinflussende handelt. Das Ergebnis ist jeweils – katastrophal!

Die beiden Freunde am Nachbartisch, die sich gegenseitig immer etwas frotzelten, hatten sich zunächst an der Erderwärmung abgearbeitet. Das passte zu den Hitzegraden, die draußen herrschten. Der eine Mann im T-Shirt meldete zur offiziellen Deutung gewisse Bedenken an: »Ach, hör auf, das Klima hat sich schon immer mal verändert.« Und dann scherzte er: »Die Grünen müssten erst mal für ein Verbot von Vulkanausbrüchen sorgen! Was die für Schaden machen. Das sind Kohlendioxyd-Orgien!«

Nun hielt der andere im kurzärmeligen karierten Hemd dagegen: »Du verfügst eben immer noch über ein horrendes Halbwissen. »Ein Vulkanausbruch kann sogar die Erderwärmung stoppen.«

Der Freund widersprach. »Nie im Leben!«

Vehement verteidigte sein Freund diese These: »Doch, doch. Ich habe gelesen ...«

»... nun fängst du auch noch an zu lesen! Das muss dich ja verwirren«, neckte ihn sein Kumpel. Der setzte wieder an: »Ich habe gelesen, dass Schwefeldioxyd bis in die Stratosphäre ... also wie hoch etwa ...?«

Jetzt war sein Freund offensichtlich überfordert. »In die Stratosphäre? Na ja, das sind etwa ... also ... mein lieber Mann, das ist ganz schön hoch ...«

Sein Freund spielte etwas Häme. »... also ... damit du bei unserem Kaffeeklatsch wenigstens ein bisschen was dazugelernt hast: Das Schwefeldioxyd wird fünfzig Kilometer bei solch einem Ausbruch hochgeschleudert.«

»Fünfzig? Donnerwetter! Ich hatte so um die fünfundvierzig Kilometer gedacht.«

»Ja, ja ... tu nicht so! Meine Mutter hat immer in solchen Fällen gesagt: Das Einzige, was du hast, ist – keine Ahnung.«

Sein Freund lächelte ihn wieder an. »Na und? Was passiert dann? Nun komm endlich raus mit deinem großen Wissen!«

»Also: Wenn das Schwefeldioxyd mit Wasser reagiert, kommt weniger Licht zu uns durch. Da kriegt dann, wie es ein Experte für Leute wie dich schlicht und vereinfachend erklärt hat: die Erde quasi eine Sonnenbrille aufgesetzt.«

»Du kriegst von mir auch gleich eine Sonnenbrille aufgesetzt ... damit dich dein Wissen nicht zu sehr blendet.«

Sie grinsten sich beide an.

Sein Freund schob noch nach: »Es gibt einen Beleg aus der Geschichte, dass es nach solch einem großen Vulkanausbruch tatsächlich auf der Erde zu einem Temperaturrückgang gekommen ist.«

»Na, wenn das so ist, dann müssen wir alle Vulkane zum Ausbruch animieren, damit wir die Erderwärmung stoppen.«

»Wäre eine Möglichkeit ... Aber mich beschäftigt noch viel mehr eine andere eventuelle Katastrophe, die vielleicht eher akut wird, als wir alle denken.«

»Und das wäre?«

»Ein Asteroid. Die Wissenschaftler sagen ja, früher oder später wird einer kommen.«

»Na, hoffentlich später! Aber die Wissenschaftler haben auch schon so manches gesagt. Zum Beispiel: Das Ozonloch wird immer größer und nun – ist es inzwischen weg! Die Natur repariert sich mitunter selbst.«

»Aber die Gefahr durch einen Asteroiden repariert sich nicht von selbst. Die Wahrscheinlichkeit wird immer größer, dass es zu einem Crash kommt. Die Fachleute sagen: Etwa alle 50 Millionen Jahre kommt ein größeres Exemplar geflogen.«

»Und die sind wohl wieder um?«

»Genau.«

»Mensch, wie die Zeit vergeht!«

»Und das weißt ja vermutlich selbst du – der letzte Asteroid hat die Saurier ausgerottet.«

»Na ja, aber ehrlich gesagt, da habe ich nun gar nichts dagegen! Ich finde diese Viecher furchtbar. Stell dir doch vor, du wanderst durch den Thüringer Wald, und da käme so ein Koloss durchs Unterholz. Also, dass die weg sind – damit kann ich gut leben!«

»Ja, aber der nächste Asteroid hat die Chance, die Menschheit auszurotten.«

Sein Gesprächspartner machte eine beschwichtigende Geste. »Na, na, nun nicht gleich die ganze Menschheit!«

»Aber sicher. Fünf Kilometer groß ist die Kartoffel.«

»Was denn ... was denn für eine Kartoffel?«

»Der Asteroid, der uns gefährlich werden kann, sieht von der Form äußerlich wie eine Kartoffel aus und ist fünf Kilometer lang.«

»Den haben die schon gesehen?«

»Na klar.«

»Fünf Kilometer lang?«

»Fünf Kilometer.«

»Das wäre ja von zu Hause bis zu unserer Datsche.«

»Na, da kannst du dir ja vorstellen, was los wäre, wenn diese Riesenkartoffel ins Meer klatscht!«

»Warum denn ins Meer?«

»Siebzig Prozent der Erdoberfläche ist mit Wasser bedeckt. Da ist die Wahrscheinlichkeit groß. Die Welle würde paar hundert Meter hoch sein.«

Diese Information beeindruckte nun seinen Freund doch: »... wenn das so ist, dann sollte ich vielleicht in diesen unsicheren Zeiten gar nicht erst noch den Maler bestellen.«

Und vom Nachbartisch ertönte anschließend von beiden ein fröhliches Lachen.

»Nee, du, das ist kein Spaß! Der Himmel ist dann völlig verdunkelt.«

«Vom Wasser?!«

»Quatsch. Von Bränden, Staub und Ruß. Und was die Sache so gefährlich macht: Die Asteroiden sind ja total dunkel. Man sieht sie mit dem besten Teleskop erst sehr spät.«

»Das ist schlecht!«

»Klar, die Fachleute sagen: vier von fünf Menschen erwischt es!«

»Vier von fünf!!! Also unser Nachbartisch und wir – das ergäbe gerade fünf. Da würde also nur ich überleben ...«

»Das könnte dir so passen! Nee, aber eine Hoffnung gibt es schon. Die Wissenschaft ist dran an der Sache. Sie wollen den Asteroiden dann mit Raketen beschießen und aus der Bahn werfen.«

»Na hoffentlich geht das gut. Ich werde jedenfalls hier unten auch ohne Rakete immer wieder mal aus der Bahn geworfen.«

»Obwohl du keine Kartoffel bist ... bis auf deine Nase natürlich.«

Sie lachten herzlich, während der eine dem anderen mit dem Finger drohte.

# Der Malerstammtisch 6

Am Stammtisch lichteten sich die Reihen.

Wenigstens ging es vom Alter her einigermaßen der Reihe nach.

Als Lanzendorff nach zweimaligen Krankenhaus-Aufenthalten wieder mal im Conti auftauchte, war er nicht mehr *der* Lanzendorff. Er saß still am Tisch, hörte zu, beteiligte sich seltener an den Gesprächen und ließ schon lange seine Blicke nicht mehr an andere Tische schweifen, um nach Modellen Ausschau zu halten.

Früher war er ohne Pfeife nicht vorstellbar. Nun rauchte er nicht mehr.

Die Chemotherapien hatten sein Inneres durcheinandergewirbelt. Lanzendorff hatte für sein Leben gern Kuchen gegessen. Und nun sagte er: »Das ist vorbei, schmeckt alles nach Metall.«

Vier Wochen später war er tot.

Milan Marković schien immer kerngesund zu sein. Aber das täuschte. Viel später erfuhren wir, dass er schon lange in Behandlung war. Er spielte letztlich eine Rolle. Er wollte ein Stück jenes jungen Partisanenkommandeurs retten, der er einst gewesen war. Ich hatte einmal versucht, ihn über seine Erlebnisse in jenen Jahren auszufragen. Marković bekam sofort ein ernstes Gesicht. »Richard, wenn ich dir erzähle, was ich damals erlebte, die Haare äbbn, stehen dir zu Berge.«

Das war alles, was ich von diesem alten Kämpfer erfuhr. Er erzählte nichts.

Seine Frau war schon vor Jahren gestorben. Er hatte sie

geliebt, verehrt, war immer für sie da. Er hatte auch andere Frauen, aber die konnten seine Bindung zu ihr nie erschüttern. Nun lebte Milan Marković schon lange allein. Und starb auch allein. Der Fernseher lief noch, als man ihn fand.

Grambach kommentierte das unabwendbare Schicksal eines jeden Menschen in seiner trockenen Art: »Wir kommen eben alle nicht ohne Schaden aus der Sache raus.«

Die Stimmung am Stammtisch war durch solche Ereignisse zeitweise bedrückt, aber man machte weiter. Man hielt inne, trauerte, erinnerte, ironisierte, scherzte und analysierte die wirren Zeiten.

Grambach konstatierte: »Nach den vielen Friedensjahren sind nun eben wieder unsichere Zeiten angebrochen.«

»Was heißt ›Friedensjahre‹? Krieg gab es fast täglich irgendwo«, sagte Schneidereit. »Er war eben nur ziemlich weit weg.«

Susanne Pippig resümierte mit dem Blick auf die Gegenwart: »Wir erleben gerade die Gründung einer neuen Welt*un*ordnung.«

»Gut gesagt«, meinte Grambach. »Es ist viel in Bewegung. Der Osten steigt auf, und der Westen steigt ab.«

»Na, na, na«, ließ sich Mager vernehmen. »Übertreibe mal nicht.«

»Was heißt übertreiben«, verteidigte sich Grambach, »ich meine ja nicht den Osten Deutschlands, sondern im Weltmaßstab gesehen. Susanne hat völlig recht. Die Unordnung siehst du schon darin, dass neue Machtzentren entstehen und die Mehrheit der Menschen auf unserer Welt nicht in einer Demokratie lebt. Die leben in Autokratien.«

»Na, Autos haben wir auch genug«, versuchte Mager einen kleinen Scherz zu landen, der sich aber in Luft auflöste.

Unsere Philosophin meinte: »Es gab nach 1945 nur wenige Sonnenstunden der Hoffnung im vorigen Jahrhundert. Für mich sind sie mit solchen Politikern wie Brandt, Bahr und vor allem mit Dubček und Gorbatschow verbunden.«

»Das waren ja auch die seltenen Fälle von sensiblen Politikern«, versuchte ich Susanne zu ergänzen, »die hatten und haben es immer schwer, an die Macht zu kommen.«

»Es scheint aber«, formulierte etwas vorsichtig Schneidereit, »dass die Autokratien mittlerweile fast effizienter sind. Stellt euch vor: China hätte einen Bundestag!«

»Da wäre das Land schon im Chaos versunken«, mutmaßte Susanne Pippig. »Wenn dort vom Volkskongress etwas beschlossen wird, dann machen das ab Montag über eine Milliarde Menschen so.«

Nun äußerte jeder seine Gedanken zum Thema. Mager begann: »Ich möchte jedenfalls keine chinesischen Zustände in Europa.«

»Mit Europa geben die sich nicht zufrieden. Die haben die ganze Welt im Blick.«

»Die neue Seidenstraße ist vermutlich so etwas wie Hitlers Autobahn – eine Aufmarschstrecke.«

»Und die Überwachungstechnik der Chinesen! Die wissen alles! Da war die Stasi eine Laienspielgruppe dagegen.«

Mager widersprach: »Na ja, alles wissen die auch nicht.«

Nun wandte sich Grambach an Mager: »Das denkst du. Die wussten sogar, dass du was mit der Hertha hattest.«

»Was hatte ich denn mit der Hertha?«

»Ich weiß es, du weißt es, und die wussten es schon, da hast du die Hertha noch gar nicht gekannt!«

Alle lachten. Selbst Mager.

Schneidereit hörte seit einiger Zeit etwas schwer und fragte Mager zur Erheiterung der Truppe: »Seit wann bist du denn Fan von Hertha?«

Grambach erklärte nun Schneidereit »Es geht nicht um

Fußball, es geht um eine Frau, die hier früher Kellnerin war!«

»Ach so«, resümierte der, »Frauen-Fan war er ja schon immer.«

»China ist jedenfalls in Europa auf dem Vormarsch«, führte Grambach das Thema fort, »in wie vielen Firmen Deutschlands hängen die inzwischen drin. Und in unserer Stadt gibt es immer mehr China-Kneipen.«

»Weißt du eigentlich«, fragte ich Grambach, »dass die Chinesen auch Katzen essen?«

»Aber nicht bei uns.«

»Na ja«, ich wackelte etwas mit dem Kopf, »ich habe schon lange keine Katze mehr gesehen.«

Die Truppe amüsierte sich.

»Um noch mal auf die Politiker zurückzukommen«, sinnierte Susanne, »ich glaube, viele müssen wieder lernen, andere Meinungen auszuhalten. Das fällt einigen zunehmend schwer.«

»Macht braucht Kontrolle, sonst entsteht Machtmissbrauch …«

Und Schneidereit appellierte in geradezu rührender Weise: »Und wir brauchen wieder mehr Respekt vor dem anderen, Nächstenliebe.«

»Nächstenliebe? Na, du haust ja Bolzen raus. Das klingt aber sehr nach 19. Jahrhundert.«

»Da war auch nicht alles schlecht.«

Nun schaltete ich mich in das Gespräch ein: »Der von mir geschätzte Dieter Hildebrandt hätte es heutzutage schwer. Wie selbstverständlich er damals die Verhältnisse im Land hart und satirisch kritisierte. Neuerdings taucht wieder eine Grenze bei Satire auf. Und Grenzverletzer stehen am Pranger. Ein Kritiker der Verhältnisse ist aber noch lange kein Demokratieverächter.«

»Das sehe ich genauso«, meinte Grambach, »man ist zu empfindlich geworden. Wenn wir früher jemanden ein bisschen gefoppt haben, dann wird das heute schon als Diskriminierung eingestuft.«

»Und rechts.«

Susanne Pippig wurde grundsätzlich. »Die Demokratie lebte immer von links, Mitte und rechts. Verpönt war bei allen vernünftigen Menschen stets links- und rechts-*extrem*. Die Formulierung ›Kampf gegen rechts‹ ist deshalb falsch, denn da bliebe ja nur links und die Mitte übrig! Es gibt aber in jeder Demokratie, in jedem Parlament auch die Konservativen.«

Schneidereit ergänzte: »Das ist überhaupt nichts Negatives.«

»Nein«, bestätigte ihn Susanne, »die Definition von konservativ lautet ›auf die Erhaltung des Hergebrachten bedacht‹ und ›staatserhaltend‹.«

»Ich, zum Beispiel«, warf ich in die Runde, »sehe mich als linken Konservativen.«

»Warum nicht?«, meinte Grambach. »Auf Grund der Erfahrungen in meinem Leben würde ich mich inzwischen sogar als fröhlichen Pessimisten einsortieren.«

»Und wie definierst du das?«, fragte Schneidereit.

»Ich genieße mein Leben mit Familie und Freunden, bin aber pessimistisch, dass ich zu Lebzeiten noch die Lösung dringender Probleme im Land und der Welt erlebe. Da sehe ich eher einen Dauerkrisenmodus.«

Susanne gab Grambach mit seiner Prognose recht und erklärte, was sie besonders störe: »Unlängst hörte ich von einer Politikerin der Grünen die These, dass das Aussprechen gesellschaftlicher Missstände nur Wasser auf die Mühlen der Demokratiefeinde wäre.«

Dagegen wandten sich alle am Tisch, und Susanne fuhr fort: »Diese Argumentation erinnerte mich sehr an die DDR. Da hieß es dann sinngemäß: ›Das nützt nur dem Klassenfeind.‹ Und man benutzte es als Ausrede, um sich vor der Wahrheit zu drücken.«

Schneidereit fasste zusammen: »Gegen die Feinde der Demokratie hilft nur gute Politik!«

Dem stimmten alle zu. Mager ergänzte: »Mich ärgert vor allem, wenn Politiker vergessen, dass sie von den Leuten *ge*wählt und nicht wegen ihrer Genialität von einer überirdischen Macht *er*wählt wurden. Und daraus folgt, dass sie wieder *ab*gewählt werden können.«

»Ich kann da mit einem schönen Beispiel dienen«, klinkte ich mich ein, »ich war mit israelischen Freunden in einem Kibbuz in einer Selbstbedienungsgaststätte am See Genezareth. Da sagte meine Freundin Hanna aus Tel Aviv zu mir: ›Der Mann dort an der Kasse war noch vorigen Monat Abgeordneter in der Knesseth. Nun ist seine Zeit um, und er arbeitet wieder im Kibbuz ... Und wird rundum wie früher in allen Abteilungen eingesetzt. Heute hat er eben Kassendienst. Könnt ihr euch das mit einem ehemaligen Bundestagsabgeordneten vorstellen?‹«

Es fand sich niemand, der die Frage bejahte.

Der durch Erfahrung skeptisch gewordene Grambach, nunmehr der Älteste von uns, hatte vor sich hin sinniert und zog lakonisch sein Fazit: »Im Herbst 1989 war bei uns der Abstand zwischen Führung und Volk extrem weit auseinander. Die wussten einfach nicht mehr, was im Land los war. Und hatten große Illusionen. Das darf nicht wieder passieren.«

»Aber es ist nie ausgeschlossen.«

In der anschließenden kleinen Pause kam mir ein Zitat in den Sinn. »Kennt ihr noch den Komödienschreiber Curt Goetz?«

Von einigen kam Zustimmung.

»Der sagte mal: ›Gelehrt sind wir genug. Was uns fehlt, ist Freude, was wir brauchen, ist Hoffnung, was uns nottut, ist Zuversicht, und wonach wir verschmachten, ist Frohsinn!‹«

Mager war begeistert: »Da denkst du doch, das hat heutzutage einer geschrieben. Wollen wir mal etwas Frohsinn mit einem Schnaps locken?«

»Versuch macht klug.«

»Ich gebe einen aus!«

# Vom Nachbartisch 8

Der alte Mann am Nachbartisch las in einem Magazin. Wenn ich von meiner Zeitungslektüre einmal hochsah, dann schüttelte er mitunter leicht den Kopf. Hielt inne, sah in den Raum und las weiter. Plötzlich sprach er den jungen Mann an seinem Tisch an: »Darf ich Sie was fragen?«

Der nickte ihm freundlich zu. »Na klar.«

»Ich bin ja, wie Sie sehen, schon ein alter Mann. Sie kennen sich bestimmt mit solchen Themen aus. Ich weiß ungefähr, worum es geht, aber können Sie mir mit einfachen Worten erklären, was eigentlich ein Chip ist?«

»Ein Chip … na ja … ein Chip, das ist … das sind … aus Silizium bestehende Trägerplättchen … mit integrierten Schaltkreisen …«

»Aha.«

Der junge Mann merkte, dass er damit dem Fragenden nicht sehr viel weitergeholfen hatte, und deshalb ergänzte er noch: »Und auf diese Trägerplättchen werden Informationen gespeichert.«

»Also gut … gespeicherte Informationen … damit kann ich etwas anfangen. Aber können Sie sich vorstellen, dass wir diese … diese Chips irgendwann in unseren Kopf kriegen?«

»Sozusagen implantiert … Das haben Sie wohl gerade in dem Magazin gelesen?«

»Ja, und ich finde das sehr beunruhigend, dass unsere Nervenzellen mit so einem Chip verwachsen sollen und mit unserem Denken verbunden werden.«

»Na ja, ob man das eines Tages wirklich macht ... Das klingt doch sehr nach Science-Fiction.«

Nun meinte der Alte aber ziemlich vehement: »Alles, was die Wissenschaft kann, macht sie auch. Denken Sie an die Atombombe oder das Klonen!«

Er klopfte auf eine Seite des Artikels. »Hier steht als praktisches Beispiel, dass man sogar plant, mit diesen Chips beispielsweise in der Zukunft besonders gefährliche Kriminelle zu überwachen ...«

Sein junger Gesprächspartner zeigte sich interessiert. »Aha, da meldet der Chip vermutlich den schlechten Gedanken eines Menschen, also einen geplanten Überfall oder so was, an eine Zentrale, und die verhindern dann dieses Vorhaben.«

Der ältere Mann sah ihn verständnislos an. »Und was wollen die dagegen tun?«

»Tja, vielleicht lösen sie von dort einen Impuls in jenem Gehirn aus ...«

Nun kam dem alten Mann eine Idee, und er strahlte ihn an: »Ich verstehe! Und dann wird diese Idee des Gangsters umprogrammiert! Er überfällt nicht mehr wie geplant die alte Frau, sondern trägt ihr stattdessen die Tasche nach Hause!«

Beide mussten herzlich lachen.

»So gesehen sind das doch keine schlechten Aussichten.«

»Ja, aber die Zentrale kann dann generell unser Denken beeinflussen ... Und manche Leute stellen das aus Bequemlichkeit gleich ganz ein.«

»Na, dazu brauchen wir nicht erst eine so technisch hochgerüstete Zentrale. Die gibt es schon heute.«

Dem alten Mann fiel noch eine Passage aus dem Beitrag ein: »Hier steht, dass man sogar an Sprachchips arbeitet.«

»Kann ich mir gut vorstellen. Wenn ich nach Spanien in Urlaub will, dann lasse ich mir vorher den Spanisch-Chip in meinen Kopf einsetzen, und wenn ich unten aus dem Flugzeug steige, kann ich sofort in dieser Sprache loslegen.«

»Es sei denn, sie haben Ihnen versehentlich den falschen eingesetzt, und Sie sprechen dort plötzlich tschechisch …«

»Dann müssen Sie eben schnell in die Tatra umbuchen.«

»Das sind ja tolle Aussichten! Die Frage ist für mich, ob die in der Zentrale auch Chips im Kopf haben.«

«Na klar, *die* haben *nur* Chips. Wenn das so weit ist, sitzen doch dort Roboter.«

Der Alte verzog das Gesicht. »Das ist ja unheimlich!«

Nun kam dem jüngeren Mann eine Idee. »Aber ich kann mir vorstellen, dass deren Ehrgeiz wiederum darin besteht, dem Menschen immer ähnlicher zu werden.«

»Immer ähnlicher?«

»Genau.«

»Also wie wir Menschen sind … denken … handeln …«

»Ja.«

Der Alte guckte nachdenklich. »Gewagt!«

»Wieso gewagt?«

»Na, damit riskieren sie auch ihren Untergang!«

# Jacques

Wie Sie gerade gelesen haben: Die Möglichkeiten in der Zukunft können einen schon beunruhigen. Aber viel mehr beschäftigt Menschen in ihrem Leben oft die Vergangenheit, die immer wieder in die Gegenwart reicht.

Vergangenheit, die einfach nicht vergeht.

Ich will Ihnen von Jacques Leonhardt erzählen, den ich schon viele Jahre kenne, aber durch unser getrenntes, so sehr unterschiedliches Leben im geteilten Deutschland saßen wir eher selten an einem Tisch. Mit der Wiedervereinigung sind die Treffen theoretisch immer möglich, aber in der Praxis halten uns doch die Verpflichtungen des Alltags in unseren Städten.

Jacques ist seinerzeit in eine gutbürgerliche Familie hineingeboren worden, erlebte eine unbeschwerte Kindheit, wurde höchstens mal von seinem einige Jahre älteren Bruder zurechtgewiesen und geärgert. Er war halt etwas versponnen, kein kerniger Sportlertyp, den man unbedingt bei Spielen in seiner Mannschaft haben wollte. Bücher waren sein Ein und Alles. Auf der Wiese hinterm Haus im Gras lesend zu liegen, das machte ihm mehr Spaß, als im Freibad vom Fünfmeterturm zu springen.

Mädchen imponierte sein Wissen, seine Zurückhaltung und Phantasie. Und natürlich versuchte er sich auch mit Gedichten. So einer hatte es besonders schwer, wenn er plötzlich als 17jähriger Flakhelfer am Geschütz stehen musste.

Vom Klavierspiel im Salon der schönen Wohnung in den Dreck und vom Tod umdröhnt. Sein Vorname Jacques brachte ihm auch keine Vorteile, als er 1944 in Frankreich in die Kriegsgefangenschaft kam. Seine frankophilen Eltern hatten seinerzeit nicht die Phantasie, sich vorzustellen, dass ihr Sohn eines Tages mal im Land ihrer Träume hinter Stacheldraht leben würde. Er musste längere Zeit in einem Bergwerk arbeiten. Erst nach vier Jahren kehrte er zurück.

Seinen Traum von einer Arbeit im Rundfunk konnte er sich tatsächlich erfüllen. Er hatte eine gute Sprechstimme, aber mehr und mehr war er in Ostberlin mit einer neuen Ideologie konfrontiert. Er eckte politisch immer öfter an. Die Sache wurde ihm zu gefährlich, und so stieg er eines Tages in die S-Bahn und verließ sie an der Station Zoologischer Garten. Nicht etwa, weil er exotische Tiere besichtigen wollte, sondern weil ihm der Begriff Freie Universität imponierte. Unfreiheit hatte er jetzt zweimal hintereinander erlebt. Er wohnte also fürderhin in Westberlin und entschied sich für ein Studium der Kunstgeschichte und Literatur, wurde anschließend Lehrer.

Während der 68er-Revolte gehörte seine Sympathie den jungen Leuten auf der Straße. Sie nutzten die Chance, die die Demokratie bot, und protestierten gegen Überkommenes: »Unter den Talaren der Muff von tausend Jahren.« So vieles wurde in Frage gestellt. Es gab Demos zuhauf, Rangeleien mit der Polizei, Proteste gegen den Vietnam-Krieg, gegen Springer, es gab die ersten Wohngemeinschaften, freie Liebe. Auch er trug bei Demos das »Pali-Tuch«, verehrte die Philosophen und Soziologen Adorno und Horkheimer, zwei zurückgekehrte jüdische Exilanten.

Ins Schleudern kam er etwas, als die Masse mit der Mao-Fibel durch die Straßen zog und Marx über alles verehrte. Das ging ihm zu weit, denn seine negativen Erfahrungen mit dem realen Sozialismus waren noch zu frisch. Schließlich erlebte er auch den aufsehenerregenden Tod von Benno Ohnesorg und den Mordanschlag auf Rudi

Dutschke. In Westberlin brannte die Luft. Das kapitalistische System wurde nicht nur in Frage gestellt, sondern direkt bekämpft.

In jener Zeit lernte ich den fünfzehn Jahre älteren, aber ebenfalls langhaarigen Lehrer bei einem Besuch in der Nationalgalerie in Ostberlin kennen. Wir blieben über Jahre in bestimmten Abständen in Kontakt. Jacques ließ mir immer mal ein Kunstbuch oder eine Kunstzeitschrift zukommen, die er über die Grenze geschmuggelt hatte. Ab diesem Zeitpunkt nahm ich an seinem Leben teil, wir wurden vertraut, und als ich in Berlin (Ost) nach dem Studium meine erste eigene Ausstellung hatte, lernte ich seine Frau kennen. Beiden gefielen die Sujets, die Farbigkeit meiner Bilder, und er meinte, das Leben wäre doch manchmal trist genug und er bräuchte immer mal etwas Aufhellung. Er verliebte sich in eine Ostseelandschaft von mir, und ich tauschte sie mit ihm gegen Bücher und Schallplatten.

Seine große Liebe hatte er tatsächlich bei einer Demo auf der Straße kennengelernt. Obwohl es von den Schulbehörden nicht gern gesehen wurde, wenn Lehrer in diesem Umfeld demonstrierten. Damals resümierten die Studiosi nach dem Gebrauch der Polizeiknüppel: »Vom Denken kriegt man Beulen.«

Magdalena sagte auf der Straße zu Jacques, dass sie in der Nähe ihre Studentenbude hätte. Sie waren beide vom Wasserwerfer voll getroffen worden und brauchten dringend trockene Klamotten. Sie machten sich also auf, und Jacques bekam von ihr ein T-Shirt und eine Trainingshose. Im Haushalt fand sich auch noch eine halbe Flasche Rotwein. Schließlich küssten und liebten sie sich auf dem Teppich während eines Chansons von Jacques Brel, das Magdalena extra wegen des gleichen Vornamens ihrer Straßenbekanntschaft aufgelegt hatte.

All diese Erzählungen von ihm sind mir noch in Erinnerung.

Sie ahnen schon, wie die Geschichte weiterging: Ja, die beiden wurden ein Paar, und Magdalena wurde auch Lehrerin. Sie unterrichtete Mathematik und Physik, Jacques Deutsche Literatur und Kunst. Sie heirateten. Das machten damals noch viele, bezogen dank einer Erbschaft von ihm wenige Jahre später eine Wohnung in Charlottenburg und dank einer Erbschaft von ihr nach einigen Jahren in der Toskana ein kleines Refugium mit einer Traumaussicht in die zauberhafte Landschaft.

Magdalena war so schlank wie eine der Zypressen, die auf dem Grundstück standen. Er liebte sie, sie liebte ihn. Nach zwei Jahren bekamen sie ein Kind. Sie hatten alles, was man im Lebensjournal unter G wie Glück abheften konnte.

Klar, nach zwölf Jahren verliebte sich Magdalena mal in einen Axel, der eben etwas hatte, das Jacques nicht besaß. Das ging ihm wiederum sehr an die Nieren und ans Herz. Jacques litt. Sie war im Angesicht seines Leidens etwas rustikaler veranlagt. Er zog sich zurück und schrieb das erste Mal seit seiner Jugend wieder Gedichte. Sie waren sprachlich und inhaltlich originell, aber aus gegebenem Anlass zumeist auch sehr melancholisch. Ein, zwei Jahre später erschienen sie sogar in einem Verlag.

Bei einer Lesung mit Gespräch in der Buchhandlung vor einem sehr überschaubaren Kreis (Magdalena konnte leider wegen eines dringend einberufenen Elternabends nicht dabei sein), kam es anschließend zu einem kleinen Umtrunk mit der engagierten Buchhändlerin in einer gemütlichen Weinklause. Sie stießen mit einem hervorragenden Bordeaux an. Der eigentlich etwas zurückhaltende Jacques hatte an diesem Tag vor Aufregung kaum etwas gegessen. Der Wein benebelte angenehm seinen Kopf. Die Buchhändlerin neigte wiederum gar nicht zur Zurückhaltung und machte ihm klare Avancen. In der engen Nische kam es bald zu scheinbar zufälligen Berührungen, die vor dem Servieren des bestellten Käsetoasts in leidenschaftliche Küsse mündeten.

Jacques wunderte sich sehr über sich. So kannte er sich nicht, aber er war sichtlich froh, sich einmal auf diese Art kennenzulernen. Nach dem Genuss eines zweiten Glases Rotwein und dem Toast begaben sie sich in die nahe gelegene Wohnung der Buchhändlerin, um sich körperlichen Genüssen hinzugeben.

Magdalena schlief schon, als er nach Hause kam, und am nächsten Morgen fragte sie, wie alles gelaufen wäre. Und er meinte, es sei sehr gut gelaufen, und man habe noch lange im kleinen Kreis (was ja nicht gelogen war – zwei Menschen sind der kleinste Kreis) zusammengesessen, über seine Gedichte, Gott und die Welt geredet und Wein getrunken. Sein schlechtes Gewissen hielt sich wiederum zu seinem Erstaunen sehr in Grenzen.

So vergingen die Jahre, die Tochter Anna wuchs heran. Sie war eine Mischung zwischen der rustikalen beherzten Mutter und dem etwas übersensiblen Vater. Die Waage schlug mal zu dieser, mal zur anderen Seite aus. Anna war ein kluges Mädchen. Es war klar, dass sie studieren würde. Ihr lag vor allem daran, sich von den Eltern, die in den Jahren nie die Pädagogen verleugnen konnten, endlich zu emanzipieren.

Sie wollte mal alles selbst bestimmen. Egal, ob es richtig oder falsch war. Hauptsache selbst, ohne immer wieder eine Richtung empfohlen zu bekommen. Dieser mitunter sanfte Terror der beiden Pädagogen, die nur das Beste wollten, nervte sie zunehmend.

Anna ging nach München und studierte Kunstgeschichte.

Es lief zunächst alles wunderbar mit dem Studium. Außerdem war es von München nicht so weit in die Toskana, und sie fuhr mit Kommilitonen öfter zu viert in das kleine Steinhäuschen. Sie wanderten durch die traumhafte Landschaft und machten Ausflüge zu historischen Stätten, bestaunten alte Kirchen und genossen Weinproben in traditionellen Weingütern.

Anna verliebte sich in einen Holländer oder er sich in sie, aber nach einer gewissen Phase gab es Probleme. Sie konnte es gar nicht richtig beschreiben, aber das Zusammensein mit ihm fühlte sich fremd an, und irgendwann machte sie Schluss. Im Laufe des Studiums hatte sie noch zwei andere Beziehungen, die ebenfalls im Nichts endeten.

Die Eltern fragten viel und bekamen wenig Antworten.

Schließlich überraschte sie die beiden und stellte deren Toleranz auf eine Probe, als sie ihnen erklärte, dass sie nunmehr eine Frau lieben würde. Der sensible Vater konnte damit umgehen, die rustikale Mutter hatte daran etwas zu knaupeln. Sie hatte im Prinzip großes Verständnis für alle Varianten der menschlichen Liebe, aber bei der eigenen Tochter tat sie sich doch sichtlich schwer.

Nach dem Studium arbeitete Anna in einem Museum. Die Eltern merkten, dass in die Beziehung der Tochter keine Ruhe kam. Schließlich verließ sie nach einem Streit ihre Partnerin. Für längere Zeit lebte sie allein, scheute eine neue Bindung, stürzte sich in die Arbeit. Der sensible Vater meinte, es sei für ihr junges Leben nicht gut, allein zu sein. Die rustikale Mutter fand nichts dabei und meinte: Das wird schon wieder.

Die Tochter kam nun seltener zu Besuch, und als sie sich einmal spontan aufmachten, um sie zu überraschen, kam ihnen ihre Anna etwas überdreht vor. Ihnen war zunächst nicht klar, ob es auf Alkohol oder auf Drogen zurückzuführen war. Das Ende vom Lied war, dass kein richtiges Gespräch zustande kam und die Ratschläge, kaum ausgesprochen, schon wieder beim Gegenüber abprallten. Als der sensible Vater merkte, dass sie eigentlich überhaupt nicht willkommen waren, animierte er seine Frau, Anna allein zu lassen. Er machte den ungelenken Versuch einer Umarmung, die Mutter war total frustriert und versuchte es gar nicht erst.

Das waren die letzten Informationen bei meinem Telefonat mit ihm. Und die waren traurig genug. Ich hoffte, dass sich die Lage inzwischen entspannt hatte. Den weiteren Gang der Geschichte würde ich nun heute von ihm erfahren.

Als Jacques an meinen Tisch trat, war mir auf Anhieb klar, dass sich nichts entspannt hatte. Mir fielen sofort die dunklen Augenringe auf, und er machte auf mich den Eindruck, als habe er etwas Gewicht verloren. Die Haare leuchteten schlohweiß. Zwei kerbenartige Falten in seinem Gesicht schienen mir neu, oder lag es daran, dass wir uns längere Zeit nicht gesehen hatten? Nach unserer Umarmung bestellte ich wie in alten Zeiten zwei Gläser Rotwein und verzichtete aber auf das sonst unter uns übliche Zitat von Reinhard Mey:

»Komm, gieß mein Glas noch einmal ein
Mit jenem bill'gen roten Wein ...«

Auch er nahm keinen Bezug auf unsere Tradition.

Nachdem er mich wortlos eine Weile angesehen hat, erzählte er: »Nach monatelanger Pause erfuhren wir von einer Freundin, dass sich die Situation zugespitzt hatte. Anna hatte sich im Museum ein Sabbatjahr erbeten. Und im letzten Gespräch erfuhr die Freundin, dass Anna in die Fänge einer Sekte geraten war. ›Entdecke dein Selbst!‹

Wir machten uns nun natürlich große Sorgen. Die Freundin erzählte uns obskure Sachen. Zur Stärkung des ›Selbst‹ wurden die unglaublichsten Prozeduren veranstaltet. Unter der Losung ›Beherrsche deinen Schmerz‹ musste Anna zum Beispiel auf Erbsen knien. Sofort versuchten wir mit ihr in Kontakt zu kommen. Leider scheiterten wir daran. Sie war für uns einfach nicht erreichbar.

Die Freundin hatte noch herausbekommen, dass sie sich

im Kreise dieser Sektengemeinschaft irgendwo in Österreich in den Bergen aufhielt. Alle Nachforschungen blieben erfolglos. Die nächste Kunde kam von der österreichischen Polizei ...«

Hier brach Jacques erst einmal ab, seine Gesichtsmuskeln arbeiteten, und ich hielt den Atem an, weil mir klar war, dass jetzt vermutlich eine schlimme Nachricht kam.

»Anna wurde in einem Waldstück gefunden ... Sie hat sich ... das Leben genommen.«

Jacques versuchte mühsam, sich zu beherrschen, und blickte anschließend lange auf einen imaginären Punkt im Kaffeehaus.

Was sagt man nach so einem Satz? Nach einer Pause flüsterte ich nur: »Wie traurig« und legte meine Hand auf seinen Arm. »Es tut mir sehr leid.«

Er nickte mit Tränen in den Augen. Als er wieder reden konnte, sagte er: »Ihr ist das Leben misslungen.«

Er beschrieb mir, wie sich die beiden nun fühlen würden: »Wir sind verlassen zurückgeblieben zwischen Schuld und Geschick. Magdalena leidet eher an Schuld, ich eher an Geschick. Da leben wir plötzlich in verschiedenen Welten, sind uns fremd. Mühsam finden wir dann wieder zurück zur Demut.«

Ich überlegte, wie er sich wohl jetzt in dieser dramatischen Situation ablenken würde. Woher er irgendeine Form von Trost bekommen würde. Als hätte er meine Gedanken gelesen, erklärte er mir: »Ich mache Rettungsversuche mit der Kunst.«

Ich dachte, er meinte neue Gedichte, die er nun zur Aufarbeitung schreiben würde, aber es ging um eine andere Form. »Ich bin ein Kästchenbauer geworden.«

Darunter konnte ich mir nichts vorstellen. »Kästchenbauer?«

»Es sind weiße Holzkästen. Sie sehen aus wie Schubladen ohne Griff, die hochkant stehen oder hängen. Und die dekoriere ich mit Dingen: Fundsachen, Kleinigkeiten aus dem Alltag. Gefaltetes Papier – ein Flieger, wie wir ihn als Kinder in der Schulpause durch die Luft segeln ließen. Es kann sich auch ein funktionierendes Uhrwerk in so einem Kasten finden. Ein Kreuz aus Strohhalm und Zahnstocher. Oder kleine Gipsfragmente. Ich hatte ein paar Ausstellungen und lobende Reaktionen in der Presse.«

»Könnte man deine Arbeiten auch Guckkästen nennen?«

»Warum nicht. Es gibt in jedem dieser ... dieser Skulpturenkästen etwas zu gucken. Und alles darin ist weiß.«

»Warum weiß?«

»Die Farbe Weiß tröstet mich, ich brauche viel Trost. Ich bin depressiv. Ich bin bei meinem Therapeuten der älteste Patient. Schon seit Jahren. Deswegen vorhin die Formulierung von den ›Rettungsversuchen mit der Kunst‹.«

Ich schätzte die überragende Intelligenz von Jacques, sein Wissen um Literatur und Kunst, aber er war ein lebendes Beispiel, dass ihm das im realen Leben leider nichts nützte. Man könnte nahezu formulieren: Er hat einfach immer *zu viel* gedacht. Und stand sich damit oft selbst im Weg. Und nun versuchte er sich mit philosophisch inspirierten kleinen Bühnenbildern in Kästen zu trösten und sein Leben zu beruhigen.

»Schaffst du dir damit kleine Inszenierungen einer heilen Welt?«

»Vermutlich. Und ich baue auch Ängste ab. Ich denke manchmal, dass die Kästen mich gerettet haben. Mein Leben ist längst aus dem Rahmen gefallen. Und auch unsere Welt fällt ja ständig aus dem Rahmen. Mit den Kästen schaffe ich wieder Idyllen, die behütet sind. Das befreit. Es sind Räume für Plastisches, sie sind möbliert mit Dingen, die für etwas stehen, symbolisch sind.«

»Gebastelte Poesie?«

»Kannst du auch sagen. Stell dir einen Kasten mit Kugel, Würfel, Stuhl und einer Feder vor. Alle Dinge stehen für etwas. Jeder kann das für sich interpretieren. Manches Stück ist zerbrochen oder lädiert. Nur im Fragment scheint die Möglichkeit des Ganzen auf.«

»Und scheint der Wunsch auch auf, wieder ganz zu sein ...«

»Genau. Und die Farbe Weiß habe ich nicht umsonst gewählt – sie hat ja in unserem Leben eine besondere Bedeutung ...«

»Wie meinst du das?«

»Vom Anfang bis zum Ende. Die Windeln sind weiß und die Tücher, in die wir letztlich gebettet werden. Zwischendurch sind es die Höhepunkte wie Tauf- oder Brautkleider. Und wer den Kampf aufgibt, der hält eine weiße Fahne in der Hand und rettet so sein Leben.«

»Also sind die Kästen symbolisch deine spezielle weiße Fahne.«

Jacques musste lächeln. »Warum nicht? Aber ich schenke sie auch gern Freunden als Andenken.«

»Wie gehst du mit den Freunden um, deren Leben leichter verlief? Beneidest du sie?«

»Neid macht das Unglück noch unglücklicher. Ich versuche, das Unglück stoisch anzuerkennen, als dem Menschsein Gemäßes.«

»Und? Schaffst du das?«

»Mit mäßigem Erfolg. In letzter Zeit funktioniert zu Hause unser Leben nicht mehr. Magdalena und ich leben daheim in der Fremde. Zwar sehen wir nach dem Frühstück noch in die Zeitung. Und wenn es gut geht, dann schimpfen wir gemeinsam, aber es gibt Missverständnisse. Die Geschlechter sehen die Welt verschieden. Im Alter wird das eine Leiderfahrung mehr. Wo wir uns doch so brauchten, sieht jeder in eine andere Richtung ... ohne Licht. Es gibt keine Familie mehr.

Unsere Lebensfreude haben wir immer an schöne Dinge geknüpft. Wohin mit allem? Das Haus ist mit Hunderten von meinen Objekten vollgestopft. Was soll aus den Kästen werden? Ich will sie gern verschenken. Ich habe mich schon um Interessenten bemüht. Leider mit mäßigem Erfolg. Und die Wahrheit ist: Ich befinde mich auf dem erbarmungslosen Schleichweg zum Sterben.«

Es war alles wahr, was Jacques sagte, aber ich konnte dies doch nicht einfach nur bestätigen, dass er recht hat, dass es tatsächlich so ist. Aber ich wollte auch in Anbetracht seines hohen Alters nicht solche Plattitüden von mir geben wie »So schnell stirbt es sich nicht«.

Aber was sollte ich ihm sagen?

Es war eine dieser Situationen im Leben, die einen überfordern. Wir schwiegen, und ich bestellte noch zwei Gläser Wein. Ein Pfarrer, ein Seelsorger also, der gewöhnt ist, sich um die Seelen anderer zu sorgen, oder ein Psychologe, der hätte jetzt vielleicht zwei, drei gute Sätze parat.

Und so war ich nach einer Pause Jacques unheimlich dankbar, dass er mich mit seinen traurigen Augen ansah und animierte: »Aber jetzt erzähl doch mal von dir!«

Ein paar Monate später rief mich Magdalena an. Als sie zu ihrer Schwester gefahren sei, habe sie bei ihrer Rückkehr von Jacques erfahren, dass er im Garten ihres Grundstücks ein Autodafé veranstaltet und alle Kästen verbrannt habe.

Wenige Wochen später erreichte mich die Nachricht, dass Jacques gestorben war.

# Vom Nachbartisch 9

Am Tisch neben mir saßen zwei stadtbekannte, inzwischen alt gewordene Künstler. Marianne Marquardt hatte sich gut gehalten, glänzte mit erstaunlich glatter Haut, obwohl sie in ihrem Leben so manche Zigarette geraucht sowie diesen und jenen Trunk zu sich genommen hatte. Sie sah wirklich jünger aus, aber ich wusste, dass sie schon über die Mitte der siebzig zählte. Die Marquardt spielte jahrelang am hiesigen Theater und besaß einen großen Verehrerkreis. Sie konnte alle Genres bedienen, war tragisch, komisch und glänzte auch als Sängerin. Ihr halblanges Haar wippte bei ihrem temperamentvollen Erzählen um ihren Kopf. Die großen Augen, die noch voller Interesse in die Welt schauten, hatten seinerzeit so manchen Mann entzückt. Ihre tadellose Figur war nahezu über Jahrzehnte ohne größere Veränderung auf der Bühne zu bewundern gewesen. Und so manche Frau fragte sich, wie sie das wohl mache, zog resignierend und sich tröstend das Resümee: »Das ist eben alles eine Frage der Gene.«

Der Mann am Tisch war Schriftsteller. Zu DDR-Zeiten liefen einige Stücke mit großem Erfolg auf diversen Bühnen des Landes. Marianne Marquardt hatte einmal die Hauptrolle in solch einem satirischen Stück von ihm gespielt. Die Rezensenten waren begeistert.

Roland Rossbach hatte auch einen erfolgreichen Roman über Konflikte an einem DDR-Theater geschrieben, der im »Neuen Deutschland« wegen einiger Passagen kritisiert wurde. Da sei zu viel Skeptizismus im Spiel. »Unsere Menschen« brauchten Zuspruch und Zuversicht, keine pessimistischen Klagen. Das Buch erlebte zunächst keine Neuauflage, wurde aber in späteren Jahren in einer leicht liberalen Phase wieder aufgelegt. Rossbach hatte in der DDR ein durchaus auskömmliches Leben. Auch eine geräumige Datsche in attraktiver Landschaft konnte er sich leisten.

Die beiden freuten sich, wenn sie noch erkannt oder angesprochen wurden. Inzwischen drehten sich ihre Gespräche bei einem Treff im Kaffeehaus nicht nur um Kunst, sondern auch um die Malaisen des Alters.

Ich hörte, wie der Schriftsteller im schwarzen Rollkragenpullover Marianne Marquardt fragte:

»Hat dir denn inzwischen Helmut das Buch zurückgegeben?«

»Welches Buch?«, fragte sie erstaunt.

»Na, das du mir geborgt hattest.«

Die Schauspielerin sah ihn etwas irritiert an, und Roland Rossbach fühlte sich bemüßigt, da die Übergabe vermutlich schon etwas länger zurücklag, ihr nun den Tatbestand genauer zu erklären. »Du hattest mir doch unverlangt ein Buch geliehen, von dem du so begeistert warst und das ich unbedingt auch lesen müsste. Bei der Übergabe hattest du gesagt, dass ich es nach der Lektüre unserem gemeinsamen Freund Helmut Schreiter geben solle. Du wolltest, dass er es ebenfalls liest. Das habe ich auch gemacht. Ich habe die Texte mit großem Gewinn gelesen. Sehr originell. Vor ein paar Wochen traf ich Helmut hier im Conti und fragte ihn, ob er auch nicht vergessen habe, dir dein Buch wieder zurückzugeben.«

»Und?«

»Und da sagte er mir etwas verlegen, dass er nicht mehr gewusst hatte, *wem* er es zurückgeben soll.«

»Na, da hätte er dich doch einfach fragen können!«

»Genau. Ihm war aber auch entfallen, wer es ihm geborgt hatte.«

»Na, das ist ja ein Ding!«

»Durch meine Frage erinnerte er sich wieder, dass es dein Buch ist.«

»Mein Buch?«

»Ja.«

»Welches Buch hatte ich dir denn gegeben?«

»Na das mit den Postkarten.«

»Postkarten?«

»Ja, die Postkarten, die … Jurek Becker aus aller Welt an seine Freunde geschrieben hat.«

»Jetzt weiß ich, was du meinst! Ja, das ist wirklich ein wunderbares Buch.«

»Und das kriegst du jetzt nun endlich von Helmut zurück.«

»Ach, *der* hatte das! Da kann ich ja lange in meinem Bücherschrank danach suchen!«

# Der Malerstammtisch 7

Grambach war inzwischen der Älteste in der Runde. Er war im Kopf total klar, verfügte über ein beneidenswertes Gedächtnis, aber seine körperlichen Malaisen waren nicht mehr zu übersehen: Er brauchte einen Stock und freute sich, dass im Conti nach der Wende ein Fahrstuhl eingebaut worden war. So konnte er sich den mühsamen Aufstieg in die erste Etage ersparen. Als ich mit ihm den Lift betrat und fragte, wie es ihm gehe, antwortete er kurz und knapp. Er war einer der Alten, die nicht dauernd von Krankheiten reden wollten, und brach solche Gespräche in der Runde mitunter mit dem Satz ab: »So, die zehn Minuten Krankheitsberichte sind nun vorbei!«

Als wir am Stammtisch ankamen, überfiel Schneidereit nach der Begrüßung gleich seinen alten Malerkollegen Georg Grambach mit der Frage: »Sag mal, Schorsch, du hast doch so ein tolles Gedächtnis. Wann war das mit der Stalin-Note?«

Grambach nahm Platz, kniff kurz die Augen zusammen und meinte: »Nach meiner Erinnerung 1952.«

»Und worum ging es in dieser Stalin-Note?«, wollte ich wissen.

»Stalin hatte dem Westen ein Angebot geschickt«, erläuterte Schneidereit, »bei einem neutralen Gesamtdeutschland würde die UdSSR die DDR aus ihrem Machtbereich freigeben.«

»Unglaublich«, fand ich, »dann hätten wir die Wiedervereinigung schon in den fünfziger Jahren gehabt.«

»Es ist eben die Frage«, gab Mager zu bedenken, »wie

ernst das zu nehmen war. Ich selber neige dazu, Stalin eher nichts zu glauben.«

Grambach sah das anders: »Das kannst du nicht so einfach behaupten. Es wäre Stalin eben sehr wichtig gewesen, dass Westdeutschland nicht in der NATO ist. Dafür hätte er vermutlich die DDR geopfert. Der Westen hat ja auf seine Note überhaupt nicht reagiert. Denke doch an Österreich. Das Land hat er ja auch freigegeben.«

Schneidereit unterstützte Grambach. »Viele Menschen haben längst vergessen oder wussten es nie, dass Österreich wie Deutschland in vier Besatzungszonen aufgeteilt war und Wien wie Berlin in vier Sektoren.«

Und Grambach ergänzte: »Die Sowjetunion schloss mit Österreich einen Vertrag, dass sich das Land zur Neutralität verpflichtete, und die Truppen zogen 1955 ab.

Die Amerikaner wollten aber die neuen Militärstützpunkte in Deutschland nicht verlieren. Ramstein haben sie ja heute noch, obwohl die Russen komplett aus der DDR abgezogen sind. Und fest steht: Adenauer wollte unbedingt schnell ins westliche Bündnis.«

Ich erinnerte: »Adenauer hat mal gesagt, in der Sowjetzone gibt es sowieso bloß Kommunisten und Protestanten. Und die konnte er beide nicht leiden! Es macht schon den Eindruck, dass er uns von Anfang an abgeschrieben hatte.«

Schneidereit meinte: »Eins steht jedenfalls fest: Uns hätte das viel Elend erspart!«

In diesem Moment tauchte wie ein Wirbelwind Susanne Pippig auf und legte sofort los: »Leute, ich komme mit brandheißen Informationen aus Berlin. Dort hat der Kapitalismus akut gesiegt und ist dem Untergang gleichermaßen ein paar Schritte näher gekommen!«

»Was war in Berlin?«, fragte Schneidereit.

»Eröffnung eines neuen Einkaufszentrums am Alexanderplatz. So viele Bekloppte auf einem Haufen hat die Welt noch nicht gesehen! Ich hatte mich zufällig auf dem Alex mit einem Freund verabredet.«

»Ich war mal auf einer Tattoo-Messe – das hat mir schon gereicht«, warf Grambach ein.

»Alles Pillepalle«, unterbrach ihn Susanne. »Ich rede von über hunderttausend Besuchern am Eröffnungstag. Am Abend zuvor sollte der Media Markt 24 Uhr öffnen. Nur Schnäppchenpreise. Die Leute riefen schon vorher: ›Aufmachen, aufmachen!‹

Aber nun ging es nicht mehr wie vor Jahren um die Mauer, sondern um Laptops, Handys, Navigationsgeräte. Noch nie war Geiz so geil. Von 24 Uhr bis 4 Uhr früh tobte der Wahnsinn. ›Ich bin doch nicht blöd‹, wurde konterkariert. Es gab Verletzte. Schnappatmung statt Schnäppchen. Sanitäter. Kreislaufzusammenbrüche. Schlägereien ... dabei hieß es, die Angebote seien unschlagbar günstig ... Hundert Polizisten mussten einschreiten. Ein Wunder, dass es keinen Toten gegeben hat!«

Mager ließ sich vernehmen: »Das hätte noch gefehlt. Den Laptop mit der Maus unterm Arm, aber der Besitzer leider mausetot ...«

Susanne Pippig echauffierte sich weiter: »Menschen weinten, riefen: ›Ich will hier raus!‹«

Mager amüsierte sich: »Nicht mehr aus der DDR, sondern aus einem Einkaufszentrum.«

»Alle Bilder von Freiheit enden mit einem Flachbildschirm«, kommentierte der bärtige Grambach.

In dem Moment dachte ich an den Satz von meinem alten Jugendfreund Wille, der im Herbst 1989 in der DDR zu Besuch war. Er bewunderte zwar die Demonstranten, äußerte aber schon damals die Befürchtung: »Hoffentlich endet eure Revolution nicht im Kaufhaus.«

»Und was meint unsere Philosophin?«, fragte Schneidereit. »Hätten wir die DDR lieber doch noch länger ertragen sollen?«

Susanne wollte gerade zu einer Entgegnung ansetzen, da polterte Grambach: »Der Kapitalismus ist so erfolgreich, weil er an die niedersten Instinkte des Menschen appelliert. Die hauen sich für ein billiges Handy die Rübe ein!«

»Na ja, für ein billiges Handy, da kann man schon mal sein Leben riskieren ...«, ironisierte Mager diese Tatsache. Grambach grinste ihn an: »Kein Mensch käme auf die Idee, sich für ein Bild von dir zu prügeln!« Und Schneidereit setzte noch einen drauf: »Na, das kann man doch verstehen – bei diesen Motiven!«

Mager spielte den zu Unrecht Angegriffenen: »Ich habe nur ehrenwerte Motive!«

Nun konnte Susanne Pippig endlich auf die Frage von Schneidereit eine Antwort geben: »Am Anfang wollten die Menschen ja vor allem Presse-, Rede- und Reisefreiheit ... eben eine wirkliche Demokratie ...«

Grambach führte fort: »Aber dann wollten sie endlich die Sachen, um die sie im Intershop rumgeschlichen sind oder die sie im Westfernsehen gesehen hatten ...«

Jetzt fiel mir etwas zum Thema ein: »Der alte Keller ...«

»Welcher Keller?«

»Gottfried Keller. Von dem habe ich unlängst einen Satz über die ewige Unzufriedenheit der Menschen gelesen: ›Der Mensch rechnet immer das, was ihm fehlt, dem Schicksal doppelt so hoch an, als das, was er wirklich besitzt.‹«

Und Susanne ergänzte: »Die reine Wahrheit ist aber, wie ich es in Berlin erlebte – sie wollen die Sachen vor allem möglichst billig! Deswegen nehmen sie freiwillig stundenlanges Anstehen in Kauf.«

»In der DDR standen sie an, um überhaupt was zu kriegen«, meinte Mager.

Die Philosophin kam nun mit einem interessanten Vergleich: »Das Alexa-Gebäude, dieser Würfel bzw. Kasten, erinnerte mich plötzlich an die Kaaba in Mekka, wo auch Tausende drum herumkreisen.«

Und jeder vom Stammtisch ergänzte einen Gedanken in aller Knappheit: »Eine neue Religion.«

»Sie beten den Geiz an.«

»Und die Gier.«

»Das Goldene Kalb steht auf dem Alexanderplatz.«

»Alle Bibelgleichnisse haben noch Bestand!«

Susanne Pippig resümierte auf ihre Art: »Adam Smith ...«

»Wer ist denn Adam Smith?«, wollte Grambach wissen.

»Ein schottischer Moralphilosoph ...«.

»Gibt es denn auch Philosophen ohne Moral?«, fragte Grambach hinterlistig.

»Mensch, nun lass sie doch mal ausreden«, fuhr Schneidereit ihn an.

»Also, Adam Smith sagte sinngemäß, dass der Eigennutz des Menschen, sein Egoismus, mehr besitzen zu wollen als sein Nachbar, die entscheidende Antriebskraft des Kapitalismus ist.«

Grambach war weiterhin nach Spott: »Und wer keinen Nachbarn hat?«

»Scherzkeks«, entgegnete ihm Susanne Pippig.

»Aber nunmehr von Bahlsen!«, setzte er noch drauf.

Mager nahm Bezug auf den Satz von Adam Smith: »Das unterscheidet uns eben vom Tier.«

Und Susanne bestätigte ihn: »Na klar, kein Elefant will mehr besitzen als der neben ihm.«

»Höchstens, wenn es ums Fressen geht«, gab Mager zu bedenken.

»Aber nur, bis er satt ist.«

Susanne Pippig wurde nun grundsätzlich: »Der schlimmste Feind des Kapitalismus ist er selbst. Wie viel Gier verträgt er, ohne kaputtzugehen?«

»Zum Sozialismus zurück führt jedenfalls kein Weg mehr«, ließ sich der frühere Genosse Grambach hören.

»Ich hätte da eine verrückte Idee«, meldete sich Schneidereit, »ein Weg wäre, es muss *Mode* werden, *wenig* zu besitzen. Menschen müssen damit angeben, was sie sich alles *nicht* kaufen!«

»Das wäre der Untergang des Kapitalismus«, warf ich ein, »er braucht unbedingt willige gnadenlose Verbraucher.«

»Außerdem gäbe es viel zu wenige Menschen, die diese Mode mitmachen würden«, gab Mager zu bedenken. Nun kam noch einmal Schwung in die Diskussion, und alle redeten durcheinander.

»Die Probleme sind jedenfalls nicht mehr mit dieser Art von Demokratie und Marktwirtschaft zu lösen. Es ist ein großer Irrtum, dass der Markt alles regelt.«

»Er regelt nur alles, wenn der Gewinn stimmt.«

»Der DDR-Spruch ›Privat geht vor Katastrophe‹ hat immer noch Gültigkeit.«

»Und der Katastrophe kommen wir mit diesem Kapitalismus immer näher!«

»Das *ganze* Klima in Deutschland ist bedroht. Da hilft keine Verminderung von Kohlendioxyd.«

»Um das System zu retten, werden wir mit Wahlen nicht mehr weiterkommen.«

»Und das heißt?«

Nun ließ Grambach eine Bombe platzen: »Das lässt sich vermutlich nur in einer Diktatur regeln.«

Sprachlosigkeit. Alle schauten Grambach verblüfft und auch etwas empört an.

Als Erster fasste sich Schneidereit: »Na, sag mal, das ist ja … also das ist ja …«

»… ein dicker Hund, was?!«, grinste ihn Grambach an, »Und dann gibt es dort eines Tages eine Friedliche Revolution, und alles geht wieder von vorne los!«

## Und wie sieht es heute an jenem Platz aus?

Nun haben Sie eine ganze Reihe meiner Gesprächspartner aus dem Conti kennengelernt. Ich komme langsam zum Ende. Die Teilnehmer vom Malerstammtisch, wie Sie eben gelesen haben, zogen auf ihre Art schon ein gewisses Resümee.

Es wird Sie vielleicht interessieren, wie es inzwischen an dem Platz aussieht, der mich beim ersten Bummel durch das Zentrum als junger Kunststudent so magisch angezogen hat.

Jener versteckte Platz mit den vier Platanen, dem Brunnen und den drei alten Häusern, der mit diesem besonderen architektonischen Dreiklang und seiner Großstadtpoesie sofort Heimat für mich wurde.

Nicht lange nach der Friedlichen Revolution wurde die gesamte Stadt umgestülpt.

Zunächst die positive Nachricht: Die vier Platanen stehen noch.

An den drei Gebäuden mit dem Antiquariat, dem Kaffeehaus und dem Kino wuchsen nach und nach Gerüste empor. Als sie fielen, strahlten alle drei Häuser um die Wette.

Eine Augenweide. Die Welt war wieder in Ordnung.

Das erste Ereignis, das dem Aufbruch allerorten einen Dämpfer versetzte, war das Gerücht, dass die neuen Hausbesitzer das Universum-Kino schließen wollten.

Aus dem Gerücht wurde Realität.

Der Verlust dieses beliebten Filmkunsttheaters, das in den Zeiten der DDR ein Hort war, der einen besonderen

Blick in die Welt ermöglichte, in dem vor allem kritische Filme aus den sozialistischen Ländern liefen, rief vielerorts Protest hervor.

Mancher Film war nur in diesem Kino zu sehen, und die Auseinandersetzung mit den verhärteten und mitunter menschenfeindlichen Strukturen in diesen Staaten leistete letztlich auch einen Beitrag für Veränderung im Land.

Der Unterschied zum vorherigen System, in dem Demonstrationen verboten waren, bestand nun darin, dass auf der Straße legal gegen die Schließung protestiert werden konnte. Das war es dann aber auch. Es änderte nichts an der Entscheidung. Eben Demokratie.

Eines der ältesten Kinos im Land wurde zerstört. Da nützte auch nicht die Protestaktion des Filmvorführers, der sich symbolisch an seine Apparatur kettete. Die war in Sekunden durchgeflext.

Die neuen Eigentümer wurden vom Staat geschützt. Da ist der Staat eigen, wenn es um Eigentum geht.

Um das Gebäude effektiv zu nutzen, also so viel wie möglich vermietbare Fläche zu schaffen, wurde es total entkernt. Geblieben ist eine frisch renovierte Hülle aus den zwanziger Jahren. Das Innenleben, die Seele des Hauses, wurde zerstört. Der Immobilienmarkt verscherbelte einen Marktplatz der Kultur. Ein Jeansladen und die »Universum-Apotheke« hielten nach dem Umbau Einzug.

Dann traf es das Antiquariat Weidenfeld.

Bücher sind Kulturgüter. Vor allem auch alte. Aber müssen sie unbedingt im Zentrum einer Großstadt verkauft werden?

Das ist ja nun doch mehr etwas für spezielle Bücherfreaks. Eben ein Nischen-Publikum. So dachten wohl die Verantwortlichen über dieses Sortiment. Die Miete war in der City, wie das Zentrum nun über Nacht hieß, an dieser Stelle mit antiquarischen Büchern nicht mehr zu stemmen.

In der traditionellen Buchhandlung residiert inzwischen die Filiale einer Schuhkette.

Die eiserne Wendeltreppe, die in den Kellerraum mit dem durchgewetzten Sofa führte, endet nun im Lager mit den Pappkartons. Und das romantische Sofa landete auf dem Müll.

Aber das Café Continental, werden Sie fragen, das gibt es doch noch?

Einige Jahre hielt es sich tapfer. Das haben Sie ja beim Lesen dieses Buches an den letzten Geschichten gemerkt. Aber schließlich kam auch hier der Zeitpunkt, bei dem die Betreiber vor der Miete kapitulieren mussten. Mit Kaffee, Kuchen und ein paar kleinen Gerichten war das nicht mehr zu erwirtschaften.

Das Café steht natürlich unter Denkmalschutz, aber eben nur das Interieur. In den Räumen hat sich die Edelboutique »Mon plaisir« etabliert. Vor der grüngoldenen Stoffbespannung der Wände, vor den Art-déco-Holzschnitzereien in der Nische oder der Begrenzung auf dem Podest, dessen Besucher immer wie Akteure auf einer Kleinkunstbühne wirkten, da stehen nun schicke moderne Kleiderpuppen mit hochmütigen Gesichtern.

Und manche leben sogar!

Der Lift hält auch im Mezzanin, in dem sich gern die Liebespaare aufhielten. Übrigens genau an jener Stelle, an der sich die Telefonzelle befunden hatte. Die braucht heute kein Mensch mehr.

Das farbige Bleiglasfenster zum Hof mit dem Schriftzug Café Continental blieb erhalten.

Aber das alte besondere Continental-Klima in diesen Räumen, das ist nun längst Geschichte.

Die Menschen, die dieses Klima mit ihren Gesprächen, ihrem Lachen, ihren Sorgen und ihrer Hoffnung erzeugten, sind über die Welt verstreut.

# Zur Ausstimmung

Dieses Substantiv hat mein Computer sofort rot unterstrichen.

Gibt es nicht. Schade. War ein Versuch.

Wenn ich im Buch eine Einstimmung geschrieben habe, dachte ich, warum soll es dann eigentlich keine Ausstimmung geben?

Sie haben gelesen, was Richard von den sechziger Jahren bis in die Gegenwart im Café Continental alles so erlebt hat. Nun wird Monsieur Dumont verabschiedet, und ich möchte Ihnen zum Schluss als Bernd-Lutz Lange noch einige Gedanken offerieren.

Sie haben gemerkt: ich habe es offensichtlich mit alten Kaffeehäusern.

Dieses Milieu hat mir tatsächlich schon früh gefallen. Und meine Heimatstadt Zwickau, in der ich die Kindheit und Jahre meiner Jugendzeit verlebt habe, besaß davon noch sieben schöne Exemplare. Das Interieur stammte zumeist aus den zwanziger Jahren des vergangenen Jahrhunderts. Als ich dann 1965 zum Studium nach Leipzig kam, in jene Stadt, die mein zweiter Heimatort wurde, zeigten mir Bekannte ein Kaffeehaus, in dem ich mich vom ersten Moment an zu Hause fühlte. Es hieß Café Corso und kommt im Stil dem im Buch beschriebenen Café Continental sehr nahe.

Es war das glanzvollste Kaffeehaus, das im Osten Deutschlands die Zeiten des Krieges und des Umbruchs überstanden hatte, und existierte so original bis 1968. Dann wurde das Haus von der Parteibürokratie unter Vorwänden, aber vor allem letztlich wegen der unsicheren Kantonisten, die in diesem Café verkehrten – zumeist Künstler und Studenten – geschlossen und abgerissen.

Von den vielen Kaffeehäusern im Osten Deutschlands, die den Krieg in alter Ausstattung und dem Original-Mobiliar überstanden hatten, existieren heute nach meiner Kenntnis ... nur noch sechs! Keine Rangfolge, sondern alphabetisch nach den Städtenamen: Café Rommel in Erfurt, Café Hartmann in Freiberg, Café Grundmann und Café MAÎTRE in Leipzig, das Café Kolditz in Sangerhausen und das Café Wien in Wernigerode.

Die alten Kaffeehäuser wurden nach dem Krieg in Ost und West aus unterschiedlichen Gründen geschleift. Entweder renovierte sie die HO in der DDR nach der Verstaatlichung zu Tode, oder sie wurden in der Bundesrepublik durch Modernisierung zerstört oder einer höheren Miete wegen geopfert.

Als ich mit meinem Kollegen Gunter Böhnke nach der Friedlichen Revolution eine Woche in Hallervordens Berliner Kabarett »Wühlmäuse« gastierte, saß ich mit ihm im beeindruckenden Café Möhring gegenüber der Gedächtniskirche. Wir blickten auf große Wandgemälde im Stuckrahmen, imposante Kronleuchter, verzierte Stuckdecken, sahen altes Porzellan in Wandvitrinen – der Raum strahlte eine Noblesse aus, die an längst vergangene Zeiten erinnerte.

Das war 1993.

Wir wussten nicht, dass wir das Kaffeehaus zum ersten und letzten Mal sahen. Genau in jenem Jahr endete die über 90-jährige Geschichte des traditionsreichen Hauses.

Als ich das nächste Mal meiner Frau das Café zeigen wollte, konnte man sich dort in stilvollem Milieu (das zumindest rettete der Denkmalschutz) ein Paar Jeans kaufen ... Der Ort jahrzehntelanger Gespräche an Marmortischen, romantischer Rendezvous und Geburtstagsfeiern musste einem Modekonzern weichen. Klamotten bringen mehr Miete.

Die Kulturbarbaren sind unter uns.

Aber: Armut ist der beste Denkmalspfleger.

In den osteuropäischen Staaten hielten sich in Budapest, Krakau, Karlsbad, Brünn und vor allem in Prag noch eine Reihe Exemplare aus der k. u. k.-Zeit oder aus den zwanziger Jahren.

Wien ist natürlich bis heute für Kaffeehaus-Freunde aus aller Welt das Mekka zum Mokka. Den Wienern sei Dank für ihre Pflege solchen Milieus, das unser Herz erfreut: Vom Café Hawelka bis zum Bräunerhof, vom Central bis zum Landtmann, vom Schwarzenberg bis zum Sperl und und und ...

Wien ist die Welthauptstadt alter Kaffeehäuser.

Und die Geschichten, die sich dort über Jahrzehnte abspielten, füllen lange Reihen von Büchern. Danach kommt Paris und kommen beeindruckende Einzelexemplare zum Beispiel in Salzburg, Rom, Triest, Zürich, Amsterdam, Brüssel, Barcelona, Madrid oder Lissabon.

Was ist an solch einem Ort so schön?

Die Geselligkeit durch Stammgäste mit dem Erzählen von Schnurren und Anekdoten, das Durchatmen des Touristen nach einem Stadtbummel, die Flirts an den Tischen, das Kennenlernen von Menschen, der Austausch unterschiedlichster Meinungen, auch mal gepflegter Klatsch als Seelenhygiene – und das alles passiert in einem Wohlfühl-Milieu. Nicht in den tristen heutigen Coffeeshops, die so tun, als wären sie ein Kaffeehaus. Dabei sind sie nur ein banaler seelenloser und vor allem genormter Kaffeeausschank.

Die alten Treffpunkte, in denen man über Gott und die Welt geredet hat, in denen Satire und Humor triumphierten, in denen Literatur entstanden ist, in denen Projekte geboren wurden, die Kunst und Wirtschaft beflügelten, waren heilige Stätten der Kommunikation. Und sie stifteten Originale, die sich in diesem Milieu gegenseitig befruchteten. Neben ihrer Wohnung hatten diese Menschen *noch* eine Heimat. Wie sagte der Wiener Literat, Bohemien und Lebenskünstler Peter Altenberg?

»Wenn ich nicht im Kaffeehaus bin, bin ich auf dem Weg dorthin.«

Eins ist klar: Die klügsten Diskutanten, die Schreiber hervorragender Bücher haben leider auch keine Kriege verhindert, aber zumindest manchen Menschen den Psychiater erspart. Und das ist doch auch schon allerhand.

Gibt es eine Chance, wieder an die Tradition anzuschließen? Weg von den billigen amerikanischen Ersatz-Café-Ketten? Hin zur gepflegten Gastlichkeit im traditionellen Milieu?

Meine Lieblingsstadt Prag macht es vor. In den Originalräumen mit teilweise auch Original-Interieur wurden seit der Samtenen Revolution eine Reihe solcher Institutionen wieder zum Leben erweckt wie zum Beispiel das Café Imperial, das Café Louvre, das Café Savoy, das Café Montmartre oder das Grand Café Orient.

Mein Lieblingscafé Slavia, das Café Hotel Europa und die Kavárna im Repräsentationshaus blieben uns zum Glück in den Jahren des Stalinismus bis zur Revolution erhalten.

Die Macher haben damit auch auf diesem Gebiet ein Zeichen gesetzt, dass sie an ihre durch die sozialistische Diktatur unterbrochene Geschichte wieder anknüpfen.

1968 waren sie schon einmal nahe dran. Zwanzig Jahre nach der kommunistischen Übernahme des Landes gab es im Ostblock eine einmalige Verbrüderung zwischen progressiven liberalen Funktionären und dem Volk.

Die neue Gesellschaftsordnung, die 1968 am Entstehen war, hätte unserer Welt gutgetan. Nun können Sie einwenden: Das hat keinen Sinn mehr, sich darüber heute noch einen einzigen Gedanken zu machen.

Vielleicht.

Ich halte es aber nun mal in der Beziehung mit dem österreichisch-französischen Schriftsteller und Philosophen Manés Sperber, der einmal sagte: »Ich bin ein alter Revolutionär, der den Hoffnungen, die er begraben musste, treu geblieben ist.«

# DANK

Mein Dank geht in erster Linie an meinen Lektor Thorsten Ahrend für Hinweise und Ratschläge, für Plaudereien über Gott und die Welt bei Kaffee und Kuchen.

Ich bedanke mich herzlich bei meiner Frau Stefanie, die mir als Erstleserin von diesem und jenem Kapitel ihren Eindruck schilderte und bei der ich Details aus dem Leben unserer Generation abgleichen konnte.

Dr. Claus Baumann (Kaspar Klingtheler) erteilte mir freundlicherweise die Genehmigung, aus seinem unveröffentlichten Buch »Felix Nassauer oder Warum bin ich so traurig in meinem Glück« im Kapitel »Alles anders 2« einen Auszug zu verwenden.

Ich bedanke mich besonders bei Albrecht Peifer (»Der Malerstammtisch 3«) und Lutz Weidlich (»Nachkriegszeit«), dass ich Erinnerungen aus ihrem Leben verarbeiten durfte.

Mit den Texten »Die Geschichte der Vera Weiß« und »Der Conférencier« greife ich auf Erlebnisse von Bella Katz und Rolf Kralovitz zurück, deren Freundschaft mein Leben bereicherte.

Die beschriebenen Fotos im Kapitel »Prag« stammen von Sylvia-Marita Plath, zum Kapitel »Alles anders« regten mich Leben und Werk des Leipziger Fotografen Peter Langner an.

# Inhalt

# Verwendete Literatur


Aufenanger, Jörg: John Höxter, Quintus, Berlin 2016

Aufricht, Ernst Josef: Erzähle, damit du dein Recht erweist, Propyläen Verlag, Berlin 1966

Das Beste von Werner Finck, F. A.Herbig, München 1988

von Cziffra, Géza: Der Kuh im Kaffeehaus, F. A.Herbig, München Berlin 1981

Felsmann, Barbara und Prümm, Karl: Kurt Gerron – Gefeiert und gejagt, Edition Hentrich, Berlin 1992

Finck, Werner: Witz als Schicksal, Marion von Schröder Verlag, Hamburg 1966

Fohsel, Hermann J.: Im Wartesaal der Poesie, Verlag Das Arsenal, Berlin

Goëss, Franz und R. Beer, Manfred: Prager Anschläge, Verlag Ullstein GmbH, Frankfurt/M. – Berlin 1968

Haas, Willy: Die literarische Welt, Paul List Verlag, München 1957

Janke, Jutta: Von armen Schnorrern und weisen Rabbis, Verlag Volk und Welt, Berlin 1981

Kästner, Erich: Ein Mann gibt Auskunft, Deutsche Verlags-Anstalt, Stuttgart 1930

Landmann, Salcia: Die klassischen Witze der Juden, Verlag Ullstein GmbH, Frankfurt/Main – Berlin 1989

Liebe, Ulrich: Verehrt, verfolgt, vergessen, Beltz Verlag, Weinheim und Basel 2005

Morgan, Paul und Robitschek, Kurt: Die einsame Träne, Drei Masken Verlag, Berlin 1924

Sacks, Woldemar: Kabarett des Lebens, Verlag Curt Müller & Co., Leipzig

Schebera, Jürgen: Damals im Romanischen Café, Edition Leipzig, Leipzig 1988

Zivier, Georg: Das Romanische Café, Haude & Spenersche Verlagsbuchhandlung, Berlin 1965

**Bernd-Lutz Lange**
**Das gabs früher nicht**
Ein Auslaufmodell zieht Bilanz
349 Seiten. Broschur
ISBN 978-3-7466-3412-8
Auch als E-Book lieferbar

# Von der nahen Vergangenheit und der fernen Gegenwart

Wofür braucht der Mensch einen »Wellnesswecker«? Wieso streben alle einen definierten Body an, aber sprechen ein undefinierbares Deutsch? Und wenn alle auf Stand-by sind, warum haben dann so wenige einen Standpunkt? – Indem er das Früher mit dem Heute vergleicht, rechnet Bernd-Lutz Lange mit dem Zeitgeist ab. »Es scheint mir, dass ich in eine Zeit geraten bin, in der vieles, was sich zum Teil über Jahrhunderte erhalten hat, nun verschwindet.«

**Regelmäßige Informationen erhalten Sie über unseren Newsletter.**
**Jetzt anmelden unter: www.aufbau-verlage.de/newsletter**

aufbau taschenbuch

**Bernd-Lutz Lange**
**Freie Spitzen**
Politische Witze und Erinnerungen aus den Jahren des Ostblocks
320 Seiten. Gebunden mit Schutzumschlag
ISBN 978-3-351-03885-4
Auch als E-Book lieferbar

## »Jeder Witz ist eine winzige Revolution.« George Orwell

Von Leipzig bis Moskau, von Krakau bis Bukarest: Politische Witze sind allgegenwärtig in den Jahrzehnten des Kalten Kriegs, sie persiflieren und nehmen eine wenig beeinflussbare Realität auf die Schippe. Die Machthaber fürchten Opposition und offene Kritik der Öffentlichkeit, sie fürchten das Gelächter als subversive, anarchische Kraft. Bernd-Lutz Lange verwebt in seinen Texten die politischen Witze dieser Jahre mit der Beschreibung der herrschenden Zustände in jenen Ländern, mit anekdotischen Streiflichtern und seinen persönlichen Reiseerlebnissen.

Ein Streifzug durch die vielfältige Landschaft des politischen Witzes im gesamten Ostblock vom Kriegsende bis zum Mauerfall.
Mit Illustrationen von Egbert Herfurth.



aufbau